Die vierzehnjährige Edie Mather lebt mit ihrer Familie auf Wych Farm, wo die Nachwehen des Ersten Weltkriegs und der Weltwirtschaftskrise noch zu spüren sind. Es ist die Zeit der traditionellen Landwirtschaft: Die Farm wird noch mit Pferdestärken betrieben, und das Leben auf dem Land ist hart. Edie ist »ein seltsames Kind«, das die Gesellschaft von Büchern anderen Spielkameraden vorzieht.

Als die Journalistin Constance FitzAllen aus London anreist, um über das Landleben zu schreiben, empfindet Edie von Anfang an Bewunderung für die extrovertierte Frau in Männerhosen. Charmant und glamourös scheint Constance zunächst die ideale Freundin und Mentorin für Edie zu sein. Doch die junge Frau aus der Großstadt will nicht nur dokumentieren – sie will missionieren. Und sie bringt politische Ideen mit, die bald zu einem Flächenbrand in ganz Europa führen …

Melissa Harrison ist Schriftstellerin, Kritikerin und Kolumnistin u. a. für The Times, die Financial Times und den Guardian. Für ›Vom Ende eines Sommers‹ erhielt sie den European Union Prize for Literature 2019. Bei DuMont erschien außerdem ihr Roman ›Weißdornzeit‹ (2022).

Werner Löcher-Lawrence war lange als Lektor in verschiedenen Verlagen tätig. Heute ist er literarischer Agent und Übersetzer. Zu den von ihm übersetzten Autor*innen gehören John Boyne, Nathan Englander, Hilary Mantel, Hisham Matar und Louis Sachar.

Melissa Harrison

Vom Ende eines Sommers

Roman

Aus dem Englischen von
Werner Löcher-Lawrence

DUMONT

Von Melissa Harrison ist bei DuMont außerdem erschienen:
Weißdornzeit

Dieses Buch wurde klimaneutral produziert.

Juni 2022
DuMont Buchverlag, Köln
Alle Rechte vorbehalten
© 2018 by Melissa Harrison
Die englische Originalausgabe erschien 2018 unter dem Titel ›All Among The
Barley‹ bei Bloomsbury Publishing, London.
© 2021 für die deutsche Ausgabe: DuMont Buchverlag, Köln
Übersetzung: Werner Löcher-Lawrence
Umschlaggestaltung: Lübbeke Naumann Thoben, Köln
Umschlagabbildung: *What to Look for in Summer* by
Charles Tunnicliffe © Ladybird Books Ltd., 1960
Satz: Angelika Kudella, Köln
Gesetzt aus der Arno Pro
Druck und Verarbeitung: CPI books GmbH, Leck
Gedruckt auf säurefreiem und chlorfrei gebleichtem Papier
Printed in Germany
ISBN 978-3-8321-6626-7

www.dumont-buchverlag.de

*Die Vergangenheit ist nicht tot, sondern lebt
in uns weiter und wird auch in der Zukunft noch
da sein, die wir heute gestalten helfen.*

William Morris

Prolog

LETZTE NACHT LAG ICH wieder wach und musste an den Tag denken, da ich in Hulver Wood in die Jagd geriet. Ich war noch ein kleines Mädchen, es war Dezember wie heute, und ich hatte mich hinaus in den eiskalten Nachmittag gewagt, um ein paar grüne Zweige für das Haus zu schneiden. Keiner von den anderen machte sich viel aus Schmuck, aber ich liebte es, wie das Licht des Feuers auf den glänzenden Stechpalmenblättern spielte, die ich über den Kamin im Wohnzimmer hängte.

Der Frost hatte die Ackerfurchen verhärtet, und an den Rändern der Felder wuchs blasiges, undurchsichtiges Eis aus den Wagenspuren. Ich hatte einen Sack und eine Gartenschere dabei, und meine kalten, steifen Finger steckten in einem Paar alter Arbeitshandschuhe meines Bruders. Eine weiße Eule begleitete mich, etwa auf Kopfhöhe flog sie auf der anderen Seite der Hecke. Vielleicht hoffte sie darauf, dass ich eine warmblütige Kreatur daraus hervorscheuchte.

Es war ein trüber Nachmittag in Hulver Wood, nicht ein Vogel war zu hören. Ich drang tiefer und tiefer in den Wald vor, blieb bei einem Stechpalmendickicht mit blutroten Beeren stehen und bewegte die Zehen in meinen Stiefeln auf und ab, um gegen die schmerzende Kälte der Erde anzukämpfen.

Ganz in der Nähe wurde ein Jagdhorn geblasen, der Ton schnitt durch die Dezemberluft. Mit klopfendem Herzen stopfte ich die stachligen Blätter in den Sack und verknotete ihn notdürftig. Aber die Jäger waren schon viel zu nahe, ich sah sie oben von der Böschung von The Lottens auf mich zuströmen, die Hunde vorweg und voller Begeisterung hinter ihnen die rosa und rot gekleideten Reiter, die ihre Pferde mit donnerndem Hufschlag vorantrieben.

»Weg da! Weg!«, schrie der Hundeführer, als die kläffende Meute den Wald erreichte. »Himmel noch mal, Mädchen, verschwinde!«

Aber ich erstarrte und zitterte am ganzen Leib, als sich die Hunde wie anbrandendes Wasser um mich sammelten, bevor meine Beine mich davontragen konnten.

I

ICH HEISSE EDITH JUNE MATHER und wurde nicht lange nach dem Großen Krieg geboren. Mein Vater besaß sechzig Morgen Land, die Wych Farm, die nicht weit von hier liegt, glaube ich. Vor ihm beackerte mein Großvater Albert das Land und vor ihm dessen Vater, der noch mit Ochsen pflügte und die Saat mit der Hand ausbrachte. Ich möchte mir gern vorstellen, dass mein Bruder Frank oder vielleicht einer seiner Söhne heute die Farm betreibt. Ich war mein Leben lang nicht mehr dort, und wegen all der Dinge, die damals geschehen sind, habe ich nie etwas darüber in Erfahrung bringen können.

Ich war ein merkwürdiges Kind, das sehe ich heute – ganz sicher nach den stoischen, alltagsorientierten Maßstäben der Bauersleute dort. Ich vertiefte mich lieber in Bücher, als dass ich mit anderen Kindern spielte, und wurde oft von meinen Eltern gescholten, weil ich die mir aufgetragenen Dinge nur halb erledigte, abgelenkt durch die reichere, lebendigere Welt in meinem Kopf. Und manchmal redete ich, ohne es zu wollen, laut mit mir selbst, für gewöhnlich, um einen unliebsamen Gedanken oder eine ungute Erinnerung loszuwerden. Vater tippte sich dann mit dem Finger an den Kopf und meinte, ich sei »nicht ganz bei Trost«, nur aus Spaß, da bin ich sicher, aber vielleicht hatte er ja, im Nachhinein betrachtet, recht.

Ich war dreizehn Jahre alt damals, 1933, als unsere Gegend von der berühmt-berüchtigten Dürre heimgesucht wurde. Sie kam auf leisen Sohlen: Die Heuernte verlief noch bestens, und als die Schober gefüllt waren, freute sich mein Vater, weil er wusste, das Heu war trocken und würde nicht verderben, was bedeutete, dass die Pferde genug Futter hatten, um über den Winter zu kommen, und wir nichts zukaufen mussten. Aber ohne jeden Regen trockneten die Felder aus, und bis August war selbst der Pferdeteich beim Haus zu einem zähen, grünen Schlammloch geworden. Ich weiß noch, wie John Hurlock, der sich um unsere Pferde kümmerte, eimerweise Quellwasser zu Moses und Malachi schleppte, wenn sie um drei Uhr vom Feld kamen. Als wäre es gestern gewesen, sehe ich, wie gierig und laut die großen Pferde tranken und wie John am Ende die Eimer neu füllte, um Wasser über ihre zuckenden Flanken zu gießen und den weißen Schweiß aus ihrem kastanienbraunen Fell zu waschen. Oh, meine geliebten Tiere, wie sie es vermisst haben müssen, in den kühlen Teich zu steigen und dort ihren Durst zu löschen.

Frank war da schon sechzehn und arbeitete wie ein Erwachsener auf dem Hof mit. Vater baute mittlerweile genauso auf ihn wie auf John. Meine Schwester Mary hatte im Frühjahr ihren Clive geheiratet und bereits einen kleinen Jungen. Einmal in der Woche spannte Mutter unser Pony Meg an und fuhr mit einem Brot oder Pudding hinüber nach Monks Tye, auf der Farm sahen wir jedoch herzlich wenig von meiner Schwester. Und ohne Mary fühlte ich mich in einem seltsamen Schwebezustand, wie in Wartestellung für das, was als Nächstes kommen sollte, wobei ich nicht hätte sagen können, was das sein sollte. Es war ein bisschen wie beim Versteckenspielen, wenn man darauf wartet, gefunden zu werden, das Spiel aber schon viel zu lange dauert.

Natürlich bedeutete die Trockenheit, dass die Weizenernte litt, pro Morgen gab es kaum sechzehn Scheffel.

»Im nächsten Jahr lassen wir Seven Acres brach liegen«, sagte Vater, als John und Doble, unser Stallarbeiter, zum Essen hereinkamen, nachdem das letzte Korn eingebracht war. Es war kein Erntefest, aber es gab Ale, Schinken und einen Boiled-Butter-Pudding, und Mutter hatte aus ein paar Gerstenähren einen kleinen Mann geformt und auf den Küchentisch gelegt. Frank, der mir gegenübersaß, hob bei Vaters Worten alarmiert den Blick. Die Männer nahmen ihre Plätze ein, und John sagte, dass Seven Acres schon im Jahr zuvor brach gelegen habe.

»Willst du mir sagen, wie ich den Hof zu bewirtschaften habe?«, fragte Vater, aber John antwortete nicht. Mutter setzte sich, ich murmelte ein Gebet, und wir begannen zu essen.

Der Herbst jenes Jahres war der schönste, an den ich mich erinnern kann. Vier Wochen über die Erntezeit hinaus blieb das Wetter gut, und nur langsam verließ die Sommerwärme die Erde.

Im Oktober färbten sich die Bäume auf dem Hof gleichsam über Nacht in flammendes Orange, Rot und glänzendes Gold. Es ging kaum ein Wind, um das Laub herunterzublasen, und so bedeckten Wälder und Dickichte das Land wie Kostbarkeiten. Auf den mächtigen Hecken lagen feine Bartflechten um wie ins Bunt hineinemaillierte Hagebutten und Schlehen. Die Erlengehölze entlang des sich dahinwindenden

River Stound waren voller Wettersterne und Pfifferlinge, und es roch intensiv nach herbstlicher Fäule. Über Long Piece und The Lottens bot der Himmel ein strenges, äquinoktiales Blau mit Kiebitzschwärmen, die ihre breiten schwarzweißen Flügel aufblitzen ließen.

In der Morgendämmerung versilberte Tau die Spinnenfäden zwischen den Grashalmen, sodass die Pferde Pfade auf den Weiden hinterließen wie langsame Boote auf stehendem Wasser. Überwinternde Drosseln pickten die Beeren von den Wegesrändern, und nachts empfingen die vier großen Ulmen, nach denen der Hof benannt war, die Kaltwetterversammlungen der Krähen.

Der Tau befeuchtete auch die Stoppeln auf den ausgedörrten Feldern und bedeckte sie mit einem höhnischen Grün, das Großvater an die Rasseschafe denken ließ, die einst auf ihnen überwintert hatten.

»Die Wolle lohnt dieser Tage den Aufwand nicht«, sagte Vater. »Ich hab's dir doch erklärt.«

»Mir gefällt es nicht, gutes Futter zu vergeuden«, sagte der alte Mann und pochte mit seinem Stock auf den Boden, »und das tun wir damit.«

Das Jahr ging weiter, und die Herbststürme rissen das Laub von den Ästen unserer Ulmen, bis sie kahl und nackt dastanden. Ich las *Das Mitternachtsvolk* und verbrachte meine Tage damit, so zu tun, als wäre ich Kay Harker und durchlebte imaginäre Abenteuer mit Rittern, Schmugglern und Straßenräubern, Rollicum Bitem Lightfoot, dem Fuchs, und einem so furchterregenden Hexenzirkel, dass ich das Buch am Ende in einen Futtersack wickelte und unter der Miste versteckte für den Fall, dass sie aus den Seiten hervorbrechen und mich holen wollten – so tief war ich mittlerweile in meine Fantasie eingetaucht.

Vater schickte Doble mit einer Hippe los, die Hecken um das zu stutzen, was sie über den Sommer zugelegt hatten. Stück für Stück arbeitete Doble sich voran und sandte von überall Rauchsäulen in den Winterhimmel. Ein paar Meilen entfernt in Stenham Park gab es eine Fasanenjagd, und Vater und John waren Treiber. Vier brachten sie mit zurück, dazu noch zwei Hasen, die sie auf dem Rückweg beim Hulver Wood geschossen hatten.

Ende November droschen wir das Korn. Ich wurde im Morgengrauen vom Lärm der Maschine geweckt und sah aus meinem Fenster, wie sich das riesige, seltsame Ungetüm über den Zufahrtsweg auf den Hof zubewegte. Der Maschinist thronte darauf, gefolgt von seinen bunt zusammengewürfelten Helfern. Die Räder schienen fast noch die Hecken zu überragen, und ich war froh, dass es nicht geregnet hatte. Einmal war das Ding im Matsch stecken geblieben, und es hatte bis zum Nachmittag gedauert, es wieder freizubekommen. Darauf war ein raues Wortgefecht zwischen Vater und dem Fahrer darüber entbrannt, wer für die verlorene Zeit zu zahlen hatte.

Unten kochte Mutter Tee und briet Speck.

»Ich warte seit einer halben Stunde auf dich, Kind. Schneide Brot für die Drescher, unsere Männer haben schon gegessen. Und wasch dir das Gesicht.«

Ich holte zwei Laibe aus der Vorratskammer. Sie waren rund und fest und in weißen Stoff gewickelt. Mutter bekam das Brot nie so locker hin, wie sie wollte, und gab dem Ofen die Schuld, aber ich mochte, wie es an den Backenzähnen klebte und einem das Gefühl gab, gut genährt zu werden. Vater sagte immer wieder, Mutter solle den Ziegelofen benutzen, doch sie meinte, der sei altmodisch und schmutzig und koste sie zu viel Zeit.

Als das Frühstück fertig war, ging sie zur Hintertür, wischte sich die Hände an der blauen Schürze ab, die sie immer umgebunden hatte, und rief den Maschinisten und seine Leute. Sie nahmen die Mützen ab, als sie hereinkamen, und setzten sich etwas scheu an den Küchentisch. Ihre Fremdheit und ihre ungewohnte Art zu reden schüchterten mich ein, und so nahm ich mein Marmeladenbrot und ging damit nach draußen.

Doble war in der Scheune und bereitete alles vor, und der Terrier, den die Drescher mitgebracht hatten, jagte um seine Füße herum nach Ratten. Die Schober waren bereits von ihrer Heuabdeckung befreit, und Vater und John standen neben der Maschine, um zu sehen, ob die Trommel auf der richtigen Höhe war. Frank war auf den ersten Schober geklettert und warf die Garben auf die Plattform hinunter, sein Atem stieg weiß in die Morgenluft. Wie ich mir wünschte, dort oben bei ihm stehen und mit ihm die Garben nach unten werfen zu dürfen, aber auch wenn ich beim Heumachen, Unkrautbeseitigen und Aufstellen der Garben auf dem Feld half, blieb das Dreschen doch Männersache.

Während ich mich also stattdessen über meine Hausaufgaben beugte und den Geruch klammer Bücher, von Tinte und Kreide einatmete, schrumpften die Getreideschober draußen stetig weiter. Nachmittags um vier ging ich wieder hinaus. Die Maschine rasselte und lärmte noch immer, und die Männer bedienten sie, als wäre sie eine Art heidnische Gottheit.

In der Scheune türmte sich das frische gelbe Stroh, es gab Säcke mit Spreu und Saatkorn und zwei Haufen des wertvollen Getreides, das auf den Lastwagen des Händlers wartete, der es bald schon holen würde.

»Was für ein Durcheinander, was für ein heilloses Durcheinander«, murmelte Doble vor sich hin. Er sammelte die Hölzer und Latten ein, die er »Sprossen« nannte und mit denen das Stroh oben auf dem Korn gehalten worden war. Doble hasste es, wenn in der Scheune Unordnung herrschte, ganz so, als wäre das Lagern des Korns eine Zumutung und nicht ihr eigentlicher Zweck.

Ich ging die Katzen suchen, weil ich das Gefühl hatte, mich nützlich machen zu sollen, und sie würden sicher gebraucht werden, um die Mäuse aus der Scheune zu halten, bis der Lastwagen kam. Nibbins, die Matriarchin, schlief im Stall, aber ihre erwachsenen Jungen, wild und unberechenbar, wie sie waren, konnte ich nirgends finden. Ich klatschte in meine kalten Hände in ihren rauen Wollhandschuhen, und Nibbins hob den Kopf, sah mich an, rührte sich aber nicht vom Fleck. Sie wusste ohne Frage, dass der kleine Terrier wieder auf dem Hof war.

»Noch einen Tag«, sagte Mutter im Haus. Sie sah müde aus, mehr noch als sonst. »Das sagt dein Vater.«

»Nur zwei Tage?«, fragte ich, nahm meinen Ranzen vom Rücken und hängte ihn hinten über einen Küchenstuhl. »Behalten wir etwas über? John sagt, Weizen bringt oft zu Beginn des Sommers einen besseren Preis.«

»Nein, dein Vater will alles dreschen lassen. Es ist bloß … nun, es ist nicht sonderlich viel. Und so spart er Lohn, nehme ich an.«

Weihnachten kam und ging weit ruhiger als gewohnt, jetzt, wo Mary nicht mehr im Haus war. Wie immer brachte John zwei riesige Eschenholzbündel, die er in der Milchkammer hatte trocknen lassen, und Mutter entzündete sie mit einem Holz, das sie vom letztjährigen Feuer aufbewahrt hatte. Aber wir hatten keine grünen Zweige, um das Haus damit zu schmücken.

Die Felder ruhten wie immer bis zum Pflug-Montag, der in diesem Jahr auf den 8. Januar fiel. Schnee hatte es keinen gegeben, aber der Boden war gefroren. Es war nicht nass, was ein Segen war, denn ein nasser Winter setzte allen hart zu, besonders wenn der Weg ins Dorf so vermatschte, dass er unpassierbar wurde.

Das Licht verblich nachmittags um drei, und die Nächte waren kalt und lang. Nach einigen Tagen im neuen Jahr gingen mir die Bücher aus, und trotz Mutters schlimmen Warnungen vor einer Lungenentzündung ging ich, während sie buk, hinaus, um mir die Bäume anzusehen.

Die Stelle, wo die beiden Wiesen an Crossways grenzten, war lange ein ganz spezieller Ort für die Kinder der Mathers gewesen: ein enger Kreis verkrüppelter Eichen, die, wie Vater sagte, vor vielen Jahrhunderten aus einem Baum im Unterholz entstanden waren. Was sie für uns so magisch machte, waren die mächtigen Feuersteine, die sie mit ihren Wurzeln umschlossen und die geradezu aus ihren knorrigen Stämmen herauszuwachsen schienen. Einer war ein sogenannter Hexenstein mit einem Loch in der Mitte, der bei weitem größte seiner Art auf unserem Land. Als ich noch wirklich klein war, glaubte ich, die uralten Eichen hätten die Feuersteine aus der Erde geholt und zeigten sie uns aus irgendeinem rätselhaften

Grund. Damals zählte ich diese Bäume zu meinen engsten Freunden.

Natürlich gab es eine Vielzahl alter Geschichten über den Ort: dass es ein Feental sei und jedes Pferd, das hier vorbeigeführt werde, ihre Musik hören könne und hinunter in ihre Silbersäle gelockt werde. Dass hier eine sächsische Königin in einer lange versiegten Quelle getauft worden sei, die alle Erde von den Eichenwurzeln gespült habe. Und dass es zunächst nur eine Eiche gegeben habe, die vom Teufel mit einem Schlag in sechs geteilt worden sei, vor Wut, weil er einen Sensen-Wettstreit mit Beowa verloren habe, den wir John Barleycorn, also Gerstenkorn, nannten. Ein Stamm enthielt ein paar Glieder einer Eisenkette, die sich tief in die Rinde gegraben hatten. Als ich noch klein war, hatte Frank mir gern damit Angst gemacht, dass er mir erklärte, da sei ein Mörder angekettet worden und gestorben und zur Wintersonnenwende kehre sein Geist zurück, dürfe sich aber pro Jahr nur einen Hahnenschritt weiter auf den Friedhof zubewegen. Was natürlich kompletter Unsinn war. An der Eiche waren bloß eine Weile lang Tiere festgemacht worden.

Generationen von Mathers hatten als Kinder unter den Bäumen gespielt: Vater und seine jüngeren Brüder und ohne Zweifel auch Großvater und seine Geschwister. Frank und sein Freund Alfred Rose schlugen hier ihr Lager auf, wenn sie Cowboy und Indianer spielten, und Mary und ich hatten zwischen den Wurzeln Kaufladen gespielt, Bücher gelesen oder waren einfach hierhergeflohen, um den anderen zu entkommen. Nicht lange, bevor sie heirateten, fand ich heraus, dass Mary auch mit Clive hergekommen war, als er ihr den Hof gemacht hatte. Ich hatte Mühe, ihr das zu vergeben.

Ich war seit fast einem Monat nicht mehr bei den Eichen gewesen und konnte den Gedanken nicht ertragen, dass sie da allein in der Kälte standen. Für mich waren etliche der Bäume auf unserem Land lebendige Wesen, was bedeutete, dass sie über ihre eigenen Gedanken und Gefühle verfügten. Die große Eiche am Weg zum Beispiel liebte mich und grüßte mich herzlich, wenn ich an ihr vorbeikam. Dabei wollte sie immer wissen, wie es mir ging und was ich im Schilde führte. Und die vier starken, schützenden Ulmen um unser Haus mochten mich von meinen Geschwistern am liebsten, Alfred Rose dagegen nicht.

Ich legte eine Hand auf den Stamm jeder einzelnen Eiche und sagte leise »Hallo«, stand eine Weile in ihrem Kreis, froh, sie in ihrer Wintereinöde getröstet zu haben, und spürte, wie sich ihre Einsamkeit löste.

Die Bäume mochten einsam sein, aber ich hätte niemals zugestimmt, dass ich es auch war. Einsamkeit war etwas, das alte Leute befiel, aber ich war jung und hatte meine Familie um mich, und so konnte es sie für mich nicht geben.

Als ich klein war und mir noch ein Bett mit Mary teilte, bat ich sie manchmal, mir vor dem Einschlafen Geschichten zu erzählen: die von den Bällen, die einst in Ixham Hall veranstaltet worden waren, von dem Mädchen aus dem Dorf, von dem es hieß, dass es mit Zigeunern weggelaufen sei, oder auch meine Lieblingsgeschichte, die vom Ende des Großen Krieges. An jenem Wintertag auf unser ödes, lehmiges Land hinauszusehen, ließ mich erneut daran denken.

Ich nehme nicht an, dass sich Mary tatsächlich an all die Einzelheiten der Geschichten erinnerte, die sie mir erzählte.

Aber über die Jahre schmückte sie ihre Erinnerungen mehr und mehr aus, und sie bekamen ihren festen Platz in unserem Leben, sodass es mit der Zeit war, als erinnerte ich mich ebenfalls an sie. So beschrieb sie mir, wie sie und Frank, als er noch ein Baby gewesen war, eines Nachmittags bei Doble in der Scheune waren. Frank quengelte, und Doble wiegte ihn auf einem Heuballen, während sie auf dem Dreschboden mit ihren Klammerpuppen spielte. Nach einer Weile blickte sie auf den Hof hinaus und sah einen fremden Mann die Pferde hereinbringen: einen Mann in Uniform, der die Zügel hielt und die müden Tiere auf den Hof führte. »Schau, Doble, ein Soldat!«, rief sie, und er schrie auf und rannte zum Scheunentor, aber es war nicht sein Sohn Tipper, sondern John Hurlock, der Horseman, und Doble stand mit hängenden Armen da und schluchzte wie ein Kind.

Der Krieg musste seit Wochen vorbei sein, wobei Mary sich nicht erinnern konnte, davon gehört zu haben – oder von den Waffenstillstandsfeiern, die es, wie ich annehme, im Dorf gegeben hatte. Und Doble musste wissen, dass sein Sohn tot war, von einer Granate in den Dreck Flanderns geschmettert. Ich denke, es war Johns Anblick, in Uniform, ohne Tipper und Onkel Harry. John war unser einziger Überlebender, ein Mann aus einem anderen County. Sonst war der Wych Farm niemand geblieben.

Natürlich fasste Doble sich wieder und holte Baby Frank und Mary, und auch Vater und Großvater kamen, von wo immer sie gearbeitet hatten, um John zu Hause willkommen zu heißen. Mary erzählte mir, wie der arme Doble Johns Hand umfasste, sie schüttelte und gar nicht wieder aufhören wollte. Und dann kam der Teil, wie John die Pferde in den

Stall brachte, wie er darauf bestand und darum bat, eine Weile mit ihnen allein gelassen zu werden. Er sagte zu Vater, dass er seit seiner Einberufung vor zwei Jahren ständig an diesen Moment habe denken müssen.

Wer in der Geschichte fehlt, ist Mutter. John muss vom Bahnhof in Market Stoundham direkt zu den Pferden aufs Feld gegangen sein. Und wenn sie auf dem Feld waren und Vater auf dem Hof, wird Mutter mit ihnen gearbeitet haben, denn genau das tat sie, die selbst Tochter eines Horsemans war, während der langen Kriegsjahre. Und so stelle ich mir, wenn ich an das Ende des Krieges denke, im Unterschied zu Mary etwas vor, was ich nicht gesehen habe und wovon ich mir auch kein genaues Bild zu machen verstehe: John, wie er in seiner verdreckten Uniform über die schweren Erdklumpen steigt, während meine Mutter den Pflug hinter den sich plagenden Pferden führt. Wie sie ihn sieht, die Pferde zügelt und Worte hin- und herfliegen, die ich nicht hören kann, so sehr ich mich auch anstrenge.

II

CONSTANCE FITZALLEN KAM fünf Monate später auf den Hof, auf einem leuchtend roten Fahrrad. Es war ein Tag im Juni, trocken und warm, und wir waren beim Heuen.

Wir waren jedes Jahr die Ersten im Tal, die ihr Heu machten. Für gewöhnlich begannen wir am 6. Juni damit, es sei denn, es war ein Sonntag. Großvater behauptete, die erste Juniwoche sei immer trocken. Früher einmal hatten die Hullets, die mehr Land in Südlage besaßen, sogar noch drei Tage vor uns angefangen, aber mittlerweile stand ihr Haus mitsamt den Nebengebäuden leer, der Obstgarten war verlassen und das Dach der alten Scheune aus schwarz gestrichenem Holz halb eingestürzt.

Unser kleiner Traktor, der Fordson, stammte von den Hullets. John sagte, der Bauer habe ihn neu gekauft, als seine Pferde an die Front geschickt wurden. Aber nach ein paar ersten Versuchen benutzten wir ihn nur selten, denn unsere Erde war zu schwer und Benzin zu teuer. Wie die meisten Bauern der Gegend mähten wir unsere Wiesen mit einer von Pferden gezogenen Mähmaschine. Das ging so seit der Zeit, als die Männer Gras und Korn noch mit Sensen geschnitten hatten. Wir hatten eine Zinkenegge, um die Erdbrocken zu zerkleinern, eine Sämaschine und einen roten Albion-Mähbinder, auf den wir uns zur Erntezeit verließen. Alles wurde von den Pferden gezogen. Vater hatte die Maschinen direkt nach dem Krieg gekauft, da er, wie viele andere auch, glaubte, dass die Preise weiter hoch bleiben würden.

Ich durfte nicht mithelfen, die Mähmaschine mit dem langen Sichelmähwerk vorzubereiten, und ihr auch nicht zu nahe kommen, wenn sie im Einsatz war. Stattdessen war es meine Aufgabe, nach dem Wetzstein zu sehen, falls er John auf dem rüttelnden Sitz der Maschine aus der Tasche fiel, und auf seinen Ruf hin die Vögel zu vertreiben, Rebhühner oder auch Lerchen, die im hohen Gras brüteten und sich nicht wegbewegen wollten. Tags zuvor erst waren wir auf das Nest eines Wachtelkönigs mit drei dunkel gefleckten Eiern gestoßen. John hatte gesagt, die Mutter würde nicht zurückkommen, das täten sie nie, und so nahm ich die Eier vorsichtig mit und schob sie unter eine unserer Hennen, damit die sie ausbrütete.

Mein Blick fiel auf Constance, als wir am Ende des Rains kehrtmachten. Sie hatte ihr Fahrrad ans Tor gelehnt und saß auf der obersten Stange. Sie trug eine weite Hose, die unten von Fahrradklammern zusammengehalten wurde, ein Männerhemd mit aufgekrempelten Ärmeln und keinen Hut. Mit einer Hand schützte sie die Augen vor der Morgensonne und lächelte. Es ist alles so lange her, und doch werde ich ihren Anblick niemals vergessen.

John erblickte sie im gleichen Moment wie ich. Ich sah es an der Haltung seines Rückens, wenn er sich auch sonst nichts anmerken ließ. Moses und Malachi marschierten stetig weiter, die Mähmaschine surrte, und der süße Duft des geschnittenen Grases umhüllte alles. Als wir uns dem Tor näherten, sprang Constance herunter, und ich fragte mich, ob sie und John sich kannten, doch sie rief meinen Namen, nicht Johns.

»Edith? Du bist Edith, oder? Hallo, ich bin Constance Fitz-Allen. Man hat mir gesagt, dass ihr beim Heumachen seid.«

Ich weiß noch, dass ich dachte, wie groß sie doch sei, sicher die größte Frau, die ich je gesehen hatte. Sie streckte mir ihre Hand entgegen, und nach einem kurzen Zögern schüttelte ich sie. Ihre war größer als meine und stark wie die von Frank, aber ohne dessen Schwielen. Meine eigene Hand war heiß und verschwitzt, und ich wünschte, ich hätte daran gedacht, sie mir am Rock abzuwischen. Constance lächelte noch immer.

»Ich habe im Dorf gehört, dass ihr schon angefangen habt, und bin gleich hergeradelt«, sagte sie. »Aber ich verspreche, ich komme euch nicht in die Quere.«

»Ja, natürlich«, sagte ich idiotischerweise, hatte ich doch keine Ahnung, was sie meinte. John hatte die Pferde bereits wieder gewendet und fuhr von uns weg die Wiese hinauf. Ich hoffte, er würde sich keine Klinge an einem Stein kaputtmachen oder einen Vogel erwischen. Ich konnte Frank nirgends entdecken. Ich nahm an, dass er die nächste Wiese schon von Hand angefangen hatte oder aber bei den Schweinen war. Unsere Sau stand kurz vorm Ferkeln.

»Das ist also John«, sagte Constance und legte die Hand erneut über die Augen. »John, der Pferdezauberer. Wie wundervoll! Du musst mich ihm vorstellen.«

»Er ist … Er wird nicht gestört werden wollen«, gelang es mir hervorzubringen.

»Natürlich! Natürlich! Ich meine auch nicht jetzt. Heute Abend vielleicht oder morgen. Es ist reichlich Zeit. Kann ich mein Rad hier stehen lassen, oder ist es im Weg? Danke. Sag,

Edith, du hast gerade die Schule beendet, stimmt's? Wirst du sie nicht vermissen?«

Ich schüttelte den Kopf. Ich wusste, im September würde ich es bedauern, Miss Carter nicht wiederzusehen, die mir ein paar ihrer eigenen Bücher geliehen hatte, aber ganz allgemein war es eine Erleichterung, nicht wieder in die Schule zu müssen. Ich hatte dort keine speziellen Freundinnen gehabt, die ich vermissen würde. Die anderen Kinder wussten alle, dass ich klug war, was mich in Verbindung mit meinen mangelnden Fähigkeiten bei den Spielen auf dem Schulhof zur missachtetsten, unbeliebtesten Schülerin gemacht hatte. Ich hatte mir alle Mühe gegeben, mich nicht daran zu stören und mir zu sagen, dass ich sowieso lieber für mich war. Aber wenn ich ehrlich war, hatte es nie aufgehört, mir wehzutun. Manchmal, als ich noch jünger gewesen war, hatte ich mir vorgestellt, geheime Kräfte zu besitzen, und so getan, als verfluchte ich die anderen Kinder und ein Blick von mir würde genügen, sie mit Eiterbeulen und Krankheit zu überziehen.

Mit vier wäre ich beinahe an Diphtherie gestorben und musste Wochen im Bett verbringen, mit nichts, was mich zu sehr hätte aufregen können, nicht mal Büchern, und Mutter behauptete immer, dass ich danach ein anderes Kind war. Sie glaubte, dass ich durch meine Krankheit nur mehr eine schwache Konstitution besaß, weswegen mir verboten wurde, mich an gröberen Spielen zu beteiligen oder wild herumzurennen. Stattdessen blieb ich während der Pausen in der Klasse, las oder ging allein über den Schulhof, um frische Luft zu schnappen. Als jüngstes Kind bei uns zu Hause und ohne direkte Nachbarn, wie sie die Leute im Dorf hatten, gewöhnte ich mich an das Alleinsein, nehme ich an.

Constance lief langsam am Rand der Wiese entlang, und ich folgte ihr. Ich hatte das Gefühl, sie zu kennen, aber vergessen zu haben, wer sie war. Vielleicht hatte Mutter mir erzählt, dass sie kommen würde, und ich hatte nicht richtig zugehört. Woher kannte sie mich, und was um alles in der Welt wollte sie von mir?

»Was kommt als Nächstes? Mehr Schule vielleicht? Wie ich höre, bist du ziemlich intelligent.« Sie pflückte eine rosa Heiderose aus der Hecke, roch an ihr und begann, sie schnell und geschickt zwischen den Fingern herumzuwirbeln, erst in die eine, dann in die andere Richtung, bis das Bild gänzlich verwischte.

»Miss Carter, meine Lehrerin, wollte, dass ich ebenfalls Lehrerin werde. Aber Vater sagt, ich werde hier gebraucht.«

»Ah, natürlich, natürlich. Ich habe mich jedenfalls im Dorf eingemietet, in Elmbourne«, sagte Constance leichthin und als müsste es erklärt werden. »Ich dachte, einen Monat, vielleicht länger. Alle sind so herzlich, obwohl ich sagen muss, dass meine Unterkunft etwas … karg ist.«

»Im Gasthof?«, sagte ich. Meines Wissens gab es allein im Bell & Hare Zimmer zu mieten, hauptsächlich für Geschäftsreisende, wobei es nicht völlig unmöglich war, dass jemand hier Urlaub machen wollte. Aber eine Frau in Hosen, und dazu ganz allein? Was das für ein Gerede geben würde.

»Oh, nein, ich wohne über dem Stoffladen, bei einer Witwe, Mrs Eleigh.« Es war, als hätte sie meine Gedanken gelesen. »Ich hatte ihr geschrieben. Es ist alles ganz ordnungsgemäß. Aber wir werden sehen. Vielleicht ist es nicht das Richtige für mich. Vielleicht ist sie nicht die Richtige.«

Sie drehte sich zu mir um und grinste übers ganze Gesicht.

Ich war verwirrt, lächelte aber zurück. Ich konnte nicht anders.

»Warum sind Sie hier?«, platzte es aus mir heraus, und ich spürte, wie ich rot anlief. »Ich ... entschuldigen Sie, ich wollte nicht unhöflich sein.«

Sie lachte nur. »Oh! Schon gut. Ich bin die, die sich entschuldigen sollte, Edith. In den letzten paar Tagen habe ich mich so daran gewöhnt, dass die Leute im Dorf bereits wissen, was ich mache, dass ich dachte, es sei auch bis hierher schon durchgedrungen. Ich verfasse eine Studie über das Leben auf dem Land, die Folklore, das Handwerk und Kunsthandwerk, die Dialekte, Kochrezepte – diese Dinge. Der Krieg – nun, mit ihm hat sich alles zu ändern begonnen, meinst du nicht auch? Und es ist eine so fürchterliche Schande, was alles vergessen wird. Ich möchte es bewahren für zukünftige Generationen, oder doch wenigstens etwas davon. Wir *müssen* Orte wie diesen hier unbedingt feiern.«

Ich merkte mir das, um später darüber nachzudenken. Es war das erste Mal, dass ich jemanden solche Dinge sagen hörte. Das erste Mal, nehme ich an, dass mir ein kurzer Blick auf meine kleine Welt von außen gewährt wurde – als etwas, das bemerkenswert war und sich änderte. Es verunsicherte mich ein wenig, aber da war auch noch etwas anderes, etwas Interessantes, und es gefiel mir, wie eine Erwachsene angesprochen zu werden. Das hatte noch niemand getan.

»Meinen Sie ... Sie schreiben ein Buch? Sind Sie eine Schriftstellerin?«

»Oh, nein. Nun, ich würde mir gerne vorstellen, eine zu sein, eines Tages.« Das klang fast schon kokett, was mir merkwürdig unangenehm war. »Ich habe mal etwas Kurzes für

Blackwood's geschrieben und eine Anfrage von einer Wochen-
zeitschrift bekommen. Eines Tages ... ja, so etwas wie ein
Buch, wenn es möglich ist. Und keine dieser Elegien auf eine
verlorene Welt! Nein, die Engländer sind bereits viel zu verliebt in die Vergangenheit. Ich will etwas Praktischeres, etwas,
das einen Unterschied macht. Wir müssen unser Land ganz
neu aufbauen, das ist mein Gefühl. Es zurück auf den richtigen Kurs bringen. Meinst du nicht auch?«

John wendete die Pferde am anderen Ende der Wiese. Die
Sonne funkelte auf den Messingteilen des Geschirrs, und ich
hörte ihn fluchen, als ein Rebhuhn gackernd unter Moses'
Hufen aufflatterte.

»Jedenfalls bin ich deswegen hier – um alle deine Geheimnisse zu erfahren!«

Sie hakte sich bei mir unter, und ich sah, dass die Heiderose,
die sie gepflückt hatte, zwei ihrer fünf rosa Blütenblätter verloren hatte.

»Und jetzt erzähl mir alles übers Heuen«, sagte sie.

Ich liebte unsere beiden Wiesen, Great Ley und Middle Ley,
und es tat mir immer ein wenig leid, wenn sie gemäht wurden.
Im April und Mai schoss das Gras in die Höhe und war voller
Butterblumen, Sauerampfer und Bocksbart. Später dann ka-
men die Schmetterlinge, Schlangen und Grashüpfer, und im
August schwebten nachts die winzigen grünen Sternchen der
Glühwürmchen darüber. Wir düngten die Wiesen nie. Sie
waren so satt, so verlässlich, dass wir sie sogar manchmal im
September noch einmal mähten, je nachdem, wie viel nach-
gewachsen war.

Es war natürlich wundervoll zu sehen, wie sich der große

Heuboden füllte, und zu wissen, dass John selbst im tiefsten Winter süßes Futter herausschneiden konnte. Aber nach dem Mähen sahen die Wiesen so nackt und kahl aus, wenn die langen Grasschwaden gewendet und eingebracht worden waren. Jedes Jahr wieder wünschte ich mir, dass wir das Gras, wenn es so schön hoch stand, weiterwachsen lassen könnten.

Natürlich war das ein dummer Wunsch, das war mir klar. Die ungemähten Wiesen der Hullets waren alles andere als ein Paradies. Disteln und Bärenklau wuchsen mannshoch, und Dornenbüsche und Gestrüpp wucherten Jahr um Jahr weiter in sie hinein. Eulen und Turmfalken jagten in ihnen, und Füchse und Dachse bahnten sich Wege durch das wirre Gras, das für Kinder wie mich und Frank bald schon undurchdringlich geworden war. Der Hof der Hullets war ein Beweis dafür, dass die Natur gezähmt werden musste und ohne die richtige Pflege verdarb.

»Das Land ist wie eine Frau, John«, hatte ich meinen Vater einst sagen hören. »Vielleicht liebst du es, aber es muss produktiv sein. Es tut ihm nicht gut, so lange brach zu liegen.«

Ich konnte mich noch an das erste Jahr erinnern, in dem der Hof der Hullets nicht mehr bewirtschaftet wurde. Ich kann damals erst sieben oder acht gewesen sein, und auch wenn ich kaum etwas über die Hullets wusste und warum sie plötzlich verschwunden waren, war mir doch klar, dass ihre Wiesen weiterwachsen würden, und ich konnte nicht anders, ich musste hin zu ihnen. In den Wochen, nachdem unsere gemäht worden waren und bevor die Schule wieder anfing, lief ich hinüber, legte mich ins hohe Gras mit seinen fedrigen Samenköpfen und las *Little Black Sambo* oder *Bevis*, dem der Einband fehlte, und Franks Exemplar der *Schatzinsel*, bis Knie und Ellbogen vom Gras zu sehr juckten. Irgendwann hörte ich Mutter verzweifelt nach mir rufen, aber ich hatte ein Buch schon immer nur dann zugeklappt, wenn ich einen Satz mit sieben Wörtern fand – damit der Farm oder meiner Familie nichts Schlimmes zustieß. Und so dauerte es etwas, bis ich antwortete. Oft versteckte ich mich zu Hause, um zu lesen, weil von uns erwartet wurde, auf dem Feld zu helfen, wenn keine Schule war, und unsere Zeit nicht mit Bücherlesen zu verschwenden. Und am nächsten Nachmittag lag ich wieder in einer der Wiesen, genoss ihre üppige, unbeschnittene Wildheit und vernachlässigte meine Pflichten. Ich konnte nicht anders.

»Ich hätte nicht übel Lust, sie selbst zu mähen«, murmelte Vater mehr als einmal. »Wir könnten das Futter brauchen.«

»George, das darfst du nicht«, sagte Mutter. »Was, wenn es verkauft ist? Wir können uns das Heu nicht einfach so nehmen, das weißt du.«

Aber es wurde nicht verkauft, und wenn Vater nach jenem ersten Jahr auch kein Auge mehr auf das Land warf, gewöhnten wir uns doch alle nicht ganz daran, dass es brach lag.

Ich ging mit Constance bis zur Spitze der Great Ley, wo eine tiefe Eichen- und Ahornhecke eine Grenze zu den Kornfeldern und weiter hinten der Farm der Hullets bildete. Das Dickicht war voller Rufe frisch geschlüpfter Vogeljunger und der Himmel ein festes, blaues Gewölbe, an dem, unsichtbar für uns, Lerchen sangen. Schweiß perlte auf meiner Stirn, obwohl Constance die Hitze kaum zu spüren schien, und das Surren der Mähmaschine in der Ferne schwoll nicht an und ab, weil es vom Wind verweht wurde – es ging keiner –, sondern es war allein die Entfernung zu uns. Ich berührte den Wetzstein in der Tasche meines Rocks und spürte seine raue Oberfläche auf meinen Fingerspitzen mit den weit herunter-gebissenen Nägeln.

Constance stellte Fragen, und ich beantwortete sie. Aber gleichzeitig versuchte ich immer noch zu verstehen, was diese merkwürdige Frau hier bei uns auf der Farm machte und was es zu bedeuten hatte. Würde sie den ganzen Sommer bleiben? Jeden Tag zu uns herauskommen? Was würden Vater und Mutter davon halten? Und was hielt ich eigentlich davon?

»Ich nehme an, die Weizenernte ist die Hauptsache, nicht das Heu«, sinnierte sie. »Wie schade, dass die alten Traditio-nen nicht weitergeführt werden, wie die Wahl eines Ernte-gottes. Ruft ihr noch laut, wenn die letzte Garbe geschnitten wird?«

»Ob wir laut rufen?«

»Ja, wer die letzte Garbe schneidet, verkündet es allen, oder?«

Ich überlegte. Es war, wie ich feststellte, bereits so, dass ich sie nicht enttäuschen wollte. Mehr noch, ich wollte, dass sie mich mochte, und ihr bereitwilliges Lächeln gab mir das Gefühl, dass sie es womöglich tat.

»Ich … ich weiß nicht. Ich glaube nicht, aber ich kann John fragen. Vielleicht weiß er, was Sie meinen. Oder Groß-vater.«

»Oh! Lebt dein Großvater mit auf dem Hof bei euch, Edith?«

»Oh, ja. Vaters Vater. Haben Sie ihn im Haus nicht gese-hen?«

»Himmel, nein, ich hatte ja keine Ahnung. Nein, nur deine

Mutter, aber die hat mich nicht hereingebeten. Da war ein etwas altmodisch gekleideter älterer Mann, der den Hof gefegt hat, aber das kann er nicht gewesen sein, oder?«

»Nein, das war Doble. Den haben wir schon immer.«

»Euer Großknecht?«

»Nein, er kümmert sich nur um die Ställe. Sein Sohn Tipper war unser Großknecht, aber der ist im Krieg gestorben. John hat gesehen, wie er getötet wurde«, sagte ich unnötigerweise.

Ich hatte nur eine etwas unklare Vorstellung vom Krieg. Damals war ich noch nicht geboren, und als Bauer hatte Vater nicht hin gemusst. Aber obwohl John nie davon sprach, wussten wir Kinder doch alle von dieser einen Sache, und sie faszinierte uns mehr, als sie sollte. Es war im Übrigen allein der Güte Vaters zu verdanken, dass der alte Doble nach Tippers Tod wieder bei uns arbeiten durfte. Es gab viele junge, gesunde Männer, die nur zu gern seine Stelle eingenommen hätten und ins Cottage gezogen wären. Aber die Dobles gab es schon seit Ewigkeiten auf der Wych Farm, genau wie die Mathers und die Lyttletons in Ixham Hall, denen wir Pacht zahlten. So waren die Dinge nun mal.

»Er ist ein wunderbares Beispiel – Doble, meine ich. Eine Art Archetyp, in den alten Kleidern. Ich glaube, er hatte die Hose am Knöchel mit einer Schnur zugebunden!«

Wenn es so war, musste er Spreu gehäckselt haben oder auf Rattenjagd gewesen sein, aber es schien keinen Grund zu geben, das zu erklären. Oft machte er sich eine Art Umhang aus alten Säcken. Das taten fast alle, wenn es regnete.

»Es ist so traurig, sich vorzustellen, dass Leute wie er verschwinden«, fuhr Constance mit einem dramatischen Seufzer fort. »Die *Landflucht*, weißt du. Bald schon wird es den echten Bauern nicht mehr geben und kaum einen, der daran erinnert, dass es ihn hier mal gab.«

»Würden Sie meinen Großvater gerne kennenlernen?«, fragte ich, um das Thema zu wechseln. Etwas an der Art, wie sie über Doble sprach, war mir unbehaglich, wobei ich nicht hätte sagen können, was es war.

»Oh ja! Sehr. Heute sind es vor allem die Alten, die die Weisheit noch bewahren, meinst du nicht?«

Ich fragte mich, was Vater dazu sagen würde. Ich liebte ihn sehr, wie es Töchter nun mal tun, und dankte ihm für seine Zuneigung wie ein Welpe, der nichts als gefallen will. Gleichzeitig aber wusste ich, dass er nicht vollkommen war, so leicht reizbar, wie er reagierte, wenn Dinge gegen seine Autorität gingen, ja, er konnte auch launenhaft sein. Aber die Farm war eine große Verantwortung, und so war das kaum überraschend. Insgeheim fühlte ich, dass ich ihn verstand, selbst wenn er außer sich geriet. Vielleicht sogar besser, als Mutter es tat.

Constance stand da und sah auf das nächste Feld hinaus, das wir Crossways nannten. Das Korn darauf war noch kaum kniehoch und sah dünn aus, und ich wusste, wenn es nicht bald regnete, würde die Ernte wieder schlecht ausfallen. Seven Acres auf der anderen Seite der Farm lag brach, wie von Vater angeordnet – worüber nicht gesprochen wurde. Natürlich wusste sie davon nichts.

Frank überprüfte die Fallen im Graben auf der Seite von Middle Ley, wo die Wiese an Hulver Wood angrenzte. Er richtete sich auf, als er uns kommen sah, und legte die Hand gegen die Morgensonne über die Augen. Der Holunder war in voller Blüte und reckte die cremefarbenen Dolden zum Himmel. Tief im dichten Laub lärmten Ringeltauben.

»Ist das dein Vater?«, fragte Constance und hob den Arm, um zu winken. Es war keine so komische Frage. Frank war für seine siebzehn Jahre groß und breit und trug eine lange Hose. Seit kurzem rasierte er sich, wenn auch noch etwas unbeholfen.

»Nein, das ist Frank, mein Bruder«, sagte ich, als wir näher kamen. »Frank, das ist Constance …«

»Constance FitzAllen«, rief sie, trat zu ihm und pumpte seine Hand heftig auf und ab. »So, da haben wir also den rechtmäßigen Erben! Ich bin hier, um all Ihre Geheimnisse zu erkunden, wie Sie wahrscheinlich längst gehört haben.«

Frank sagte nichts, sondern sah nur zwischen uns beiden hin und her. Ich stellte fest, dass ich ihm unerklärlicherweise nicht recht in die Augen sehen konnte.

»Geheimnisse?«, sagte er endlich.

»Nun, ja: ihre Landweisheiten und Gebräuche. Aber ich fürchte, ich halte Ihre Schwester von ihren Pflichten ab.«

Sie stand mit den Händen in den Taschen da, ganz entspannt und mit einem Lächeln. »Es tut mir leid. Es wird nicht wieder vorkommen.«

»Wahrscheinlich doch«, sagte er. »Sie ist anfällig für so etwas.«

Ich nahm den Wetzstein aus der Tasche und gab ihn ihm.

»Constance würde gern Großvater kennenlernen. Kannst du mich auf der Great Ley vertreten? Ich glaube, John hat bereits einen Vogel aufgescheucht.«

»Nett, Sie kennenzulernen, Miss FitzAllen.« Frank nickte mir zu. »Diese Karnickel sind eine echte Plage. Ich werde

Doble sagen, er soll ein paar Schwefelkartuschen besorgen«, sagte er.

Wir hatten ein altes Fachwerkhaus mit einem langen, leicht durchhängenden Strohdach, kleinen, tief liegenden Flügelfenstern und einem gemauerten Kamin, an dem ein Herd und eine mächtige Feuerstelle hingen, in die – wenn man wusste, wo man nachsehen musste – geheimnisvolle runde Muster gekratzt waren, die wir »Hexenzeichen« nannten. Vor vielen Hundert Jahren waren sie mit Zirkeln eingraviert worden. Unten waren die Böden aus gelben, in einem Fischgrätmuster angeordneten Ziegeln. Im Wohnzimmer lagen ein paar abgetretene türkische Teppiche darauf. Oben im Haus gab es breite Dielen aus Ulmenholz. Hinauf gelangte man über eine steile Treppe mit schmalen Stufen, die in einer halben Drehung aus der Küche nach oben führte. Vor ihr hing ein schwerer verblichener Vorhang, damit es nicht so zog. Der Herd wurde mit Kohlen befeuert, wir hatten einen Siebzig-Liter-Kupferkessel für Heißwasser und eine Pumpe am Wasserbecken hinten, aber keinen Strom oder gar einen Kühlschrank. Einmal in der Woche wuschen wir uns in einer Badewanne aus Zink, und es gab ein Außenklo mit einer Dose Keating's Powder, um die Fliegen zu verscheuchen. Unsere Farm war zugig und marode, und in den fünf langen Jahrhunderten, die es sie gab, hatte sich wenig daran verändert – ganz sicher nicht die Erde, die Großvater unseren »nährenden« Ton nannte, der Mensch wie Tier erschöpfte und unsere Mutter fluchen ließ. Aber trotz allem wuchs ich dort glücklich auf, denn ich liebte unser Land so sehr, jeden Zentimeter davon, nicht zuletzt, weil ich nichts anderes kannte.

Es war niemand auf dem Hof, und ich sah, dass Pony und Wagen weg waren. Die Hintertür war geschlossen und Mutter nirgends zu sehen. Wahrscheinlich war sie Mary besuchen, oder vielleicht war auch Doble mit dem Wagen unterwegs, und sie arbeitete im Gemüsegarten oder sah bei den Obstbäumen nach den Bienen.

Ich bat Constance, an der Tür zu warten, weil ich Großvater nicht mit einer Fremden im Haus überraschen wollte. Ich nehme an, ich sorgte mich, was er von ihr denken würde. Ich wusste es ja selbst kaum.

Er saß in einem der Ohrensessel im Wohnzimmer, was bedeutete, dass er uns draußen gehört haben musste. Als ich hereinkam, wandte er mir sein Gesicht mit den tief eingefallenen Augenhöhlen zu.

»Nun, Kind?«

Er klang neugierig, nicht scheltend, und ich ging zu ihm und legte ihm eine Hand auf die Schulter, damit er wusste, ich war da.

»Sie heißt Constance FitzAllen, und sie wohnt im Dorf«, sagte ich. »Sie ist hier, um alles über die Landarbeit zu erfahren, und, na ja, wie es früher ging.«

»Sie war schon vor etwa einer Stunde hier, richtig? Deine Mutter hat sie abblitzen lassen.«

»Hat sie das?«

»Oh ja. Das hat sie. Hinausgeworfen hat deine Mutter sie. Sieht ganz so aus, als hätte die Frau ihre eigenen Ideen. Bring sie herein.«

Ich fand Constance beim Hinterhaus, wo sie in unseren Kupferkessel linste, der gerade leer war. »Es ist so schade, dass ihr nicht mehr eure eigene Butter und euren eigenen Käse

35

macht«, sagte sie. »Das habe ich deiner Mutter vorhin schon gesagt. Wir *müssen* die alten Fertigkeiten unbedingt erhalten.«

Das also hatte Mutter gegen sie aufgebracht. »Ich ... ich stelle Sie jetzt Großvater vor, wenn Sie mögen«, sagte ich.

»Oh, ja bitte! Was für eine Freude. Ja, bring mich zu ihm!«

Großvater war aufgestanden und stützte sich auf seinen Stock. Ich hatte vergessen, ihr zu sagen, dass er blind war, doch ich konnte zu meiner Erleichterung sehen, dass sie es gleich begriff.

»Mr Mather, mein Name ist Constance, Constance FitzAllen. Es freut mich wirklich, Sie kennenzulernen«, sagte sie und nahm seine Hand. »Ich danke Ihnen sehr, dass Sie Zeit für mich haben.«

Im Haus sprach sie leiser, und sie wirkte kleiner und vielleicht auch sanfter.

»Schon gut, Missy«, sagte er. »So setzen Sie sich doch. Edith, mach uns einen Tee, ja? Deine Mutter ist mit Doble ins Dorf gefahren. Sie wird frühestens in einer Stunde zurück sein.«

Leise bewegte ich mich durch die Küche, stellte den Kessel mit Wasser auf den Herd und nahm Teekanne und Tassen von der Anrichte. Ich gab mir alle Mühe zu hören, was die beiden redeten, vernahm aber nur ein leises Murmeln. Ich schnitt ein paar Scheiben vom Ingwerkuchen, fand drei saubere Teller und war leicht verärgert, dass ich Mutter spielen musste und nicht mitbekam, worüber sie sich unterhielten. Längst hatte ich das Gefühl, dass Constance mir gehörte, nicht Großvater oder sonst jemandem auf der Farm.

Ich stellte das Tablett auf den kleinen Tisch aus Walnussholz neben Großvaters Sessel, und schon nahm Constance den Deckel von der Teekanne, sah hinein und begann, einzuschenken.

»Ja, das waren schwere Jahre. Schwere Jahre«, sagte Großvater. »So etwas werden wir nicht wieder erleben, Gott sei gedankt.«

»Im Dorf sagen sie …«

»Das jetzt? Das ist nichts, was sich mit harter Arbeit nicht wettmachen lässt, lassen Sie sich das gesagt sein.«

Großvater hatte die Farm während der von den alten Männern im Dorf »Jahre des Niedergangs« genannten Zeit Ende des letzten Jahrhunderts betrieben, und auch wenn er nicht oft darüber sprach, wussten wir doch, dass die Disteln auf Seven Acres und Far Piece mannshoch gewuchert und seine zwei Brüder verzweifelt und halb verhungert nach Neuseeland ausgewandert waren, wo sie, wie wir manchmal spekulierten, vielleicht noch lebten. »Kauf nichts und verkauf nichts!«, sagte Großvater zuweilen zu seinem Sohn und pochte mit dem Stock auf den Boden.

Constance griff nach Großvaters Tasse samt Untertasse und schien sie ihm geben zu wollen, stellte sie dann aber zurück und sah mich an. Ich nahm die Tasse, stellte sie auf die Lehne des Sessels und führte seine Hand zu ihr hin. Durchs offene Fenster war das ferne Surren der Mähmaschine auf der Great Ley zu hören.

»Danke, Edith«, sagte er.

Ich schenkte mir meinen eigenen Tee ein, nahm ein Stück Kuchen und setzte mich auf den Platz beim Fenster. Dort saß ich am liebsten, weil ich gern auf den Hof hinaussah und mich so wie im Herzen der Farm fühlte. Ich sah hinaus und stellte mir vor, wie sich Felder und Wege von uns zu anderen

Farmen, zu Wäldern und Dörfern erstreckten. So schrieb ich auch unsere Adresse in meine Notizbücher, ich begann mit »Wych Farm« und endete mit »Universum«. Wie ich jetzt jedoch dasaß, fühlte ich mich ausgeschlossen, als wäre ich wieder ein Kind, obwohl ich doch mittlerweile vierzehn war und die Schule beendet hatte.

»Was für ein köstlicher Kuchen, Edith«, sagte Constance strahlend. »Ist das ein Rezept von deiner Mutter?«

»Oh, nein, den kaufen wir im Dorf«, sagte ich. »Aber … Mutter macht ihren eigenen Honigkuchen«, fügte ich rasch hinzu und wurde rot. »Und wir wecken natürlich ein und kochen Marmelade, ich helfe dabei, und wir backen. Mutter hält nichts von gekauftem Brot.«

»Es gibt hier in der Gegend aber keine Mühle mehr, oder?«

»Es ist eine Schande, dass wir die Mühle in Elmbourne verloren haben. Eine große Schande«, sagte Großvater. »Tja, das haben wir der Bahn zu verdanken. Unser Korn wird jetzt mit einem Lastwagen abgeholt und bis nach … nach … nun, mein Sohn kann Ihnen das alles erklären. Ada kauft ihr Mehl im Dorf, und wer weiß, wer den Weizen dafür angebaut hat, oder wo! In solchen Zeiten leben wir.« Er pochte ganz leicht mit dem Stock auf den Boden.

»Ich nehme an, Sie haben unzählige Ernten eingebracht, Mr Mather?«

»Das habe ich.«

»Es muss Ihnen Sorge bereiten zu sehen, wie sich alles ändert.«

»Mir Sorge bereiten? Nein, das tut es nicht. Wir brauchen Veränderung. Wir brauchen sie unbedingt! Ich habe nicht mehr so gearbeitet wie mein Vater, und George arbeitet nicht mehr wie ich. So ist es nun einmal. Man darf nicht stehen bleiben, nicht, wenn man weiterkommen will.«

Ich lächelte in mich hinein. Constance irrte sich, wenn sie glaubte, er wäre jemand, der die gute, alte Zeit pries und sich gegen das Neue wandte.

»Was ist mit den Pferden?«

»Nun, was meinen Sie?«

»Heute werden meist Traktoren benutzt. Ich habe einen Artikel darüber in einer Zeitschrift gelesen.«

»Wir haben einen Fordson«, warf ich ein. »Er steht in der Scheune.«

»Oh, die sind gut auf leichter Erde, aber hier bei uns taugen sie nichts. Das haben wir herausgefunden. Nein, Motoren werden niemals die Pferde ersetzen«, sagte Großvater.

Franks Freund Alf aß an dem Tag bei uns zu Abend. Er war am Nachmittag zu Fuß herübergekommen, um Frank auf unserem Land zu helfen. Die beiden waren die ganze Schulzeit über in dieselbe Klasse gegangen, waren gemeinsam Eier suchen gewesen und hatten mit ihren Schleudern Spatzen gejagt. Jetzt waren sie siebzehn und Männer, hatten die Kinderspielchen hinter sich gelassen und spielten stattdessen Darts im Bell & Hare, gingen mit Alfs vier Frettchen auf Kaninchenjagd und halfen sich von Zeit zu Zeit gegenseitig bei der Farmarbeit.

Ich kannte Alf und seinen älteren Bruder Sidney schon mein ganzes Leben lang. Sid stotterte leicht und litt unter einer Lähmung, die ihn beim Sprechen den Kopf scharf nach links ziehen ließ, was sein Aussehen verdarb. In Alf dagegen war ich als kleines Mädchen leicht vernarrt gewesen. Er war ein netter Kerl, alle sagten das. Etwas größer als Frank und nicht so stämmig, mit dunklem Haar und dunklen Augen. Ich glaube nicht, dass ihn irgendjemand als gut aussehend bezeichnet hätte, aber er hatte ein angenehmes Gesicht. Und er war witzig. »Alfie Rose könnte ein nasses Huhn zum Lachen bringen«, sagte Mutter manchmal. Er lächelte viel und hatte gute Zähne, wusste mit Leuten umzugehen und war allgemein beliebt. Er war nicht unbedingt der Klügste, doch das machte nichts. Er war das, was die alten Männer im Dorf »behände« nannten, worauf es auf einer Farm weit mehr ankam.

Als er die Schule verließ, war von meiner kindlichen Vernarrtheit nichts mehr übrig, hatte ich doch größere Lieben erlebt – Percy Bysshe Shelley und John aus *Der Kampf um die Insel*. Oder auch Miss Carter, meine Lehrerin. Und doch musste da noch etwas in mir sein, das er mit seinem weltlicheren Blick erkennen konnte, denn warum sonst verhielt er sich so, als hätte ich noch immer ein Auge auf ihn? Ich hatte keine Ahnung, wie ich ihm die Überzeugung nehmen sollte.

Nach dem Essen trug ich die Teller ins Hinterhaus, um abzuwaschen. Frank und Vater waren mit Doble in die Scheune gegangen, weil sie nach etwas sehen wollten, John und Mutter saßen noch am Tisch und sprachen über Malachi, der am Morgen ein Eisen verloren hatte. Mutter war die einzige Person, mit der John über die Pferde redete, hatte sie mit ihnen doch, während er an der Front gewesen war, von Sonnenaufgang bis Sonnenuntergang gepflügt, geeggt und Furchen gezogen, obwohl sie sich auch um Mary kümmern musste und dann auch noch Frank kam. Manchmal fragte ich mich, ob sie jenen Tagen nachtrauerte.

Alf schlich sich nahe hinter mich an die Spüle. Plötzlich spürte ich seinen warmen Atem im Nacken und schreckte zusammen.

»Kann ich etwas tun? John ist im Stall.«

Ich fühlte seine Hände auf meinen Hüften.

»Bitte, lass mich, Edie«, murmelte er, fuhr mit den Händen weiter vor und ließ sie nach oben wandern. Ich spürte, wie mir sein Ding unten auf den Rücken drückte.

Es kommt mir heute seltsam vor, aber ich empfand rein gar nichts, wann immer Alf Rose mich berührte, obwohl ich doch für gewöhnlich schnell reagierte und alles überdachte. Ich überlegte, ob ich sauber war oder ob ich, so aus der Nähe, vielleicht nach Schweiß roch. Die Möglichkeit quälte mich in jenen Jahren sehr. Ich fragte mich, was ich sagen und tun sollte, was von mir erwartet wurde und was andere Mädchen taten, und manchmal nachts drohte mich die Sorge aufzufressen, in was für Schwierigkeiten ich käme, wenn jemand das mit Alf herausfand. An jenem Abend dort an der Spüle konnte ich uns eher durch die Augen eines anderen sehen als durch meine eigenen: Alf, wie er sich an mich drängte, ich, die ich auf meine Hände im warmen, fettigen Wasser starrte. Natürlich war es ungeheuer schmeichelhaft, dass er mich so sehr mochte.

Dann wich er unversehens zurück, nahm einen Teller und ein Geschirrtuch, und ich drehte mich um und sah Mutter, die den Rest des Geschirrs für den Abwasch hereintrug.

»Oh, Alfie, bist ein guter Junge«, sagte sie.

III

MEIN TAGEBUCH JENES SOMMERS war ein grünes Silvine-Übungsbuch, eines von vieren, die mir Miss Carter am letzten Schultag geschenkt hatte, damit ich Gedichte verfassen, mich im Schreiben üben und lehrreiche Passagen aus Büchern kopieren konnte. Eine Zeitlang versuchte ich Verse zu schreiben, aber sie schienen mir schrecklich nachgemacht, schwächliche Abbilder von Shakespeare-Sonetten, von Gedichten John Clares und Keats'. Ich besaß eindeutig keine eigene Stimme, und so gab ich es schnell wieder auf und beschloss, die Bücher stattdessen als Tagebücher zu benutzen.

Und auch da versagte ich meiner Meinung nach, denn statt funkelnder Aphorismen, spannender Gespräche und politischer Neuigkeiten fand sich auf den Seiten Woche für Woche nur, dass ich zweimal täglich nach den Hühnern sah, meine übrigen Aufgaben eher widerwillig erfüllte, mich freute, wenn Mutter Marmeladenrollen buk, verdrießlich reagierte, wenn es Leber gab, gierig Bücher verschlang, pflichtbewusst betete, regelmäßig ausgescholten wurde, weil ich herumtrödelte, und einmal im Monat unter *dem Fluch* litt.

Hin und wieder versuchte ich etwas von meinen Zukunftsängsten zu Papier zu bringen, wahrscheinlich, um die schlimme Verschwommenheit meiner Gedanken zu klären. Aber auch wenn sich dadurch abzuzeichnen begann, was ich nicht wollte, wurde mir doch keineswegs klar, was ich denn nun tatsächlich vom Leben erwartete. Oder besser gesagt: was mir erlaubt und nicht erlaubt sein mochte. Ich wusste mit meinen vierzehn Jahren lediglich zu sagen, dass ich in irgendeiner Weise etwas in dieser Welt bedeuten wollte.

Über Alf Rose schrieb ich nichts in mein Tagebuch, und darüber bin ich froh, denn wer weiß, wo es jetzt ist, in wessen Händen. Aber über Connie habe ich geschrieben, und über alles, was damals geschah – soweit ich es verstand. Und eine kleine Weile zumindest, denke ich, half es.

Frank und ich wanderten flussaufwärts, einen ganzen Tag lang. Es war ein Montag, wie ich mich erinnere, da ich eigentlich Mutter hätte helfen sollen, aber Vater hatte uns frei gegeben, weil das Heu so gut wie eingebracht war und er sagte, dass wir hart gearbeitet hätten.

Mutter hatte eingewandt: »Montag ist Waschtag, da kann ich Edie nicht entbehren.« Wir waren auf der Great Ley, alle zusammen. Mutter und ich hatten kalten Tee und eine Fleischpastete mitgebracht und im Schatten der Eichenhecke eine Decke ausgebreitet. Doble, in Weste und Oberhemd, hatte Großvater über die Wiese geführt, damit er die Junisonne auf dem Gesicht spüren konnte. Nur John war nicht da, er holte Wasser für die Pferde.

Mutters Worte versetzten mir einen Stich. Ich hasste den Waschtag fast ebenso sehr wie sie, dazu kam, dass ich seit Wochen nicht mehr von der Farm heruntergekommen war. Ich sah Frank an, ob er mir nicht vielleicht helfen konnte, doch der starrte auf die Wiese hinaus, auf der das gemähte Gras zum

Trocknen lag, dessen Farbe in der hellen Sonne bereits von Grün zu Gold wechselte. Es roch süß. Wahrscheinlich würde nur Frank einen freien Tag bekommen, dachte ich. Das war nicht fair.

Doble half Großvater auf den Segeltuchstuhl, während Mutter den Tee einschenkte. Vater und John wollten nach dem Essen die Middle Ley mähen, und wir würden das Gras mit den hölzernen Rechen zum Trocknen ausbreiten. Sonntag würden wir ausruhen, und am Montag, wenn Vater sagte, es ist trocken, würden die Männer es zum Hof bringen und den Schober füllen.

Vater legte sich auf die Decke und schob sich den Hut über die Augen.

»Du schaffst den Waschtag auch ein Mal allein, Ada«, sagte er. »Gott weiß, dass du es sowieso musst, wenn wir Edie erst verheiratet haben und sie nicht mehr hier ist.«

Und so machten Frank und ich uns am Montag auf den Weg, nachdem ich die Hühner versorgt und Mutter noch dabei geholfen hatte, die Betten abzuziehen. Sofort war es so, als wären wir wieder Kinder. Frank drehte sich um, als er das Tor zur Farm öffnete, und grinste mich an, und ich konnte nicht anders und grinste zurück. Warum, wusste ich nicht. Vielleicht, weil das alles so ungewöhnlich war, denn wenn wir nicht gerade auf demselben Feld arbeiteten, verbrachten wir kaum noch Zeit miteinander. Frank rannte den Weg hinauf, und ich rannte ihm hinterher. Wir jagten einander und lachten mit der Aussicht auf einen langen Tag am Fluss, unter blauem Himmel.

An der Kreuzung mit ihrem weiß gestrichenen Wegweiser blieb Frank stehen, und ich half ihm, den Rucksack richtig auf den Rücken zu binden. Er war schludrig, wie es so viele Jungen waren: Im Haus konnte man sehen, wo er gewesen war, weil die Schubladen und Schranktüren offen standen, Deckel neben Gläsern lagen und das Licht brannte, obwohl niemand mehr im Zimmer war. Mary und mir hätte man eine solche Achtlosigkeit niemals durchgehen lassen. Seine Aufgaben auf der Farm erledigte Frank jedoch pflichtbewusst und sorgfältig, dafür sorgten Vater und John.

»Sollen wir die Straße nehmen, Ed, oder über die Felder gehen?«

»Gehen wir über die Felder.«

Manche Leute sagen, unser County sei flach, doch das stimmt nicht ganz. Im Gegensatz zur wirklich ebenen Landschaft der Fens hebt und senkt es sich sanft und fällt dann zum sich dahinwindenden Lauf des Stound hin ab. Aber der Himmel darüber ist riesig, und man sieht von jeder leichten Erhebung meilenweit übers Land. Die Wege sind schmal, die Felder klein und voller breiter Hecken, manchmal gleich zwei nebeneinander und baumhoch: Eichen, Eschen, Ahorn und Heiderosen wachsen daraus hervor. Weil unser Teil des Landes nie neu geordnet wurde, durch Wohlstand, Eisenbahn oder Industrie, sind viele der Häuser uralt, die Farmhäuser oft windschief mit tief hängenden Strohdächern und verkrümmtem Fachwerk. Die schwarzen Scheunen haben Ziegelfundamente, hohe Giebel und mächtige Tore. Unsere Kirchen sind aus behauenem, von den Feldern gesammeltem Feuerstein, das Land selbst steht aufrecht zum Gebet, und überall reicht das Korn bis an die Dorfränder, wie es in Frankreich der Wein tut. So hat man es mir gesagt.

Wir gingen am Rand eines langen, schmalen Feldes jenseits

der Farm der Hullets entlang. Bob Rose mit seinen beiden Söhnen beackerte das Land hier. Vor ein paar Jahren hatte er neunzig Morgen zu Weiden gemacht, er züchtete Red-Poll-Rinder und versuchte sich jetzt auch am Gemüseanbau, obgleich er seine Neigung für Weizen und Gerste noch nicht ganz aufgegeben hatte.

»Wie ich sehe, steht Roses Gerste gut«, sagte Frank. »Ich denke, sie bringt vierzig Scheffel pro Morgen.« Er blickte nachdenklich auf das sich in einer leichten Brise wiegende Feld. Die grünen Grannen der Gerste gaben ihm eine weiche Textur wie ein Hundefell.

Eine gute Gerstenernte ist im Kornland der Stolz jedes Bauern, da sie genaue Anforderungen stellt: Gerste vergibt kein schlechtes Wetter, und um dem Mälzer zu gefallen und nicht als Schweinefutter verkauft werden zu müssen, muss sie geschnitten werden, wenn sie perfekt reif ist, was mitunter die Frage eines einzigen Tages sein kann. Dann muss sie gleich eingebracht werden und darf nicht in Docken auf dem Feld verbleiben, denn schon ein leichter Regen kann feine Haare aus den Körnern sprießen lassen und alles verderben. Dennoch laugt sie das Land nicht aus wie der Weizen, und ist sie gut mälzbar, erzielt sie einen hohen Preis. Die meisten unserer Nachbarn riskierten es, auf einem Teil ihres Landes Gerste anzubauen, denn in einem guten Jahr füllte sie ihnen die Kasse und hob ihr Ansehen unter den Freunden. So hatte auch Vater in diesem Jahr etwa die Hälfte unseres Landes damit eingesät.

»Die Erde hier ist wunderbar leicht, verglichen mit unserer«, fuhr Frank fort. »Und sie hat irgendwie auch mehr Herz. Aber sieh mal, Ed, die Gerste zieht das Gras mit auf, das Rose

46

im April fürs nächste Jahr schon gesät hat, wenn's eine Weide werden soll, das heißt, er muss bei der Ernte vorsichtig sein, sonst sind die Enden der Garben grün.«

»Er hält das Feld aber gut sauber, meinst du nicht? Ich kann kaum irgendein Unkraut entdecken, und auch die Gräben sind frei.«

Frank bremste mich ein wenig. »Nun, er kann es sich auch erlauben, extra Helfer zu bezahlen, er verdient gut mit seinen jungen Rindern. Oh ja, er ist ein Krösus, der alte Rose.«

»Woher hatte er das Geld, sich auf die Rinderzucht zu verlegen?«

»Oh, er hat direkt nach dem Krieg gut mit Hafer verdient.«

»Woher weißt du das?«

»Alle wissen das … na ja, bis auf dich.«

Ich fragte mich, ob Sid und Alf Frank vom Geld ihres Vaters erzählt hatten, doch das schien nicht wahrscheinlich. Abgesehen von den Futter- und Lohnkosten und den Preisen, die mit Tieren und Korn zu erzielen waren, war Geld allgemein etwas – Gewinne und Verluste, ihre Bilanz, die Zukunft –, worüber die Bauern außerhalb ihrer Familien niemals redeten, und auch ihre Söhne nicht. So kam es, dass man von den wirklichen Schwierigkeiten eines Mannes oft erst erfuhr, wenn eine Verkaufsanzeige in der *Gazette* stand, wie es in jenen schweren Jahren immer öfter der Fall zu sein schien. Nein, ich nahm an, der fabelhafte Reichtum der Roses, wo immer er hergekommen sein sollte, müsse ein Produkt des Dorftratsches sein, der nicht selten wenig mit der Wirklichkeit zu tun hatte.

Mit dem Feld endete des Land der Roses, und wir duckten uns durch eine Lücke in einer mächtigen Hecke und gelangten auf einen Weg, der schnurgerade eine Meile nach Westen führte, beidseitig flankiert von Haselnusssträuchern und jungen Eichen. Vater sagte, dass es vor dem Krieg ein Weg aus festgewalzten Steinen gewesen sei mit einem guten, tiefen Abflussgraben auf jeder Seite. Heute war es nur mehr ein schmaler, von Bäumen überwölbter Pfad. Die Haselnusssträucher waren seit vielen Jahren nicht mehr zurückgestutzt worden und wild aufgewuchert, umgeben von dichtem Wiesenkerbel. Wildhanf und vertrocknender Bärlauch bedeckten die Erde. Der schwere Lehm, der mittlerweile die Oberfläche des Pfades bildete, produzierte ein klickendes Geräusch unter unseren Füßen, als hätte die Hitze ihm den Mund ausgetrocknet. Links und rechts vom Pfad leuchtete grüne Gerste durch Lücken im zügellosen Wildwuchs des Juni.

Während wir so dahinliefen, dachte ich darüber nach, was Wohlstand war und bedeuten mochte, und zwar über die Möglichkeit hinaus, Helfer dafür zu bezahlen, dass sie einem die Felder von Unkraut befreiten. Mrs Rose scheuerte immer noch selbst die Böden, denn sie hatten keine Haushaltshilfe, und die schwarze Sonntagsjacke von Mr Rose war so alt, dass sie je nach Licht grün schimmerte. Seine Söhne waren, abgesehen davon, dass sie Comics hatten lesen dürfen, nicht anders als Frank großgezogen worden. Vielleicht ging es mehr um die Zukunft als um die Gegenwart – keine Sorge haben zu müssen, was die Zukunft brachte oder wie man ein schlechtes Jahr überstehen konnte, wie es bei uns der Fall war.

Ich fragte mich, ob wir arm waren und vielleicht noch ärmer wurden. Es war unmöglich zu sagen. Ich wusste natürlich, dass die Ernte im letzten Jahr schlecht ausgefallen war und Vater fürchtete, dass es in diesem Jahr wieder so sein würde, aber wie sehr seine Sorge über das Normale hinausging, konnte ich nicht sagen. Bauern mussten sich immer sorgen, denn ob es ihnen gut ging, hing von Gott ab, dem Wetter und jetzt auch von der Regierung.

»Whitehall bestimmt unser Geschick«, sagte Vater über die Landwirtschaftspolitik, als neue Regelungen in Bezug auf Löhne und Preise bekanntgegeben wurden. »Ein Mann sollte sein Land so bestellen können, wie er will«, schimpfte er und warf die Zeitung voller Abscheu von sich fort. Er hatte Lloyd George nie vergeben, dass er 1921 den Corn Production Act aufgehoben hatte, der gute Preise garantierte, und traute seitdem keinem Politiker mehr. Obwohl er sagte, er sei ein Konservativer wie die Lyttletons, von denen wir unser Land pachteten, zahlte er seinen Beitrag für die National Farmers' Union und fühlte sich von ihr repräsentiert. Mary hatte mir erzählt, dass er Mutter, als er herausfand, dass sie für Stanley Baldwin gestimmt hatte, die Lippe blutig geschlagen hatte. Wobei es, wie ich heute glaube, das Gleiche gewesen wäre, hätte sie gegen ihn gestimmt.

Als wir schließlich aus dem Schatten der Bäume traten, blendete uns das Licht auf dem Fluss. Ich trug meinen Badeanzug unter meinen Sachen, und während Frank den Rucksack ablegte und auszupacken begann, knöpfte ich meine Bluse auf und trat mir die Schuhe von den Füßen.

»Gehst du gleich rein?«, fragte Frank, der am Ufer kniete und, die Hand über den Augen, zu mir aufsah.

»Ja, ich zerfließe, du nicht?«

»Okay. Aber sei vorsichtig, Ed. Ich hole dich nicht raus, wenn du absäufst.«

Sein Hemd war hinten, wo er den Rucksack getragen hatte, schweißnass, und er zog es aus und breitete es ins Gras, damit die Sonne es trocknete. Seine Unterarme und sein Nacken waren nussbraun, der Rest des Körpers bleich und vor allem stark. Ich gab ihm seine Badehose, und er stieg hinein, zog den Gürtel zu und sah einen Moment lang auf den leuchtenden Fluss. Dann drehte er sich grinsend um, rief: »Wer zuletzt drin ist, ist ein Schisser!«, und sprang hinein.

Gott, wie es manchmal in einem hochschäumen kann, das Glück, meine ich. Die Sonne und der geliebte Frank dort im Stound, lachend. Das kalte Flusswasser hob mir das Herz in der Brust, und ich watete vorsichtig hinein. Meine Füße versanken im Schlick, der schwarz und fein wie Puder war und so weich und tückisch aufwirbelte, dass ich Luft holte, mich schnell vorbeugte und gewohnt unbeholfen zu schwimmen begann.

»Ist es nicht toll!«, rief Frank. Das Haar klebte ihm nass am Kopf, und er sah albern aus. Mit beiden Händen schleuderte er eine Wasserfontäne in meine Richtung, die mir ins Gesicht schlug und mich nach Luft schnappen ließ.

»Du Scheusal!«, schrie ich lachend.

Minutenlang trieben wir auf dem Rücken dahin, dann schwamm Frank flussabwärts, um nach Teichhuhnnestern zu suchen. Nach einer Weile stieg ich aus dem Wasser, setzte mich ans Ufer und wartete darauf, dass der Schlamm auf meinen Beinen trocknete und ich ihn herunterfegen konnte. Es war heiß, und ich lehnte mich zurück auf die Ellbogen und sah durch meine halb geschlossenen Lider einen kobaltblauen Eisvogel flussaufwärts fliegen. Er kam tief über dem Wasser so nahe an mir vorbei, dass ich ihn fast hätte berühren können.

Als Frank zurückkam, aßen wir unsere Sandwiches und

tranken warme Limonade. Er rülpste und wischte sich mit dem Handrücken über den Mund. Ich schalt ihn aus, rülpste dann aber selbst und konnte mich vor Lachen kaum mehr halten. Jedes Mal, wenn ich mich zu beruhigen begann, rülpste Frank erneut, und es ging von vorne los. Früher hätte er mich gekitzelt, bis ich ihn angefleht hätte aufzuhören, doch das machten wir nicht mehr.

»Weißt du, Ed, du könntest wirklich hübsch sein, wenn du dir ein bisschen Mühe geben würdest«, sagte er schließlich. Er lag auf dem Rücken, auf die Ellbogen gestützt, und sah auf den Fluss hinaus. Grüne Stängel mit kleinen Blüten trieben im Wasser wie auf dem Bild Ophelias, das Miss Carter uns in der Schule gezeigt hatte.

»Ach, hör auf, Frank.«

Ich setzte mich auf und zog mir einen Kamm durch das nasse Haar. Was er da sagte, stimmte einfach nicht. Mary war immer schon hübsch gewesen und kam nach Mutter, ich dagegen hatte mehr von Vater geerbt und seine kurzen, stämmigen Beine und breiten Schultern.

»Es ist doch egal, wie ich aussehe, oder?«

»Nun, vielleicht nicht. Bald ist es so weit.«

»Wie, was meinst du?«

»Na, du weißt schon. Eines Tages wirst du dir einen Liebsten wünschen.«

Ich starrte ihn an. »Einen Liebsten? Frank, ich bin gerade erst mit der Schule fertig.«

»Mary war vierzehn, als sie mit Clyde ging.«

»Ich bin nicht Mary. Warum, hast du eine Liebste? Ich nehme es an. Wer ist es? Sag's mir!« Ich legte mich wieder hin und kniff ihn in den Arm.

»Autsch, lass das. Und mach dir um mich keine Sorgen. Lass dich nur von Mutter nicht zu Hause halten, das ist alles. Wenn du noch nicht heiraten willst, könntest du studieren. Du könntest Lehrerin werden oder Krankenschwester oder … sonst was. Gott weiß, dass du genug Grips dafür hast.«

Mir wurde klar, dass er mich nicht aufzuziehen versuchte, sondern das etwas war, was er sich überlegt hatte und mir sagen wollte.

»Mutter behält mich nicht zu Hause, Frank. Wie kommst du darauf?«

»Du warst noch nie tanzen. Du hast keine richtigen Erwachsenenkleider. Sie hält das alles von dir fern, Ed, das meine ich. Sie hält dich auf der Farm, aber du kannst nicht für immer zu Hause bleiben. Etwas wird passieren, und *du* solltest es dir aussuchen, das ist alles.«

Ich wusste, er hatte recht, und doch schreckte ich zurück vor dem, was er sagte, wie ich es immer tat, wenn ich versuchte, mir vorzustellen, erwachsen zu sein und weit weg von der Farm zu leben. Ich wusste, ich wollte nicht Lehrerin werden, weil ich Kinder zum Verzweifeln fand, so hilflos und bedürftig waren sie und so unfähig, mit sich allein zu sein, wie ich es gelernt hatte. Es stimmte, ich war noch nie tanzen gewesen, aber ich hatte es auch noch nie gewollt. Ich war nicht so an Kleidern und Mode interessiert, wie es Mary gewesen war, und das lag kaum an Mutter. Oder?

Der Matsch fing an zu spannen, wurde grau um die feinen Härchen auf meinen Schienbeinen, und ich begann ihn herunterzupflücken. Frank aß einen Apfel. Ich wusste bereits, dass er das Gehäuse am Ende mit zwei Bissen verschlingen und den Stiel ins Wasser werfen würde.

»Alfie Rose würde dich zum Tanz mitnehmen, Ed. Wenn du wolltest.«

Ich stellte mir vor, wie Alfie mich ansah, wenn er wollte, dass ich ihn in der Scheune oder hinter den Ulmen traf. »Ich will aber nicht«, sagte ich.

»Überlege es dir.«

»Das habe ich schon. Und warum interessiert dich das alles plötzlich so?«

»Tut es nicht! Mir ist das völlig egal. Und jetzt werde ich fischen, es sei denn, du willst noch mal schwimmen.«

»Vielleicht gehe ich gleich noch mal rein. Warum?«

»Mutter sagt, ich soll bei dir bleiben, wenn du schwimmst, falls du einen Krampf oder so was kriegst.«

»Herrgott, Frank. Ich bin kein kleines Kind mehr.«

Ich hatte *Lolly Willowes* in meiner Tasche, holte es heraus und drehte mich auf den Bauch, um zu lesen. Aber nach einer Weile wurden mir die Lider schwer, und ohne auf einen Satz mit sieben Wörter zu warten, legte ich den Kopf auf meine Arme und schlief ein.

Ich habe keine ganz klare Erinnerung mehr daran, dass ich mal Diphtherie hatte, aber etwas, was Frank mir einmal gesagt hat, hat sich mir ins Gedächtnis gegraben. Eines Morgens rief er mich zu einem Eimer im Hof – ich war acht oder neun –, um mir einen Frosch zu zeigen, der über Nacht da hineingeraten sein musste und nicht wieder herauskam. Der Frosch trieb auf dem Rücken, weiß, kalt und aufgebläht.

»So hast du ausgesehen«, sagte er und tauchte ihn mit einem Stock unter. Wir sahen zu, wie er wieder hochschwappte, und ich wusste gleich, was er meinte.

»Aufgedunsen, wie ertrunken.«

Er hob den Frosch mit beiden Händen aus dem Wasser, ganz sanft, und trug ihn in den Garten, wo er ihn unter den Himbeerbüschen begrub und etwas Feierliches, sehr ernst Klingendes murmelte, das heilig war und lateinisch, wie er sagte, und das ich nicht verstehen könne, weil ich zu dumm dafür sei.

In gewisser Weise hatte er mit dem Frosch recht, denn ich hatte tatsächlich kurz vor dem Ertrinken gestanden. Diphtherie würgt Kinder, ganz langsam schwellen ihre Hälse an und nehmen ihnen Sprache und Luft. Ich weiß nicht, warum ich es überlebt habe oder wie Mutter mich da durchgebracht hat – welchen Handel sie geschlossen oder was für ein Opfer sie gebracht hat. Der Gedanke an ihre anderen toten Kinder wird sie gequält haben: den erstgeborenen Jungen, der kurz nach der Geburt gestorben war, und das Baby vor mir, das tot auf die Welt kam. Ich weiß auch nicht, wie ich überhaupt an die Diphtherie gekommen bin, wo weder Frank noch Mary je auch nur einen Tag krank waren, sieht man von den üblichen Kindheitskratzern ab; und auch Mutter und Vater lagen nie krank im Bett, dazu war immer viel zu viel zu tun. Was ich weiß, ist, dass John den Hof mit Stroh bedeckte, damit ich nicht von Hufgeklapper oder Wagenrädern gestört wurde. Und als das Schlimmste vorüber war und ich meine Stimme wiedergefunden hatte, war er der einzige Erwachsene auf der Farm, der mich nicht auch weiter so behandelte, als wäre ich vollkommen hilflos, was ich am Ende fast selbst glaubte.

»Lass sie, Ada«, sagte er zu meiner Mutter, wenn sie mir an einem milden Septembermorgen einen dicken Schal um den Hals wickelte oder mir was hinten auf die Beine gab, weil

ich mit Frank auf die große Eiche am Weg geklettert war.
»Sie wird uns alle überleben, lass es dir gesagt sein.«

Etwa gegen vier machten Frank und ich uns auf den Heim-
weg. Es war immer noch heiß und strahlend hell, aber die
Sonne stand nicht länger über unseren Köpfen, und die gelben Iris am Wasser warfen Schatten wie schwarze Schwerter
auf die Böschung. Wir hatten die Sonne im Rücken, und ich
spürte die Wärme auf meinen Waden, die sich während des
Schlafes gerötet hatten. Zu Hause gab es eine Calamine-Lo-
tion, rosa, kreideartig und wohltuend. Wenn wir zurückka-
men, würde ich Mutter danach fragen.

»Wann kommt diese Frau wieder? Diese Constance Fitz-
Allen, meine ich«, sagte Frank.

»Ich weiß es nicht«, sagte ich.

»Hast du sie nicht gefragt?«

»Nein, ich … Irgendwie bin ich nicht dazu gekommen.«

Er lachte. »Also, die ist ganz schön rechthaberisch, kein
Zweifel! Kein Wunder, dass sie keinen Mann abkriegt.«

»Sie wird eine Schriftstellerin, weißt du. Deshalb ist sie hier.
Sie will etwas über das Land schreiben.«

»Sie wird es schon früh genug überhaben, darauf wette ich.
Du weißt, dass sie eine Neurasthenikerin ist? Jedenfalls sagen
sie das im Dorf.«

»Was ist das?«

»Eine Reichenkrankheit. Soweit ich weiß, heißt es, dass sie
gelangweilt sind oder was mit den Nerven haben. Dann kommen sie aufs Land, um sich zu erholen. Wie zum Ausruhen.«

Ich musste lachen. »Ausruhen? Auf einer Farm?«

»Ach, du weißt schon, frische Luft, zurück zur Natur, *Das*

Wandern ist des Müllers Lust und die Woodcraft-Leute. Vater sagt, das ist alles sozialistischer Unsinn.«

»Glaubst du denn, dass sie reich ist?«, fragte ich.

»Natürlich ist sie das. Sie kommt aus London.«

»Nicht alle in London sind reich, Frank. Die haben da auch Armenviertel, weißt du. Da gibt's nicht nur … nicht nur Debütantinnen, Jazz und das Ritz.«

»Wenn du glaubst, Constance FitzAllen kommt aus einem Armenviertel, Ed, dann hast du weniger im Kopf, als ich denke.«

»Das glaube ich nicht! Ach, egal. Du hast wahrscheinlich recht. Wenn sie es sich leisten kann, wochenlang bei Mrs Eleigh zu logieren, kann sie nicht die Ärmste sein. Und überhaupt«, ich nahm seinen Arm, »sie kümmert mich nicht. Dich?«

»Dafür kenne ich sie nicht genug«, sagte er. »Ich hoffe nur, sie ist so vernünftig, uns nicht im Weg zu stehen.«

Bei der verfallenen Scheune der Hullets kamen wir zurück auf die Straße. Das einstmals schwarze Holz war grau und voller Risse, und das kaputte Dach sah aus der Nähe noch katastrophaler aus. Der Pferdeteich stand voller gelber Sumpfschwertlilien, durch die Masse der grünen Stängel war kaum noch ein Zentimeter Wasser zu sehen. Das schwarze, verrottete Strohdach des Hauses sackte unter dem Gewicht von Unkraut weg, Hauswurz wucherte aus sämtlichen Fugen, und in den Fenstern gab es keine Scheiben mehr. Stuck war zwischen dem Holz weggebrochen, die Reste sahen aus wie angefressener Zuckerguss. Ich musste an den Kadaver eines Tieres denken, konnte aber trotzdem nicht wegschauen.

Ich nehme an, dass ich deshalb die war, die es sah, und nicht Frank: eine Bewegung hinter einem der Fenster unten, ganz so, als hätte jemand beobachtet, wie wir zwischen den verfallenen Gebäuden hindurchliefen, sich dann aber schnell weggeduckt. Ich blieb stehen und legte eine Hand über die Augen, doch da war nichts mehr, und nach einer Weile sagte ich mir, dass mir das Licht einen Streich gespielt haben musste, und lief Frank hinterher, der bereits am Weg vorne war.

Endlich kamen wir zurück auf unser Land, und der Sommerabend umfing uns mit wohliger Wärme und Ruhe. In Hulver Wood sangen Drosseln, Amseln und Buchfinken. Es gab Grasmücken, Goldammern und all die zahllosen anderen Vögel, die auf der Farm nisteten, um ihre Jungen aufzuziehen, und schließlich wieder davonflogen, wie unsere Nachtigallen, die in diesem Jahr schon früh wieder aufgebrochen waren. Es war das letzte Jahr, dass ich sie habe singen hören. Meist achtete ich nicht auf die Vögel, so viele gab es von ihnen, aber ich erinnere mich, wie ich ihnen an jenem Abend lauschte, als wir im Dämmerlicht über die Great Ley liefen. Aus Hecken und Dickicht um uns herum erklang ihr Gesang und vereinte sich mit der leisen Unterhaltung der Schwalben in der warmen Luft hoch über uns.

Bevor ich ins Haus ging, schloss ich die Hühner für die Nacht ein. Ein paar Jahre zuvor hatten wir auf Rat unserer Nachbarin Elisabeth Allingham vier Dutzend Leghorns und sechs moderne Ställe auf Rädern gekauft. Mary und ich waren für die Hühner verantwortlich, jetzt natürlich nur noch ich, und das Geflügel erwies sich in jenen Jahren als gute Investition, so sehr Vater es verschmähte.

Zwei der Wachtelkönigeier in dem Korb, in den ich sie gelegt hatte, waren kalt, aber es gab ein winziges, pechschwarzes Küken, flaumig und unbeholfen, das im Nest umherstakste. Ich holte die Henne, setzte sie dazu und hoffte, dass sie es zumindest über Nacht warmhalten würde.

IV

JOHN WAR NICHT GROSS, sondern einen ganzen Kopf kleiner als Vater. Er hatte leichte O-Beine, war aber sehr stark, und an seinen braunen Armen traten nach all den Jahren hinter dem Pflug Muskeln und Sehnen deutlich hervor. Seine Augen waren von einem blassen Gräulichblau, das Haar unter seiner Kappe rotblond, und er war uns gleichzeitig völlig vertraut und doch ein Geheimnis – wobei ich sagen kann, dass ich mir über ihn in jenen Tagen herzlich wenig Gedanken machte, orientiert sich die Welt unserer Kindheit doch an Fixpunkten und Sicherheiten, zumindest scheint es so.

Und John war ein solcher Fixpunkt, immer ausgeglichen, immer freundlich, aber auch immer verschlossen. Er war es, der mich an dem Tag fand, als ich verloren gegangen war. Ich kann damals nicht älter als zwei Jahre gewesen sein. Die ganze Farm war in Aufruhr, wie Mutter erzählte. Alle Zimmer im Haus, Hof und Scheune hatten sie bereits abgesucht, bis John mich endlich im Stall fand, wo ich auf eines der Zugpferde geklettert und auf seinem Rücken eingeschlafen war. Er rührte mich nicht an, sondern holte Mutter, und wann immer die Geschichte erzählt wurde, staunte er aufs Neue darüber, wie ich das geschafft haben konnte. »Sie war doch noch ein Baby!«, sagte er dann. Ich erinnerte mich natürlich an nichts und wusste es somit auch nicht zu erklären, dennoch liebte ich es, wenn die Geschichte meines Abenteuers erzählt wurde.

Im Unterschied zu Doble, dessen Familie seit Generationen mit unserer verbunden war, war John jemand, den wir im Dorf einen »Fremden« nannten, da er über sechzig Meilen nördlich von uns geboren war, dort, wo unser Lehm in flachen, satten Torf überging. Er stammte aus einer Familie, die immer schon mit Pferden gearbeitet hatte, und wenn er auch nichts darüber erzählte, wussten wir doch, dass er gleich nach der Schule in die Geheimnisse der Pferdehaltung eingeweiht worden war. Da war er vierzehn gewesen, so alt wie ich jetzt. Sein Vater war ein gesunder, kräftiger Mann gewesen, und es hatte mehrere Brüder gegeben. John war von zu Hause weggegangen, weil er Arbeit suchte, und er war, die Kriegsjahre ausgenommen, seitdem bei uns. »Ein Bauer mehr als zwanzig Meilen vom eigenen Land entfernt taugt nichts«, sagte man, aber John bewies das Gegenteil, denn er kannte unser Land längst besser als wir alle, bearbeitete er es mit den Pferden doch tagein, tagaus.

Es war Großvater, der ihn ursprünglich eingestellt und von dem sich John zunächst seine Anweisungen geholt hatte, was er manchmal immer noch tat. Hätte er es gewollt, hätte er ihm oder Vater ohne ein Wort leicht entgegenarbeiten können, denn er wusste die Pferde zu beschwören, was hieß, dass ohne ihn nichts ging.

Ich habe John und Vater nie gemeinsam im Bell & Hare etwas trinken sehen oder gehört, dass sie persönliche Dinge besprochen hätten, die über die täglichen Notwendigkeiten der Farmarbeit hinausgingen. Vielleicht muss es zwischen dem Master und seinem Angestellten so sein, vielleicht lag es aber auch an ihrer unterschiedlichen politischen Einstellung. Ich erinnere mich, wie ich, da war ich noch ziemlich klein, eine Auseinandersetzung zwischen ihnen miterlebte, damals, als die Lastwagenfahrer und Eisenbahner in Streik getreten waren. »Zur Hölle mit dir, du klingst wie ein verdammter Bolschewik!«, hatte Vater gerufen.

»Nun, was das angeht, bin ich zufällig auch einer«, antwortete John darauf.

Für Hof, Schuppen und Scheune war Doble verantwortlich, aber der Stall gehörte John. Er schlief in einem Raum über den Boxen, sodass er ständig für die Pferde da war, und unterhielt einen mit Steinen abgegrenzten kleinen Blumengarten gleich neben den Gemüsebeeten. Er sagte, er habe sein Wissen über Blumen aus den Schützengräben, was mir komisch vorkam. Vater meinte, es sei eine Verschwendung guter Erde, aber wenn Mutter unser Gemüse goss, sah sie auch nach seinen Rosen und Malven, seinem Rittersporn und seinen Vergissmeinnicht, und manchmal fanden ein paar Blumen ihren Weg in ihre gelbe Vase auf dem Küchentisch, wo sie sehr schön aussahen.

Es war Johns Aufgabe, Einspänner, Wagen und Karren in Schuss zu halten, und auch den Fordson, falls er gebraucht wurde. Und er brachte Moses, Malachi und Meg zum Schmied, wenn sie beschlagen werden mussten, und kümmerte sich um sie, wenn sie krank wurden, wozu er in einem Buch nachsah, das wir nicht sehen durften.

»Das ist nichts als ein dummer alter Aberglauben, wie bei den Hühnergöttern, die er über der Stalltür hängen hat«, sagte Frank einmal, als ich einen Plan aushecken wollte, das geheimnisvolle Buch in die Hände zu bekommen. »Er kann wahrscheinlich nicht mal richtig lesen, Ed.«

»Nun, dann kann es auch nicht schlimm sein, einen Blick

hineinzuwerfen«, antwortete ich. »Wenn es nicht gerade um schwarze Magie oder so was geht.« Aber Frank weigerte sich rundweg, die Leiter in Johns Kammer hinaufzusteigen, während er nicht da war, und mir fehlte der Mut, also ließ ich es bleiben.

Ich dachte gleich an John, als ich das Wachtelkönigküken am nächsten Tag fast leblos in seinem Korb fand. Es zappelte ein wenig, als ich es in die Hände nahm, die großen Füßchen strampelten, aber es war eindeutig sehr schwach. John kannte sich mit Tieren aller Art aus, nicht nur mit Pferden. Frank hatte er einmal geholfen, ein kleines Häschen aufzuziehen, und einem Reh, das von einem Automobil angefahren worden war, hatte er das Bein geschient, es in einen alten Schafpferch gebracht und mit Heu und Leinsamenkuchen gefüttert, bis es wieder freigelassen werden konnte. Trotz allem hatte er keine Bedenken, wenn es darum ging, Krähen, Karnickel oder Tauben zu schießen, die unsere Ernte bedrohten.

»Das arme Ding ist halb verhungert«, sagte er mir an dem Morgen und hielt die Hand auf, damit ich das Küken hineingab. Er saß beim Frühstück in der Küche, wohin ich nach dem Hühnerfüttern geeilt war. Er legte das alte Messer mit dem Knochengriff, das er zu jedem Essen mitbrachte, zur Seite und hob die Stummelflügel des Kükens an, um zu sehen, wie schwach der Körper darunter war.

»Edie, du musst etwas Futter suchen. Schnell. Und es braucht Wasser. Vielleicht kann uns deine Mutter die Pipette für die Augentropfen leihen.«

Mutter, die gerade Salat wusch, trocknete sich die Hände an ihrer Schürze ab und ging die Pipette von oben holen.

»Was kann es fressen, John?«, fragte ich.

»Such ein paar Würmer, Schnecken, Insekten, irgendetwas in der Art. Du musst sie zerstampfen und ihm mit dem Ende eines Streichholzes in den Schnabel geben.«

»Ich mach es, wenn du es nicht über dich bringst, das Zeugs zu zermanschen«, sagte Frank. Er nahm den letzten Löffel Porridge und schob die Schüssel zur Seite, damit Mutter sie abwaschen konnte.

»Das geht schon, das schaffe ich, ehrlich.«

»Wie du willst.«

Neben der Scheune waren lange ein Pferch und eine Tränke für Schafe gewesen, heute bewahrten wir dort angejahrte und halb kaputte Sachen auf, für die es vielleicht noch einmal Verwendung gab: ein altes Butterfass, einen eisernen Sitz für eine Mähmaschine, ein Paar Seitengatter für einen Wagen, ein leicht angemodertes Spinnrad, zwei Paddel aus Ulmenholz. Ich konnte nur raten, wann die mal in Gebrauch gewesen waren. Es war ein schattiger, kühler Ort, und ich hob die weggeworfenen Dinge an und sammelte Schnecke um Schnecke von den feuchten Unterseiten, bis ich etwa ein Dutzend kalt und zusammengerollt in meiner heißen Hand hatte. Damit rannte ich zurück auf den Hof, wo sich Doble über die Wand vom Schweinestall beugte. Wir hatten Mutters Eltern ein Ferkel versprochen, und sie und ich wollten am Nachmittag zu ihnen fahren.

»Das da, glaube ich, Edith«, sagte Doble und deutete mit einem Stock auf eines der Tiere. »Es sieht noch nicht nach viel aus, aber da wird was draus.«

»Doble, womit kann ich die zermanschen?«, fragte ich und zeigte ihm die Schnecken.

»Hast du ein Furunkel? Meine Mutter hat da immer auf Schneckenwickel geschworen.«

»Nein, ich will ein Küken damit füttern, ein Wachtelkönigküken. Es darf nicht sterben.«

Doble lachte. »Leg sie auf die Stufe da, und ich mache das. Das geht schon.« Er stieß mit seinem Stock darauf. »Will John es damit füttern?«

»Ja, drinnen. Er gibt ihm gerade schon Wasser.«

»Dann kommt es sicher in Ordnung, Edith. Du wirst es sehen. Der Mann versteht sich auf Gottes Kreaturen, egal welche.«

Ich pflückte ein Ampferblatt beim Tor und schob die Schnecken darauf.

»Aber lass dich nicht von deiner Mutter dabei erwischen, wie du das Zeug ins Haus trägst«, sagte er und zwinkerte mir zu.

Mittags sah das Küken schon besser aus. John baute ihm in einer Schachtel ein Nest aus Stroh und stellte sie auf die Fensterbank hinten in den Schatten. Am Nachmittag saß das Küken bereits aufrecht da, und wann immer ich in seine Nähe kam, riss es drängend den rosa Schnabel auf. John zeigte mir, wie ich etwas Wasser hineingeben konnte – nicht zu viel, damit es nicht daran erstickte – und wie man es mit einem Streichholz fütterte.

»Wird es überleben?«, fragte ich ihn.

»Vielleicht, vielleicht auch nicht«, sagte er. »Es wird nur ein, zwei Tage so gefüttert werden wollen, dann zieht es selbst los. Du wirst eine Weile ein Auge darauf haben müssen, ob es etwas zu fressen findet.«

»Ich fahre später noch zu Grandpa und Grandma. Soll ich es mitnehmen?«

»Das Beste ist, du lässt es hier. Dein Bruder kann danach sehen«, sagte er.

Mutter und Vater meiner Mutter zu besuchen, war eine Reise zurück in die gute alte Zeit. Es war, als würden alle modernen Dinge – Motorfahrzeuge, geteerte Straßen, Radios – für sie nicht existieren, weder jetzt noch in Zukunft. Ich sehe heute, dass sie die letzten Überbleibsel der viktorianischen Epoche waren und in einer Welt lebten, die es lange nicht mehr gab, und so bedeutete ein Besuch bei ihnen die vorübergehende Befreiung von den Ängsten der modernen Zeit, vom Gefühl, dass sich alles immer mehr beschleunigte und in die falsche Richtung ging, das uns alle in jenen Jahren so verfolgte, selbst mich. Der Krieg hatte sie natürlich getroffen durch Harrys Tod. Aber trotz des handkolorierten Fotos in seinem ovalen Rahmen wurde nie darüber gesprochen: Es war ein Fehler, der in der Vergangenheit lag und den es nie wieder geben würde.

Ich kletterte von unserem Einspänner und wurde kurz von Grandma auf Armlänge festgehalten. Sie musterte mich mit ihrem einen guten Auge so genau wie liebevoll, sie wollte wissen, wie es mir ging. Es folgte eine leichte Umarmung, die mich den Geruch von Gartenraute und King's-Empire-Tabak einatmen ließ, der in ihrem Umhängetuch hing. Schließlich reichte sie mich an meinen Großvater weiter, der mich seinerseits in seine immer noch starken Arme schloss.

»Hallo, Mädchen. Oh, wie schön es ist, dass du zu uns kommst.«

Doble hatte das Ferkel in einen Getreidesack gewickelt und ihm die Füße zusammengebunden. Ich ging es vom Wagen holen, aber Mutter griff an mir vorbei, hob es ohne große

Anstrengung an und reichte Grandma das quickende Bündel, die es zu einem kleinen Pferch hinter ihrer Behausung brachte und freiließ. Grandpa machte Meg von der Kutsche los und führte das Pony an den ordentlichen Gemüsebeeten vorbei auf ihre kleine Koppel, wo eine gescheckte Ziege angebunden war.

»Kommt schon herein, ihr zwei«, rief uns Grandma von den Stufen her zu.

Das Cottage, in dem meine Mutter aufgewachsen war, war an Großvaters Anstellung gebunden gewesen, aber Großvater hatte sein ganzes Arbeitsleben über gespart, und nachdem er als erster Horseman in Rente ging, kaufte er einen Eisenbahnwagen mit einem kleinen Stück Land, das etwa zwei Meilen von unserer Farm entfernt lag. Es war einer von sechs Wagen, die alle von Rentnern bewohnt wurden. Ein dickbäuchiger Ofen hielt die beiden Räume im Winter warm, und das meiste von dem, was sie zum Leben brauchten, bauten meine Großeltern selbst an oder tauschten es ein, wie es auch die anderen machten. Dinge wie Tee und Tabak kauften sie vom fliegenden Händler, der von Zeit zu Zeit vorbeikam. Grandpa vermisste die Pferde und redete viel von ihnen, trotzdem waren die beiden völlig zufrieden mit ihrem kleinen Besitz.

Mary war zu Fuß von Monks Tye herübergekommen, saß in Großvaters Schaukelstuhl und gab dem Baby die Brust. Es war jetzt fünf Monate alt. Mary lächelte, als wir hereinkamen.

Mary und ich waren als Kinder lange Zeit unzertrennlich gewesen. Wir teilten uns ein Bett, bis sie zwölf war, nicht weil es nicht genug Platz gegeben hätte, unser Haus hatte genug Zimmer, sondern weil wir lieber zusammen waren – und wegen meiner Alpträume, als ich noch sehr klein war. Ich träumte, ich würde ertrinken, wachte keuchend und nach Luft schnappend auf und hatte lange Zeit danach noch Angst, allein zu sein. Aneinander gekuschelt schliefen wir ein, und wenn ich einen schlimmen Traum hatte, tröstete Mary mich. Wir gewöhnten uns so sehr an unsere gegenseitigen Bewegungen, den Rhythmus unserer Herzen und unseres Atems, dass wir fast wie eine Person waren, und unser langes Haar wand sich im Schlaf ineinander. Das bedeutete, dass selbst noch unsere schlimmsten Streitereien unserer Nähe zueinander nichts anzuhaben vermochten. Ich glaube nicht, dass wir jemals Rücken an Rücken eingeschlafen sind. Und dann eines Morgens sagte Vater, dass es höchste Zeit sei, dass Mary ihr eigenes Zimmer bekomme, und damit war es vorbei.

Dennoch hatte ich das Gefühl, nach wie vor auf besondere Weise mit ihr verbunden zu sein, hatte ich doch bei ihrer Hochzeit, in der Kirche, zum ersten Mal meine Tage bekommen. Was ich allerdings erst merkte, als wir zurück auf unsere plötzlich so leer wirkende Farm kamen. Eingeschlossen im düsteren Klo, voller Angst, hoffte ich, der Umstand, dass ich in St Anne's zu bluten begonnen hatte, bedeute vielleicht, dass Gott mich beschützte. Aber da Mary nicht da war, konnte ich niemanden danach fragen. Mutter fand es am nächsten Tag heraus, unserem Waschtag, sagte jedoch nichts dazu, sondern gab mir nur eine Schachtel Binden und umarmte mich wortlos. Und ich stellte keine Fragen.

Grandma setzte sich auf ihren Stuhl beim Ofen, und als wir Mary geküsst hatten, deutete sie auf zwei kleine Melkschemel, die sie für uns hereingeholt hatten. Auf einer eichenen Anrichte schimmerten zinnfarben in der Junisonne: zwei Humpen, ein Pfefferstreuer und ein Salzstreuer sowie ein Krug, ein

67

großer, flacher Servierteller und zwei Kerzenständer. Grandma nannte das Ensemble ihre »Garnitur«, und zusammen mit den hübschen alten Spitzendeckchen, die ihre eigene Großmutter vor langer, langer Zeit gehäkelt hatte, waren die Zinnteile der Stolz ihres Heims. An den Wänden hing Pferdeschmuck: Ohrenglöckchen, Flatterscheiben, Trensen und Masken mit der Rose, der Lilie, dem Stern, den drei Halbmonden und eine – die mochte ich am liebsten – mit einem wilden Löwen. Das alles gehörte meinem Großvater, und ich liebte die Geschichten, wie er jedes einzelne Stück bekommen hatte. Einiges hatte er bei Pflüg-Wettbewerben gewonnen, anderes von Vorgängern im Beruf ererbt, und wer weiß, wie viele Generationen es schon alt war.

»Hier, Edie, iss ein Karamell, während dein Großvater Tee kocht.« Grandma holte eine alte Kakaodose irgendwo unter ihrem Stuhl hervor und hielt sie in meine Richtung, und ich nahm einen der goldenen Würfel heraus, krümelig und weich. »Nun, Ada, Mary hat mir ihre Neuigkeiten schon erzählt, also sag mir, was es bei euch gibt«, sagte sie, holte eine Streichholzschachtel aus der Schürzentasche und steckte sich eine kleine Tonpfeife an. »Wie geht es Frank und George?«

»Frank geht es gut. Er bringt die Hühner auf die Great Ley, jetzt, wo sie gemäht ist. Der Dung wird ihr guttun.«

»Und George? Wir haben ihn eigentlich heute mit dir erwartet.«

»Er ist … ein wenig indisponiert.«

Es kam zu einer kleinen Pause, deren Bedeutung ich nicht ganz verstand. Ich sah Mary an, doch die schien völlig vom Baby an ihrer Brust in Anspruch genommen, ihrem kleinen rotgesichtigen Jungen mit dem dichten schwarzen Haar, den sie Terence getauft hatten, was ich für einen schrecklichen Namen hielt.

»Und die Männer?«

Damit waren John und Doble gemeint.

»Ach, es geht. Ich nehme noch etwas von dem Einreibemittel für Doble mit, falls du noch etwas gemacht hast. Er lässt dir seinen Dank ausrichten. Er sagt, es hilft seinem Rücken sehr.«

»Ja, ich habe noch was. Aber John soll es nicht benutzen, es wird ihm nicht guttun. Außerdem, die Pferde …«

»Ich weiß, Mutter.«

»Grandpa brachte den Tee auf einem lackierten Tablett und stellte ihn auf den kleinen Tisch. Tassen und Untertassen waren aus feinem Porzellan mit aufgemalten Kohlrosen. Sie waren so dünn, dass die Sonne hindurchschien, und mit das Wertvollste in ihrer kleinen Behausung. Ich habe damals nie ein Wort darüber verloren, obwohl ich mich immer gefragt habe, wie es kam, dass sie so etwas besaßen, und wie die Tassen und Untertassen über die Zeit heil blieben bei Grandmas schlechtem Auge und Grandpas Händen, die vom jahrelangen Pflügen knorrig wie Baumwurzeln waren. Selbst die Goldränder waren noch intakt und leuchteten wie neu. Vielleicht hatte Grandma sie bekommen, als sie noch in Diensten war, oder sie waren eine Bezahlung für irgendeine Hilfe, die sie geleistet hatten.

»Alle meine Hübschen«, sagte Grandpa, setzte sich neben Grandma und lächelte. »Wie geht's euch beiden?«

Mutter lächelte ebenfalls. »Uns geht es gut, nicht wahr, Edie? Ja, wir sind zufrieden, würde ich sagen.«

»Ist das Heu eingebracht?«

»Die Männer füllen heute den Schober.«

»Ah, das sind gute Nachrichten. Hatten wir nicht genau das richtige Wetter dafür! Erst gestern haben wir das noch gesagt, nicht wahr, Liebes«, sagte er und griff nach Grandmas Hand.

»Es scheint, dass drüben bei den Hullets Leute wohnen«, sagte Mutter jetzt. Ich spürte, wie ich vor Überraschung große Augen machte. Also hatte ich wirklich jemanden gesehen, als ich mit Frank an den Ruinen vorbeigekommen war.

»Bei den Hullets?«, fragte Mary. »Wer?«

»Eine Familie.«

»Meinst du ... die Farm ist verkauft? Endlich?«

»Nein. Sie sind ... nun, unerlaubt dort eingezogen, nach allem, was ich sagen kann.«

Das war beunruhigend. Ich denke, dass ich in vielerlei Hinsicht eine Art Tugendbold war. Ganz sicher interessierte mich, was das Gesetz besagte, und ich hatte das Gefühl, alle sollten ihm folgen. Mir war noch nie der Gedanke gekommen, dass etwas falsch daran sein könnte, es gar unfair sein mochte. Die Vorstellung, dass einige Leute das Gesetz brachen, einfach taten, was sie wollten in ihrem Leben, sie ängstigte mich, denke ich, und ich machte daraus eine edle Rechtschaffenheit, die sich weit besser anfühlte.

»Die Polizei muss sie wegschicken«, sagte ich streng.

»Wir haben es ihr nicht gesagt.«

»Warum nicht? Sie dürfen da nicht wohnen!«

»Weil, Edie ... weil sie arm sind.«

»Viele Leute sind arm«, sagte Mary. »Warum beantragen sie keine Armenhilfe?«

»Ich weiß es nicht. Vielleicht, weil sie nicht aus unserer Gemeinde sind. Sie kommen von ... von anderswo.«

»Was machen sie dann hier?«

»Sie werden Arbeit suchen«, sagte Grandpa. »Zur Erntezeit sind regelmäßig Leute unterwegs, Kind, das weißt du. Bob Rose hat immer ein paar extra Shilling für Aushilfen übrig, denke ich.«

»Aber es gibt im Dorf viele, die für Bob Rose arbeiten würden! Und sie dürfen doch nicht einfach einziehen, wo sie wollen, oder? Ich meine, die Farm der Hullets *gehört ihnen nicht*. Jemand sollte es Lord Lyttleton melden«, sagte ich.

»Da gibt es Kinder, an die wir denken sollten, Edie«, sagte Mutter. »Jetzt hör mir mal zu: Ich will nicht, dass du irgendjemandem etwas davon sagst, verstehst du? Hast du mich verstanden?«

Ich sah Mary an, die eine Braue hob, doch es schien, als sei das Thema damit beendet.

»Aber jetzt erzählt mal«, sagte Großvater nach einer Weile, »wie geht's den Pferden?«

Das war es, was er vor allem wissen wollte, und während er und meine Mutter redeten, sah ich Grandma an, deren linkes Auge zu Mutter hinsah, während das rechte irgendwo ins Nichts blickte. Sie Clarity zu nennen, kam mir wie ein grausamer Witz vor. Auch wenn ihre Nachbarn heute freundlich waren, konnte Mutter sich noch an Frauen erinnern, die sich abergläubisch abgewandt hatten, damit Grandma nicht sie, ihre Tiere oder Kinder ansah. Das war der Grund, warum Mutter, wie ich, in der Schule nur wenige Freundinnen gehabt hatte.

»Das Küken wird es überleben«, sagte sie plötzlich und wandte mir ihr gutes Auge zu. »Was für ein Vogel ist es denn, Kind?«

Ich wunderte mich schon seit langem nicht mehr darüber, dass sie Dinge wusste, bevor wir ihr davon erzählten. Das war immer schon so gewesen. So war sie nun mal.

»Es ist ein Wachtelkönig, Grandma«, sagte ich. »Wir haben drei Eier auf der Great Ley gefunden, aber die anderen sind nicht geschlüpft.«

»Und was hast du noch für Neuigkeiten?«

»Frank und ich waren gestern den ganzen Tag am Fluss und sind geschwommen. Es war wunderbar. Oh, und Frank hat eine riesige Schleie gefangen.«

Mutter und Großvater redeten immer noch. Grandma sah mich weiter an und wartete, den Kopf leicht zur Seite geneigt wie ein Zaunkönig.

»Oh, ja. Fast hätte ich es vergessen«, sagte ich und hoffte, ihr zuvorzukommen, bevor sie erahnte, dass mir etwas auf der Seele lag, oder – Gott behüte – nach Alf Rose fragte. »Da war eine Frau. Sie heißt Constance FitzAllen, und sie zieht sich an wie ein Mann. Sie schreibt ein Buch und hat sich bei Mrs Eleigh über dem Stoffladen eingemietet. Sie wird den ganzen Sommer hier sein.«

Grandma nickte. »Das wird sie. Aus welcher Richtung, sagtest du noch, ist sie gekommen?«

»Aus welcher Richtung?«

»Diese Constance bringt Wetter mit sich, Kind, wie der Wind.«

»Oh. Ich bin nicht sicher, aus welcher Richtung. Sie war einfach da.«

Baby Terence war satt und fing an zu quengeln. Ich wusste, dass ich anbieten sollte, ihn zu nehmen, vielleicht draußen ein wenig mit ihm auf und ab zu gehen und Mary damit eine kleine Pause zu gönnen, aber ich wollte nicht. Ich hätte mich ihm vielleicht etwas mehr zugewandt, hätten nicht alle so offen nach Zeichen von Mütterlichkeit bei mir gesucht, sobald ich in einem Raum mit ihm war. Ich fühlte mich beobachtet, und das brachte mich gegen ihn auf.

Grandma stand gleich auf, als Terence zu jammern begann. »Gib ihn mir, Mädchen ... So, so ist gut.«

Mary gab ihr das Baby, und Großmutter setzte es sich auf die Hüfte und zeigte ihm die Dinge an der Wand.

»Und, wie steht's auf der Farm, Ed?«, fragte Mary. »Wie geht es den Apfelbäumen und dem Pferdeteich? Nisten die Schwalben dieses Jahr wieder unterm Dach?«

»Oh ... ja, ich denke schon.«

»Wie schön! Ich vermisse ihr Zwitschern, weißt du. Kürzlich erst habe ich Clive davon erzählt.«

Tatsächlich hatte ich kaum auf die Schwalben geachtet. Schließlich bauten sie ihre Nester immer über Marys Schlafzimmerfenster, nicht meinem. Aber seit sie ausgezogen war, hatte Mary angefangen, ziemlich elegisch von zu Hause zu reden, als wäre es so etwas wie ein verlorenes Paradies, und manchmal erkannte ich den Ort, von dem sie sprach, kaum als die Farm wieder, auf der wir tagein, tagaus arbeiteten.

Clive verkaufte Staubsauger und andere Geräte an der Haustür und galt als jemand, der auf dem Weg nach oben war in dieser Welt. Er und Mary mieteten eines der Backstein-Reihenhäuser, die direkt nach dem Krieg in Monks Tye gebaut worden waren, sehr elegant und sauber, mit fließend Wasser, Strom und einem Boiler hinten. Sie hatten ein Mokett-Sofa mit dazu passendem Sessel, Möbel, die sie auf Raten gekauft hatten, und sogar einen Kühlschrank. Mutter beneidete sie um all die modernen Sachen, aber ich hätte mich, den ganzen Tag in den leblosen Räumen, eingesperrt gefühlt.

»Warum kommst du uns nicht mal besuchen? Du könntest heute im Einspänner mitfahren, Platz ist genug«, sagte ich. »Komm mit und bleib über Nacht.«

»Oh, Ed, das geht nicht.«

»Warum nicht? Du kommst nie.«

»Es ist einfach … nun, Clive würde es zum Beispiel nicht mögen.«

»Aber Terence hat noch nie die kleinen Schwalben gesehen, und sie werden bald flügge«, versuchte ich sie zu überreden. »Oh, komm schon. Du kannst in meinem Zimmer schlafen, es wäre wie früher!«

Sie sah mich so mitleidig an, dass es kaum zu ertragen war. »Ed, es tut mir so leid. Aber Terences Sachen sind alle zu Hause, und ich muss ans Abendessen für Clive denken. Ich kann nicht einfach … tun, was ich mag, weißt du. Ich bin jetzt eine verheiratete Frau.«

Nach dem Tee machten Grandpa und ich einen Spaziergang und ließen die Frauen miteinander reden. Es war ein warmer Junitag, nicht so heiß wie beim Heumachen, aber doch fast. Der Himmel hing tief und weiß über uns, und ein leichter Wind bog den Hafer auf dem fernen Hang hinter den Kleinbauern und Auwiesen, auf denen eine Herde Red Polls graste.

»Kriegen wir Regen?«, fragte ich und legte eine Hand über die Augen.

»Nein, Mädchen, noch nicht.«

»Die Wolken da drüben sind aber etwas dunkler, sieh doch.«

»Aus der Richtung kommt kein Regen. Der kommt immer von Corwelby herüber.«

Großvater hatte mir im Haus bereits gesagt, dass es keinen Regen geben würde. Ich fragte ihn nur, weil es mir so gut gefiel, wie sicher seine Worte klangen, wenn er sagte, wie es werden würde. Sie sorgten dafür, dass auch ich mich sicher fühlte.

»Jetzt sag mir, wer ist diese Schreiberin, die deine Mutter so aufgebracht hat?«

»Oh, Constance FitzAllen. Sie hat Mutter gesagt, wir sollten unsere eigene Butter machen, ganz gleich, ob wir eine Kuh haben oder nicht. Sie glaubt an Selbstversorgung und meint, es ist eine Schande, dass die traditionellen Fertigkeiten verloren gehen.«

»Gut, dass es so ist, sage ich. Ich nehme an, sie ist nicht der Typ, um selbst in die Milchverarbeitung einzusteigen?«

Ich lachte und schüttelte den Kopf.

»Und sie ist eine Jungfer? Wie alt, würdest du sagen?«

Ich versuchte, sie mir vor Augen zu rufen, was aber schwierig war. Noch bestand sie mehr aus einer Reihe lebhafter Eindrücke, als dass ich schon ein genaues Bild von ihr hatte.

»Ich weiß nicht. So wie Mutter, in etwa?«

»Nun, vielleicht hat sie einen Liebsten verloren. Der Krieg hat einer Menge Frauen den Mann genommen, Kind. Wie ist sie? Eine Nervensäge?«

»Ich glaube nicht, obwohl ich sie nur einmal gesehen habe. Sie scheint ziemlich guter Dinge. Es ist nur … Sie sagt genau, was sie denkt.«

»Aha!«, gluckste Großvater. »Wie deine Mutter. Na, das erklärt es.«

Ich dachte darüber nach. Es kam mir nicht so vor, als würden sich die beiden auch nur irgendwie gleichen: Constance in ihren Männersachen und mit ihrer lockeren Art, Mutter mit ihren rissigen roten Händen und ihrer ständigen Müdigkeit. Und doch sah ich da etwas, denn trotz ihrer völlig unterschiedlichen Lebenssituationen passten sie in gewisser Weise zusammen.

»Und jetzt lauf voraus und mach das Tor für mich auf. Ich finde die Riegel dieser Tage fürchterlich schwergängig«, sagte der alte Mann.

Wir hatten zwei Ballen Heu und ein paar Gatter aus Eschenholz mitgebracht, für einen Verschlag, und bevor wir zurückfuhren, half ich Mutter, sie abzuladen und neben das Tor zu der kleinen Koppel zu legen. Dann führte ich Meg zurück zu unserem Einspänner, was die Ziege meckern ließ, die ihre Gesellschaft verlor. Grandpa legte Meg das Geschirr an, und ich lächelte, als ich sah, wie die Sonne auf der hübschen Messingkette auf ihrer Stirn blitzte.

»Das ist ein neues Zaumzeug, Grandpa. Wie kann das sein?«

»Nun, eures war schon fast durchgescheuert, und eine der Scheuklappen hing herunter. Sieht sie nicht gut aus damit!«

»Das tut sie.« Ich berührte das weiche, glatte Leder, in den Stirnriemen waren die Buchstaben M, C und P geprägt.

»Von der alten Farm«, sagte er. »Die Mistress starb im Wochenbett, verstehst du. Und wir sollten ihre Dinge nicht mehr benutzen, alles musste weg. Ich habe ihr Reitzeug zum Sattler gebracht, aber der meinte, es bringe Unglück, und wollte mir nicht mal einen Shilling dafür geben. Am Ende hätte ich mit ihrem Landauer ganz raus aus dem County gemusst, um etwas davon verkaufen zu können. Aber es steht

eurem Mädchen doch, und ich lasse kein gutes Leder verkommen.«

Mary kam an die Tür des Wagens, um uns zum Abschied
zuzuwinken, sie wollte noch etwas bleiben. Als wir in den Einspänner stiegen, reichte uns Grandma einen Korb mit Kräutern, in Musselin gewickeltem Ziegenkäse und einer dunklen,
mit einem Stopfen verschlossenen Flasche Einreibemittel. Ich
stellte mir den Korb auf den Schoß und atmete den Duft ein,
den die Sonne daraus löste.

»Pass auf dich auf, Kind«, sagte sie und nahm Großvaters
Hand, der neben ihr stand.

»Das werde ich, Grandma«, antwortete ich. Dann schüttelte Mutter die Zügel, die Achsen knarzten, und wir fuhren
heim.

V

EINES MORGENS KAM ICH von der Middle Ley zurück, wo ich mit dem kleinen Wachtelkönig gewesen war, damit er lernte, sich Futter zu suchen, und fand Constance in der Küche bei Mutter. Überrascht blieb ich in der Tür stehen. Mutter knetete Teig und redete, und Constance lehnte an der Anrichte und hörte respektvoll zu. Ihr Blick fuhr zu mir herüber, und sie zwinkerte übertrieben und grinste. Ich wusste, sie war tags zuvor schon auf der Farm gewesen und hatte einige Stunden mit Großvater verbracht. Aber es war Waschtag, und als ich mit Mutter endlich die Wäsche und Kleider zum Trocknen aufgehängt hatte, war sie schon wieder weg.

Ich erwiderte ihr Lächeln und stellte fest, dass es mich freute, sie zu sehen. Ich hatte das Gefühl, dass sie mich klarer wahrnahm, als es meine Familie tat, die mich zu kennen glaubte und kaum mehr genauer hinsah. Constance hingegen schien voller Neugier, zu erfahren, wer ich war und was ich dachte. Obwohl ich sie noch nicht gut kannte, fühlte ich mich mehr wie ich selbst, interessanter sogar, wenn ich mich durch Constances Augen betrachtete.

»Nein, ich habe nichts gegen ein Kastenbrot hin und wieder, damit lassen sich gut Sandwiches machen«, sagte Mutter. »Tatsächlich aber ziehe ich ein richtiges Brot vor. Selbst, wenn ich eine Form benutze, mache ich Kirche und Kapelle daraus.«

»Kirche und Kapelle?«, fragte Constance, leckte an ihrem Bleistift und wandte ihre Aufmerksamkeit dem kleinen Notizbuch zu, das sie in der Hand hielt. »Was ist das?«

»Ach, Sie wissen schon, weder das eine noch das andere. Ich nehme eine kleine Form und fülle sie bis an den Rand, sodass der Teig weit darüber hinauswächst wie ein Pilz. Sehen Sie …« Sie gab Constance einen schweren, kopflastigen Laib. Constance drehte ihn, um zu sehen, wie eckig er unten war.

»Oh nein, tun Sie das nicht«, sagte Mutter, nahm ihr den Laib gleich wieder ab und stellte ihn auf. »Das … nun, es bringt Unglück, ein Brot umzudrehen. Natürlich nur, wenn Sie an solche Sachen glauben«, fügte sie hinzu und lachte.

»Faszinierend«, sagte Constance und schrieb etwas in ihr kleines Buch. Ich ging zur Treppe.

»Bist du das, Kind?«, rief Mutter, als die alten Eichenstufen knarrten. Ich drehte um und kam wieder herunter.

»Ja, Mutter. Hallo, Constance.«

»Und wie geht es dem Kleinen heute?«, fragte Mutter und legte den Teig auf sein Brett auf der Fensterbank, damit er aufging. »Schaffst du es? Ich denke, vielleicht solltest du besser John …«

»Es geht ihm ziemlich gut, Mutter. Schau …« Ich holte den Wachtelkönig vorsichtig aus meiner Schürzentasche und stellte ihn auf den Küchentisch. Er wankte kurz, schüttelte die flaumigen Federn und sah sich um.

»Oh, wie süß!«, sagte Constance und beugte sich mit den Händen in den Taschen vor. »Was ist das?«

»Ein Wachtelkönig. Eine Wiesenralle. Ich glaube, manche Leute nennen sie auch so.«

»Hat er keine Mutter?«

»Ja. Also, die ist vielleicht noch irgendwo, aber wir wissen nicht, wo. Wir haben das Nest beim Heumachen gefunden, und er ist unter einer unserer Hennen geschlüpft.«

»Wie wunderbar. Wirst du ihn behalten?«

»Oh, nein ... in ein, zwei Wochen ist er nicht mehr da, denke ich. Dann sucht er seine Freunde.«

»Zu wenige von denen gibt es sicher nicht«, sagte Mutter. »Ihr Rufen hält mich um diese Jahreszeit oft wach.«

»Was hast du heute noch vor, Edie?«, fragte Constance.

Ich zuckte mit den Schultern und sah Mutter an. »Ich weiß nicht. Warum?«

»Ich dachte, eine kleine Fahrradtour durchs Tal wäre gut. Ada hat mir von ein paar spannenden Orten erzählt und einigen interessanten Leuten. Was denkst du? Führst du mich herum?«

Wo genau waren wir an jenem warmen Juninachmittag? Welche Straßen, welche Wege haben wir genommen? Ich kann nicht mehr sicher sagen, ob wir an dem oder einem anderen Tag bis hoch auf die Hügelkette gefahren sind oder ob wir in Monks Tye waren, wo Mary wohnte. Wir haben in dem Sommer so viel Zeit zusammen verbracht, dass es mir heute vorkommt, als wären wir jeden Tag mit dem Rad unterwegs gewesen, Constance mit dem Wind im Haar, wenn sie mir über die Schulter etwas zurief, als wäre ich eine alte Freundin und verstünde alles, was sie sagte.

Tatsächlich jedoch können Connie und ich nicht mehr als

ein Dutzend Mal losgeradelt sein, denn sie war viele Nachmittage auf anderen Farmen, in anderen Häusern. Tagelang sahen wir sie nicht, weil sie mit ihrem Notizbuch unterwegs war. Sie änderte sich in jenen Wochen und fing an, bessere Fragen zu stellen, solche, die nicht bereits die Antwort enthielten, die sie vermutete. Sie lernte auch, sich etwas zurückzunehmen und weniger unverfroren aufzutreten. Und die Leute mochten sie, von Anfang an, trotz ihrer Ansichten und ihrer Taktlosigkeit. Sie wirkte irgendwie unschuldig – anders kann ich es nicht beschreiben. Sie hatte etwas Echtes, nicht Vorgetäuschtes.

»Du und Mutter, ihr seid jetzt also Freundinnen«, rief ich eines Nachmittags, als wir an das Ende eines Weges kamen. Schwalben sausten um uns herum und jagten Bremsen und Schnaken. Die Luft war voll von ihrem Zwitschern. Es war warm und ruhig.

»Natürlich sind wir Freundinnen! So, wo jetzt weiter?«, fragte sie und wurde zur Kreuzung hin langsamer.

»Nach rechts, fahren wir durchs Dorf. Was ist geschehen?«

»Was meinst du?«

Mir kam der Gedanke, dass ihr vielleicht nie bewusst gewesen war, wie sie die Leute düpiert hatte. »Nun ...«

»Oh, du meinst die Butter! Oh nein, das ist längst vergessen. Sie ist ein lieber Mensch, deine Mutter, das ist sie wirklich. Nicht um alles in der Welt würde ich sie verletzen wollen.«

Ich hielt es für das Beste, das Thema fallenzulassen. Vielleicht würde Mutter später etwas über ihre Versöhnung sagen.

»Hast du Brüder oder Schwestern, Connie?«

»Nur Jeffrey. Er ist anderthalb Jahre älter als ich.«

»Und hast du immer in London gewohnt?«

»Auf die Welt gekommen sind wir in Sussex, wo die Familie meiner Mutter herkommt. Mein Vater, er war Lehrer, weißt du, er zog es vor, die Armen, die es verdienten, zu unterrichten, statt an einer der besseren Schulen der Gegend aufsteigen zu wollen. Er nahm die Einladung an, eine neue Schule für Söhne von Geistlichen aufzubauen, die jedes Jahr auch vierzig bedürftige Jungen aufnahm, und so kamen wir nach Tooting.«

»Dein Vater klingt bewundernswert.«

»Oh, er ist ziemlich, ziemlich großartig, aber auch sehr prinzipientreu. Natürlich war Mutter überhaupt nicht glücklich darüber.«

»Warum nicht?«

»Sie dachte, er sollte ehrgeiziger sein und natürlich etwas mehr Geld nach Hause bringen. Und sie hasste London nach dem verschlafenen guten alten Sussex. Sie tut es heute noch. Keiner kann sie davon überzeugen, dass es doch nicht so schlecht ist. Ich meine, Städte sind eine Scheußlichkeit, sicher, fürchterlich kräftezehrend und künstlich. Aber wir wohnten in einem Garden Estate, einem der ersten überhaupt, und ziemlich elegant. *Rationalistische Architektur* und so, weißt du?«

Nein, wusste ich nicht. Ich hatte keinerlei Vorstellung von alldem. Mit London verband ich eigentlich nur zwei Dinge: Großstadtglanz und Elendsviertel. Ich hatte kaum Vergleichsmöglichkeiten außer Market Stoundham, und das, so viel wusste ich, war etwas ganz anderes. Klar schien mir jedoch: So ansehnlich und gut ausgestattet die Häuser dort auch sein mochten, mussten sich die Lebensumstände der Familie im Vergleich zu vorher verschlechtert haben. Ich begann zu verstehen, dass Constance zwar anders war als die meisten Leute, die ich im Dorf kannte, aber auch keine Oberschicht. Vielleicht steckte ein Geldmangel hinter ihren Schreibabsichten. Sie hatte erwähnt, dass sie, wenn sie in London war, in einer Pension wohnte, nicht bei ihrer Familie, und ich nahm an, dass das nicht billig sein konnte.

»Hast du auch schon mal unterrichtet?«, fragte ich sie. »Wie dein Vater?«

Ich fragte, weil ein paar Tage zuvor ein Brief von meiner alten Lehrerin, Miss Carter, gekommen war, die sich erkundigte, ob sie mich für eine Stelle als Kindermädchen für zwei kleine Kinder im nahen Blaxford vorschlagen dürfe. Ich hatte geantwortet, dass ich Kinder nicht sehr möge, sorgte mich aber immer noch, ob das richtig gewesen war.

»Oh, du meine Güte, nein. Das würde ich nicht ertragen«, antwortete sie. »Jeffrey ist Privatlehrer, aber abgesehen davon, dass ich meiner Cousine Olive mal beim Geigeüben geholfen habe, habe ich nie jemandem etwas beigebracht. Es sei denn, du zählst den Krieg mit.«

»Den Krieg?«

»Ich war Krankenschwester im Freiwilligendienst, du weißt schon, beim Roten Kreuz, und als ich zum zweiten Mal los bin und mich schon auskannte, habe ich den Neuen beim Eingewöhnen geholfen. Also, ich habe das Gefühl, dass ich Elmbourne bereits gut kenne – obwohl ich gerne mal den Stellmacher besuchen und ihm bei der Arbeit zusehen würde. Und mit dem Schmied würde ich auch gerne reden. Aber heute nicht, denke ich. Wohin sollen wir, Edie? Ich bin in deinen Händen.«

Die Hauptdurchgangsstraße des Dorfes, die Street, führte an der Nordseite des Flusses entlang, der hier noch mehr ein langsam dahinplätschernder Bach war. Es gab eine Post und ein paar Kramläden, unsere kleine Schule, einen Metzger, zwei Schmieden – eine mit einer dunkelroten Benzinpumpe vor der Tür –, den Stellmacher, den Connie meinte, der gleichzeitig Schreiner und Bestatter war, ein Textilgeschäft, einen Laden mit Süßigkeiten und den Bell & Hare. Es hatte auch mal ein Gasthaus gegeben, das The Cock hieß, doch das war nicht mehr da. Wir hatten so gut wie alles, was wir brauchten, ausgenommen eine Bank und einen Arzt, dafür mussten wir nach Market Stoundham, wo auch die Vieh- und Getreidemärkte abgehalten wurden. Es gab kaum einen Grund, noch weiter zu fahren, und die meisten Leute taten es auch nicht. Umgekehrt zog nur selten jemand in die Gegend, und so bestand unsere kleine Welt fast ausschließlich aus Menschen, die wir kannten.

Die Church Lane bog nach Norden von der Hauptstraße ab, in Richtung von St Anne's und dem Pfarrhaus, dann weiter westlich nach Monks Tye. An der Ecke, gegenüber vom Bell & Hare, lag unser kleiner Dorfanger mit dem Brunnen. Die Back Lane verlief parallel zur Street, aber auf der anderen Seite des Wassers, und wurde von alten Cottages und ein paar aus Backsteinen errichteten Reihenhäusern gesäumt. Und es gab noch ein schönes altes Fachwerkhaus, in dem einst ein Wollhändler gelebt hatte. Sein Dach hing etwas durch, und es erinnerte an eine längst vergangene Zeit, in der mit Schafen Geld zu verdienen gewesen war. Die Back Lane war einmal Teil eines anderen Weilers gewesen, der lange schon in unserem Dorf aufgegangen war, auf der alten Zehnt-Karte auf der Mauer von St Anne's aber immer noch verzeichnet war. Ein kleiner Pfad führte durch ineinander verwachsene Weiden und Erlen von der Back Lane zur Hauptstraße und querte den Fluss bei der alten Mühle über ein paar breite Trittsteine.

Langsam radelten wir die Street entlang, dann links in die Church Lane und wieder rechts in Richtung der Erbsen- und Bohnenfelder am sanft ansteigenden Südhang des Tales. Mächtige Buchen wuchsen dort, und die Straße führte weiß und tief zwischen schattigen Böschungen her. Feuersteine schimmerten auf den Feldern links und rechts. Ich zeigte auf drei halb verfallene Cottages. Zwei waren ausgebrannt, während das pfannengedeckte Dach des dritten dick und sattgrün mit Moos überwuchert war.

»Noch zehn Jahre, und sie sind wieder zu Hause«, rief ich Connie zu, während wir an den Cottages vorbeifuhren. »Das hat Vater gesagt.«

»Zu Hause?«

»Oh, du weißt schon, wenn sie verfallen. Das sagen wir, wenn die alten Lehmhäuser zurück in die Erde sinken.«

»Aber warum sie verkommen lassen? Warum werden sie nicht instand gesetzt. So nahe beim Dorf und so hübsch, da würde doch bestimmt jemand wohnen wollen? Ich bin sicher, ich kenne Leute, die dort hinziehen würden.«

»Wirklich? Wer will so wohnen, mit feuchten Wänden und ohne Pumpe in der Küche, nur mit einem Gemeinschaftsbrunnen und einem Gemeinschaftsklo draußen?«, sagte ich und trat fest in die Pedale, um mit ihr gleichzuziehen. »Mutter sagt, diese alten Behausungen sind dunkel und unhygienisch. Sie sollten abgerissen werden, meint sie. Ich denke, das würden sie auch, aber da ist noch ein altes Paar, das nicht rauswill.«

»Nein, Edie! Wirklich?« Sie bremste plötzlich und sah zurück über ihre Schulter. Ich musste ziemlich scharf ausweichen, um nicht in sie hineinzufahren. »Da wohnen noch Leute?«

Es überraschte mich, dass sie so erstaunt war. »Ja, aber sie sind uralt und wollen nicht wegziehen. Sie haben ihr ganzes Leben dort gewohnt und werden da drinnen sterben, wenn sie können. So geht es, verstehst du, es ist entweder das oder das Armengesetz – was das Arbeitshaus bedeuten würde oder wie immer wir es heute nennen sollen.«

Connie holte ihr Notizbuch hervor und schrieb etwas hinein. Ich denke, sie wollte zurückkommen und das alte Paar an einem anderen Tag besuchen. Ob sie es getan hat oder nicht, kann ich nicht sagen. Ich habe ihr Buch nie gelesen, das fünf oder noch mehr Jahre, nachdem wir uns das letzte Mal gesehen hatten, herauskam und mir aus Gründen vorenthalten wurde, die ich heute verstehe.

Vielleicht war es ihr Schreiben, das sie so viel über uns alle lernen ließ und so schnell, selbst Dinge, von denen wir selbst nichts wussten. Denn sie war es, die mir von meiner Großmutter erzählte, Vaters Mutter, und wie es ihr in ihren letzten Jahren ergangen war. Das war ein paar Wochen später, glaube ich. Ich hatte erwähnt, dass ich einmal Diphtherie gehabt hatte, und sie erzählte mir von einer neuen Impfung und kam dann auf moderne Therapien, mit denen Geisteskranke behandelt wurden, wie Elektroschocks statt endloser kalter Bäder.

»Natürlich kam das alles zu spät für deine arme alte Großmutter. Wer weiß, vielleicht hätte man sie heilen können!«

»Grandma? Wie meinst du das?«

»Nein … Alberts Frau. Die Mutter deines Vaters.«

Ein Schauder durchfuhr mich wie der dunkle Schemen einer tief in mir vergrabenen Erinnerung, der Schatten einer düsteren Vorahnung. »Ist dir gerade der Sensenmann erschienen?«, hätte Mary gelacht.

»Meinst du damit, dass sie geisteskrank war?«

»Nun ... ja, Liebes. Ziemlich gestört. Offenbar ist sie im County-Asyl gestorben. Das wusstest du doch sicher?«

An dem Tag müssen wir so gut wie alle Farmen im Tal abgeklappert haben, und Connie machte sich eifrig Notizen in ihrer gestochen scharfen Handschrift. Ich weiß, dass ich sie den Coopers vorgestellt habe, von der Holstead Farm mit dem schönen Holzhaus und dem schicken Tennisplatz, und der alten Elisabeth Allingham, die ihr Land ganz allein beackerte und Erbsen und Bohnen in Copdock anbaute. Ich zeigte ihr die Schafe der Summersbys auf einer Magerwiese bei Holbrooke Wood, die in der Ferne sichtbare Zuckerrübenfabrik und die weiten, offenen Felder, die von wem auch immer bewirtschaftet wurden. Die Besitzer wohnten ein halbes County entfernt.

Ich zeigte Connie die Wälder und Gehölze und auch, welche als Versteck für Füchse angelegt worden waren wie Hulver Wood am Ende unseres Weges. Vater möge es nicht, wenn die Jäger auf unser Land kämen, erklärte ich Connie, als Pächter könne er jedoch nichts daran ändern. Sie bezahlten ihn für die kaputten Hecken und toten Hühner, die den Hunden zu nahe gekommen waren, aber das war es auch schon. Ich erzählte ihr, wie einmal, vor Jahren, ein Vorreiter Vater aufgefordert hatte, das Tor für ihn zu öffnen, und ja, Vater hatte getan, was von ihm verlangt wurde. Doch Frank, der dabei gewesen war, sagte, er habe nicht ein Wort für den Mann gehabt oder den Blick gesenkt. Doble legte für den Landadel die Hand an die Mütze – und auch für Connie, wie sie mir sagte –, aber John weigerte sich schlichtweg. Er meinte, seit dem Krieg sei es damit vorbei.

Und dann, zum Ende unserer Tour, zeigte ich ihr Ixham Hall. In Tudor-Zeiten aus warmen roten Ziegeln inmitten eines schönen, langsam verwildernden Parks erbaut, stand es mit seinen hoch aufragenden achteckigen Kaminen am Ende eines langen Kutschweges. Es gab eine riesige Scheune aus dem gewohnten schwarzen Holz, und Großvater konnte sich erinnern, hier noch das Erntefest gefeiert zu haben. Dazu gab es eine private Kapelle, die aus den Steinen eines uralten normannischen Wehrturms errichtet worden war. Fünfzig Jahre zuvor hatten nahezu tausend Morgen zu Ixham Hall gehört, die fast gesamt verpachtet waren. Aber seitdem war viel davon verkauft worden.

Die Lyttletons waren unsere »Leute« und einst als gute Grundherren angesehen worden, die im Dorf eine Schule einrichteten und die Cottages der Arbeiter sowie Straßen und Wege instand hielten. Aber der ältere der beiden Söhne war gestorben und sein Vater kurz danach, und der jüngere, in London lebende Cecil war, wie es im Dorf hieß, Teil einer ziemlich verlotterten Gesellschaft. Als Lady Lyttleton starb, nicht lange nach meiner Geburt, wurde Ixham Hall verschlossen. Solange ich mich erinnern konnte, stand es leer, und von Zeit zu Zeit ging von einem Verkauf die Rede. Für die Pächter wie Vater war das Leben mit einem abwesenden Grundherren schwerer, wobei Sir Cecil nicht nachlässig war, was das Eintreiben seiner Pacht durch einen Agenten anging.

Jedes Jahr beging das Dorf zwischen Heuernte und Getreideernte ein Fest auf dem Grund von Ixham Hall. Sir Cecil kam aus London und blieb eine Woche, um die Vorbereitungen zu überwachen, und dann sahen wir ihn bis November nicht mehr, wenn er zur Jagd wieder herkam. Es war kein großes Fest, aber wir genossen es: Es gab eine Blumenschau und eine Band, eine Wurfbude und eine Tombola, und das ganze Dorf kam den Tag über her. Halb freute ich mich darauf, halb graute mir davor, weil sich die Leute vornehmlich in Gruppen vergnügten, und ich hatte niemanden, dem ich mich anschließen konnte. Aber vielleicht würde Mary in diesem Jahr von Monks Tye herübergelaufen kommen, oder wir konnten ihr anbieten, sie mit dem Einspänner zu holen. Vielleicht willigte Mutter ja ein, sich um das Baby zu kümmern, und wir durften für eine kurze Weile wieder Schwestern sein.

Connie und ich lehnten unsere Fahrräder gegen einen der steinernen Torpfosten, und ich zeigte ihr, wie leicht es war, sich seitwärts durch die Eisenstäbe des Tors zu schieben.

»Himmel, ich nehme an, alle jungen Nichtsnutze Elmbournes schleichen sich hier herein und stellen sonst was an!«, sagte sie und manövrierte ihren großen Körper nach drinnen.

»Ich habe nie auch nur eine Seele hier gesehen, außer natürlich beim Erntefest«, antwortete ich. »Der Kirchendiener mäht das Gras und hat ein Auge auf alles, sonst aber scheint nie jemand hier zu sein. In der Schule sagten sie, im Haus würde es spuken.«

»Spuken? Oh, wie wundervoll! Das musst du mir genauer erzählen. Ein schwarzer Hund? Die Wilde Jagd? Es ist faszinierend, sich zu überlegen, wie es zu all diesen komischen kleinen Volkssagen gekommen ist. Ich könnte gut etwas darüber schreiben. Ich habe das Gefühl, sie sind der Ursprung des Volkscharakters eines Landes.«

Wir gingen den Kutschweg mit seinem Unkrautstreifen in der Mitte hinauf, der in einer ausladenden Kurve zum großen blindfenstrigen Gebäude von Ixham Hall führte.

»Nein, es ist Lord Lyttleton«, sagte ich. »Er hat sich in seinem Arbeitszimmer erschossen, als er das Telegramm mit der Nachricht bekommen hatte, dass sein Sohn bei Ypern gefallen war.«

Als wir endlich zurück ins Dorf kamen, dachte ich, wir würden zum Textilgeschäft fahren und uns dort trennen, aber Connie stieg vor dem Bell & Hare von ihrem Rad. Ich stand unschlüssig da und hielt mein Fahrrad, während sie sich mit den Fingern durch das Haar fuhr, um es zu richten. Sie hatte eindeutig vor, hineinzugehen.

»Kommst du nicht mit, Edie? Du musst völlig ausgetrocknet sein. Ich bin es zumindest.«

»Oh … nein, ich gehe nicht hinein.«

»Wirklich? Lass mich dir wenigstens eine Limonade kaufen.«

Ich versuchte es mir vorzustellen: wie wir zwei drinnen an der Theke standen wie Männer. Sie würde Bier trinken, da war ich sicher.

»Ich kann nicht, Connie. Es tut mir leid. Ich sollte zurück nach Hause.«

Sie sah mich einen langen Moment an, streckte dann die Hand aus und grinste.

»Also gut, Liebes. *Jusqu'à demain*«, sagte sie.

Alf Rose stand an der Kreuzung. Ich konnte nicht sagen, ob er auf mich wartete oder zufällig von der Farm der Roses herüberspaziert kam. Ich seufzte, hörte auf, in die Pedale zu treten und ließ das Fahrrad auslaufen, wobei mir plötzlich bewusst wurde, dass mein Gesicht schweißnass und mein Haar wirr und verstrubbelt war. Wahrscheinlich hatte ich auch dunkle Flecken unter den Armen. Scham stieg in mir auf.

»Hallo, Edie«, rief er, und ich bremste und stieg ab. »Du bist ja ganz aufgelöst.«

Wir bogen auf den Weg zur Farm. Ich schob das Fahrrad zwischen uns und versuchte mir mit der freien Hand das Haar hinter die Ohren zu schieben.

»Ich war Fahrrad fahren«, sagte ich unnötigerweise. »Ich habe Constance FitzAllen die Gegend gezeigt.«

»Die berühmte Miss FitzAllen! Wie ist sie so? Frank sagt, sie trägt Hosen.«

Ich hielt den Blick auf die Erde gerichtet. »Nun, sie ist … Ich mag sie«, sagte ich. Ich wusste nicht, wie ich sie ihm erklären sollte, und sein Ton sagte mir, dass er sich sowieso schon sein Urteil gebildet hatte.

»Was hast du ihr gezeigt?«, fragte er und öffnete das Tor zu unserer Farm. »Und warum bist du mit ihr nicht auch zu uns gekommen? Du warst schon seit Monaten nicht mehr bei uns.«

»Oh, wir hatten keine Zeit mehr«, sagte ich und schob das Rad hindurch. Aber er hatte recht, ich war schon lange nicht mehr auf ihrer Farm gewesen.

Bis er die Schule verließ, wartete Frank jeden Tag nach dem Unterricht auf mich, damit ich mit ihm und Alf heimgehen konnte, und als ich noch jünger war, auch mit Mary und

Sid. Wir Mathers trennten uns für gewöhnlich an der Kreuzung von den Rose-Jungs, aber manchmal gingen wir zum Tee zu uns oder zu ihnen, spielten zusammen und sahen uns Comics an, was ein viel bewunderter Vorzug der Roses war. Bei uns gab es keine.

Ich war überrascht, als Alf mich zum ersten Mal küsste. Es war bei den Roses, und ich kann höchstens zehn oder elf gewesen sein. Ich kam gerade vom Klo und war nicht darauf gefasst, dass er da war, und er überraschte sich wahrscheinlich genauso sehr wie mich. Jedenfalls lachten wir darüber, und später drohte er, wenn ich irgendwem etwas verriet, würde er allen sagen, dass ich ein leichtes Mädchen sei. Als es weiterging … nun, ich weiß nicht, was ich wirklich dabei empfand. Alf war so ein netter Junge, alle mochten ihn, und die Aufmerksamkeit, die er mir schenkte, gab mir das Gefühl, dass ich irgendwie wichtig war, nehme ich an.

Während meiner letzten zwei Schuljahre ging ich allein nach Hause und nahm normalerweise den kürzeren Feldweg und nicht den über die Kreuzung. Ich ging Alf nicht aus dem Weg, sondern einfach lieber über das Feld. Das Küssen war ein Geheimnis zwischen uns, und wenn ich manchmal auch dachte, ich sollte Mary fragen, weil er meine Brüste berührte und seine Hand unter meinen Rock schob, nehme ich doch an, dass ich langsam etwas verrucht wurde, weil ich nicht ganz sicher war, ob ich wirklich wollte, dass es aufhörte. Ich stellte mir vor, wie kalt er mich ansehen würde, wenn er wüsste, dass ich solch ein Theater wegen nichts machte, und wie ich auf ewig von ihm verachtet werden würde und vielleicht auch von Frank, wenn er es herausfände. Und dann sagte ich mir, dass es schon in Ordnung sei und ganz natürlich. Schließlich sagten alle zu Hause, dass ich noch so ein Baby für mein Alter war, und es tat mir wahrscheinlich gut, wenn man mich zum Erwachsenwerden brachte.

»*Schrecklich, schrecklich*«, murmelte ich ungewollt und räusperte mich, um das Geräusch zu verbergen, das ich gemacht hatte.

»Ich zeige ihr gerne die Kälber, Edie, wenn du denkst, dass die sie interessieren«, sagte Alf. Er hatte mich eindeutig nicht gehört, was mich erleichterte. »Wir könnten ihr erklären, was wir tun wollen, um moderner zu werden. Vater hat Pläne für Milchkühe im nächsten Jahr, weißt du. ›Vom Korn zum Horn‹ und so.«

»Oh, ich glaube nicht, dass sie das sehr interessieren würde.«

»Warum nicht?«, sagte er und fuhr leicht auf.

»Sie interessiert sich für unsere Traditionen und die Geschichte. Sie sagt, sie will über die alten Dinge schreiben, nicht die neuen. Sie will unsere alte Lebensart hier im Dorf erhalten. England ist das Land, und das Land ist England, sagt sie.«

»Mann, da scheint sie mir aber auf dem Holzweg. Hier gibt's nichts, was die Leute in einem Buch lesen wollen.«

»Es geht darum, die Leute in den Städten wieder mit dem Land in Verbindung zu bringen, sagt sie. Mit ihrem Erbe.«

»Ihrem Erbe? Wie kann es ihr Erbe sein, wenn sie nicht auf dem Land geboren wurden und nie einen Tag auf dem Feld gearbeitet haben?«

»Als *Nation*. Sie sagt, die Engländer sind von ihrem Geburtsrecht entfremdet, von ihrer Verbindung zu Blut und Boden oder so. Oh, ich weiß es nicht, Alf. Ich bringe jetzt mein Fahrrad weg.«

»Bald ist das Fest, Edie«, rief er mir hinterher. »Sehe ich dich da?«

»Oh ja, wir gehen alle«, antwortete ich.

Ich ging in mein Zimmer und schob den Riegel vor. Der Wachtelkönig piepste in seiner Schachtel, ich kämmte mir das Haar, wusch mir das Gesicht und zog das schmutzige Kleid aus. Ich war froh, dass ich gegangen war, ohne ihn zu küssen, fühlte mich aber trotzdem leicht verunsichert. Ich war nicht darauf vorbereitet, Connies Sprachrohr zu sein. Ich war nicht dafür gerüstet, ihre Vorstellungen zu verteidigen. Es war, als wäre ich irgendwie ihre Verbündete, und wenn ich sie auch mochte und unsere Zeit zusammen genoss, war ich doch nicht sicher, was das bedeutete.

VI

CONNIE FUHR ÜBER DAS WOCHENENDE zurück nach London zu einer Art »politischer Veranstaltung«, wie sie es nannte. Am Samstagabend gab es ein Tanzvergnügen in Monks Tye, zu dem Frank und die beiden Rose-Jungs gehen wollten. Ich hatte mich stur dagegen entschieden, obwohl ein Teil von mir, wenn ich ehrlich war, auch hinwollte, und ein paar Wochen früher hätte ich womöglich ja gesagt.

»Sie ist wie ein halb zugerittenes Pferd«, sagte Vater, als er am Samstagnachmittag durch die Küche kam, wo Mutter und ich saßen und uns unterhielten. »Du lässt sie zu viel selbst entscheiden, Ada. Sie sollte mit ihrem Bruder zu dem Tanz gehen, es ist höchste Zeit, dass sie ein paar Freundinnen in ihrem Alter findet. Sorg dafür, dass das Mädchen etwas vom Leben sieht.«

»Sie ist noch ein Kind, George. Lass sie ein anderes Mal gehen, wenn sie so weit ist«, antwortete Mutter, was mich erleichterte, auch wenn das, was Frank mir am Fluss gesagt hatte, immer noch in meinem Kopf nachhallte.

»Bist du zu vielen Tanzveranstaltungen gegangen, Mutter? Als du in meinem Alter warst?«

»Nein, Kind. Das haben wir gemeinsam«, sagte sie und lächelte.

»Warum nicht?«

»Nun, zum einen habe ich deinen Vater schon jung kennengelernt, und zum anderen war er nie einer, der viel für Feste übrighatte.«

»Aber wärst du gerne tanzen gegangen?«

Sie seufzte. »Damals ja, wenn ich ehrlich sein soll. Ich hatte das Gefühl, ich würde etwas verpassen. Aber im Nachhinein betrachtet, war es wahrscheinlich schon in Ordnung. Die Sache ist, du weißt nicht, wie jung du bist, wenn du jung bist – und ein hübsches Mädchen, wie ich es damals war, kann in alle möglichen Schwierigkeiten kommen.«

»Was für Schwierigkeiten?«, fragte ich und setzte mich an den Küchentisch. Ich wollte, dass sie die Dinge laut aussprach, die Schwierigkeiten bedeuteten. Ich wollte, dass sie sie beim Namen nannte, damit ich verstand, was gemeint war.

»Oh, ich weiß nicht. Das ist nichts, worüber du dir schon den Kopf zerbrechen solltest, Kind.«

Pollen waren von Johns Blumen in der gelben Vase auf den Tisch gefallen. Ich leckte über meinen Zeigefinger und sammelte sie auf.

»Mutter, hattest du eine beste Freundin, mit der du über alles reden konntest?«

»Lizzie Allingham war meine beste Freundin und ist es immer noch. Gott segne sie.«

»Hast du mit ihr über … über Tanzveranstaltungen, Liebste und Ausgehen gesprochen?«

Sie lachte. »Oh nein, Lizzie hatte keine Zeit für Jungen. Sie sagte immer, die seien alle nur hinter dem einen her.«

»Und andere Freundinnen hattest du nicht?«

»Du weißt, dass ich sonst keine hatte, Edie. Meine Mutter … deine Großmutter … nun, Kinder können grausam sein, und das ist alles, was ich dazu sage.«

Mutter wollte *Evergreen* mit Jessie Matthews sehen. Der Film wurde im Regal in Market Stoundham gezeigt. So liefen wir nach dem Abendessen über den Feldweg ins Dorf und nahmen den Bus, der vorm Bell & Hare losfuhr. Als wir saßen und der Bus dahinrollte, zog Mutter ihre kleine goldene Puderdose aus der Tasche, puderte sich die Nase und trug etwas Lippenstift auf. Wir fuhren nicht oft in die Stadt, es sei denn, es war Markt, und so war dies etwas Besonderes.

Wir hatten gut gegessen, scharfe Nierchen, Vaters Lieblingsessen, und es dauerte nicht lange, bis ich eindöste. Mutter stieß mich wach, als wir uns unserem Ziel näherten. Zwischen Autos, Kutschen und Männern auf Fahrrädern kroch unser Bus die Sheepdrove hinauf. Die Bürgersteige waren voller Frauen mit modischen Hüten, und hier und da strebte ein Landstreicher dem Armenhaus zu. Die Stadt war aufregend, unermüdlich. Ich mochte sie an Markttagen, aber mehr noch abends, wenn die Leute nicht in ihren Häusern verschwanden, wie sie es bei uns auf dem Land taten, sondern herauskamen und alles mit Leben erfüllten. Es gab einem das berauschende Gefühl, als wäre alles möglich. Eine Farm war dagegen eine Welt uralter, unveränderlicher Rhythmen und Vorstellungen.

Der Film war opulent und aufregend, und ich weiß noch, wie Mutters Gesicht im flackernden Licht der Leinwand strahlte. Als die hübschen Tänzerinnen im Finale die Beine in die Luft warfen, beugte sie sich vor, den Mund leicht geöffnet, und saß auch danach noch eine Weile da und betupfte sich die Augen mit ihrem Taschentuch, obwohl das Ende ganz und gar nicht traurig gewesen war.

»Musst du noch mal zur Toilette?«, fragte sie, als wir aufstanden und in Richtung Ausgang gingen. Wir hatten noch so lange dagesessen, bis die Nationalhymne kam, das Licht anging und die Platzanweiserin mit einer Flasche Flit die Runde machte.

Ich schüttelte den Kopf.

»Doch, geh schnell, sonst wippelst du im Bus herum. Ich warte vorne an der Treppe auf dich.«

Die Toilette war voller junger Frauen, die wie die Spatzen tschilpten. Sie erinnerten mich ein wenig an Mary vor ihrer Hochzeit, aber natürlich waren sie aus der Stadt und mondäner. Sie hätten Mary zweifellos für ländlich und sonderbar gehalten. Sie drängten sich vor dem Spiegel, legten Rouge auf und wischten sich Lippenstift von den Zähnen. Sie machten mir freundlich Platz, als ich mich durch sie hindurchschob, aber ich wusste, ich war für sie kaum ein Luftzug im glitzernden Strom der Nacht.

Mutter rauchte draußen eine Zigarette, was sie sehr selten tat und nur, wenn wir nicht auf der Farm waren. Ich fragte mich, wo sie die Zigarette herhatte. Ich war sicher, dass sie kein Päckchen in ihrer Tasche mit sich trug.

»Oh, ich mag Filme *so sehr*. Du nicht auch?«, sagte sie und nahm meinen Arm. »Sich das alles vorzustellen … nun. Es gibt mir das Gefühl … Ich kann es nicht wirklich ausdrücken. Oh, Edie, verstehst du, was ich meine?«

»Oh ja«, sagte ich, obwohl ich es nicht tat. Ich hätte es einfach nicht ertragen, sie zu enttäuschen. Der Film hatte mir durchaus gefallen, und die Wochenschau war sehr interessant gewesen, aber ich sah an der Art, wie sie strahlte, dass ihr das alles weit mehr bedeutete. Einmal hatte ich in der Küche Brownings *Heimat-Gedanken, aus der Fremde* zitiert, die wir in der Schule auswendig gelernt hatten und die ich mehr als ein Jahr lang leidenschaftlich liebte. Aber auch wenn sie am Herd gestanden und genau zugehört hatte, hatte ich doch keinerlei Gefühlsregung in ihrem Gesicht erkennen können. Ich fragte mich, ob es jetzt für sie genau das Gleiche war: ob sie gehofft hatte, ihre Begeisterung mit mir zu teilen, und enttäuscht war. Mary hätte sie nicht enttäuscht, überlegte ich. Die beiden gingen so gerne ins Kino, aber es war kaum mein Fehler, dass ich lieber Gedichte mochte als Filme.

Wir mussten nicht lange auf den Bus warten, es war der letzte an diesem Tag nach Elmbourne. Frank sollte uns von der Haltestelle abholen und mit uns nach Hause gehen. Vater hatte ihm eine Abreibung versprochen, falls er nicht rechtzeitig da war. Ich fragte mich, wie die Tanzveranstaltung gewesen war und ob sie ihm gefallen hatte. Ob es etwas ausgemacht hätte, dass ich keine Kleider wie die jungen Frauen im Regal trug, oder ob es, da es doch nur ein Dorffest war, egal gewesen wäre. Ich wusste, dass es auch Mädchen und Jungen in meinem Alter gegeben hätte und Frank bei mir geblieben wäre und mich mit niemandem hätte reden lassen. Warum also hatte ich nicht mitgehen wollen?

Der Bus kam klappernd und guter Laune, und die Fahrgäste stiegen ein, nur Mutter schien ihn nicht zu bemerken. Sie stand da und starrte die Straße hinauf.

»Was ist?«, fragte ich und sah sie an. »Komm, oder er fährt ohne uns.«

Wir stiegen ein und fanden zwei Plätze. Als der Bus abfuhr,

starrte Mutter immer noch aus dem Fenster, und da sah ich John auf den Stufen von einem der Pubs und an ihn gedrückt eine Frau mit einer mottenzerfressenen Fellstola und einem tiefen Dekolleté. Ich sagte nichts, meine Mutter auch nicht, doch der blasse Mond ihres Gesichts spiegelte sich die ganze Rückfahrt über starr im Seitenfenster.

Die Bohnen auf dem Broad Field begannen zu blühen und dufteten süß. Entlang unseres Wegs und der Straße ins Dorf übernahm Bärenklau den Platz des verwelkten Wiesenkerbels, und seine cremefarbenen Blüten waren voll mit sich paarenden Weichkäfern. Überall waren die Wege jetzt schmaler, überwuchert von hüfthohen Nesseln, von Labkraut und Weidegras mit fedrigen Fruchtständen. Auf den Wiesen spross der Klee, und die flachen Rosetten des Wegerichs sowie kleine gelbe Kleesterne bedeckten die nackte Erde um den Weizen.

Wann immer die Ruinen der Hullets Farm in den Blick kamen, sah ich genau hin und hoffte einen Blick auf die Familie zu erhaschen, die dort wohnte. Aber ich sah nichts und niemanden, und Mutter war äußerst schmallippig, wenn die Sprache darauf kam, und ermahnte mich nur, im Dorf nichts davon zu erzählen und sie nicht zu verraten.

Der Wachtelkönig wurde mit jedem Tag größer, hatte leuchtende Augen und war ständig auf Nahrungssuche. Ich behielt ihn in meinem Zimmer, weil ich die Katzen im Hof fürchtete, und wenn er nicht gerade schlief, rannte er um mich herum, piepste und stolperte über die Flickenteppiche, ein dunkler Flaumball, eher ein Krähenbaby als der weizenfarbene, gefleckte Vogel, der daraus werden würde. Täglich nach dem Hühnerfüttern ging ich mit ihm an die Feldränder, wo er sich in der

Futtersuche üben konnte und zögerlich die Hecken erkunde-
te, dabei aber nie zu weit von dem Platz wich, wo ich saß und
ein Buch las. Einmal kam ein Sperber über uns hergeflogen,
und ich sah, wie sich der Kleine ins Gras drückte. Er schien
mit einem Verständnis dafür auf die Welt gekommen zu sein,
wo Gefahren lauerten, und ich fragte mich, wie viele Generationen es dauern würde, bis unsere Mähmaschine die gleiche
Reaktion hervorrief.

Als John meinte, er sei kräftig genug, ließ ich den kleinen
Wachtelkönig auf The Lottens frei, direkt bei der Hecke zum
Broad Field. Dort gab es einen Graben, halb von Brombeerge-
strüpp und Zaunrüben bedeckt, in dem etwas Wasser floss.
Der Ort bot viel Zuflucht und drumherum all das junge Korn
und die Feldbohnen, die sich erkunden ließen. Mein Kleiner
hockte sich einen Moment lang hin und schien unsicher, was
er mit seiner neuen Freiheit anfangen sollte, aber als ich mich
vom Feldrand noch einmal umsah, war er verschwunden.

Connie war aus London zurück und gehörte bald fast schon
zum Inventar unserer Farm, sodass wir kaum mehr den Kopf
hoben, wenn sie den Weg heruntergeradelt kam oder hinten
an die Tür klopfte, weil sie jemanden suchte, mit dem sie über
das Korbflechten, über altmodische Pflanzennamen oder Kin-
derreime reden konnte. Manchmal fand sie uns am Küchentisch, oder sie zog den schweren Vorhang zurück und rief
die Treppe hinauf. Wenn im Haus niemand war, sah sie in die
Scheune oder den Gemüsegarten, oder sie versuchte es auf
den Feldern. Ich gewöhnte mich an ihren Anblick, wie sie lä-
chelnd und ohne Hut auf uns zukam. Es war eine willkomme-
ne Abwechslung von der Arbeit. Und irgendwie öffnete sie die

Farm – wir wurden lockerer, freundlicher, wenn sie da war, so als sähe die Welt draußen mit Wohlwollen auf uns.

Nur John schien sie nicht zu mögen. Er war nie unhöflich zu ihr, aber wenn sie mit ihren Fragen kam, wurde er noch wortkarger und tat so, als wäre sie gar nicht da. Natürlich verriet er ihr keine Geheimnisse der Pferdehaltung, wie ich es ihr von Beginn an gesagt hatte. Und doch versuchte sie ihn weiter für sich zu gewinnen, völlig unberührt von seiner Zurückweisung.

Nur einmal sah ich ihn in dieser Zeit verärgert reagieren, und das war, als Connie den zunehmenden Gebrauch von Traktoren auf dem Land beklagte.

»Ich habe einfach das Gefühl, dass wir die Verbindung zur Erde verlieren mit all den wunderbaren alten Traditionen«, sagte sie. »Und natürlich werden am Ende all diese tollen Maschinen den Landarbeitern ihre Arbeit nehmen.«

»Zum Teufel mit den Traditionen, Constance«, war er aufgefahren. »Ich habe gute Männer gesehen, die das Leben auf den Feldern kaputt gemacht hat, und Bauern, die aufgeben mussten, weil sie nicht genug Hilfe gefunden haben. Für jemanden wie Sie mag die Landarbeit ja eine … Zerstreuung sein, aber das ist nicht irgendein Spiel.«

Ein vertrautes rotes Rad lehnte am Tor, als ich vom Freilassen meines Wachtelkönigs zurückkam, und ich fand Connie mit Großvater im Wohnzimmer, wo sie ein weiteres Mal versuchte, ihn zum Singen zu bringen. Sie hatte von jemandem im Bell & Hare gehört, dass er der Letzte in der Gegend sei, der sich noch an die alten Balladen erinnere, aber ich hätte ihr sagen können, dass sie keinen Erfolg haben würde, denn laut Mutter hatte er an dem Tag, als Großmutter gestorben war, zu singen aufgehört. Aber sie unterhielten sich gerne miteinander, also ließ ich sie.

»Hallo, Connie«, sagte ich, setzte mich auf die Lehne von Großvaters Sessel und nahm seine Hand. »Bleibst du den Tag über hier?«

»Wenn ihr mich ertragt. Ich würde es gern noch mal mit eurem Brotofen versuchen, falls deine Mutter es erlaubt.«

»Wirklich? An einem Tag wie heute?«

»Ja … Ich will nicht auf den Winter warten. Elisabeth Allingham benutzt ihren auch, wusstest du das? Und in ihrem Haus ist es nicht zu heiß. Ich war vor ein paar Tagen erst dort.«

»Die sind ja auch modern«, warf Großvater ein.

»Gemauerte Brotöfen? Wie meinen Sie das, Albert?«

»Die Mutter meiner Mutter hat unseren einbauen lassen. Er war nie Teil des ursprünglichen Herdes. Damals wurde das meiste in einem großen Topf über dem Feuer gemacht.«

»Das stimmt! Ich glaube, Florence White beschreibt das in ihrem Buch *Gutes aus England*. Ich besorge Ada ein Exemplar, wenn sie nicht schon eines hat. Es ist gerade wieder sehr in Mode. Ich nehme nicht an, dass Ihre Großmutter Ihnen viel über die Gerichte gesagt hat, die sie so gekocht hat, oder? Gibt es da etwas, woran Sie sich noch erinnern?«

Connies Stift schwebte über ihrem Notizbuch. Sie war aufmerksam wie eine Hofkatze, die eine Maus witterte.

»Ich muss wieder, leider«, erklärte ich. »Vater hat gesagt, ich soll heute Jakobskraut ausmachen.«

»Eine fiese Aufgabe«, sagte Großvater. »Helfen Sie ihr, Connie. Und ich rede mit Ada wegen dem Brot.«

Connie wusste, wann sie einen Handel eingehen sollte, und wir ließen Großvater auf seinem Platz am Fenster zurück, das alte Gesicht von der Sonne umspielt, deren Licht durchs Laub der Ulme draußen fiel.

»Du brauchst Handschuhe«, sagte ich und suchte in den Mänteln, Stiefeln und Reitsachen, die sich bei der Hintertür angesammelt hatten.

»Oh, mach dir um mich keine Sorgen, Edie, meine Hände sind mittlerweile abgehärtet.«

»Ehrlich, Connie, das Zeug ist fies. Es kann dich durch die Haut vergiften und macht die Pferde krank. Deshalb machen wir es ja aus.«

Ich fand je ein Paar für sie und mich, und wir nahmen eine Schubkarre mit zur Horse Leasow. John hatte die Pferde zuletzt auf der Pightle grasen lassen, sodass das Gras auf der anderen Weide ziemlich hoch stand.

»Siehst du die da mit den gelben Blüten? Wir müssen sie alle ausreißen, bevor sie ihre Samen aussäen.«

»Wie schade, sie sind schrecklich hübsch«, sagte sie. »Weißt du, in der Stadt, da verkaufen sie die straußweise am Bahnhof. Sie nennen sie ›Sommergold‹.«

Ich zeigte ihr, wie man die Pflanzen ganz unten fasste und langsam aus der Erde zog, damit keine Wurzeln stecken blieben, und wie man auch die jungen erkannte, die noch keine Blüten trieben. Wir begannen langsam das Feld abzuschreiten, suchten den Boden ab und blieben kurz stehen, wenn eine von uns eine Pflanze gefunden hatte und auszog. Eine der Katzen aus der Scheune tauchte auf, blieb auf Abstand, wartete aber gespannt, ob wir eine Maus oder Wühlmaus aus dem Gras aufscheuchten.

Vielleicht lag es daran, dass wir eine Aufgabe zu erledigen hatten, oder an der Art, wie wir nebeneinander hergingen, ohne uns anzusehen, auf jeden Fall fingen wir an, von uns zu sprechen, und zwar nicht so, wie wir es bisher getan hatten, ein paar Informationen, eine leichte Neckerei, sondern ernsthafter, offener, ganz so, als läge kein Vierteljahrhundert zwischen uns.

»Warum hast du nie geheiratet, Connie?«, fragte ich. »Lag es am Krieg?«

»Ich habe niemanden verloren, wenn du das meinst. Ich nehme an, ich wollte es nie genug, sonst hätte ich mich mehr bemüht wie all die anderen Mädchen. Ich weiß es nicht. Es schien mir alles eine so fürchterliche Zeitverschwendung.«

»Wie war der Krieg? War er schlimm? John sagt ... «

»Oh, Liebes, bitte frag mich nicht danach. Das liegt alles so lange zurück.«

Ich beschloss, mich nicht gleich von ihr abwimmeln zu lassen. Schließlich klang sie eher beschwingt als schroff.

»Nun ... warst du mal verliebt?«

»Oh, endlose Male. Aber ich finde, es geht schnell vorbei, solange du einen klaren Kopf bewahrst.«

»Wie war es?«

»Oh, also. Ein bisschen wie Champagner und ein bisschen wie eine böse Grippe. Es lässt dich auf dem Rücken landen und macht dich zu einer verdammten Närrin.«

Ich lachte. »Aber bedauerst du es nicht, nie geheiratet zu haben?«

»Kein bisschen.«

»Wolltest du keine Kinder?«

»Ich habe es mal gedacht, aber heute glaube ich, das war nur, weil man es soll. Du weißt schon, weil es alle tun.«

Es tat gut, sie so offen über Dinge sprechen zu hören, über

die ich mich nicht einmal in meinem Tagebuch zu schreiben
getraut hätte, ganz zu schweigen davon, sie laut auszusprechen.
Es war unwiderstehlich.

»Aber wie kannst du den Unterschied erkennen? Du weißt
schon, dazwischen, wirklich welche zu wollen oder sie nur zu
wollen, um wie alle anderen zu sein?«

»Oh! Da fragst du was.«

Ich überlegte einen Moment. »Vielleicht … Vielleicht ist es,
wie jemanden zu lieben. Mary hat immer gesagt, man *weiß* es
einfach. Wenn du dich fragst, ob du heiraten und Kinder bekommen willst, bedeutet das vielleicht, dass du es nicht willst.«

Sie lachte. »Oder vielleicht bedeutet es auch, dass du ein
Mensch bist, der sich zu viele Gedanken über die Dinge macht.«

Ich richtete mich einen Moment lang auf und versuchte mir
die Haare besser festzustecken, weg vom Schweiß in meinem
Nacken.

»Ich weiß aber nicht, wie ich damit aufhören soll.«

»Womit aufhören?«

»Mir zu viele Gedanken zu machen. Ich weiß nicht, wie ich
anders sein soll.« Ich war überrascht, plötzlich Tränen in meinen Augen zu spüren.

»Oh, Edie, du musst nicht anders sein, weißt du das nicht?«
Sie legte die Hand über die Augen und sah mich an, ein Bü-
schel Jakobskraut schlaff in der Hand. »Du bist etwas ganz
Besonderes, so wie du bist.«

»Nein, bin ich nicht, Connie, und das weißt du. Wenn ich
es wäre, wäre ich so beliebt wie du, und das bin ich nicht.«

Sie sagte nicht: »Aber alle mögen dich!«, wofür ich dankbar war. »Hör zu. Andere Leute sind dumm, Edie. Du kannst
sie nicht als Vergleich heranziehen. Besonders nicht hier.«

»Wie meinst du das?«

»Oh, einfach nur … an abgelegenen Orten ist es schwer … anders zu sein. In London wärst du ziemlich normal, das verspreche ich dir.«

Das schien mir höchst unwahrscheinlich, doch ich sagte nichts weiter dazu, sondern sann über ihren Rat nach, die Meinung anderer Leute nicht als Maßstab zu nehmen. Das klang hilfreich, nur wusste ich nicht, wie ich es umsetzen sollte. Wie sonst erfuhr man etwas über sich selbst, wenn man nicht versuchte, seine Erscheinung und seinen Charakter mit den Augen der anderen zu sehen?

»Wenn es etwas zählt, Edie – *ich* glaube, dass du wunderbar bist. Du bist bei weitem meine liebste neue Freundin.«

»Meinst du das ehrlich?«

»Um *Meilen*, meine Liebe. Ich wäre lange schon weg und würde wahrscheinlich den Bauern in Blaxford und weiter dahinter auf die Nerven gehen, wenn wir uns nicht kennengelernt hätten. Und dann wüsste ich Jakobskraut nicht von Gänsedisteln zu unterscheiden und Ehrenpreis nicht von Vergissmeinnicht. Ich würde nicht sagen können, wie ein Wachtelkönig klingt oder eine Feldlerche. Und ich würde keinen der herrlichen Reime kennen, die du mir beigebracht hast, keine der Legenden aus der Gegend oder überhaupt etwas.«

Eine Weile arbeiteten wir schweigend weiter, während ich vorsichtig überdachte, was sie an schönen Dingen gesagt hatte. Ich wollte mich genau an ihre Worte erinnern, war aber noch nicht wirklich bereit, sie zu glauben, weil das Gefühl so neu war, das sie mit sich brachten. Ich hatte mich daran gewöhnt, mir selbst zu genügen, und es wäre auch nicht gut gewesen, mir einzugestehen, dass ich einsam war – da war es weit besser, »den Kopf hochzunehmen«, wie Frank immer sagte, wenn ich niedergeschlagen wirkte. So war die Möglichkeit, eine Freundin zu haben, die gut von mir dachte, noch etwas, was ich mit Vorsicht betrachtete.

»Du vermisst deine Schwester Mary, oder?«, sagte Connie nach einer Weile.

»Die ganze Zeit.«

»Kommt sie nicht zu Besuch?«

»Sie hat viel zu tun, nehme ich an, mit dem Haus und dem Baby. Und Mutter sagt, Clive möchte es nicht. Er möchte, dass sie zu Hause ist. Manchmal sehe ich sie bei meinen Großeltern, und hin und wieder fahre ich sie mit Mutter besuchen, aber das ist nicht das Gleiche.«

»Nein, das verstehe ich.«

»Es war immer so schön mit ihr, und sie hat sich so auf die Ehe gefreut. Aber jetzt sieht sie nur müde aus.«

»Du magst Clive nicht sonderlich, oder?«

»Nein. Nun … ich weiß es nicht. Mutter sagt, ich bin eifersüchtig.«

»Und, bist du?«

»Ich nehme an, ein bisschen. Er kam immer ins Haus, um mit Mary spazieren oder ins Kino zu gehen, und ich durfte nie mit. Und jetzt hat er sie die ganze Zeit, und ich kann sie nichts fragen.«

»Was möchtest du sie fragen, Edie?«

»Ich … ich weiß nicht.«

Als wir etwa die Hälfte der Horse Leasow vom Jakobskraut befreit hatten, rötete uns die Sonne den Nacken, und die Schubkarre war hoch beladen. Gemeinsam schoben wir sie zurück auf den Hof, damit Doble das Kraut verbrennen konnte, und gingen nach drinnen, weil wir Hunger hatten. Die Männer hatten bereits zu Abend gegessen, aber Mutter hatte Brot, Käse und eine Schüssel mit hartgekochten Eiern unter einem Tuch auf dem Tisch stehen lassen.

Wir aßen und hörten dabei Radio, und hinterher trug ich die Teller zur Spüle, um abzuwaschen, während Connie Brot und Käse zurück in die Vorratskammer brachte. Einige der Ziegel auf dem Boden dort waren kaputt, und ich konnte sie klappern hören, als sie darüberging – und dann auch, dass sie stehen blieb, um unser Eingemachtes genauer anzusehen. Ich hoffte, sie blieb mit dem Blick nicht an den Dosen mit Erbsen, Tomatensuppe und Kondensmilch hängen, die sie, wie ich mir denken konnte, nicht gutheißen würde. Ich versuchte mir Mutters Gesicht vorzustellen, sollte Connie je etwas Kritisches über uns in einem ihrer Artikel schreiben.

»Würdest du mir den ersten Stock zeigen, Edie? Ich habe den Rest des Hauses noch nicht gesehen«, sagte sie, als sie aus der Vorratskammer zurückkam und ich noch die Teller abtrocknete.

»Wirklich nicht? Aber natürlich, komm mit. Es gibt da allerdings nicht viel zu sehen.«

»Oh, du kennst mich. Ich mag diese alten Häuser. Sie haben so etwas Magisches.«

Ich fragte mich, ob sie das auch tief im Winter sagen würde, wenn die Küche der einzige Raum im Haus war, in dem man keine Wollhandschuhe tragen musste, oder während eines nassen Herbstes, wenn unsere Kleider stockig rochen und der Sturm Strohbüschel vom Dach riss.

Wir kletterten die steile, knarzende Treppe hinauf, und

Connie blieb stehen und sagte etwas über die wurmstichigen, über die Jahrhunderte immer weiter abgetretenen Eichenstufen. Sie fand sie sehr schön, obwohl Mutter sie austauschen lassen wollte. »Eines Tages bricht einer von uns glatt durch«, sagte sie manchmal.

Die Treppe führte in das Zimmer, in dem Mutter und Vater schliefen, und ich zog schnell die Tagesdecke über ihr ungemachtes Bett und schob den Nachttopf aus dem Blick. Aber Connie ging direkt zum Kamin hinüber, über dem die Spuren eines bemalten Schmuckbildes zu sehen waren, ausgeblichen und unvollständig, wo etwas vom Putz abgefallen und die Steine darunter sichtbar waren. Ich sah zu, wie sie mit den Fingern darüberfuhr. Es war, als sähe ich den Raum, der mir so vertraut war und so gewöhnlich erschien, plötzlich durch ihre Augen.

»Frühes siebzehntes Jahrhundert, da bin ich sicher!«, hauchte sie.

Ich zeigte ihr den Balken mit dem von meinem Ururgroßvater kunstvoll hineingeschnitzten »G.M.« und die Ringe auf dem Boden der leeren Kammer über der alten Käserei, wo sie einst die großen Käseräder aufbewahrt hatten. Wir warfen einen Blick in Franks unaufgeräumtes Zimmer mit dem schwindelerregend abschüssigen Fußboden und dem Kinderdrachen, der trotz Franks Alter immer noch an der Wand hing. In Marys altem Zimmer mit der verblichenen Tapete bewahrten wir heute Decken, Wäsche und Wintersachen auf, und ich legte mich mitunter immer noch dort hin, wenn ich mich besonders bedrückt fühlte, was oft ein, zwei Tage vor *dem Fluch* der Fall war.

»Ich nehme an, wenn es so klein ist, mit so winzigen Fenstern, ist ein Schlafzimmer leichter warmzuhalten, schließlich haben nur deine Eltern einen Kamin.«

»Oh, der wird kaum benutzt. Vater meint, es ist ungesund, in einem warmen Zimmer zu schlafen. Ich denke, es würde zu viel Feuerholz kosten«, sagte ich.

In meinem Zimmer blickte sie aus dem kleinen, tief in der Wand sitzenden Fenster und versuchte zweifellos mittels des Hofes und des Pferdeteiches ihre Position im Haus zu bestimmen. Dann wandte sie sich meinen Büchern zu, die stapelweise auf dem Schreibtisch lagen, weil die Giebelwand des Hauses im Winter oft feucht wurde und ich sie nicht ruinieren wollte.

»*Der Kampf um die Insel*, ja, und Masefield und der gute alte Jefferies und John Clare. Kein Williamson … aber du hast *Tarka* gelesen? Sicher hast du das. So ein brillanter Mann und mit vielen guten Ideen. Ich habe ihn einmal bei einer Gartenparty kennengelernt, wo Geld für eine politische Partei gesammelt wurde. Oh, und was ist mit Waugh? Obwohl du dafür vielleicht noch etwas jung bist … Nun, ich schreibe nach Hause, dass sie ein, zwei Bücher von ihm schicken, und du kannst sehen, wie du damit zurechtkommst.«

Ich saß auf dem Bett und fühlte mich zurückgeblieben und kindisch, was in Connies Gegenwart sonst selten der Fall war. Ich war der Bücherwurm der Familie, die einzige wirkliche Leserin im Haus, aber in dem Moment hatte ich das Gefühl, rein gar nichts über Literatur zu wissen.

»Kennst du viele Schriftsteller, Connie?«

»Oh, nein, nicht wirklich. Ich würde nicht sagen, dass ich Mr Williamson *kenne*, wir hatten nur einen kleinen Plausch bei ein paar Gin Slings. Wahrscheinlich würde er sich nicht einmal an mich erinnern. Henry Massingham habe ich auch einmal getroffen. So ein feiner Mensch. Seine Artikel über die landwirtschaftliche Arbeit und den Eigenanbau haben mir geholfen zu sehen, was ich mit meinem Leben anfangen sollte. Das habe ich ihm auch gesagt.«

»Connie, wann gehst du zurück nach London?«

Sie richtete sich auf und drehte sich zu mir um. »Also, ich bin nicht sicher, Liebes. Sag nicht, dass du mich schon leid bist. Ich bin noch nicht so weit, nach Tooting zurückzukehren. Es gefällt mir hier ziemlich gut. Vielleicht bleibe ich und heirate einen rotwangigen Bauernburschen.«

Ich lächelte. »Ich bin dich nicht leid, Connie, natürlich nicht. Aber … könnte ich dich besuchen? Wenn du wieder in London bist?«

»Eine Fahrt in die Stadt? Eine herrliche Idee! Muss ich annehmen, dass du noch nie in London warst?«

Ich schüttelte den Kopf. »Weiter als bis Market Stoundham bin ich bisher nicht gekommen.«

»Also, in dem Fall *musst* du mich besuchen. Wenn die Ernte sicher eingebracht ist vielleicht? Du könntest mit dem Zug kommen.«

Ich konnte mir nicht vorstellen, dass ich die Reise allein würde machen dürfen, aber vielleicht konnte Connie mit Mutter sprechen und sie überreden. Mary hätte in meinem Alter zweifellos fahren dürfen.

»Der September kann eine wunderbare Zeit für einen Besuch sein. Da gehen abends die Gaslaternen an, und die Blätter der Platanen färben sich gelb«, fuhr sie fort. »Ich frage Ada, soll ich? Wir könnten ein Ladys-Wochenende veranstalten.«

Sie musste etwas in meinem Ausdruck entdeckt haben, denn jetzt lachte sie.

»Oh, nur du und ich, Edie? Ja, warum nicht!«

Unsere Gerste stand gut, flachsfarben aus der Entfernung, und wir konnten förmlich zusehen, wie sich die Grannen langsam senkten. Der Weizen reifte ebenfalls heran: Die Halme waren noch blaugrün, doch die Spitzen der Ähren färbten sich bereits grünlich gelb, und dieser Ton würde noch satter werden und die Ähren würden hinunterwandern, während sie dicker wurden und Halme und Blätter golden krönten. Dann änderte sich auch der Klang der Felder, und sie begannen trocken zu rascheln und flüsterten Vater und John zu, dass es fast an der Zeit war. Die Pracht der Farm in dem Moment kurz vor der Ernte: Morgen aus Gold, durchsetzt mit Kornblumensaphiren und den Granatsprenkeln des Mohns, über denen hoch die Lerchen kreisten.

Aber noch war es nicht so weit. Wir brauchten Regen, denn das Land war noch durstig vom Jahr zuvor, und in Bächen und Gräben stand kaum etwas Wasser. Und während wir darauf warteten, dass es reifte, konnte das Korn weiche Knie bekommen und Drahtwürmern, Weizenälchen, Stinkbrand, Schwarzbeinigkeit und zahllosen anderen Plagen zum Opfer fallen. Es konnte vom Sturm niedergedrückt werden, in der Scheune verderben oder einfach, so wie die Zeiten waren, keinen guten Preis erzielen.

Abends beim Essen redete Vater vom Weizengesetz, das, wie er sagte, eine Art versteckter Tarifplan sei. Das Geld, um die Preise zu garantieren, kam aus der von den Mühlen erhobenen Steuer auf britisches Mehl. Am Nachmittag war er bei einem Treffen des Bauernverbandes in Monks Tye gewesen und gut in Form.

»Und wer sagt, dass sie uns nicht wieder betrügen wie früher?«, sagte er, während er aß. »Auf dem kleinen Mann trampeln sie herum, immer schon tun sie das.«

»Sie dürfen den Politikern nicht glauben, George. Die lügen und lügen«, sagte Connie. Sie war zum Essen geblieben, wobei ich nicht ganz sicher war, ob sie eingeladen worden oder einfach nicht gegangen war. »Die erklären Ihnen, dass der Himmel grün ist, wenn sie denken, dass sie damit Stimmen gewinnen. Wir sollten wirksame Einfuhrkontrollen haben, um unsere einheimischen englischen Bauern zu schützen, anders geht es nicht. In den Zeitungen gibt es jetzt Anzeigen für argentinisches Rindfleisch, das mit Kühlschiffen hergeschafft wird.«

Ich warf einen Blick hinüber, um zu sehen, wie Vater ihren Einwurf aufnahm. Keiner außer John oder Großvater mischte sich ein, wenn es um Belange der Farm ging. Nicht Doble, noch nicht mal Frank und ganz sicher keine Frau. Wenn er sie zurechtwies, nun, ich dachte nicht, dass ich es ertragen würde. Ich spürte, wie mir das Blut in die Wangen schoss.

»Vielleicht haben Sie recht, Constance«, sagte Vater und sah sie nachdenklich an. »Der Weizen steht bei weniger als fünf Pfund pro Tonne, und doch importieren wir Mehl aus Kanada, und Gerste aus der Tschechoslowakei erzielt das Doppelte von unserer, direkt vom Schiff. Das kann nicht richtig sein.«

John hatte aufgehört zu essen und sah Connie an, sein Messer mit dem Knochengriff und eine unserer Blechgabeln locker in der Hand.

»Es heißt allerdings, Einfuhrkontrollen würden bedeuten, dass der einfache Mann in den Läden mehr für sein Essen zahlen muss«, sagte er.

»Aber dieses Land *muss* in der Lage sein, sich selbst zu ernähren, ohne sich auf Einfuhren zu verlassen«, sagte Connie, »und das heißt, es *muss* dafür sorgen, dass anständige, ehrbare Engländer wie Sie, George, ein Auskommen als Bauern haben.«

Vater nickte. »Also '30 hat es kaum gelohnt, die Ernte einzuholen. Für das Wenige, was ich dafür bekommen habe, und all die Arbeit, die ich reingesteckt habe, hätte ich das Korn auch auf den Feldern verrotten lassen können. Da braucht es mehr als ein paar von ihren Reklametafeln, um die Richtung zu ändern und die Landwirtschaft wieder profitabel zu machen. Das kann einem Mann den Mut nehmen, das sage ich geradeheraus.«

»Das stimmt ja«, sagte John, »aber mir scheint, ihr wollt das Unmögliche: Einerseits soll die Regierung sich nicht einmischen, und dann wieder soll sie die Preise schützen.«

Großvater räusperte sich, und ich fragte mich, was er beitragen würde. Aber wie immer seine Meinung dazu war, er behielt sie für sich.

»Whitehall kann nicht auf ewig die Preise garantieren, während der Weizen auf dem Weltmarkt immer billiger wird«, fuhr Connie nach einer kurzen Pause fort. »Das ergibt ökonomisch keinen Sinn.«

Ich fragte mich, von welchen Bauern der Gegend sie das hatte, denn auch wenn sie intelligent war, nach einer derart kurzen Zeit auf dem Land konnte sie sich so eine Meinung nicht selbst gebildet haben, da war ich sicher.

»Nein, wir müssen uns um die eigene Versorgung kümmern«, sagte Vater entschieden. »Besonders, wenn die Zeiten schwer sind.«

»Deshalb glaube ich, sollte es eine neue Landwirtschaftsbank geben, um den Bauern zu helfen«, antwortete Connie. »Und sie muss von den Bauern selbst geführt werden, nicht von den ... nun, nicht von den internationalen Geldgebern.«

Es wurde bereits dunkel, als Connie an dem Abend ging. Sie und Vater diskutierten weiter, während Mutter und ich den Tisch abräumten. Doble und Großvater blieben auch noch sitzen, aber John sagte, er brauche Franks Hilfe dabei, die Hufe der Pferde zu reinigen, und holte ihn aus dem Haus. Aus dem Hinterhaus hörte ich noch einzelne Gesprächsfetzen, doch ich war diese Art Diskussionen gewohnt und ließ meinen Gedanken freien Lauf. Ich stellte mir London mit Connie vor: die Horse Guards Parade, Kaufhäuser, Tee in einem Lyon's Corner House und das British Museum. Manchmal frage ich mich, ob mein Besuch, wenn es denn dazu gekommen wäre, in irgendeiner Weise meinen Vorstellungen entsprochen hätte. Ich war bis heute nicht in London und hatte deshalb keine Möglichkeit, es herauszufinden.

Es gab einen Schlafenszeit-Trick, den ich entdeckt hatte, wozu ich mich auf den Bauch legen und das rechte Bein anziehen musste, und an dem Abend erlaubte ich mir dieses geheime Vergnügen. Ich versuchte an Alf zu denken, war er doch sicher mein Liebster, aber sein Bild wollte mir einfach nicht vor Augen kommen. Stattdessen war da nur Johns starke um sein Messer gelegte Hand.

VII

DAS WETTER SCHIEN SICH in ein Muster gefügt zu haben:
Die Tage dämmerten heiter und warm herauf, bewölkten sich,
und nachmittags klangen von irgendwo weit entfernt Donner
herüber. Und doch regnete es nicht, und die Luft blieb feucht
und warm.

Eines Morgens kam ich nach unten, und der Wachtelkönig
lief durch die Küche, blickte forschend um sich und rannte
unter dem Tisch und zwischen den Stühlen her. Seit ich ihm
die Freiheit gegeben hatte, war er gewachsen, und der gefleckte Rücken, die helle Brust und der graue Kopf waren klarer
gezeichnet.

Mutter kniete beim Herd und ruckte am Griff der Aschenpfanne, die sich oft verklemmte.

»Er stand vor der Hintertür, Edie, und die Katzen streifen
draußen herum. Ich musste ihn hereinlassen«, sagte sie. In
dem Moment sah er mich an, hob den Kopf und ließ sein
schauerliches *Krerpkrerp* hören.

»Ich werde wahnsinnig, wenn er damit nicht aufhört. Du
musst ihn weiter wegbringen, weit genug, dass er nicht zurück-
kommt.«

Ich kniete mich neben Mutter, noch halb verschlafen, und er
pickte nach meiner Hand. »Ich habe nichts für dich«, mur-

melte ich. Aber er schlug plötzlich mit den Flügeln, und obwohl ich zusammenzuckte und zurückwich, setzte er sich wie eine Henne auf meine Schenkel.

»Nun«, sagte Mutter, bekam endlich die Aschenpfanne frei und stand auf. »Vielleicht hast du da einen Vertrauten, Edith June.«

»Einen Vertrauten?«

Sie lachte. »Zumindest ein kleines Schoßkind.«

Ich stand auf, und der Vogel hüpfte widerstrebend zurück auf den Boden.

»Ich bringe ihn zum Far Piece, wenn ich gefrühstückt habe.«

»Und danach könntest du den Boden wischen.«

»Gibt es Porridge?«

»Steht warm auf dem Herd.«

Ich nahm eine Schüssel und einen Löffel von der Anrichte. »Darf ich etwas Zuckersirup?«

»Ja.«

Ich holte die Dose aus dem Vorrat, stellte sie auf den Tisch und hebelte mit meinem Löffel den klebrigen Deckel auf.

»Kann ich ein neues Kleid bekommen?«

»Du brauchst kein neues Kleid.«

»Doch. Ich bin gewachsen.«

»Du hast erst vor sechs Monaten zwei von Marys bekommen. Seitdem bist du nicht so viel gewachsen.«

»Warum kann ich nicht ein neues haben?«

»Was ist denn los, Edie? Du bist doch gar nicht die Sorte Mädchen, denen Kleider wichtig sind.«

»Nun, vielleicht doch. Ich könnte es sein. Auf jeden Fall ist es nicht fair.«

»Um fair geht es hier nicht, wie du weißt. Wir haben kein Geld für Flitter.«

Verstohlen löffelte ich noch etwas Sirup auf mein kühler werdendes Porridge und mischt ihn darunter. »Mary hat immer neue Sachen bekommen.«

»Natürlich, Edie, weil sie die Älteste war und wir sie irgendwie anziehen mussten. Und da waren die Zeiten auch noch besser als heute.«

Krerpkrerp, krerpkrerp, krächzte der Wachtelkönig und pickte mir um die nackten Zehen.

Mutter kam, setzte sich zu mir an den Küchentisch und seufzte.

»Großmutter meinte, du wärst gereizt gewesen. Sag schon, Edie, was ist los?«

Ich hatte aufgehört, von meinem Porridge zu essen, spielte nur damit und rührte in der Schüssel herum, was sie, wie ich wusste, hasste.

»Willst du am Ende doch mit zu einem Tanz gehen? Frank sagt, du hast das Gefühl, zu Hause festzusitzen. Also, ich habe darüber nachgedacht, und vielleicht hat dein Vater ja recht. Ende des Monats kommt eine Band in die Gemeindehalle in Monks Tye. Frank meint, Alfie würde mit dir hingehen, und er fragt auch jemanden. Ich weiß, dass er Sally Godbold mag, du weißt schon, vom Cottage hinten an der Back Lane?«

»Frank sagt …? Was erzählt er hinter meinem Rücken?«

»Nichts, Edie! Nichts! Er meinte nur, dass du vielleicht Lust hättest mitzugehen. Es ist eine Jazz-Band, sagt er. Oder zum Dorffest in Blaxford? Ich wette, deine Constance würde dich mitnehmen, wenn du sie fragst.«

»Aber das interessiert mich alles nicht! Ich habe nicht das Gefühl, dass ich hier festsitze!«

»Oh! Schön, das ist gut. Das freut mich. Warum hast du es nicht gleich gesagt?«

Ich schloss kurz die Augen. Ich liebte Mutter, fand sie in letzter Zeit aber manchmal unerträglich begriffsstutzig. Alles, was ich tun konnte, war das Thema wechseln.

»Sie war gestern bis spät hier … Connie, meine ich.«

»Das war sie. Ich habe ihr angeboten, dass Doble sie nach Hause bringt, aber sie sagte, sie hätte jetzt Licht an ihrem Fahrrad.«

»Magst du sie mittlerweile?«

»Nun, sie ist sicher nicht die Unvernünftigste, würde ich sagen. Dein Vater meint, sie hat gestern Abend eine Menge Richtiges gesagt.«

»Über die Landwirtschaft?«

»Und Politik.«

Ich dachte darüber nach. Beides war für uns praktisch das Gleiche oder doch fast. Aber während in jenen Jahren mehr und mehr allgemein über das Land geredet wurde und über Europa, achtete ich wenig darauf, schien das alles doch so weit weg, dass es uns nie betreffen würde. So dachte ich damals, wobei ich natürlich keine Zeitung las, was mir die Welt größtenteils als guten Ort erscheinen ließ. Aber auch wenn mir mein Unwissen ein angenehmes Leben bescherte, hatten mich die Jahre doch gelehrt, dass man nie zurück in unschuldigere Zeiten gelangen oder so tun kann, als wäre etwas Kompliziertes so simpel, wie man früher einmal angenommen hat. Das funktionierte nicht.

»Anfangs hast du Connie aber nicht gemocht, Mutter.«

»Das stimmt schon.«

»Was hat deine Meinung geändert?«

»Also, sie war hier, um mit John über die Pferde zu sprechen, und ich habe sie an den Tisch gesetzt und ihr ein paar Dinge erklärt. Sie hat sie akzeptiert, das muss ich anerkennen. Das tun nicht viele.«

»Also seid ihr jetzt Freundinnen?«

»So weit würde ich nicht gehen, aber einer musste ihr ja mal ein paar Manieren beibringen, wenn sie hier in der Gegend herumgeistert und die Leute bedrängt. Sonst würde sie überall abblitzen, und wir hätten sie auf ewig bei uns.«

John klopfte ans Küchenfenster und steckte den Kopf durch die offen stehende Seite.

»Morgen, Ada, Morgen, Edith«, sagte er. »Ich hätte eine Aufgabe für dich, Edith, wenn dich deine Mutter gerade nicht braucht.«

»Sieh mal, John«, sagte ich und zeigte mit meinem Löffel auf den Wachtelkönig.

»Ja, ich habe ihn schon gesehen. Am besten hältst du ihn von den Katzen fern.«

»Ich bringe ihn aufs Far Piece. Was hast du für mich zu tun?«

»Also, Seven Acres mag ja brach liegen, aber im nächsten Jahr werden wir dort, so Gott will, wieder etwas anbauen. Ich habe die Erde schon geeggt, jetzt will ich sie noch umpflügen. Könntest du etwas Holunder für die Pferde bringen? Ich gehe gleich rüber.«

Ich lief über die Kornfelder aufs Far Piece, den Wachtelkönig friedlich unter dem Arm. Mutters Gartenschere in der Tasche meines Rocks schlug mir gegen den Oberschenkel. In den

Hecken da draußen gab es reichlich Holunder. Als ich so weit vom Haus entfernt war wie möglich, setzte ich den Vogel in den raschelnden Weizen und schnitt einen mächtigen Armvoll grüner Blätter ab, die John gegen Fliegen und Bremsen in Moses' und Malachis Zaumzeug stecken würde. Der Wachtelkönig inspizierte jedes der Blätter, die ich fallen ließ, und ich wusste, als er um meine Füße herumpickte, dass er versuchen würde, mir nach Hause zu folgen. Und so rannte ich los, als ich genug Holunder gesammelt hatte, und mein offenes Haar flog nur so durch die Luft. Den Rand vom Far Piece entlang rannte ich, dann um Newlands herum zu den Seven Acres, wo John unter dem heißen blauen Sommerhimmel den Pferden hinterherlief. Die erste Furche war gezogen, es war eine harte Arbeit, und er würde sicher eine Woche dafür brauchen.

Ich kann mich nicht an eine Zeit vor Moses und Malachi erinnern, auch wenn Mary noch vage Bilder der Pferde davor in ihrem Gedächtnis wachrufen konnte. Die beiden waren 1915 alt genug gewesen, dass man ihnen die Schützengräben erspart hatte, wobei das Remount Department unser damaliges Pony requiriert hatte sowie etliche Pferde der Roses, der Hullets und von Ixham Hall.

Für mich waren Moses und Malachi die Pferde überhaupt, alle anderen blieben in Hinsicht auf Farbe, Temperament und Stärke weit hinter ihnen zurück. Wie oft bin ich auf ihren breiten Rücken geritten, wenn sie angeschirrt auf dem Weg zu den Feldern oder zurück waren. Wie oft habe ich John ihr glänzendes kastanienbraunes Fell striegeln sehen, war bei ihnen im Stall, habe ihnen kleine Geheimnisse in die zuckenden Ohren geflüstert und ihnen die starken Hälse getätschelt? Sie boten mehr als nur Pferdekraft, sie waren unser Wohlstand, unser Stolz. Und wir liebten sie als Tiere, jeder von uns zwei-fellos auf seine eigene Art. Ich weiß noch, wie ich Mutter um ihre sanfte Stimme beneidete, wenn sie mit ihnen sprach. Wie sie ihnen in die Nüstern blies und sich von ihnen am Hals knabbern ließ.

Einmal, am Tisch, hatte Franks Mutter gefragt, ob sie eine wahre »Pferdefrau« sei – ob sie wirklich »die Macht« habe, wie man es nannte. Wir waren völlig fasziniert von dem gehei-men Ritual, von dem wir gehört hatten, etwas mit Farnsamen und den Fluss hinauftreibenden Krötenknochen. Allerdings sagte Mary, wir verwechselten da was mit den Hexen und wie man die hatte »schwimmen« lassen, um zu sehen, ob sie ver-sanken. Grandpa, so sehr man ihn auch drängte, verriet nichts in Sachen Pferdemagie, aber einige alte Frauen im Dorf mur-melten davon, und Frank hatte sich, was er wusste, aus dem zusammengereimt, was andere Jungen in der Schule erzählten.

Natürlich war uns klar, dass das alles Unsinn war: dass es schwer sein mochte, einem Pferd seinen Willen aufzuzwingen, dass es aber ein Wissen darum geben musste oder doch we-nigstens eine Kunst war und dass es mit den kleinen Fläsch-chen und Kräutertäschchen zu tun haben mochte, die John versteckt bei sich trug. Ich nehme an, uns interessierte bloß, ob auch Mutter in diese Kunst eingeführt worden und ob sie wirklich eine so besondere Frau war, wie wir uns wünschten, oder ob sie während des Krieges einfach nur versucht hatte, die Arbeit eines Mannes zu verrichten.

»Ach, hör auf, Frank«, hatte sie geantwortet und das Thema gewechselt, doch ich sah, wie John sie lange ruhig musterte.

»Du musst es vermissen«, fuhr Frank ungeniert fort. »So nützlich zu sein, meine ich.«

»Das vermisst sie nicht«, sagte Vater. »Sie hatte euch drei, um nicht auf dumme Gedanken zu kommen, habe ich recht, Ada?«

Dann, als Doble leise vor sich hinzusummen begann, entschuldigte sich John, stand auf und ging hinaus.

An dem Nachmittag, nachdem ich gefegt, die Böden gewischt und die Hühner versorgt und Mutter im Gemüsegarten Unkraut gejätet und ein paar Dinge in Ordnung gebracht hatte, gingen wir beide ins Dorf. Wir nahmen den Weg an Hulver Wood vorbei, bogen an der Kreuzung nach rechts und spähten im Vorbeigehen zur Farm der Hullets hinüber. Rauch wehte aus dem hinteren Kamin, und ich stellte mir vor, wie es drinnen aussehen musste. Ich fragte mich, wie viele Kinder jetzt dort wohnten. Zwei nahm ich an: ein Mädchen in meinem Alter und ein jüngerer Junge. Ich erlaubte mir einen Tagtraum, in dem sie meine Freunde wurden und wir zusammen spielten. Ich konnte ihnen unsere Farm zeigen, Moses und Malachi, und ihnen vielleicht ein paar Bücher leihen. Es war ein schönes, nützliches Gefühl, und ich genoss es, mir vorzustellen, wie dankbar sie mir waren.

Wir erreichten den Stound und überquerten ihn über die Lastpferdbrücke. Als wir fast schon beim Stoffladen waren, holte mich Mutter aus meiner Träumerei.

»Ich dachte, wir gehen da mal rein, Edie, und sehen uns die Schnittmuster an. Was meinst du? Und du kannst dir einen Stoff aussuchen, wenn du magst.«

»Schnittmuster?«

»Für ein Kleid. Dein Vater sagt, du sollst ein neues für das Fest bekommen.«

»Wirklich? Oh, Mutter – danke!«

Ich nahm ihren Arm und lächelte ihr zu, wenn sie mein Lächeln auch nicht erwiderte. Und dann gingen wir hinein, und die Glocke läutete fröhlich über unseren Köpfen.

»Mrs Mather, wie schön, kommen Sie doch. Und auch die junge Edith, was für eine Freude!«

Mrs Eleigh kam hinter der Theke hervor und fasste kraftlos unsere Hände. Sie war Witwe, und Mary und ich hielten sie für unglaublich vertrocknet, wenn sie auch kaum älter als fünfzig gewesen sein kann. Sie war nicht viel größer als ein Kind und starrte uns beide aus kurzsichtigen Augen an.

»Miss FitzAllen ist allerdings nicht da, es tut mir so leid. Aber Sie können gerne auf sie warten.«

»Oh, wir sind nicht hier, um Constance zu besuchen«, sagte Mutter. »Edie braucht ein neues Kleid.«

»Oh, sicher! Sicher! Sehr gerne. Etwas Fertiges? Wir haben da ein paar sehr hübsche Mädchensachen …«

»Wir würden gerne ihre Schnittmuster sehen. Und könnten sie bei Edith bitte Maß nehmen, während wir hier sind?«

Mutter blätterte durch ein Schnittmusterbuch, und Mrs Eleigh schob mich in ihren kleinen Anproberaum und zog ein Maßband aus der Tasche ihrer Batistschürze, die sie sorgfältig in den Rock gesteckt und gefältelt trug, um ihre Fertigkeiten zu demonstrieren. Ich wollte nicht, dass sie bei mir Maß nahm. Das konnte Mutter genauso gut, wenn wir wieder zu Hause waren. Im Übrigen wollte ich mir die Schnittmuster mit ansehen, schließlich ging es um *mein* Kleid.

Ich zog Bluse, Hemd und Rock aus, wartete mit vor der Brust verschränkten Armen und fragte mich, warum mich Mrs Eleigh so taktvoll allein ließ, damit ich mich ausziehen konnte, wenn sie mich anschließend sowieso in meiner Unterwäsche sah. »So ist es gut, Liebes«, sagte sie, kam herein und zog den Vorhang hinter sich zu. »Und jetzt nimm bitte die Arme hoch.«

Während ich so von oben auf sie hinabsah, wie sie das Maßband um meine Rippen legte, fragte ich mich, wie viele Busen sie hier in der kleinen Ecke ihres Ladens schon gesehen hatte. Sämtliche Frauen Elmbournes mussten hier schon gestanden haben, nahm ich an. Mrs Eleighs geschickte Hände mussten schon Tausende Röcke, Blusen, Kleider enger und weiter gemacht und über die Jahre für Hunderte Leibchen, Mieder, Kombinationen und Hüfthalter Maß genommen haben. Sie kannte alle beschämenden Geheimnisse unseres Fleisches, und doch würde sie wie ein Priester nie ein Wort darüber verlieren.

»Mrs Mather, Ihre Tochter braucht einen Büstenhalter«, rief sie durch den Vorhang in den Laden hinein.

Mutter kam daraufhin in die kleine abgetrennte Ecke, und die beiden Frauen betrachteten mich kritisch. Ich krümmte die Schultern und versuchte meine Arme an den Seiten zu halten.

»Ihre Brust ist ziemlich entwickelt, sehen Sie? Wie alt ist sie jetzt?«

»Sie ist vierzehn. Glauben Sie, es ist tatsächlich schon nötig? Mary war schon fast sechzehn, da bin ich sicher.«

»Oh ja, ich würde sagen, sie braucht Unterstützung. Sehen Sie ...«, und sie hob meine linke Brust mit ihrer kalten Hand an und ließ sie wieder fallen. »Darüber hinaus wird sie mit einem Büstenhalter in dem neuen Kleid eine gute Figur machen. Meinen Sie nicht?«

Ich war es nicht gewohnt, über meine Figur nachzudenken. Wir hatten im Übrigen auch keinen Spiegel auf der Farm, in dem wir uns ganz sehen konnten, worüber sich Mary oft beklagt hatte. Und wenn ich nicht gerade krank war oder mir wehgetan hatte, hatte ich meist kaum das Gefühl, dass mein Körper wirklich existierte. Ich lebte, nehme ich an, in meinem Kopf, meinen Gedanken, Vorstellungen und Sorgen. Die *anderen* hatten Körper, die *sie waren*, wie mir schien – die zeigten, wer sie waren und ihre Arbeit in dieser Welt verrichteten. *Mein* Körper hatte die meiste Zeit nichts mit mir zu tun, und manchmal, mit Alf zum Beispiel, hatte ich das Gefühl, in ihm unsichtbar zu werden. Aber wenn er so wenig wichtig für mich war, warum fühlte ich mich dann in diesem Moment so seltsam beschämt?

»Sie kann einen alten von Marys tragen. Da ist noch eine ganze Kiste mit Sachen von ihr«, sagte Mutter und verschränkte die Arme. Es war klar, dass Mrs Eleigh keinen zusätzlichen Umsatz machen würde.

»Und wie geht es Ihrer Mary? Es kommt mir vor, als wäre es erst gestern gewesen, dass sie hier war und wir über ihre Aussteuer geredet haben. Und Sie sind mittlerweile Großmutter! Wie die Zeit vergeht.«

»Es geht ihr so leidlich. Ihre Niederkunft … nun ja. Sie war nicht einfach, ich denke, das haben Sie gehört. Aber das gibt sich alles wieder, und sie liebt ihr Baby, das tut sie wirklich.«

»Das ist die Hauptsache. Sie sind solche Engel, wenn sie noch so winzig sind, nicht wahr? Es entschädigt einen für alles.«

»Das tut es.«

»Und ihr Clive, ist er … « Ihre Stimme senkte sich um eine Tonlage. »Hat er *Verständnis*?«

»Hat das irgendeiner von denen?«

Die beiden Frauen lachten.

»Gut, du kannst dich wieder anziehen, Liebes«, sagte Mrs Eleigh, und sie ließen mich allein.

Ich denke, sie dachten, ich wüsste noch rein gar nichts über Sex, aber das tat ich natürlich. In der Schule hatte es einen Jungen gegeben, der dafür berüchtigt war, sein Ding herauszuholen und den Mädchen damit Angst zu machen, das heißt, abgesehen von Hilda Cousens, von der es hieß, dass sie sich von den Jungs für Sixpence zwischen die Beine gucken ließ. Ich selbst hatte Mary, als sie schwanger war, gefragt, wie *es* sich anfühle. Sie hatte gesagt, dass für gewöhnlich einiges schön und einiges schrecklich sei, aber dass man sich, wenn es geschehe, eine romantische Geschichte vorstellen könne, was es okay mache. Und es sei sowieso schnell vorbei.

»Warum lässt du Clive etwas tun, das sich schrecklich anfühlt?«, fragte ich sie. »Warum sagst du nicht, er soll das nicht?« Aber sie lachte nur.

»Du darfst dich nicht beschweren oder die Konzentration des Mannes stören, dann funktioniert es nicht«, erklärte sie. »Eines Tages wirst du das verstehen.«

Mutter ließ mich an dem Tag zwischen zwei Modellen auswählen. Eines hatte kurze Puffärmel und einen herzförmigen Ausschnitt, das andere einen breiten Kragen und Rüschen direkt unter den Schultern, und das suchte ich mir aus. Mrs Eleigh maß den Stoff ab – einen salbeigrünen Popeline mit einem Zweigmuster, ein anderer, tiefroter Stoff wurde mir nicht erlaubt –, wir zahlten und verließen den Laden mit der Glocke, die über unseren Köpfen läutete. Aber statt mich über das neue Kleid zu freuen, das ich bekommen sollte, empfand ich nur Unbehagen.

VIII

WENN MAN JUNG IST, ist es schwer zu begreifen, dass die Welt anders sein könnte, als man sie kennt, besteht die Normalität doch aus den Dingen, wie man sie erlebt. Erst mit der Zeit lernt man, dass die eigene Kindheit auch anders hätte aussehen können.

Dennoch war es in jenen Jahren unmöglich, nicht zu wissen, dass eine ganze Armee von Männern auf Feldern und Farmen fehlte. Einige waren unsere Väter und Onkel, viele junge Männer vom Land, Männer, die mit Pferden umzugehen wussten. Man sah es an den leeren Bänken in St Anne's und den freien Plätzen im Bell & Hare, den unbenutzt in Scheunen stehenden Heurechen und Sensen und den wahllos vollgestopften Heuschobern, weil die gelernten Arbeiter fehlten. Obwohl die meisten Bauern selbst nicht eingezogen worden waren, hatte der Krieg doch Lücken gerissen, und auch wer wie ich in Friedenszeiten geboren worden war, konnte es überall spüren.

Mary, Frank und ich hatten immer auf den Feldern zu helfen gehabt, weil die Arbeit auf einer Farm nie getan ist und mit einem zusätzlichen Paar Hände – vom Wetter und mehr Zeit gar nicht zu reden – immer noch besser gemacht werden kann. Hätten Tippers und Onkel Harrys Namen nicht in goldenen Lettern im Ehrenbuch der Kirche gestanden, vielleicht wären unsere Hecken, die in jenen Jahren auf die Felder zu wuchern begannen, dann besser gestutzt worden. Im Frühjahr wäre das Unkraut vielleicht gründlicher entfernt, wären die Winteräcker besser geeggt worden. Womöglich wären auch die Gräben öfter gesäubert worden und damit die niedrig liegenden Felder weniger vermatscht. Und alles zusammen hätte bessere Erträge bedeuten können.

Eines Morgens schickte Vater Frank und mich zum Hacken und Unkrautausmachen nach Crossways, während er und Mutter sich um Far Piece kümmerten. Es war fast Ende Juli, und der Weizen stand golden, die Gerste aschblond. Aber trotz aller Arbeit früher im Jahr wuchsen überall Mohn- und Kornblumen, Ampfer, Disteln, wilde Zwiebeln, kleiner Mäuseschwanz, Labkraut, Nadelkerbel, Hederich, Roggentrespe und Hahnenfuß, und bevor wir das Korn ernten konnten, mussten wir so viel wie möglich davon ausmachen, denn zu viel Grün in den Garben heizte sie auf und verdarb das Getreide. Es war die Art Arbeit, die ich hasste: stumpfsinnig und monoton, anstrengend für Rücken und Hände, und sie dauerte Tage. Aber es hatte keinen Sinn, sich zu beschweren. Es musste gemacht werden, wenn wir ernten wollten, und es gab nur uns, die es tun konnten. Also zogen wir los.

Crossways war ein großes, merkwürdig geformtes Feld. Früher einmal waren es zwei Felder gewesen, die beide den Hullets gehört hatten. Vater hatte sie nach dem Krieg gekauft, als sich das Schicksal der Hullets, wie ich annehme, zum Schlechten zu wenden begann, wobei das noch keiner von uns wusste. Er und John liehen sich den Fordson, den wir

später ebenfalls kauften, um die große Ahornhecke auszuma-
chen und so ein großes zusammenhängendes Feld zu schaffen, das leichter zu bestellen war. Seitdem hatte es sich als mit
unser bestes Land erwiesen.

Am dritten Tag Unkrautausmachen kam uns Connie zu
Hilfe, das Haar unter einem roten Bauerntuch verborgen. Erst
lachten Frank und ich über sie, weil sie die Pflanzen nicht unterscheiden konnte und Schwierigkeiten hatte, mit ihren großen Füßen zwischen den engen Reihen zu bleiben. Aber bis
zum Abend wurde sie so schnell wie wir und konnte mit uns
mithalten.

»Es ist Zeitvertreib für sie, Ed«, sagte Frank, als sie schließlich mit dem Fahrrad wieder nach Hause fuhr. »Ein Tag auf
dem Feld. Das ist etwas, was sie aufschreiben und wovon sie
den Stadtmenschen erzählen kann.«

»Ich denke, du tust ihr unrecht. Sie hat heute hart gearbeitet.«

»Sie kommt nicht wieder. Lass dir das gesagt sein.«

Aber sie kam. Connie half uns mit dem Unkraut auf Crossways und dann auch auf The Lottens, und obwohl ihre Arme
und ihr Gesicht immer röter wurden und sie bei ihrer Größe
das ständige Bücken weit stärker spüren musste als ich, beklagte sie sich kein einziges Mal. Wenn wir sangen, sang sie
mit, und bei der Arbeit mochten wir Lieder wie *Green Bushes*
und *Come All You Bold Britons*, vielleicht auch etwas aus den
Music Halls, und ihr klarer, warmer Alt übertönte unsere kunst-
losen Stimmen in der warmen Sommerluft.

»Wie gefällt Ihnen Ihre Zeit auf dem Land, Constance?«,
fragte Frank sie eines späten Nachmittags. Sie hatte ihm wieder
und wieder gesagt, er solle Connie zu ihr sagen, doch er wollte

nicht. Wenigstens sagte er nicht mehr Miss FitzAllen, als wäre sie seine Lehrerin, dachte ich.

»Sehr gut! Ich habe das Gefühl, ich werde mit jedem Tag kräftiger und gesünder. London kommt mir bereits wie eine andere Welt vor.«

»Vermissen Sie nichts davon?«

»Ehrlich gesagt, nein. Salongespräche? Sich fürs Dinner herausputzen? Wie alle loslaufen, um möglichst schnell das letzte Avantgarde-Stück vom Kontinent zu sehen? Oder über irgendein lächerliches modernistisches Kunstobjekt zu diskutieren? Nichts von dem scheint so echt wie das Leben hier.«

»Es ist schon komisch, die meisten Leute hier würden Ihnen die Hand abbeißen, um in der Stadt leben zu können.«

»Nun, dann wären sie dumm. Die Reichen dort sind langweilig, die Armen leben zumeist in unerträglichen Verhältnissen, und die Intellektuellen sind degeneriert und homosexuell. Sex! Großer Gott, sie sind besessen davon, fast so sehr wie von sich selbst.«

Ich musste lachen, als ich Franks Gesicht sah, denn obwohl er sich an Connies Unverblümtheit gewöhnt hatte, wurde er jetzt doch knallrot.

»Oh, Connie, du darfst ihn nicht quälen«, sagte ich. »Er kennt dich noch nicht.«

»Ihr zwei seid *Lämmchen*. Ich entschuldige mich für meine Vulgarität. Hier, Frank, meine Hand darauf, ja?«, und ein wenig verschämt, aber grinsend, nahm er sie.

»Sie schreiben also ein Buch über uns?«

»Erst einmal eine Reihe Artikel. Keine Sorge, ich nenne eure Namen nicht.«

»Nun, Sie können, wenn Sie wollen. Ich würde es ziemlich genießen, berühmt zu sein, denke ich.«

»Oh, wirklich! Also dann tu ich es vielleicht. ›Ich stelle vor: Frank Mather, die Krönung ländlicher Jugend, ein Paradebeispiel für den örtlichen Menschenschlag.‹«

»Sie ziehen mich schon wieder auf.«

»Vielleicht, aber ich kann sehen, dass die Krönung der Jugend anfängt, es zu mögen.«

Vater hatte einen der Dorfjungen engagiert, um die Tauben zu vertreiben, und von Greenleaze schallte der Lärm seiner Holzratsche herüber, dazu sein schwaches Rufen: »He! He! He!«

Frank bückte sich und schleuderte einen großen Feuerstein an den Rand des Feldes. »In diesem Jahr gibt es mehr Steine als Korn. Man könnte meinen, wir hätten Schotter gesät.«

Ich lachte. »Man kann sehen, warum die Bauern früher gedacht haben, die Erde lasse sie wachsen. Man kann ein Feld von ihnen befreien, sooft man will, sie kommen immer neu von unten hoch.«

»Was ist mit denen, die ein Loch in der Mitte haben?«, fragte Connie. »Sollen sie nicht Glück bringen?«

»Hühnergötter werden sie genannt, Hexensteine. John kann Ihnen alles darüber sagen.«

»Oh, seht mal, was ich gefunden habe …!« Constance ging in die Hocke, und bevor sie einer von uns warnen konnte, hielt sie ein Gelege mit Lerchenküken in unsere Richtung, die in ihren Händen zappelten.

Am Samstag wurde John mit den Seven Acres fertig, und Vater hatte alle Hecken zur Straße hin gestutzt, sodass beladene Wagen – unsere eigenen oder die unserer Nachbarn – bequem über die engen Wege kamen. Wir mussten immer noch einigen Weizen von Unkraut befreien, aber die Gerste war fast sauber, und wenn wir das Ganze vor der Ernte auch noch ein weiteres Mal machen mussten, hatten wir doch das Gefühl, etwas geschafft zu haben; schließlich hatten wir mit unserer Anstrengung dazu beigetragen, die Ernte zu schützen, von der unsere Zukunft abhing. Und so machte Mutter einen Rinderbraten mit Salzkartoffeln und Kohl und zum Nachtisch eine Marmeladenrolle und lud Connie zum Essen ein.

Ich deckte den großen Tisch im Wohnzimmer, denn Mutter sagte, sie wolle nicht, dass Connie wie beim letzten Mal neugierig jeden ihrer Handgriffe beäugte. Als die Familie ihre Plätze eingenommen hatte, brachten Mutter und ich das Essen herein, und dann kamen auch John und Doble und setzten sich mit dazu. Vater saß am Kopf des Tisches und begann den Braten aufzuschneiden, und sobald wir alle etwas auf dem Teller hatten, schloss ich die Augen und bereitete mich darauf vor, das Tischgebet zu sprechen.

»Ich hätte gerne, dass unser Gast heute das Gebet spricht, Edith«, sagte Vater. »Constance, tun Sie mir den Gefallen?«

»Oh … nun, ich habe … Ich meine, ich …«

Ich hob den Blick und sah, dass Constance tatsächlich rot wurde, was auch die vier Tage in der Sonne nicht verbergen konnten.

»Es tut mir so leid, George, aber … ich bin Atheistin«, sagte sie.

Es wurde still im Zimmer, und ich hatte das Gefühl, spüren zu können, wie die Luft auf meine Trommelfelle drückte.

»Ja, gibt's denn so was«, sagte Vater schließlich. »Vielleicht bete ich dann heute einmal. Aber senken Sie bitte den Kopf, Constance FitzAllen. Ich dulde keine Respektlosigkeit.«

»Sagen Sie, Ada«, sagte Connie, als er fertig war und sie sich reichlich Soße über ihr Essen goss, »wissen Sie etwas über die Leute, die auf der verlassenen Farm wohnen? Von den Hullets, richtig?«

»Oh! Also wir … wir sind nicht sicher«, sagte Mutter. »Oder, George?«

»Nach allem, was ich gehört habe, ist es eine Familie«, fuhr Connie fort. »Und sie kommt nicht hier aus der Gegend.«

»Kann ich nicht sagen, wir wissen kaum etwas über sie, Constance«, sagte John.

»Oh doch, oder wenigstens sagte Violet, Mrs Eleigh, dass sie nicht von hier sind. Ada, der Kohl ist köstlich. Haben Sie ihn nach dem Kochen in der Bratensoße angebraten?«

»Es ist also allgemein bekannt, das mit der Farm der Hullets?«, fragte Mutter. »Wir wussten, dass da Leute sind. Wir haben Rauch gesehen, und John ist rüber für den Fall, dass jemand das Dach angesteckt hätte. Er sagte, es sind anständige Leute, nicht wahr, John? Sie machen nur gerade eine schwere Zeit durch.«

An Franks unbewegtem Gesicht konnte ich erkennen, dass ihn das alles nicht überraschte. Ich fragte mich, wann er es herausgefunden und warum er nichts gesagt hatte. Beim Unkrautausmachen auf Crossways hatten wir die Hullets Farm die ganze Zeit im Blick gehabt, und doch hatte er kein Wort darüber verloren.

»Oh ja, alle wissen es«, sagte Connie. »Die beiden Jungen der Roses waren die Ersten, die es erwähnt haben, glaube ich. Im Bell & Hare.«

»Ich hätte es wissen sollen«, sagte Mutter. »Frank, was habe ich dir gesagt, wem du es nicht gleich weitererzählen sollst?«

»Ich habe niemandem etwas erzählt!«, protestierte er. »Die Farm der Roses grenzt genau wie unsere an die der Hullets. Sie haben sie wahrscheinlich selbst entdeckt, so wie wir.«

»Nun, wie auch immer, ich werde ihnen morgen früh einen Besuch abstatten«, sagte Connie.

»Darf ich mitkommen?«, fragte ich. Ich hielt es immer noch nicht für richtig, dass sie da eingedrungen waren, aber meine Neugier war größer. Im Übrigen wollte ich Zeit mit Connie verbringen, und mir war es eigentlich egal, was wir machten.

»Darfst du nicht, junge Dame«, sagte Mutter. »Morgen ist Sonntag, wir gehen in die Kirche.«

»Hinterher?«

Sie schenkte mir einen ihrer Blicke.

»Aber warum wollten Sie nicht, dass man im Dorf von ihnen erfährt, Ada?«, fragte Connie, nahm sich noch eine Kartoffel und gab die Schüssel an John weiter.

»Ada sorgt sich, dass sich die Leute unchristlich verhalten und sie verjagen«, sagte Vater. »Sie hat ein weiches Herz, das ist es.«

»Ich habe das Gefühl, Sie sind da etwas anderer Meinung, George?«

»Nun, meiner Ansicht nach sollte man sich vor allem um die eigenen Leute kümmern.«

»Ich neige dazu, Ihnen zuzustimmen«, sagte Connie. »Es

ist alles fürchterlich unglücklich, doch die Sozialhilfekosten sind längst viel zu hoch.«

»Das liegt nun nicht mehr in unserer Hand«, sagte Mutter. »Aber wenn sie morgen noch da sind, bringen Sie ihnen etwas aus unserer Küche mit, Connie. Wer immer sie sind, ich werde keine Familie hungern lassen.«

»Wo stehen Sie eigentlich politisch, Constance, wenn ich fragen darf?«, sagte John und sah dabei auf seinen Teller.

»Also, ich bin dieser Tage weder für die Labour Party noch für die Konservativen, wenn Sie das meinen. Nach dem Krieg habe ich dem Sozialismus eine Chance gegeben, aber nachdem Labour versagt hat, habe ich mich vom bestehenden Parteiensystem abgewandt. Ich glaube, das Land braucht einen ... grundsätzlichen Wandel.«

»Wollen Sie damit sagen, dass Sie weder für die Rechte noch die Linke sind?«

»Für mich ist beides untrennbar miteinander verbunden. Fortschritt ohne Stabilität ist unmöglich, genau wie Stabilität ohne Fortschritt. Das ist es, was ich glaube.«

Das klang vernünftig, dachte ich und wollte nach einem zweiten Stück Fleisch greifen, aber Vater schickte einen warnenden Blick in meine Richtung. »Das Mädchen frisst uns noch die Haare vom Kopf«, hörte ich ihn Mutter gegenüber manchmal laut genug grummeln, dass ich es hören konnte.

John fuhr fort: »Und worin besteht der grundsätzliche Wandel, den unser Land braucht, würden Sie sagen?«

»Nun, wir gehen durch eine Depression, die wir nicht selbst verantworten«, sagte sie, und es klang plötzlich eingeübt, nicht mehr spontan. »Wir brauchen eine starke Regierung, die uns von unserer Abhängigkeit vom internationalen Finanzsystem befreit, eine Regierung, die im besten Interesse des englischen Volkes agiert, britische Waren und landwirtschaftliche Produkte bevorzugt und sicherstellt, dass so etwas nicht wieder passiert. Wir brauchen ein britisches Finanzsystem, das allein dem Land dient, statt die Taschen von Wucherern und Profiteuren zu füllen. Das verlangt klare Einfuhrquoten und eine Reform unseres landwirtschaftlichen Systems. Wir müssen die nationale Verschuldung verringern und natürlich zurück zur Vollbeschäftigung. Und wir müssen den Blick auf die Grafschaften und ihre alten Traditionen richten, nicht auf die intellektuellen Klassen in den Städten, um ein neues Gefühl nationaler Identität und den nötigen Stolz darauf zu entwickeln. Auf Orte wie diesen hier«, sagte sie und lehnte sich uns anlächelnd zurück, als sie ihre kleine Ansprache beendet hatte.

»Hört, hört«, sagte Vater.

»Eine starke Regierung, sagen Sie? Ich wette, ich weiß zu erraten, an wen Sie da denken«, sagte John.

»Den dummen kleinen Fechtmeister Mosley?« Sie lachte. »Große Güte, nein, da täuschen Sie sich ziemlich.«

»Und wo sehen Sie Ihren Platz in all dem?«

Es war untypisch für John, so viele Fragen zu stellen, doch Connie schien es gut aufzunehmen. Aber trotz ihres Lächelns und Johns mildem Ton knisterte da etwas in der Luft, und ich konnte es spüren. Ich fragte mich, wer um alles in der Welt dieser Mosley war.

»Also«, sagte sie bescheiden, »im Moment möchte ich einfach nur eine Beobachterin sein und das Leben auf dem Land schildern, wie es ist. Andere müssen entscheiden, welchen Kurs dieses Land nehmen soll.«

»Aber Sie haben mir gesagt, Sie seien eine Suffragette«, sagte Mutter ruhig.

»Nur im Kleinen. Ich habe keine Fenster oder sonst etwas eingeworfen. Da war ich einfach noch etwas jung, Gott sei's geklagt.«

John lehnte sich überrascht zurück. Ich sah Frank an, dessen Gabel bewegungslos vor seinem offenen Mund schwebte. Ich wusste natürlich alles über die tapferen Suffragetten. Miss Carter hatte uns in der Schule von ihnen erzählt. Und Connie war eine von ihnen gewesen, unsere eigene Connie! Ich spürte, wie meine Bewunderung für sie weiter wuchs.

»Haben Sie beim letzten Mal gewählt, Ada?«, fragte Connie.

»Ich … ja.«

»Sehr gut. Jede Frau muss das tun«, sagte sie und lächelte warmherzig. »Keine Sorge, ich werde nicht fragen, wen Sie gewählt haben.«

Die Luft im Zimmer schien stillzustehen, obschon Connie es offenbar nicht bemerkte. Auch Doble aß stur weiter, ganz wie immer.

»Jetzt hören Sie einmal, Constance«, sagte mein Vater und wischte den letzten Rest Bratensaft mit einem Stück Brot vom Teller. »Ich danke Ihnen für Ihre Hilfe in dieser Woche, aber ich muss Ihnen sagen, dass diese Art Ansichten hier nicht willkommen sind, und ich werde es nicht zulassen, dass Sie in diesem Haus so reden. Wenn Ada das nächste Mal zur Wahl geht, entscheide ich, für wen sie stimmt.«

IX

DAS ERSTE LIED IN DER MESSE am Sonntag war *O God of Earth and Altar*, eines meiner Lieblingslieder, und an dem Tag sang ich mit besonderer Hingabe, so als wollte ich Connies Unglauben ausgleichen oder vielleicht auch meinen eigenen sturen, wenn auch ziemlich fantasielosen Glauben stärken. Denn ich wusste irgendwo tief drinnen, dass ich anfällig für ihre Gedanken war. Wer konnte sagen, ob sie nicht bereits Wirkung zeigten?

Mutter und Vater hatten nicht allzu schockiert darüber gewirkt, dass sie Atheistin war, aber mich sorgte es noch immer. Für mich glaubten nur Heiden nicht an Gott, den Himmel, den Teufel und so weiter, und das auch bloß, weil sie die Frohe Botschaft noch nicht gehört hatten. Aber Connie war nicht nur Engländerin, sie war auch die Tochter eines Priesters. Wie konnte gerade sie beschließen, keine Christin mehr sein zu wollen?

Merkwürdig war auch, dass sie mehr als einmal in der Messe in St Anne's gewesen war. Ich erinnerte mich, dass ich sie mit Rock und einem passenden Hut in einer nahen Bank hatte sitzen sehen. Fraglos lief sie durch ihre Heuchelei noch größere Gefahr, in Verdammnis zu geraten, wenn so etwas denn möglich war.

In der Predigt heute ging es um das Empire, der Pfarrer hatte einen Sohn im Colonial Office, was ihn überaus stolz machte. Aber so sehr ich mich auch bemühte, ich hatte Schwierigkeiten, ihm zu folgen: Connie war nirgends zu sehen. War sie etwa gerade auf der Farm der Hullets und besuchte die Familie, die laut Mutter im Moment schwere Zeiten durchlitt? Was waren das für Leute?

»Denn so, wie wir unsere Kolonien zu ihrem Vorteil führen, so lenkt und straft Gott, der gütige Vater, seine Schäflein«, intonierte Reverend Woodgate. »Denn so, wie die Heiden bei uns einziehen und das Empire aufblähen, so strömen unsere Brüder und Schwestern hinaus in alle Welt. Über die Ergebnisse dessen lassen sich düstere Mutmaßungen anstellen, und selbst die weitsichtigsten Überlegungen wissen kaum zu sagen, was tatsächlich sein wird. Denn unsere Gegenwart steht im Zeichen wichtigster Ereignisse und Neuerungen. Nie gab es ein so großes Empire wie das britische heute. Nie ist eine Rasse mit einer solchen Mission betraut worden wie die unsere, an deren Ende, wie vermutet werden darf, die Unterjochung der materiellen Welt und die Aufklärung der Menschen steht: Denn es ist unsere Bürde, zu erziehen, und unser Privileg, unser Schicksal zu erfüllen, indem wir Gottes Reich auf Erden schaffen.«

Frank neben mir zupfte an seinem Kragen, der ihm zu hoch und zu eng war. Auf der anderen Seite von ihm sah Mutter teilnahmslos vor sich hin. Nachdem Connie am Abend zuvor gegangen war, hatte es ein Wortgefecht zwischen ihr und Vater gegeben. Am Morgen, als ich herunterkam, war der Frühstückstisch noch nicht gedeckt, und als ich fragte, warum Mutter noch im Bett liege, fuhr Vater mich an, sie »in Ruhe zu lassen«. Dann, endlich, Meg war bereits angespannt, kam sie nach unten, voll angekleidet, aber mit einem dunklen Fleck auf einem ihrer Wangenknochen, der vorher noch nicht da gewesen war.

Ich denke nicht, dass mein Vater ein böser Mensch war. Mutter muss das Gute in ihm gesehen haben, schließlich hatte sie ihn geheiratet, und obwohl er sich über die Jahre meiner Kindheit mit seinen Geheimnissen immer mehr von uns zurückzog, waren wir uns doch einmal sehr nahe gewesen, und ich habe nie aufgehört zu glauben, wenn ich nur das Richtige täte und sagte, würde diese Nähe eines Tages wiederkehren.

Als ich noch sehr jung gewesen war, zu jung, um ein Ärgernis zu sein, nahm er mich manchmal mit, wenn er sonntagnachmittags seinen Gang über die Felder machte. Ich habe mich gelegentlich gefragt, ob Mary oder Frank wohl eifersüchtig waren, wenn sie sahen, wie er mich auf seine Schultern hob und seine Hände meine kleinen Füße in ihren Sonntagsschuhen hielten, während meine auf der rauen Wolle seiner Mütze lagen.

Ich erinnere mich nicht an viel von jenen Spaziergängen, die er mit mir machte, abgesehen vom letzten. Es war Frühling, die Schwarzdornhecken waren blütenweiß, und die Luft begann sich gerade aufzuwärmen. In den Ulmen beim Haus lärmten die Krähen, und längs des Wegs blühten butterfarben die Schlüsselblumen.

Als wir von The Lottens aufs Broad Field wechselten, hob er mich von seinen Schultern und stellte mich auf meine Füße. Wahrscheinlich hatte ich ihn an den Ohren gezogen, was ihn immer provozierte. Ich lief voraus und lachte, als ich zwei Hasen sah, die gerade einen Boxkampf beendeten und sich am Feldrand ein Rennen lieferten.

Ich drehte mich um, weil ich Vater von den beiden erzählen wollte, und da saß er am Rand des Feldes und hatte die Arme um die Beine gelegt. Ich lief zurück zu ihm, und er lächelte und setzte mich zwischen seine Beine und sagte, wir würden ein bisschen in der Sonne sitzen, damit er nachdenken könne. Ein paar Augenblicke später spürte ich, wie sich eine Brust immer wieder anhob, so als hätte er Schluckauf, und als ich mich in seinen Armen drehte, sah ich, dass er weinte, die Lippen zu einer Grimasse verzogen, die Wangen tränennass.

»Dadda! Dadda!«, rief ich voller Angst und schlang meine Arme um seinen Hals. Aber obwohl ich ihn anbettelte, nicht weiterzuweinen, hörte er nicht auf, und so fing auch ich an, mit seiner Hand, die tröstend auf meinem Rücken lag, und nur das mechanische Tschilpen der Spatzen und Zilpzalps in der Hecke durchbrach unser Schluchzen.

Es kann nicht länger als ein, zwei Minuten gedauert haben, wobei es sich anfühlte – und heute noch anfühlt –, als wäre es eine Ewigkeit gewesen. Am Ende schob er mich weg, nahm sein Taschentuch und wischte sich das Gesicht trocken, und dann fischte er seinen Tabak aus der Westentasche und begann mit zitternden Händen, seine Pfeife zu stopfen.

»Lauf los, mein Kind«, sagte er schroff. »Du kennst den Weg nach Hause.«

»Aber bist du noch traurig, Dadda?«, fragte ich.

»Traurig? Warum sollte ich traurig sein? Geh und sag deiner Mutter, sie soll einen Tee kochen. Ich komme gleich. Und Edie?«

»Ja, Dadda?«

Er wandte den Blick ab, und sein Mund wurde zu einer schmalen Linie. »Erzähl niemandem … niemals …«

»Das werde ich nicht … großes Ehrenwort«, sagte ich und war voller Stolz, von ihm ins Vertrauen gezogen zu werden und etwas über meinen Vater zu wissen, was sonst niemand wusste.

Natürlich war ich zu jung, um wirklich zu begreifen, was für ein Geheimnis ich da bewahrte, und konnte nicht wissen, wie viel besser es gewesen wäre, hätte Mutter von seinem Kummer gewusst.

Nach der Messe sonderten sich Mutter und Mrs Godbold ein wenig von den Leuten ab, die ums Friedhofstor herumstanden, und unterhielten sich leise bei der Eibe. Frank machte mit Sally Godbold einen Spaziergang, und Alf und Sidney Rose zeigten John das neue Motorrad mit Beiwagen, mit dem sie hergekommen waren. Doble hatte beschlossen, zu Fuß nach Hause zu gehen. An Tagen, an denen ihn sein Rheuma plagte, seien die harten Sitze des Einspänners eine Qual für seine »'natomie«, wie er sagte.

Endlich war Mutter fertig. John und Vater setzten sich nach vorn, und sie und ich kletterten nach hinten. John schnalzte Meg mit der Zunge zu, und wir fuhren nach Hause.

»Was wollte Ivy Godbold von dir, Ada?«, fragte Vater über die Schulter. »Ich hoffe, du hast nicht über Familienangelegenheiten getratscht.«

»Nein, George, sie wollte nur einen Rat. Beim Aufheben der Fliesen in ihrer Küche, um Linoleum zu verlegen, hat sie eine alte Flasche gefunden, aber der Hals ist abgebrochen.«

»Eine Hexenflasche?«, fragte ich.

»Das sind einfach nur Glücksbringer, Edie«, sagte Mutter. »Von vor langer Zeit, aus den alten Tagen.«

»Dummes Frauengetue«, sagte Vater. »Was hast du ihr gesagt, was sie damit machen soll?«

»Ich dachte, ich gehe vielleicht am Nachmittag zu ihr«, sagte Mutter. »Es sei denn, du hast etwas dagegen, George.«

Sonntags wurde auf der Farm natürlich nicht gearbeitet, aber Vater ging nach dem Essen dennoch gerne mit John und Doble auf die Felder, um nach Abflüssen und Schlingen zu sehen und den Fortschritt des Getreides zu besprechen. Nicht lange, nachdem sie an dem Tag losgezogen waren, lief Mutter hinüber in die Back Lane und ließ mich und Frank im Wohnzimmer zurück, wo wir uns bessernde Bücher lesen sollten. Frank hatte mit ihr zu den Godbolds gewollt, aber uns wurde unmissverständlich gesagt, dass wir zu Hause zu bleiben hatten.

»Sollen wir zu den Hullets hinübergehen?«, fragte ich, kaum dass Mutter den Weg hinaufverschwunden war.

»Ed!«, sagte Frank. »Du weißt, das dürfen wir nicht. Wir würden fürchterlichen Ärger bekommen, wenn es einer herausfände.

»Nur, um zu sehen, ob sie dort ist. Connie, meine ich. Oder wenn sie gerade geht, könnten wir sie auf eine Tasse Tee einladen.«

»Ich bin sicher, wir sehen sie unter der Woche, Ed. Da können wir sie alles fragen.«

Eine Weile lang lasen wir schweigend in unseren Büchern. Ich hielt ein großes, illustriertes Exemplar von *Christie's Old Organ* auf dem Schoß, in dem ich das *Dschungelbuch* versteckt hatte. Wir hatten vier Bücher von O. F. Walton, die ich alle in der Schule gewonnen hatte, und sie waren sämtlich, ohne Ausnahme, unerträglich langweilig. Ich suchte die Seite nach einem Satz mit sieben Wörtern ab, und als ich einen gefunden hatte, klappte ich das Buch befriedigt zu.

»Wusstest du, dass Connie Atheistin ist, Frank?«

»Nein, aber es überrascht mich nicht unbedingt. Sie ist allzu eigenwillig, wie ich höre.«

»Aber wie kannst du nicht an Gott glauben, wenn du es mal getan hast?«

»Ich weiß es nicht, Ed. Vielleicht ist ihr im Krieg etwas zugestoßen, und sie hat ihren Glauben verloren. Ich würde mir an deiner Stelle keine Gedanken machen. Jeder muss selbst wissen, ob er religiös sein will.«

Ich seufzte.

»Sally hat mir von der Flasche erzählt«, sagte Frank nach einer Weile. »Sie sagt, ihre Mutter hat es schlecht aufgenommen.«

»Warum, was ist passiert?«

»Nun, man sollte so ein Ding nicht zerbrechen, um die Hexerei nicht rauszulassen. Jetzt weiß sie nicht, was sie tun soll.«

»Wer hat die Flasche da hingetan?«

»Das kann man unmöglich sagen. Wahrscheinlich liegt sie schon seit dem Bau des Hauses da. Solche Flaschen gibt es in vielen alten Häusern. Die Leute finden alle möglichen Sachen, weißt du: vertrocknete Katzen, Pferdeschädel, hundert Jahre alte Schuhe.«

»Haben wir hier im Haus auch etwas Magisches? Was denkst du?«

»Höchstwahrscheinlich. Da sind die runden Muster beim Herd, schau, und das im großen Balken über deinem Bett.«

Das stimmte. Jeden Abend, ohne Ausnahme, fuhr ich mit dem Finger der gänseblümchenförmigen Einkerbung im alten Holz über mir nach, damit sie mich schützte, während ich schlief. Es war ein dummes Ritual, von dem ich mich lösen sollte, das wusste ich, aber ich hörte nicht damit auf. Auf einigen Kirchenbänken waren die gleichen Einkerbungen, und sie fühlten sich, obwohl ihre Bedeutung im Dunkeln lag, ziemlich alltäglich an. Aber Hexenflaschen waren faszinierend: Von einigen hieß es, dass Haare oder Nagelspäne darin waren, Schafsurin oder sogar Blut.

»Wenn wir hier eine Hexenflasche hätten, wo, denkst du, wäre sie? Unter dem Herd oder vielleicht in einer der Wände?«

»Fang bloß nicht an, den Putz herunterzukratzen, Ed. Mutter kriegt Zustände.«

»Warum ist sie überhaupt zu den Godbolds gegangen? Können die nicht selbst entscheiden, was sie tun wollen?«

»Was denkst du, warum, Schwachkopf? Weil sie eine Hexe ist und Granny auch, darum … Es wird langsam Zeit, dass du es kapierst.«

Ich starrte ihn an, aber er verschränkte nur die Arme vor der Brust. Ich konnte nicht sagen, ob er mich verulkte.

»Ist sie nicht«, sagte ich unsicher.

»Doch. Und du wärst auch eine, wenn du nicht so schwer von Begriff wärst. Es heißt, so was liegt in der Familie.«

»Frank!«

»Also gut, ich mach nur Spaß, es ist ein *Scherz*!«, sagte er und lachte. »Verflixt, Ed, jetzt raste nicht aus.«

Da kam von draußen vorm Fenster plötzlich ein unverwechselbares *Krerpkrerp*.

»Gott im Himmel«, sagte ich, »das Küken ist wieder da.«

Wir standen auf, liefen hinaus, wo der Wachtelkönig mutig bei den Schweinen herumpickte. Frank lachte immer noch.

»Du solltest ihn ›Ed‹ nennen«, sagte er.

»Sei nicht blöd. Er ist kein Haustier.«

»Ach, komm schon, den wirst du nicht mehr los, es sei denn, die Katzen kriegen ihn. Gewöhn dich besser dran.«

Als der kleine Vogel meine Stimme hörte, kam er zu mir gerannt und inspizierte meine Füße in ihren Sonntagssandalen. »Nun … ist es ein Junge oder ein Mädchen, was würdest du sagen?«

»Er singt, gewissermaßen, also nehme ich an, er ist ein Junge.«

»Dann nenne ich ihn Frank.«

»Oh nein, das tust du nicht. Ich will ihn nicht jedes Mal um meine Beine herumflattern haben, wenn einer meinen Namen sagt.«

Da war was dran. »Also gut, dann Edmund.«

»Das ist damit beschlossen. Er wird gleich kommen, wenn du ihn rufst, da wette ich. Was hilfreich sein wird, da du ihm das Fliegen beibringen musst.«

»Wie meinst du das?«, fragte ich. Tatsächlich hatte ich, so weit ich mich erinnern konnte, noch nie einen Wachtelkönig fliegen sehen. Sie rannten immer nur herum.

»Er wird auf Reisen gehen wollen, wenn sich das Wetter wendet. Und vielleicht muss er vor den Katzen fliehen.«

»Ich kann keinem Vogel das Fliegen beibringen, Frank!«

Aber wieder zog er mich nur auf, ich konnte es an seinem plötzlichen Grinsen sehen.

»Ach, hör auf, ja. Er lernt es selbst.«

Ich kniete mich hin, und er sprang mir gleich auf den Schoß. »Hallo, Edmund«, sagte ich.

Frank war enttäuscht, weil er nicht gefragt worden war, ob er mit den Männern die Felder inspizieren wollte. Jetzt ging er in die Scheune, weil er sehen wollte, wie viele Schwefelkartuschen Doble eingelagert hatte, um der Karnickel Herr zu werden. Sie mit Fallen oder Frettchen zu jagen, war natürlich vorzuziehen, weil so ihr Fleisch nicht verdorben wurde, aber wenn sie überhandnahmen, vergasten wir sie in ihren Höhlen, wie es die Nachbarn auch taten. Es war etwas, wobei Frank immer mithalf. John verweigerte sich dem aus Gründen, die mit dem Krieg zu tun hatten.

Ich lief am Rand von Great und Middle Ley entlang, in die Richtung der Hullets Farm, hatte aber nicht vor, die Straße zu überqueren. Falls Connie zufällig auf ihrem Rad vorbeikam, gut. Aber Frank hatte recht, wir würden schon früh genug mehr herausfinden. Edmund folgte mir, und ich wurde langsamer, wenn ich sah, dass er an etwas herumpickte oder zurückgefallen war.

Ich erreichte die Eichen, trat in ihren Halbschatten und begrüßte sie einzeln, indem ich kurz die Hand auf ihre Rinde legte. Es war hier weit kühler als auf den sonnenbeschienenen Feldern ringsum. Ich lehnte mich im Schneidersitz an einen der Bäume. Edmund ließ sich zufrieden auf meinem Schoß nieder, und ich sah mit halb geschlossenen Lidern auf Crossways' sich in der leichten Brise kräuselndes Gold hinaus.

Ich überlegte, ob ich Connie die Geschichte der sechs Eichen erzählen sollte, für ihr Buch, oder es irgendwie falsch sein könnte, sie herzubringen, wie es sicher falsch gewesen war, dass Mary hier Clive geküsst hatte. Über mir im Blätterdach sang ein Rotkehlchen leise vor sich hin, nicht aus vollem Hals, sondern als übte es, als eignete es sich die Noten erst an, so wie ein Mensch sich eine Melodie vorsummen mochte, die er lernen wollte. In ein paar Monaten würde es der einzige Vogel sein, der im Tal noch sang. Hin und wieder würde auch die Drossel im Winter noch ein paar Töne hören lassen, aber von der Erntezeit bis zum Frühjahr gab es hier wenig Gesang. Doch dann kam der Frühling, die Erde erwärmte sich, so wie sie es immer tat, und die Sommervögel, wie auch Edmund, würden nacheinander zurückkehren, um sich zu paaren und ihre Nester zu bauen. Die Hasenglöckchen in Hulver Wood würden sprießen und unsere Bienen aufwachen und zum Honigsammeln ausschwärmen. Das Gras auf den Heuwiesen würde hoch aufschießen und gemäht werden, und auch die Erbsen würden wieder blühen und süß duften. Die Kornfelder würden grün leuchten, dann golden, und so würde auch das nächste Jahr vergehen und das übernächste.

Ich schloss die Augen, ließ mich in Schlaf sinken und träumte vom Pferdeteich. Nicht von dem beim Haus, der mal Teil eines Befestigungsgrabens gewesen war – so erzählte es Großvater – und mittlerweile von schnatternden Enten besiedelt worden war, sondern von dem in der Mitte von Greenleaze, den wir hin und wieder an heißen Tagen benutzten, wenn die Pferde zu weit vom Hof weg waren. Vom Rand des Feldes sah man nur eine Gruppe Erlen, die ihn verbargen und das leicht brackige schwarze Wasser beschatteten.

Ich träumte, in ihm zu sein, tief unter der Oberfläche, aber ich ertrank nicht. Im Gegenteil, ich fühlte mich ruhig und sicher. Ich hatte Grandmas Teeservice mit dem Goldrand bei mir, und ich wusste, ich musste es zurück nach oben bringen, weil es sonst ruiniert wäre. Aber ich wollte das Wasser nicht verlassen, wollte nicht hinaus in die laute, heiße Welt dort oben, und dann waren es mit einem Mal keine Teetassen mehr, die ich in Händen hielt, sondern tote Frösche, bleich, aufgedunsen und verfault, und ich kämpfte mich durch die Trägheit des Schlafes an die Oberfläche, keuchte und schnappte zwischen den Wurzeln der Eichen nach Luft.

Sonntags aßen wir kalt zu Abend und setzten uns normalerweise anschließend ins Wohnzimmer, wo Mutter und ich etwas lasen oder stopften. Vater rauchte seine Pfeife oder spielte mit Frank Karten, und Großvater saß dabei und hörte uns vieren zu. John und Doble zogen sich währenddessen in ihre Quartiere zurück, an Sommerabenden spielten sie jedoch mitunter im Hof noch eine Partie Quoits. Mutter ertrug den Lärm nicht, wenn wieder und wieder die Hufeisen über die Pflastersteine schepperten, aber Vater sagte: »Himmel noch mal, Frau, lass den Männern doch ihren Spaß.«

Wie ich gehofft hatte, brachte Mutter an dem Abend mein Kleid herunter und drehte den Docht in der Lampe höher. Der Kragen war Handarbeit, aber für Nähte, Abnäher und Säume benutzte sie ihre Singer. Ich hatte zu stopfen. Franks Strümpfe waren schon wieder an den Hacken durchgewetzt, was zeigte, wie schlecht ich mit Nadel und Faden war. Hätte Mutter sie gestopft, das wusste ich, hätten sie länger gehalten.

»Wird das Edies Kleid, was du da nähst, Ada?«, fragte Vater.

»Ja.«

»Gut. Ich hoffe, du sorgst dafür, dass sie auf dem Fest hübsch aussieht.«

Ich sah zu ihm hin und lächelte. Es war lieb von ihm, sich ein neues Kleid für mich zu wünschen, besonders wo das Geld so knapp war. Ich liebte ihn so sehr in diesem Moment.

»Wo ist dein Vogel, Mädchen?«

»Ich weiß es nicht. ich hätte schwören können, dass er mit mir zurückgekommen ist, aber ich habe nach ihm gesehen, und er war nicht da.«

»Umso besser, wenn du mich fragst«, sagte Frank. »Wobei ich gerne wüsste, wo er schläft. Nicht auf der Erde, wenn er nur ein bisschen Verstand hat.«

»Mutter«, sagte ich.

»Ja, Edie?«

»Was war heute bei den Godbolds?«

»Wir haben Tee getrunken und nach Herzenslust getratscht. Wusstest du, dass Mrs Prettyman – du erinnerst dich, sie hatte früher den Süßigkeitenladen –, dass sie krank war, weil sie schlechtes Wasser getrunken hat, und beinahe gestorben wäre? Die Ärmste, mit ihrer Arthritis konnte sie die Pumpe nicht bedienen, und statt ihre Nachbarn zu fragen, hat sie sich Wasser aus dem Fluss geholt. Ich glaube nicht, dass sie aus der Krankenstation des Armenhauses noch mal herauskommt.«

»Aber die Hexenflasche … «

»Oh, *die*. Ivy hat sie einfach weggeworfen.«

Großvater klopfte mit seinem Stock auf den Boden. »Eine ganz schlechte Sache«, sagte er.

Vor dem Schlafengehen ging ich nachsehen, ob die Hühner sicher eingesperrt waren. Moses, Meg und Malachi waren auf der Horse Leasow, und auch wenn ich sie nicht sehen konnte, spürte ich sie doch da draußen im Dunkeln, wie sie atmeten.

Im Nordwesten strahlte der Große Wagen, und ganz tief und hell leuchtete ein Viertelmond.

Ich musste an das Bild denken, das Miss Carter uns einmal in der Schule gezeigt hatte, von einem Maler aus einem benachbarten County, an dessen Namen ich mich nicht mehr erinnern konnte. Es zeigte ein Kornfeld im Mondlicht. Der Mondschatten oder vielleicht auch die kunstvolle Weise, in der er gemalt war, ließ die Docken geheimnisvoll und alles andere gewöhnlich erscheinen. Aber vielleicht lag es auch nur daran, dass alles, was man zu einem Bild machte, besonders erschien, weil es damit ausgewählt wurde und anderes nicht.

Ich nehme heute an, Mrs Carter hat uns das Bild des Kornfelds gezeigt, weil sie dachte, es wäre uns Landkindern vertraut und könnte uns mehr interessieren als, sagen wir, eine klassische Skulptur oder ein Toulouse-Lautrec. Dabei wäre beides besser gewesen: Es hätte uns einen Blick hinaus in die Welt erlaubt, nicht einen nach innen. Ich hatte das Bild durchaus gemocht, doch jetzt, vom Mond über dem Home Field daran erinnert, fiel mir dazu nur ein, dass die Garben darauf auf die altmodische Weise zu Docken zusammengebunden gewesen waren.

Ich ging aufs Klo und blieb dann einen Moment lang neben der Scheune stehen, bevor ich wieder hineinging. Motten schwärmten um meine Laterne, und ein Feldmaikäfer – Doble nannte sie »alte Hexen« – schwirrte mir um den Kopf. Grillen zirpten, einige sehr nahe auf dem Hof, andere bei den Obstbäumen und auf den Wiesen entlang des Wegs. Über mir hörte ich die Rufe der jagenden Fledermäuse, als riebe da einer über nasses Glas. Von den Feldern klang das Krächzen der Wachtelkönige herüber, und im Stall drüben hörte ich John leise durch die Zähne pfeifen, während er sich zum Schlafen bereit machte.

Einen Moment lang überlegte ich, ob ich zu den Pferden hinübergehen sollte, einfach nur, um ihr sanftes Atmen zu hören und ihre Augen unter den langen Wimpern im Dunkeln schimmern zu sehen. Aber ich wusste, sie brauchten ihre Ruhe, genau wie wir, und so wandte ich mich ab, ging nach drinnen und überließ die Farm der Nacht.

X

DAS BAROMETER FIEL, und ich spürte im Schlaf, wie das Wetter umschlug. Wind kam auf, tobte in den Kaminen und ließ das Haus die ganze Nacht knarzen und seufzen. Am Morgen war der Himmel bedeckt, und die späte Juliluft fühlte sich kühler als seit Wochen an.

Mir graute vor den Montagen, denn Montage waren Waschtage. Es war nicht so schlimm gewesen, als Mary noch zu Hause war, um zu helfen, jetzt allerdings waren es nur Mutter und ich, und selbst im Sommer brauchten wir den ganzen Tag. Im Winter waren Weg und Hof nass und matschig. John trug seine alten Armeegamaschen, und Doble lief in Säcke gewickelt herum, trotzdem waren unsere Sachen voll mit eingetrocknetem Lehm, und die ganze saubere Wäsche musste drinnen trocknen, was alles noch schlimmer machte.

»Ich weiß nicht, wie ich mit der Wäsche fertigwerden soll, wenn du nicht mehr da bist, Edie«, seufzte Mutter manchmal. »Ich weiß einfach nicht, wie ich das alles ganz allein schaffen soll.«

Erst machten wir ein Feuer unter dem Kupferkessel, und Mutter stellte für gewöhnlich Porridge auf den Herd, während der Kessel aufheizte. Ich machte Tee. Dann zogen wir die Betten ab, und die oberen Laken kamen bis zur nächsten Woche nach unten. Alles andere trugen wir in die Waschküche und sortierten es. John und Doble brachten ebenfalls ihre Arbeitssachen, aber wir hatten Glück insofern, als sie ihre Unterwäsche selbst wuschen.

Wenn wir gegessen hatten und das Wasser im Kessel heiß war, schöpften wir einiges daraus in eine Wanne für die bunten Sachen und gaben dann Bettwäsche, Hemden und Tischdecken in den Kessel, um sie zu kochen. Wir verbrachten den Morgen mit aufgekrempelten Ärmeln und bearbeiteten die Wäsche in der Wanne mit einem Wäschestampfer oder rubbelten sie auf dem Waschbrett durch. Im Dampf hingen uns die Haare in Strähnen herunter, und die karbolhaltige Seife ließ unsere Hände rot und wund werden. Wir redeten nicht viel an den Waschtagen, Mutter sagte nur öfter: »Mit ein bisschen mehr Kraft, Mädchen. Von alleine waschen sich die Sachen nicht.«

Mittags aßen wir Brot mit Soße, die vom Sonntag übrig war, und die Männer mussten sich selbst versorgen. Dann, nach dem Essen, spülten wir die gewaschenen Sachen in kaltem Wasser – bei der weißen Wäsche mit Reckitt's Blue –, drehten anschließend alles durch die Mangel, Stück für Stück, und spülten es noch einmal. Normalerweise benutzten wir keine Stärke, da Mutter es für Zeit- und Kraftverschwendung hielt, nur bei ihren guten Batisttischtüchern war es anders, und die benutzten wir kaum. Ehrlich gesagt, glaube ich nicht, dass wir, als Mary nicht mehr da war, überhaupt noch etwas gestärkt haben.

Endlich, nach dem letzten Mangeln, hängten wir alles an die Leinen im Obstgarten und beteten, dass das Wetter hielt. Wenn es regnete, hatten wir das Trockengestell unter der Decke und das Kamingitter. Lief alles richtig, falteten wir die Sachen zusammen, solange sie noch leicht klamm waren, denn es musste alles gebügelt werden, und das half.

»Ich glaube nicht, dass deine Constance jemals ihre eigene Unterwäsche gewaschen hat«, sagte Mutter, wrang eine von Vaters Unterhosen aus und warf sie in die Wanne zum Mangeln. »Ganz zu schweigen von der von anderen.«

»Glaube ich auch nicht.«

Wir spülten und schwiegen eine Weile.

»Sicher bezahlt sie Violet Eleigh dafür, ihr die Wäsche zu machen.«

»Möchtest du, dass ich sie frage?«

»Sei nicht albern, es ist mir völlig egal. Aber ich wette, sie wird keinen Artikel für ihre Zeitschrift darüber schreiben, wie wir unsere Wäsche waschen.«

»Das bezweifle ich auch. Wer würde das lesen wollen?«

»Nun, sie war ganz Ohr, als dein Großvater ihr erklärt hat, wie man eine Sense benutzt. Sie hat alles aufgeschrieben, als wäre es das Evangelium. Ich kann nicht ganz verstehen, warum das interessanter sein soll als die Arbeit von uns Frauen.«

»Magst du Connie nicht mehr, Mutter?«

»Aber was redest du? Warum sollte ich sie nicht mehr mögen?«

»Ich weiß nicht. Du kommst mir so … verärgert vor.«

»Ich hasse diesen Waschtag einfach, Edie. Das weißt du.«

Es regnete nicht, und das stürmische Wetter war so gut fürs Trocknen wie Sonnenschein. Als wir nach dem Abendessen die letzten Sachen aus dem Obstgarten hereinbrachten, tauchte Connie plötzlich auf und schwenkte triumphierend ein Stück Papier über dem Kopf hin und her.

»Er ist drin! Sie haben ihn gebracht! Ada, Edie, kommt und seht!«

Wir brachten die Ecken des Lakens zusammen, das wir gerade hielten. Mutter nahm es mir ab, faltete es noch einmal, rollte es fest ein, legte es zu den anderen in den Korb und nahm ein Kopfkissen von der Leine.

»Was? Was ist wo drin?«, fragte ich.

»Mein Artikel, im *Pioneer*, der erste, den ich über Elmbourne geschrieben habe! Himmel, ich muss sagen, ich bin ziemlich zufrieden damit, wie er sich da macht.«

»Und was steht drin?«, fragte Mutter durch einen Mund voller Wäscheklammern.

»Also, es ist die Einleitung zu einer ganzen Serie. Sie wollten, dass ich den Boden bereite.«

Connie drückte mir das Papier in die Hand und grinste, und ich stand neben der sauberen Wäsche und las vor:

Skizzen aus dem englischen Landleben

Die Erde hat nichts Schöneres aufzuweisen als ein englisches Dorf unter einem leuchtenden Sommerhimmel. Die Wiesen sind gemäht, das Heu ist eingefahren, die Kornfelder wogen reif und golden und warten auf den Tag der Ernte, und auf den gewundenen Wegen um das Dorf ertönt lauter Vogelgesang. Gern lässt der Wanderer, der Fahrradfahrer oder der Tagesausflügler auf der Suche nach einer ländlichen Idylle, von der er weiß, dass es die seine ist, die Stadt hinter sich. Wir alle stammen ursprünglich aus solchen Dörfern, aber am Ende, und zu Recht, sind sie vor allem der Hort unseres nationalen Stolzes.

Dort steht die kleine Kirche, da der Dorfbrunnen. Hier ist das Gasthaus, wo sich der durstige Reisende an einem Krug *Old and Mild laben kann. Auf dem Land schlägt das Herz der Nation, gesund und lustvoll: Englische Männer und englische Frauen leben in Harmonie mit der Natur. Sie mögen schwitzen, sie mögen ächzen, aber es liegt eine Reinheit im Zweck ihrer Mühen, denn sie streben nicht nach Reichtümern oder staatlicher Hilfe, sondern einfach nur nach der Fortschreibung der eigenen Art.*

Im Dorf wird das Brot noch auf die althergebrachte Weise gebacken: in einem richtigen Steinofen, runde Cottage-Laibe. Die Hausfrauen des Dorfes sind stolz darauf: »Ich mag das im Laden gekaufte Brot nicht«, erklären sie – recht haben sie! Und in der Küche: Einige der Alten erinnern sich noch daran, wie alles so gescheit in einem einzigen eisernen Topf über dem Feuer gekocht wurde, aber niemand hat etwas gegen die arbeitssparende Erfindung eines modernen Herdes!

Auch die Mannsbilder wenden sich nicht gegen Erfindungen: Der vom Traktor gezogene Mähbinder wird genauso gebraucht wie das Pferd. Aber sie wissen, dass die alten Techniken wertvoll sind, und werden nicht erlauben, dass sie verloren gehen. Denn im englischen Dorf findet sich viel Weisheit, genau wie die Achtung vor den eigentümlichen Traditionen einer vergangenen Zeit.

Hier wird die blasse, entkräftete städtische Jugend ein Gefühl für den Stolz auf das Leben draußen entdecken: in der Kraft, der Gesundheit, dem Landbau und der Liebe für die natürliche Welt. »Oh, Zeit für Langeweile gibt es nicht!«, wird Ihnen das Bauernmädchen sagen, die Gesichtshaut klar, die Augen leuchtend. Sie langweilen sich nicht – genauso wenig wie die Schreiberin dieser Zeilen, seit sie im Dorf angekommen ist, denn hier findet sich wahrhaft alles, was für ein glückliches, gesundes und produktives Leben von Bedeutung ist.

Der English Pioneer *wird bis auf Weiteres in jeder Ausgabe eine Skizze aus dem Landleben bringen. Ihre Berichterstatterin auf dem Land ist*
    Miss C. N. J. FitzAllen.

»Was sagt ihr?«, fragte Connie und nahm mir den Artikel aus der Hand. »Sagt, dass er euch gefällt, oh, *bitte!*«

»Er ist sehr schön, Connie«, sagte Mutter und gab mir einen Stapel Kleider. »Sehr klug. Sie wissen mit Worten umzugehen.«

»Oh, ich bin so froh, dass Sie ihn mögen. Ich dachte es mir. Was meinst du, Edie? Hast du dich wiedererkannt?«

»Das war ich, das Bauernmädchen? Das sagt, dass es keine Zeit für Langweile gibt?«

»Aber ja! Erinnerst du dich nicht? Ich habe es mir extra aufgeschrieben.«

»Mir ... mir war nicht bewusst, dass du alles aufschreibst, was ich sage.«

»Nun, ich habe immer das Gefühl, ein paar Zitate, mit Bedacht eingesetzt, erwecken einen Artikel zum Leben. Meinst du nicht?«

Natürlich hatte sie recht, und es war dumm, auch nur daran zu denken, etwas dagegen zu haben. Was wusste ich schon von solchen Dingen? Mutter und ich trugen die Wäsche ins Haus und packten sie ins Regal in der Waschküche. Connie folgte uns schwatzend, und ich überlegte, wie berauschend es sein musste, den eigenen Namen gedruckt zu sehen und zu wissen, dass die von einem selbst geschriebenen Worte von Fremden gelesen wurden. Wer hatte Connie ursprünglich erzählt, dass ihre Meinung von Bedeutung sei?, fragte ich mich. Wie war sie darauf gekommen, dass die Welt dem zuhören würde, was sie zu sagen hatte?

»Der nächste Artikel ist schon fertig – alles über gesundes ländliches Essen, und ich dachte, ich könnte auch einen über Geflügelzucht und einen Artikel über das Bierbrauen verfassen. Und dann *muss* ich unbedingt auch über unsere Erde schreiben und wie man sie rein und fruchtbar hält. Diese neumodischen künstlichen Dünger sind eine schreckliche Plage, meint ihr nicht?«

»Und was ist mit der Hexerei?«, sagte ich. Ich nehme an, ich wollte an dem, was sie machte, einfach irgendwie teilhaben. »Ich meine alten Aberglauben und Traditionen, du hast sie in deinem Artikel schon erwähnt. Eine unserer Nachbarinnen hat gerade erst in ihrem Haus eine Hexenflasche gefunden, nicht wahr, Mutter? Mrs Godbold in der Back Lane. Darüber solltest du auch schreiben.«

»Oh, stimmt das, Ada? Wie völlig wunderbar. Hat sie die Flasche noch, wissen Sie das? Ich würde sie *so* gerne sehen.«

»Die Leute finden alle möglichen Dinge in ihren Häusern, oder?«, fuhr ich fort. »Schuhe, eingetrocknete Katzen, Poppets …«

»Was ist das denn?«

»Ein Kinderspielzeug, eine Puppe«, sagte Mutter. »Edie, würdest du bitte nach deinem Großvater sehen und ihn fragen, ob er etwas braucht? Ich glaube, ich habe ihn rufen hören.«

»Was mich an die Volkslieder erinnert!«, hörte ich Connie noch sagen, als ich widerstrebend hinausging. »Ada, Sie *müssen* Albert einfach dazu bringen, dass er mir ein paar vor-singt.«

Zwei Tage lang regnete es leicht, was den Pferdeteich etwas auffüllte und eine allgemeine Erleichterung bedeutete. Der *Fluch* ereilte mich, und ich verbrachte einen Tag mit Krämp-fen im Bett, nahm aber etwas von dem »Aufbau«-Pulver, das Mutter vom Händler hatte, eingerührt in warmes Wasser, und konnte tags drauf wieder aufstehen. Doble pumpte Gas in die Kaninchenhöhlen und baute anschließend einen Scheiter-haufen mit den toten Tieren, schüttete Benzin darüber und steckte ihn an. »Ich habe die Löcher alle verstopft«, sagte er zu Vater beim Abendessen, »sonst fangen die Kadaver unter der Erde an zu stinken.« Tags darauf zogen John, Frank und Vater mit ihren Gewehren los und schossen mit Mr Rose und seinen zwei Söhnen eine gute Anzahl Tauben, und Mutter und ich rupften unseren Anteil und legten sie in Portwein ein.

Am Donnerstag fuhren Connie und ich mit dem Rad nach Blaxford, wo sie die winzige Kirche aus Feuerstein mit dem reetgedeckten Schiff und Altarraum und dem runden angel-sächsischen Turm besuchen wollte. Ich weiß noch, wie wir über eine wacklige hölzerne Leiter in den Glockenturm hin-aufkletterten, wo ein paar Glöckner vor wer weiß wie vielen Jahrzehnten Abfolgen zum Wechselläuten in die Wand geritzt hatten.

Als wir oben waren, knallte die Kirchentür unten und ließ uns zusammenfahren, und wir sahen uns mit großen Augen an. Eine Frau war hereingekommen, ein paar Schritte, dann Stille, und wir begriffen, dass sie in eine Bank gegangen sein musste und betete. Minuten vergingen. Es wurde immer unmöglicher, uns da oben über ihr zu erkennen zu geben, und so warteten wir praktisch mit angehaltenem Atem und dem immer stärkeren Drang, loszuprusten. Als die Frau endlich aufstand und so heftig einen fahren ließ, dass wir es hören konnten, platzten wir fast vor hilflosem stummem Kichern, und dann knallte die Kirchentür ein weiteres Mal, und wir fielen auf die staubigen Dielen und lachten, bis uns die Tränen kamen.

Bis Ende der Woche und wenn ich in Hörweite war, kam der Wachtelkönig gelaufen, sobald ich »Edmund« rief, wobei ich nicht sagen kann, ob er wusste, dass das sein Name war, oder ob er einfach auf den Klang meiner Stimme reagierte. Wie Connie verbrachte auch er nicht seine ganze Zeit bei uns, aber wir sahen ihn fast jeden Tag. Keiner von uns konnte jedoch sagen, wohin er bei Einbruch der Dunkelheit verschwand und ob er da sicher war.

Der Samstag dämmerte klar und trocken herauf und versprach heiß zu werden. Frank polierte unsere Schuhe für das Fest, auch Vaters Stiefel, kämmte sich die Haare und sorgte mit Wasser und *Brylcreem* dafür, dass sie glatt auf dem Kopf lagen. Mutter holte ihre gute Tasche heraus und hatte einen schicken neuen Federschmuck für ihren Hut. Mein Kleid war fertig, und als ich damit nach unten kam, sagte Vater, dass ich hübsch aussähe – und ich spürte es auch, zum ersten Mal in meinem Leben.

Am Vormittag gingen wir los, alle zusammen, auch Doble und John, die im Hintergrund helfen wollten, wofür ihnen je drei Pint Mild Ale versprochen worden waren, allerdings nicht auf einmal. Mary hatte eine Nachricht geschickt, Terence habe eine Kolik, sie könne deshalb nicht kommen. Ich war enttäuscht, beschloss aber, mich auch ohne sie zu vergnügen.

Die Straße in die Stadt war voller Leute zu Fuß und in Kutschen, und als ein Automobil mit ziemlicher Geschwindigkeit herankam, drückten Mutter und ich uns in die Hecke.

»Wir warten hier auf die Roses«, sagte Vater an der Kreuzung.

»Ich bin sicher, wir sehen sie dort, George«, sagte Mutter und nahm meinen Arm.

»Wir warten hier trotzdem.«

»Guten Morgen allerseits. Ein neues Kleid, Edie?«, fragte Alf, als er und Sid endlich kamen. Er schüttelte Vater die Hand. »Mr Mather«, sagte er und grinste.

»Ja, Mutter hat es genäht.«

»Sie wollte es in Tiefrot, kannst du das glauben?«, antwortete Mutter.

»Da ist noch reichlich Zeit dafür«, sagte Alf und zwinkerte mir auf eine Weise zu, die mir das Blut in die Wangen trieb. »Jedenfalls steht dir Grün sehr gut.«

Wir gingen los. Als der Weg aufs Dorf zubog, hatten wir die helle Sonne direkt vor uns. Ich senkte den Kopf und sah, wie der Staub der Straße sich vorn auf meinen braunen Sonntagsschuhen festsetzte.

»Wo sind dein Pa und deine Ma?«, fragte Frank. »Sie wollen das Fest doch sicher nicht verpassen?«

»Sie kommen nach dem Mittagessen«, sagte Sid, und sein Kopf zuckte wegen seiner komischen Lähmung. »Mein ... hmm ... mein alter Herr isst nichts, was meine Mutter nicht gekocht hat.«

»Er ist ein Verrückter, unser Dad«, sagte Alf. »Er macht

Ma völlig fertig. Ich sage die ganze Zeit, dass wir eine Hilfe brauchen. Sie werden nicht jünger, alle beide nicht. Aber er will nichts davon hören. Was kann man da machen?«

Außer mir schüttelte auch Mutter kaum merklich den Kopf.

»Uns kommt's zupass«, sagte Alf und stieß Frank den Ellbogen in die Rippen, »damit haben wir heute Morgen frei! Was ist mit dir, bist du entbehrlich?«

»Oh, ich glaube schon«, sagte Frank, wandte sich zu Mutter um und ging rückwärts weiter, die Daumen in den Westentaschen und mit einem Grinsen, das sein Gesicht leuchten ließ. So musste auch Vater einmal ausgesehen haben: jung und stark und bester Laune.

»Oh, lauft schon, Jungs«, antwortete Mutter, und mit einem Jauchzer rannten die drei los.

»Ich sehe euch beim Fest, Transusen!«, rief Frank, während ihre sechs Stiefel vorflogen und sie sich über die Packpferdbrücke über den Stound jagten.

Das Gelände von Ixham Hall war für das Fest hergerichtet, das Unkraut vom Kutschenweg entfernt und das Gras geschnitten worden. Sir Cecil erlaubte es nicht, dass das Haus selbst benutzt wurde, nicht einmal die Küche, aber es war schön zu sehen, dass sie die Fensterläden geöffnet hatten.

Wir fanden Connie im Zelt mit den Erfrischungen, wo sie Elisabeth Allingham und Miss Eleigh dabei half, Sandwiches mit Fischpaste zu machen. Das ganze Dorf wusste, dass sich die beiden nicht leiden konnten, aber Connie heiterte sie mit Scherzen und guter Laune auf, und so wuchsen die Sandwichstapel unter den Abdecknetzen, und vier große

Körbe Erdbeeren warteten als Nächstes darauf, aufgeschnitten zu werden.

Vater hob die Hand an den Hut und begrüßte Connie, sagte dann aber, dass er Sir Cecil suchen wolle, und Connie schloss sich mir und Mutter zu einem Spaziergang über das Festgelände an. Es war erstaunlich, wie viele Leute sie kannte – alle im Distrikt, wie es schien –, dabei war sie erst seit zwei Monaten in Elmbourne.

Als Connie in ihren Männerkleidern bei uns aufgetaucht war, hatte ich gedacht, im Dorf würde das Gerede über sie groß sein, und geredet hatten die Leute über sie, aber nicht missbilligend: Tatsächlich schienen alle Connie ins Herz geschlossen zu haben. Was es doch ausmachte, über ein einnehmendes, charmantes Wesen zu verfügen, dachte ich, wahrscheinlich wurde man damit geboren. Meine Bemühungen, gemocht zu werden, schienen in der Schule immer die gegenteilige Wirkung gehabt zu haben.

Bei der Wurfbude bogen wir ab, und Connie ließ sich in einem bunt gestrichenen Häuschen die Zukunft voraussagen. Sie bog sich vor Lachen, als sie wieder herauskam. »Sechs Kinder? Das glaube ich nicht. Und wenn das eine Zigeunerin ist, bin ich Mae West«, sagte sie, was auch meine Mutter zum Lachen brachte.

»Es gab hier mal einen richtigen Zigeuner-Jahrmarkt, Connie«, sagte Mutter. »Mit einer Schiffschaukel, einem Wanderzirkus und einer dicken Frau, die zu sehen einen Penny kostete. Was ist mit den Zigeunern passiert? Man sieht sie nicht mehr. Es ist so eine Schande, wie die alten Dinge verloren gehen.« Es war merkwürdig, dass sie das sagte, weshalb ich mich auch heute noch daran erinnere: Mutter redete kaum einmal über die Vergangenheit, da sie allgemein der Meinung war, dass auch schlechte Jahre in der Erinnerung verklärt wurden und Nostalgie etwas war, dem man nicht trauen sollte.

Nach einer Weile entschuldigte sich Connie und sagte, sie habe versprochen, im Erfrischungszelt beim Verkauf der Sandwiches zu helfen. Mutter wollte sich mit ein paar Frauen unterhalten und sagte, ich solle mich amüsieren gehen und in einer halben Stunde zurückkommen, um etwas zu essen.

Der große Rasen vor dem Haus war jetzt voller Leute, viele der Frauen in leichten Sommerkleidern und mit Hüten. Ich lief eilig umher und hoffte, dass es aussah, als wollte ich eine Freundin treffen, denn da waren ein paar der Mädchen und Jungen, mit denen ich in die Schule gegangen war, und ich erkannte auch mehrere Arbeiter von den umliegenden Höfen. Einige von Marys und Franks Freundinnen und Freunden waren ebenfalls gekommen. Mr Blum, der unsere Eier kaufte, spazierte Arm in Arm mit seiner hübschen Frau umher, und ich sah den Stellmacherlehrling mit der vorgewölbten Brust, der ein bisschen älter als Frank war und dessen Namen ich nicht kannte. Kinder rannten kreischend zwischen den Beinen der Erwachsenen her, und ein ganzer Pulk von ihnen stand vor einer Bude, wo es Peppermint Rock und Eis für einen Penny gab, die Gesichter verschmiert, einige von ihnen bereits mürrisch wegen der Hitze. Sie waren wie kleine Tiere, dachte ich und wandte mich ab, als die Band zu spielen begann. Und da, keine zehn Meter entfernt, stand Alf sehr still und sah mich durch die Menge hindurch an.

Das Essen kostete einen Shilling pro Person, Sixpence für Kinder, wofür es Sandwiches gab, Aufschnitt, Kartoffelsalat und rosa Pudding oder Erdbeeren. Und so viel Tee, wie man trinken konnte. Mutter und John gingen anschließend nach Hause, Mutter, um mit der Kürbismarmelade anzufangen, da wir nach den Regentagen eine wahre Kürbisschwemme hatten, und John, weil er nur einen halben Tag frei hatte.

Etwa ein Dutzend Liegestühle waren in den Schatten einer riesigen Libanonzeder gestellt worden, und ich setzte mich eine Weile in einen von ihnen und sah dem Trubel zu. Ich legte die Füße übereinander, was, wie ich dachte, elegant aussah, streckte sie dann aus und lehnte mich ungezwungen zurück, genau so, wie ich mir vorstellte, dass Connie es tun würde. Nach und nach füllten sich die Stühle um mich herum mit älteren Leuten, die müde wurden, und Mütter ruhten eine Weile mit ihren Babys aus. Ich musste eingedöst sein, denn das Nächste, woran ich mich erinnere, ist, dass Vater gegen ein Bein meines Liegestuhls trat.

»Wieder ganz allein, Mädchen?«

Ich setzte mich auf und legte die Hand über die Augen. Die Sonne stand hinter ihm und ließ allein seinen Umriss erkennen. Es musste fast vier Uhr sein.

»Hallo, Vater. Unterhältst du dich gut?«

Er starrte auf mich herab. »Oh, doch noch ein Lächeln, wie? Das erste dieses Jahr. Warum lächelst du nie, Mädchen, na?«

»Was ist denn?«

»Sechs Monate. Ein Nachlass von sechs Monaten. Während er … während er in diesem verdammten Rolls Royce herumkarriolt.«

»Was ist passiert? Was meinst du?«

»*Was ist passiert? Was meinst du?*«, äffte er mich nach. Ich konnte sehen, wie unsicher er auf den Beinen war.

»Vater, *bitte*«, zischte ich. Die Leute sahen zu uns her.

»Sag mir nicht, ich soll still sein. Ich bin das Oberhaupt der Familie.«

Ich sah mich nach Mutter um, bevor ich mich, und es versetzte mir einen Stich, daran erinnerte, dass sie nach Hause gegangen war. Es war nicht das erste Mal, dass ich Vater betrunken sah, bestimmt nicht, aber das erste Mal, dass ich verantwortlich schien. Und obwohl er mein Vater war und ich wusste, dass er mich liebte, machte es mir doch Angst, weil er auf eine Art anders schien, die darüber hinausging, dass er wacklig auf den Beinen war und seine Worte nur undeutlich herausbrachte. Zu sehen, dass er die Kontrolle über sich verloren hatte und so voller Wut war, erfüllte mich mit einem stillen Schrecken, als wäre er nicht länger mein Vater, George Mather, sondern ein ganz anderer.

Ich stand auf und versuchte seinen Arm zu fassen, doch er schüttelte mich ab.

»Du und Ada! Keine verdammte Ahnung, ihr beide«, sagte er.

Die Flucherei war beschämend. Ich sah mich um. Ein oder zwei Leute starrten zu uns herüber, die meisten aber sahen eifrig weg. Eine alte Dame in einem Kammgarnkostüm erhob sich, und ihr Kinn fuhr vor, doch ihr Mann murmelte etwas, und sie sank wieder zurück. Vater sah mich noch einen Moment an, wankte, spuckte auf die Erde und stolperte davon.

Ich fand Frank, der Arm in Arm mit Sally Godbold herumspazierte. Ihr flachsblondes Haar war zu einem Bob geschnitten, und sie hatte sich Wasserwellen gelegt.

»Hallo, Edie. Schau, was Frank beim Ringwerfen für mich gewonnen hat!«, sagte sie und hielt eine goldfarbene Brosche in Form einer Blume mit kleinen roten Glassplittern in die Höhe. Sie machte mich verlegen. Sie war bloß ein paar Jahre älter als ich, aber sitzengeblieben, sodass sie nur eine Klasse über mir gewesen war. So herausgeputzt wirkte sie wie eine Frau: vielleicht nicht wie Connie oder Mutter, doch sie war ganz sicher kein Kind mehr. Aber es war schön, dass sie nett zu mir war. In der Schule hatte sie mich immer ignoriert.

»Oh, die ist wirklich hübsch, Sally. Frank, kann ich einen Moment mit dir sprechen? Es geht um Vater, ich glaube, er könnte etwas … müde sein.«

Mir wurde bewusst, dass ich zitterte, und meine Stimme war höher als normal und unsicher. Offenbar war ich verstörter, als ich gedacht hatte. Ich versuchte mir zu sagen, dass Sallys Familie ihr eigenes schmähliches Geheimnis hatte: Ihre Schwester war mit zwölf Jahren verschwunden, um ein Baby zu bekommen, und nie zurückgekommen. Im Dorf hieß es, dass sie in einem Asyl des Countys eingesperrt war.

»Mach dir keine Sorgen, Ed. John wird ein Auge auf ihn haben«, sagte Frank.

»Aber John ist nach Hause gegangen.«

»Oh, natürlich. Macht er Ärger?«

»Ich bin nicht sicher. Vielleicht.«

»Verstehe. Gehen wir und sehen nach ihm. Sally«, sagte er und verbeugte sich leicht zu ihr hin, »entschuldigst du uns für einen Augenblick? Wir müssen uns um eine Familienangelegenheit kümmern.«

»Aber sicher«, sagte sie und lächelte.

Wir fanden Vater hinter dem Erfrischungszelt. Er lag auf der

Seite, schlief, einen Arm über dem Kopf, sein Hut lag umgedreht im Gras neben ihm. Er sah aus wie ein kleines Kind, aber der eigenartige Schrecken von vorher erfüllte mich noch immer. Ich wollte einfach nur, dass alles wieder normal wurde.

»Wir lassen ihn schlafen, Ed. Das ist das Beste.«

»Aber warum ist er so?«

»Er … es ist die Ernte.«

»Ist die es nicht immer?«

»In diesem Jahr ist es schlimmer, Ed. Ich glaube …«

In diesem Moment erklang ein Gong. Es war Zeit, dass Sir Cecil seine jährliche Ansprache an das Dorf hielt. Er stand auf einem etwas unsicher wirkenden Holzstuhl, und wir versammelten uns respektvoll um ihn herum. Hinter Sir Cecil hockte ein Diener, der den Stuhl gepackt hielt und sich so unsichtbar zu machen versuchte, wie es nur möglich war. Connie fand uns und hakte sich bei mir unter. »Da bist du ja, Liebes«, flüsterte sie und drückte meinen Arm. Einen Moment lang legte ich meinen Kopf auf ihre Schulter und dachte, was für ein Trost es doch war, sie dazuhaben.

Sir Cecil war so alt wie das Jahrhundert, also vierunddreißig. Er hatte hohe Wangenknochen und sah auf eine Art gut aus, wie es sie nur in der Oberschicht gibt. Man hätte ihn nie für einen arbeitenden Mann halten können, selbst wenn er in Arbeitskleidung dagestanden hätte. Er hielt jedes Jahr fast genau die gleiche Rede, und in diesem Jahr war es nicht anders. Als er fertig war und unter höflichem Applaus von seinem Stuhl stieg, stimmte Reverend Woodgate ein dreifaches Hurra an und bedeutete dem Dorf, einzustimmen. Ich stieß Connie an und erwartete, dass sie die Augen verdrehte, doch sie jubelte Sir Cecil noch lauter als der Rest von uns zu und strahlte begeistert. Ihre Tage als Sozialistin lagen hinter ihr, wie es schien.

Es war der letzte Tag meiner Kindheit, und irgendwie wusste ich es. Die Zeit floss durch mich hindurch, und Moment für Moment blieb hinter mir zurück. Der Park von Ixham Hall sah kurz wieder schön aus, wie eine alte Aquatinta, und das Wetter war gut. Alle sagten hinterher, es sei ein herrlicher Tag gewesen. Ich frage mich, ob sie in Elmbourne dieses Fest auch heute noch feiern. Vielleicht hat sich die Welt geändert und solch simple Vergnügungen sind nicht mehr gefragt. Ich weiß es nicht.

Für mich wurde das alles von einem finsteren, von Vater ausgehenden Sog und dem hellen, angespannten Blick Alfs beherrscht. Ich wusste, er würde einen Weg finden, mit mir allein zu sein, bevor der Tag vorüberging, und es machte mich nervös und gab allem um mich herum eine merkwürdig klare Gestalt. Wenn ich mir heute jenen Tag in Erinnerung rufe, denke ich an das junge Reh, das wir ein paar Jahre zuvor aufgezogen hatten: wie es sich auf der kleinen Wiese hinter dem Haus so völlig ruhig verhielt, wenn sich ihm einer von uns näherte. An seinen seltsamen – ehrlich gesagt, dummen – Blick, aber manchmal könnte ich heulen, wenn ich heute an die arme Kreatur zurückdenke.

Am Ende war es einfach: Als die letzten Standbetreiber begannen zusammenzupacken, brachte Frank Vater nach Hause. Es blieb ihm, sehr zu seinem Ärger, nichts anderes übrig, denn Doble war nirgends zu entdecken. Und dann, als sie gegangen waren, waren nur noch ich und Alf da, und das Herz schlug mir fest und schnell in der Brust.

»Möchtest du etwas Kandis?«, sagte er und holte ein in rosa Papier gewickeltes Stück aus der Hosentasche. Der Geruch zertretenen Grases füllte die Luft um uns herum.

»Oh … nein, danke«, sagte ich.

»Bist du sicher? Dein alter Herr hat gesagt, ich soll dir was kaufen. Er meinte, du hättest einen süßen Zahn.«

»Ehrlich, ich hatte schon genug.«

»Sollen wir einen Spaziergang machen, Edie?«

Ich nickte und spürte die Unausweichlichkeit des Ganzen, die Art, wie diese Dinge geschehen, als folgten sie dem Plan eines Theaterstücks. War das jetzt der »Abgang«?

Am Tor von Ixham Hall wandten wir uns nicht nach rechts zum Dorf, sondern nach links und ließen das Rufen und Singen und die Feiernden hinter uns. Es war noch nicht spät, und der Himmel lag hell über den Kornfeldern, wenn die Wäldchen in der Ferne auch schattig und düster zu werden begannen. Die Sonne stand tief hinter uns, und nach einer Weile nahm Alf meine Hand in seine und strich auf seine typische Art mit dem Fingernagel über die Innenfläche. Ich versuchte meinen Arm und die Hand entspannt zu halten, damit er mich nicht für zimperlich oder nervös hielt.

»Ja, es ist wirklich toll, dein Kleid«, sagte er, als führte er das Gespräch von lange vorher fort. »Du siehst sehr erwachsen darin aus. Ich habe es Frank auch schon gesagt. Ich habe gesagt: ›Deine Schwester sieht heute wie ein ganz besonderer Leckerbissen aus!‹ Nun, wie fühlt sich das an?«

»Danke, Alf«, sagte ich.

»Ganz die Erwachsene, würde ich sagen.«

Ich versuchte seine Hand zu drücken, doch sein Griff war so seltsam, und ich wusste nicht, was ich sagen sollte, und dann kam ein Automobil, und wir blieben am Straßenrand stehen und ließen es vorbeifahren. Ich hoffte, dass mein Haar noch gut lag, denn bald, das wusste ich, würde er sich zu mir hindrehen und mich ansehen, und dann würde er mich küssen. Jetzt allerdings noch nicht. Vielleicht, wenn wir ein Stück weiter den Weg hinunter waren.

»Hat dir das Fest gefallen, Alf?«

»Oh ja, es war famos. Sogar noch besser als im letzten Jahr, meinst du nicht auch?«

»Ja, ich nehme es an. Nur … ich wünschte, Vater hätte es nicht ganz so genossen, das ist alles.«

»Warum? Kann ein Mann nicht hin und wieder etwas trinken, Edie? Die Hälfte der Männer aus dem Dorf war heute angetrunken. Es ist keine Schande.«

»Wahrscheinlich hast du recht. Es ist nur … nun, Mutter wird es heute Abend nicht leicht haben, das ist alles.«

»Lass uns jetzt nicht an deine Mutter denken, ja?« Und er blieb stehen, genau so, wie ich es gewusst hatte, und drehte mich dort auf dem schattigen Weg zu sich hin. Ich hob den Blick und sah ihn an, und er betrachtete mich lange auf eine Weise, die meinen Atem schneller werden ließ, und dann beugte er sich vor und küsste mich. Er roch nach schalem Bier und Pfefferminz, und seine Hände fassten mich oben bei den Armen und drückten mir die kleinen Knöpfe auf den Ärmeln meines neuen Kleides ins Fleisch. Er schob seine Zunge in meinen Mund, wie er es immer tat, und ich stellte mir vor, wie mein Gesicht wohl aussah, sollte uns jemand beobachten, mit meiner Nase so zur Seite gedrückt und dem offenen Mund. Ich versuchte immer, seiner Zunge mit meiner zu antworten, war aber nie ganz sicher, was er von mir erwartete. Ich bekam nicht richtig Luft, was aber weniger wichtig war als das, was er von mir dachte, und so versuchte ich nicht, mich von ihm zu befreien. Und dann waren seine Hände vorne auf meinem Kleid und drückten und kneteten. Mir wurde bewusst, dass meine Augen immer noch offen waren, und ich kniff sie zu und konzentrierte mich stattdessen auf das Singen eines Ziegenmelkers, der irgendwo nicht allzu weit weg zirpte.

»So hübsch«, hauchte er in meinen Mund, und seine Finger kniffen und quetschten meine Brüste. »So hübsch.«

Ich hob die Hände, die links und rechts an meinem Körper herunterhingen, und begann mein Kleid vorne aufzuknöpfen. Das letzte Mal hatte es ihn sanfter werden lassen, meine nackte Haut zu sehen, und er hatte mir nicht mehr so wehgetan.

»Ja, das ist gut«, murmelte er und wich etwas zurück, um zu sehen, wie ich mich mit den Knöpfen abmühte. »O Edie, du bist so …«

Ich griff hinter mich, um den ungewohnten Büstenhalter aufzumachen, und sofort schob er ihn hoch und aus dem Weg. Die Abendluft ließ die Brustwarzen vortreten, und er legte eine große Hand auf jede Brust und stand einen Moment lang so da. Ich traute mich, ihm ins Gesicht zu sehen, und es war seltsam verklärt, als wäre er ganz woanders. Vielleicht sah ich genauso aus.

Er nahm meine linke Hand, zog sie vorne auf seine Hose, wo sein Ding war, und drückte sie darauf, sodass ich spüren konnte, wie es zuckte. Ich fragte mich, wie viel er von mir wollte und wie lange es dauern würde. Ich fragte mich, wann wir umdrehen und zurück ins Dorf gehen konnten.

»Edie«, sagte er mit schwerer Stimme und beugte sich erneut vor, um mich zu küssen. »Bitte, Edie«, hauchte er, und

ich bewegte meine Hand ein wenig und versuchte herauszufinden, was ich tun sollte. Es fühlte sich nicht romantisch an,
und ich zog meine Hand wieder weg. Aber er legte sie zurück
und drückte fest.

»Siehst du, was du mit mir machst?«, sagte er. »Ich kann
nicht anders.«

Es war natürlich sehr schmeichelhaft, und ich fühlte mich
auf eine komische Weise mächtig. Es war, als wäre Alf Rose
plötzlich hilflos und als könnte ich ihn tun lassen, was ich
wollte. Er beugte sich herunter und begann an einer meiner
Brüste zu saugen, und ich hielt seinen Kopf mit beiden Händen und sah auf ihn hinab, sah seine geschlossenen Augen und
den arbeitenden Mund. Ich fragte mich, ob ich sagen sollte:
Ich liebe dich, Alfred – ob es das war, was hier geschah. Ich
dachte, vielleicht klänge es richtig.

Nach ein paar Augenblicken trat er zurück und sah mich
wie aus großer Ferne an. »Komm«, sagte er und nahm entschlossen meine Hand. Aber statt umzudrehen und in Richtung Dorf zu gehen, führte er mich weiter den Weg hinunter
und kletterte durch eine Lücke in der Hecke. Ich duckte mich,
schob mich hinter ihm her und hielt mir das Kleid mit einer
Hand zu. Das Herz schlug mir bis zum Hals. Ich dachte eigentlich an nichts mehr, nur, dass wir noch nicht zurück ins
Dorf gingen.

Was als Nächstes passierte, war nichts – das Geschehen einiger Momente in der Ecke eines düsteren Feldes. Er sagte, ich
solle mich hinlegen, und ich tat es und stellte mir dabei kurz
mein Bett zu Hause und das uralte Hexenzeichen vor, das
mich vom Balken über mir beobachtete. Stängel stachen mir
in die Arme und in den Nacken, während Alf über mir stand

und sich die Hose aufknöpfte, sodass sein bleiches Ding hervorragte. Es war das erste Mal, dass ich sah, wie merkwürdig sie so steif wirkten: Es war eine Mischung aus Wehrlosigkeit und fürchterlicher Kraft. Erst bearbeitete er es eine Weile mit der Hand und starrte mit offenem Mund auf mich herunter, wie ich mit aufgeknöpftem Kleid dalag, die Arme starr an meiner Seite. Ich versuchte, mir eine romantische Geschichte auszudenken, um zu erklären, was geschah, aber mein Kopf war völlig leer. Dann kniete er und drückte meine Beine auseinander, murmelte: »Edie, Edie«, und ich starrte mit großen Augen an ihm vorbei in den Himmel.

XI

DER HÖHEPUNKT DES JAHRES stand kurz bevor. In den Tagen nach dem Fest inspizierten John und Vater zweimal täglich die Felder. Der Weizen würde als Erstes geschnitten und gebündelt werden, gleich danach würden wir uns an die Gerste machen, die nicht draußen trocknen musste, sondern noch am selben Tag in Garben eingebracht wurde. Vater sagte, dass es besser sei, wenn die ersten Morgen Gerste noch leicht grün waren, als wenn die letzten überreif wären und die Körner aus den Ähren fielen.

Wir mussten ein letztes Mal hacken und Unkraut ausmachen, aber selbst dann würde die Ernte nicht so sauber sein, wie sie sein sollte. Vater sagte, alles verbliebene Unkraut – wir konnten wirklich nur das Gröbste herausbekommen – würde mitgedroschen. Zu viel Grün konnte das Getreide aufheizen, während Unkrautsamen im gedroschenen Korn nur das Risiko bargen, dass wir einen niedrigeren Preis erzielten.

John hatte den Mähbinder gesäubert und geölt und sich versichert, dass der Wagen in gutem Zustand war, und jetzt brachte er Malachi und Moses zum Schmied, damit sie frisch beschlagen wurden. Ein Gefühl der Erwartung erfüllte die Farm, und wenn einer von uns von den Feldern ins Haus kam, stand Großvater auf den Stock gelehnt neben seinem Sessel.

»Und?«, sagte er, und sein verschlossenes altes Gesicht
wollte wissen, was es Neues gab.

Am Morgen nach dem Fest blieb ich im Bett, bis ich das Geräusch der Einspännerräder den Weg hinunter verschwinden
und die Kirchenglocken verklingen hörte. Mutter hatte mich
aufzuwecken versucht, aber ich hatte mich weggedreht und
mir das Laken über den Kopf gezogen, worauf sie seufzte und
mir eine Hand auf das Haar legte, mich aber in Ruhe ließ.

Mein kleines Fenster war offen und ließ den Sommermor-
gen herein. Eine Turteltaube gurrte, und irgendwo dengelte
jemand seine Sense mit einem Wetzstein. Hoffentlich war es
Doble und Vater war nicht zurückgeblieben, weil es ihm nach
dem Fest schlecht ging. Seine Trunkenheit schien ihn für mich
verändert zu haben, und ich wollte ihn nicht sehen.

Ich hatte die ganze Nacht kaum geschlafen und immer wieder an Sir Cecils Rede denken müssen. All die dunklen Stunden
hatte mich der merkwürdige Drang verfolgt, mir seine genau-
en Worte ins Gedächtnis zu rufen, obwohl sie mir auf dem Fest
kaum wichtig erschienen waren. Was, wenn darin eine Botschaft enthalten gewesen war, eine Botschaft für das Dorf, etwas,
das alle bis auf mich gehört hatten? Oder vielleicht hatten wir
auch alle etwas Wesentliches verpasst, etwas, das unsere Zukunft betraf und das wir unbedingt wissen mussten. Die letzte
Stunde des Festes: In meiner Vorstellung kehrte ich immer wieder dorthin zurück und versuchte die Einzelheiten zwanghaft
neu zusammenzusetzen – wie der Diener den wackligen Stuhl
hielt, Connie mir den Arm drückte, Vaters Hut im Gras lag. Als
sei das aus irgendeinem Grund wichtig. Wobei das, was darauf
gefolgt war, fast wie ausgelöscht schien in meinem Kopf.

Ich wusste, ich musste mich zwingen aufzustehen. Wenn ich es nicht tat, würde etwas in mir einbrechen. Und auf einer Farm aufzuwachsen, hatte mir genug Disziplin verschafft, zumindest das, meine Trägheit zu überwinden und mich nicht gehen zu lassen. Die Hühner würden sich nicht selbst aus dem Stall lassen und füttern, und es gab noch tausend andere Aufgaben, die nicht warten konnten. Ich stand auf und ließ die Unterhose vom Vorabend fallen, ohne sie anzusehen, weil ich wusste, sie war widerlich. Ich wusch mir das Gesicht und ging vorsichtig die Treppe hinunter.

Mutter hatte mir Rührei dagelassen, aber ich konnte es nicht essen. Ich schüttete es in den Schweineeimer, stieg in meine Stiefel und trat im Nachthemd nach draußen. Teller und Pfanne ließ ich ungespült stehen. Ich ging aufs Klo, und als ich wieder herauskam, stand da Edmund und wartete auf mich. Nachdem ich mich um die Hühner gekümmert hatte, lief ich mit ihm den Weg hinauf zu den Hullets, die Sonne warm auf meinen Armen und dem Nacken. Meine Hüftgelenke fühlten sich steif an, und die Muskeln innen an meinen Schenkeln schmerzten, aber es schien wichtig, das zu ignorieren und wie gewöhnlich zu gehen. Im Übrigen dachte ich auch nicht eine Sekunde an den letzten Abend. Da war ein perfektes Nichts wie der hohe, zitternde Klang einer Stimmgabel, den man einfach ausblendet und nicht hört.

Ich hielt mich am Rand von Hulver Wood und lief an Crossways entlang. Die Gerste stand hoch und machte es unmöglich, das Feld zu durchqueren. Es wäre leichter gewesen, über die Straße zu gehen, aber ich war nicht sicher, ob alle von den Roses in der Kirche waren. Krähen krächzten in den hohen Bäumen des Waldes, und ich erschauderte leicht, als ich mir vorstellte, wie sie mir mit ihren schwarzen Knopfaugen folgten.

Ich näherte mich den Hullets, zwängte mich durch die Hecke auf die Straße, überquerte sie und steuerte auf die Farmgebäude zu. Ich setzte Edmund ab, und er hob die braun gesprenkelten Federn und begann sich zu putzen. Ich legte die Hand über die Augen und sah mich um. Eine Steinwalze und eine Mangel rosteten in den Brennnesseln vorm Haus vor sich hin. Der nördliche Giebel war völlig von Efeu überwuchert, das bis in die Fenster hineinwuchs und dabei war, auch das Dach zu erobern. Eine kleine Esche ragte aus einem der Kamine, hatte das Gemäuer gesprengt und etliche alte Ziegel in ein Dickicht aus Holunder und Nesseln stürzen lassen, wo früher mal ein Hühnerstall gewesen sein musste.

Ich linste in eines der Fenster vorne und rief leise: »Hallo?«, doch es schien klar, dass das Haus unbewohnt war. Die Enttäuschung traf mich wie ein Stich. Ich war so neugierig auf die Familie gewesen, und jetzt war sie weg.

Die Haustür aus Eichenholz war ähnlich wie unsere, mit eisernen Nägeln und einem von außen zu öffnenden Riegel, der sich so vertraut anfühlte. Wohnzimmer und Küche waren sauber gefegt und ohne altes Laub, Abfall und die Dohlennester, die es sonst überall in den Zimmern unten gab. Die Wände waren verfärbt, die Tapete im Wohnzimmer löste sich und war voller Buckel, doch es roch kaum nach Nässe.

Der Herd schien erst kürzlich gebrannt zu haben, und es lagen ein paar zusammengerollte Papieranzünder daneben, wie auch Vater sie bei uns benutzte. Ich ging in die Hocke und öffnete einen. Es war eine Seite der *Gazette* aus dem Jahr 1929. »Ein grausamer Tod«, stand da. »William Yhrym (44) aus Corwelby nahm sich am Dienstag das Leben, indem er sich mit einer Kornsichel die Kehle durchschnitt. Der Gerichtsmediziner schätzt, dass es eine halbe Stunde dauerte, bis der Tod eintrat.« Und dann eine Anzeige für *Bile Beans*.

Ich nehme an, dass ich immer noch auf eine Spur der Familie hoffte, einen Hinweis oder ein Zeichen, aber die beiden Räume sagten mir wenig, hatten ihre Bewohner doch nichts von Bedeutung zurückgelassen. Trotzdem, etwas war noch da, und wenn nur in meiner Vorstellung, und die Leute fühlten sich jetzt wirklicher an und nicht mehr nur wie eine Geschichte, die jemand erzählte. Ich versuchte mir vorzustellen, wie es sein musste, nichts zu besitzen und von Ort zu Ort zu ziehen, immer weitergeschickt und nie willkommen geheißen zu werden. Aber es war, als versuchte ich mich in das Leben von Tieren hineinzudenken: Es ging nicht. Wessen Fehler war es, dass sie ihr Zuhause verloren hatten, oder waren sie einfach faul und der Vater ein Trinker? Oder vielleicht hatten sie auch einen schlechten Charakter, waren Iren oder alles zusammen, dachte ich. In jenen Jahren gab es eine Zeitlang viele bedürftige Männer, die auf der Suche nach Arbeit durchs Land zogen, allerdings konnte ich nicht begreifen, wie eine normale Familie, eine wie unsere zum Beispiel, es geschehen ließ, auf solch eine Art leben zu müssen.

Da war etwas am Fenster zum Hinterhaus. Edmund war aufs Fensterbrett geflogen und guckte mich fragend an. Da draußen mussten der Gemüse- und der Obstgarten liegen oder was immer davon übrig war, und ich beschloss nachzusehen.

Die Hintertür war billig und von einer weit moderneren Art als die vorne. Sie war aufgequollen und steckte im Rahmen fest, doch mit etwas Druck ließ sie sich öffnen und zeichnete einen Halbkreis auf den alten, verwitterten Stein der oberen Stufe. Direkt hinter der Treppe kamen fünf Reihen Setzlinge, die Erde ordentlich gehackt und von Unkraut befreit, umgeben von kupfernen Ringelblumenköpfen. Die jungen Pflanzen waren kürzlich erst gegossen und sorgsam von Raupen befreit worden, und die Kletterbohnen wuchsen sogar noch kräftiger um ihre Stangen als unsere. Aus einem Grund, den ich nicht begriff, nahm mir der Anblick fast den Atem.

Da sah ich sie. Sie saßen im Schatten eines verwilderten Apfelbaums, der schwer an harten, grünen Früchten trug: eine Mutter in einem dunklen Kleid und mit einem Kopftuch und ein kleines Mädchen, das nicht älter als vier sein konnte. Die Kleine lag auf einer Strohmatratze und blickte mit tief verschatteten, seltsam brennenden Augen in meine Richtung. Ich erstarrte in der Tür, doch dann sah ich, dass die Frau schlief und ihr Kopf am knotigen Stamm des Baumes lehnte. Ich atmete einmal durch und sah das kleine Mädchen an, und auch wenn es ein wenig lächelte – ich bin sicher, auch heute noch, dass es mir zugelächelt hat –, blinzelte es nicht oder sah weg.

Das Korn auf unserem Land war ein goldenes Meer, zerteilt vom dunklen Sommergrün der Hecken und kleiner Gehölze. Ich lief eilig an den Feldern entlang, mein Atem kam schnell, und Edmund eilte hinter mir her. Wieder beobachteten mich die Krähen aus Hulver Wood, doch diesmal erwiderte ich ihren Blick trotzig.

Im Schatten der im Kreis stehenden Eichen stellten sich die feinen Härchen auf meinen Armen und Beinen auf, Schauder jagten einander über meine nackte Haut. Meine Brustwarzen zwickten und fühlten sich wund an, und einen Moment lang übermannte mich eine Scham, der nichts entgegenzusetzen war. Ich hockte mich hin, schloss die Augen und flüsterte ein Gewirr von Sätzen in mich hinein, um zu übertönen, woran ich mich erinnerte. Dann, aus einem merkwürdigen Impuls heraus, stand ich auf und malte das runde Muster von unserem Herd und dem Balken über meinem Bett auf jeden der sechs verwachsenen Stämme.

Haben Sie je eine Münze in einen Brunnen geworfen und sich etwas gewünscht oder auf Holz geklopft, um ein Unglück abzuwenden? Man weiß sehr gut, dass es dumm ist, doch der Drang ist da, es dennoch zu tun, denn was kann es schaden? Genau wie ich immer nur nach einem Satz mit sieben Wörter zu lesen aufhörte, weil die Sieben eine gute Zahl war und meine Familie schützen würde, stellte ich jetzt fest, dass es mich beruhigte, den Kreis mit seinen geheimen inneren Blättern zu zeichnen, und ich sah keinen Grund, warum ich mir diese harmlose Sache verbieten sollte.

Ich betrachtete die Feuersteine, die den Eichen Halt boten, einer von ihnen war ein großer durchlöcherter Hexenstein, und ich begriff, dass er die ganze Zeit über ein geheimes Zeichen für mich gewesen war und ich sehr bald schon verstehen würde, was es bedeutete. Und genau das jetzt war der Moment, denke ich, in dem ich zu argwöhnen begann, dass sich alles verändert hatte und mein Leben fortan ein neues Ziel haben und eine neue Richtung nehmen würde – und Gott, vergib mir, ich verdrängte das Kind auf der Farm der Hullets weit aus meinen Gedanken.

Ich kniff die Augen gegen die verräterischen Tränen zusammen, die in mir aufstiegen, lehnte den Kopf zurück und versuchte meinen Atem zu beruhigen. Ja, wir würden die Ernte einbringen: wir sechs und Connie, was sieben machte, eine gute Zahl, mit Großvater im Haus, der für uns singen würde. In diesem Jahr, von allen Jahren, würde er sicher singen. Jedes einzelne goldene Feld würden wir mit dem Wagen einbringen, und ich würde oben auf dem letzten stehen und einen grünen Zweig halten, triumphierend, wie Demeter, und Moses und Malachi würden stolz ihr Glöckchen erklingen lassen, während sie die letzte Fuhre nach Hause zogen. Die Schober würden mit Weizen und Gerste überlaufen, Vater wieder er selbst sein, und wir alle würden zusammen beim Ernteessen sitzen. Im Herbst dann würden wir pflügen und eggen und wieder säen, und wenn die dampfgetriebene Maschine kam, würden wir dreschen und die leuchtenden Kornhaufen verkaufen. Kein Leid würde mehr über uns kommen, und so würde es immer weitergehen, eine Welt ohne Ende: Die Ulmen beschützten unser altes Farmhaus, die Kirche die Felder. Denn die Felder waren Teil der Ewigkeit, unser Leben der einzig mögliche Lauf der Dinge, und ich würde tun, was immer nötig war, ihn zu schützen. Wie konnte es anders sein?

Als ich zurück nach Hause kam, waren alle aus der Messe zurück, Connie mit ihnen, und das Essen wurde vorbereitet. Vater und John machten einen Kontrollgang über die Felder, sahen nach Schnakenlarven und hatten Frank mitgenommen. Doble saß auf einem Hocker im Hof und reparierte ein Paar Stiefel. Er hatte einen hölzernen Leisten, den er auf dem kaputten Stiel eines alten Rechens befestigt hatte und mit den Knien hielt. Auf dem Leisten steckte ein Stiefel, und er nagelte Spitzen auf Sohlen und Absätze.

Während er arbeitete, sang Doble mit brüchiger, schwacher

Stimme, und Connie lehnte mit Rock, gemusterter Bluse und Sonntagshut an der Mauer, zwinkerte mir zu und schrieb in ihr Notizbuch:

Handwerker und Händler irren über die Straßen
Suchen von früh bis spät nach Arbeit,
Kaum noch mit Schuhen an den Füßen,
Oh, es sind harte Zeiten für das alte England,
Im alten England sind die Zeiten hart.

In der Küche fand ich Mutter, die wütend war, weil ich nicht abgewaschen hatte. »Deine Hände sind dreckig, und du bist noch nicht mal angezogen, Mädchen! Himmel, was ist los mit dir? Geh nach oben. Und sperr den verflixten Vogel in deinem Zimmer ein, während wir essen.«

Ich zuckte ein wenig zurück, so schroff war sie. »Ist Wasser im Kessel?«, gelang es mir zu fragen.

»Du hast erst gestern gebadet, Edie, und jetzt ist kaum die Zeit dafür, wo ich all diese Kartoffeln geschält haben muss. Geh schon.«

Ich lief in mein Zimmer, zog das Nachthemd über den Kopf und wusch meine Achseln mit den neuen weichen Haaren über der Schüssel. Dann wusch ich mich auch zwischen den Beinen, die Seife brannte, und ich zog frische Unterwäsche an. Marys fadenscheinigen Büstenhalter ließ ich auf dem Stuhl mit meinem neuen grünen Kleid liegen und nahm eine sehr alte Bluse, für die ich eigentlich viel zu groß war. Die Ärmel reichten mir nicht mal bis zu den Handgelenken. Dann ging ich aus einem Impuls heraus in Franks Zimmer und suchte zwischen den Hemden, langen Unterhosen und Kordhosen in seiner Kommode, bis ich ein altes Paar Schulshorts von ihm fand. Die zog ich an.

Zurück in meinem Zimmer trat ich meine verschmutzte Unterhose unter den Überhang meines Waschgestells, setzte mich einen Moment und streichelte Edmund, der sich auf der Tagesdecke niedergelassen hatte. »Du bist mein Bester«, summte ich leise und zeichnete ihm das runde Muster siebenmal auf die hübschen Federn seines Rückens. »Ja, das bist du. Und du bist hier, um mich zu beschützen, oder? Ich verstehe das jetzt.«

Nach dem Essen brachte ich Edmund in den Obstgarten und machte mit Connie einen Spaziergang, zu einer Fahrradtour fühlte ich mich an dem Tag nicht in der Lage. Mutter hatte mich, als ich unten in Franks Shorts aufgetaucht war, unter Androhung einer Tracht Prügel von Vater gleich wieder nach oben geschickt. Auf der Treppe hörte ich, wie Connie, die mit den Kartoffeln half, sanft zu meiner Mutter sagte: »Aber Ada, warum soll das Mädchen keine kurze Hose tragen, wenn sie es möchte?«

»Ich lasse es nicht zu, dass sich ein Kind von mir zum Gespött der Leute macht. Entschuldigen Sie, Connie, ich weiß, dass sie Männersachen mögen. Und das mag bei Ihnen in London ja auch gut und schön sein, aber sie muss sich hier anpassen.«

»Muss sie das?«

»Aber natürlich, und das wissen Sie.«

Wir gingen an Newlands vorbei zum Far Piece, vorbei an der Copdock Farm, über Feldwege und durch Seen aus raschelndem gelbem Korn in Richtung Stenham Park. Es war drückend heiß, und überall flogen ganze Schmetterlingswolken: Es gab Aurorafalter und Dickkopffalter, Perlmuttfalter, Ochsenaugen und alle möglichen anderen, deren Namen ich nicht kannte. Sie tanzten ihre Muster und geheimen Chiffren in die unschuldige Sommerluft. Es war alles so vertraut, und gleichzeitig fühlte sich nichts um mich herum ganz wirklich an. Minutenlang schien alles fast normal, doch dann tauchte plötzlich ein Bild oder ein Gefühl aus etwas Unsagbarem auf und bestürmte mich, und auch wenn ich Connie antwortete und meine Stimme hörte, war ich doch innerlich weit weg.

»War das nicht ein wundervolles Fest!«, rief Connie. »Ich habe mich bestens amüsiert. Du nicht? Und ist Cecil Lyttleton nicht ein gut aussehender Mann! Ehrlich, ich hatte keine Ahnung.«

»Ja, ich nehme es an.«

»Und Frank, Arm in Arm mit Sally Godbold! Ich muss sagen, die beiden machen was her, wobei ich nicht glaube, dass sie fürchterlich gescheit ist.«

Ich spürte, dass ich fast lächelte. »Sie ist eine Weste, an der ein Knopf fehlt, hat Mary immer gesagt.«

Connie jauchzte vor Lachen. »Was für ein wundervoller Ausdruck! Erinnere mich daran, dass ich ihn später aufschreibe. Aber sie wird eine gute Frau für Frank sein, meinst du nicht?«

Ich blieb stehen, und es fühlte sich an, als fiele ich ins Bodenlose. Natürlich würde Frank eines Tages die Farm gehören, mit Sally als Frau und Mutter seiner Kinder. Und was war dann mit mir?

»Ist alles in Ordnung, Edie?«

»Oh ja. Entschuldige, Connie«, brachte ich unter Mühen heraus. »Es ist nur ...«

»Du magst Sally nicht, oder? Schwestern denken immer, ihre Brüder könnten jemand Besseres finden. Du wirst sie schon noch lieben lernen, da bin ich sicher.«

»Das ist es nicht. Ich muss nur … Ich muss Frank nach seinen Plänen fragen, das ist alles.«

»Ich würde sagen, dein Vater wird die Zügel noch eine Weile nicht aus den Händen geben. Vielleicht kann Frank in ein, zwei Jahren irgendwo in der Nähe eine Council Farm pachten. Ich nehme doch an, dass er Bauer werden will?«

»Ja, natürlich.«

»Und du, Edie?« Wir gingen weiter, und sie wandte sich mir zu und sah mich genau an. »Ich stelle mir gern vor, dass wir beide uns mittlerweile ganz gut kennengelernt haben seit jenem Tag beim Heumachen. Es ist nur ein paar Monate her, aber es fühlt sich an, als wären es Jahre.«

»Was ist mit mir?«

»Was erwartest du vom Leben?«

»Ich … Ich weiß es nicht, Connie. Ich weiß es wirklich nicht. Ich wünschte, die Leute würden aufhören, mich das zu fragen.«

»Nun, was, wenn ich dir anbieten würde, mit mir nach London zu kommen?«

»Ja, natürlich würde mir das gefallen … «

»Ich meine nicht zu Besuch. Ich meine ganz. Du bist zu klug, um in Elmbourne zu bleiben, Edie, alle können das sehen.«

»Connie, ich … «

»Und du willst keinen … keinen armseligen Bauernjungen heiraten und jedes Jahr ein Baby in die Welt setzen, oder? Du würdest dich zu Tode langweilen. Komm schon, sag mir, wenn ich mich täusche.«

Ich erschauderte vor dem Bild, das sie von meiner Zukunft malte und dem ich mich näher denn je fühlte. Grasmücken und Zaunkönige sangen in den Hecken, und ihre schrillen Stimmen waren voller Hinweise, die ich bald schon zu verstehen lernen würde. Connie und ich stiegen über einen Zauntritt und gingen durch blühende, süß duftende Bohnenfelder in Richtung Norden.

»Aber Connie, was ist mit den englischen Männern und englischen Frauen, die in Harmonie mit dem Land leben? Was ist mit der Fortschreibung unserer eigenen Art und all dem?«

»Ach, Blödsinn.«

»Connie!«

»Ich weiß, ich weiß. Und ich meine es auch so! Das Stadtleben kann fürchterlich entnervend sein, sicher. Aber willst du wirklich dein ganzes Leben am selben Ort verbringen, unter denselben Leuten, und Jahr für Jahr das Gleiche tun, bis du stirbst?«

»Ich weiß es nicht. Mutter und Vater wollen mich hier, und es gibt Dinge … die ich tun muss.«

»Wollen sie das?«

»Dass ich hierbleibe? Doch, ja, natürlich.«

»Woher weißt du das?«

Ich drehte mich zu ihr hin. »Hat Mutter etwas gesagt, Connie? Etwas über mich?«

»Große Güte, Kind, natürlich nicht. Nur … ich habe das Gefühl, dass Ada dir die Ehe gerne ersparen würde, wenn sie könnte. Sie kann nur nicht sehen, wie – außer, dass sie dich zu Hause behält.«

Da war sie wieder, die Vorstellung, dass Mutter mich der Welt vorenthielt. Frank hatte das Gleiche gesagt. Ich fühlte mich verwirrt und verunsichert, als könnte Mutter gegen mich sein, was ich nicht ertragen hätte. Ich wollte das Thema unbedingt beenden und über etwas anderes sprechen – dörflichen Aberglauben vielleicht oder wie man am besten Bier braute. Ich malte einen Kreis auf meine Hüfte durch den Stoff. Sieben Mal tat ich es.

»Im Übrigen hat Mutter gefragt, ob ich zu der Tanzveranstaltung in Blaxford will«, sagte ich. »Also, ich … ich verstehe dieses ganze Gerede nicht. Und ich weiß nicht, warum dich das so interessiert.«

»Weil … weil du wie ich bist, Edie. Und ich möchte dir helfen.«

»Bin ich das?«

Sie hakte sich bei mir unter und drückte meinen Arm, und ich konnte ihren heißen Körper durch ihre Seidenbluse spüren.

»*Ja*, Liebes, das bist du.«

Endlich kamen wir an den Stound, wo er durch satte Wasserwiesen floss, gemächlicher und breiter als weiter stromaufwärts, wo Frank und ich geschwommen waren. Bruchweiden wuchsen am Ufer, das an manchen Stellen voller Engel- und Beinwurz stand. Wo der Fluss einen weiten Bogen beschrieb, war das Gras schon unnatürlich grün. Eine Wasseramsel mit einem weißen Lätzchen, als trüge sie einen Abendanzug, saß auf einer großen Baumwurzel und sang für mich wie eine Spieldose.

Wir drehten um und folgten dem Fluss langsam zurück zum Dorf. Wenn wir dort ankamen, beschloss ich, würde ich in eine Limonade im Bell & Hare einwilligen, denn ich wollte so lange wie möglich bei Connie bleiben. Ich wollte nicht nach Hause. Aber etwas in mir gab keine Ruhe, und ich musste es aussprechen.

»Ich war heute Morgen auf der Hullets Farm«, sagte ich und starrte auf das glitzernde Wasser, über das Wasserjungfern schossen und überall aufblitzten.

»Das hast du also gemacht! Was um alles in der Welt ist an der alten Ruine so faszinierend?«

»Ich wollte die arme Familie sehen.«

»Und hast du?«

»Ja. Nun, eine Frau und ein kleines Mädchen.«

»Und hast du dich ihnen vorgestellt?«

»Nein, ich …«

Sie lachte. »Du hast sie ausspioniert! Wie absolut spannend.«

»Ich wollte es nicht. Sie haben geschlafen. Also die Frau hat geschlafen … draußen, unter einem Baum.«

»Genau, faul wie sonst was. Ich frage mich, wo die Männer sind. Ich habe nicht übel Lust, Cecil Lyttleton zu schreiben, weißt du. So darf man keine Kinder großziehen.«

Ich dachte an den ordentlichen Garten und die glitzernden Augen des kleinen Mädchens, das von der Matratze zu mir herübergesehen hatte. Irgendwann hatten sich meine Gefühle über den unrechtmäßigen Aufenthalt der Familie auf der Farm seltsam verschoben.

»Aber sie richten doch keinen Schaden an, oder?«

»Edie, sie passen einfach nicht hierher, abgesehen davon, dass sie nichts zahlen, während dein Vater und alle anderen ihre Pacht aufbringen müssen. Es sind unerwünschte Personen. Das musst du mir glauben.«

»Meinst du, es sind Iren? Früher gab es hier im Sommer nämlich irische Erntetrupps, und die haben sehr hart gearbeitet. Das sagen Grandpa und Grandma immer.«

»Es sind *Juden*, Edie, und wir brauchen nicht noch mehr von denen in Elmbourne. Der Eierhändler Blum und seine Frau sind schlimm genug.«

Das war mir nicht bewusst gewesen. Ich hatte angenommen, es wären einfach Menschen. Ich konnte immer noch so fürchterlich naiv sein.

»Oh, aber ... Warum magst du sie nicht?«

»Nun, ich bin natürlich keine Antisemitin. Aber sie sind nicht *von hier*, und wenn wir nicht vorsichtig sind, werden sie den Charakter Englands für immer verderben. Gar nicht zu reden davon, dass sie für weniger Geld arbeiten und normalen Leuten die Arbeit wegnehmen, genau wie es die Iren gemacht haben.«

Vielleicht hatte sie recht, aber es gab mir ein ungutes Gefühl. Ich wollte nicht über schwierige Dinge nachdenken oder mir vorstellen, dass sich die Welt veränderte. Ich wollte einfach nur erwachsen werden und ein gewöhnliches Leben unter mir vertrauten Menschen leben: Menschen, die ich kannte und verstand.

»Aber Connie, wenn sie nicht bei den Hullets bleiben dürfen, werden sie dann einen anderen Ort finden, an dem sie leben können?«

»Natürlich, Liebes! Da müssen wir uns keine Sorgen machen. Aber was ist das für ein Zwitschern, das ich da höre.«

Sie nahm meinen Arm, und wir begannen uns über die Vögel in den Hecken und ihren Gesang zu unterhalten, und ich erzählte ihr, welche Namen die alten Leute noch für sie hatten.

Aber da war noch etwas anderes, was sie gesagt hatte und mir keine Ruhe gab.

»Die … die Hullets Farm gehört also auch Lord Lyttleton?«

»Genau.«

»Er muss es hassen, dass sie schon so lange nicht verpachtet ist. Es wirft ein schlechtes Licht auf einen Landbesitzer, wenn sein Land so lange ungenutzt bleibt. Das Land ist eine Frau, weißt du: Es muss etwas hervorbringen.«

Connie sah mich leicht skeptisch an. »Ist das so? Nun, ich bezweifle, dass es Cecil wirklich beschäftigt.«

»Wie meinst du das?«

»Oh, nur dass ihm, wenn er mal öfter eine Jagd veranstalten würde, wie sie es in Stenham Park tun, der Zustand seines Landes vielleicht klarer würde – doch das tut er nicht. Es ist eine solche Schande, wirklich. Jedenfalls scheint der Bauer mit seinen Zahlungen in Rückstand geraten zu sein. Cecil hat ihm die Schuld für zwei Jahre erlassen und ihn dann zwangsgeräumt. Es war ein kleiner Skandal, wenigstens sagte man mir das. Himmel, Edie, dir erzählt niemand etwas, oder? Armes Lämmchen.«

Das Wort »erlassen« verhakte sich wie eine Klette in meinen Gedanken, blieb dort stecken und juckte.

»Aber warum verpachtet er das Land dann nicht an jemand anderen, du weißt schon, einen besseren Bauern? Oder verkauft es?«

»Ich nehme an, dass bisher niemand mit genug Geld gekommen ist. Es ist eine nationale Schande, aber im ganzen Land bleiben heute landwirtschaftliche Flächen ungenutzt. Wenn du nicht genug Kapital hast, also, mit Getreide lässt sich im Moment nicht genug verdienen. Ganz und gar nicht.«

Wir kamen an eine Stelle am Wasser, wo eine Gruppe Weiden einen schattigen, geschützten Platz schaffte und der Fluss ein tiefes Becken mit wenig Strömung bildete. Das gegenüberliegende Ufer war aufgewühlt, wo Vieh zum Trinken gekommen war, auf unserer Seite fanden sich ein paar weiße Federn im satten Gras. Hier mussten nachts Enten unter den Weiden einen Schlafplatz finden.

Connie stand einen Moment lang da, die Hände hinter dem Rücken verschränkt, und betrachtete das vorbeiziehende kühle Wasser. Ich fühlte mich so merkwürdig. Es war, als würde ich schweben oder wäre auf eine andere Weise meiner Schwerkraft enthoben.

»England, mein Gott!«, sagte sie. »*Das* hier ist es, *darum* geht es. Es nährt unseren Geist, finde ich. Mr Williamson glaubt, dass ›nur aus der Natur Wahrheit erstehen kann‹.« Sie begann sich die Bluse aufzuknöpfen. »Verdammt, Edie, es ist niemand hier. Ich spring da mal rein.«

Ich wurde rot und drehte mich weg, als sie sich die Schuhe von den Füßen trat und aus ihrem Rock stieg. Ich wusste nicht, wohin ich blicken sollte. Was, wenn jemand vorbeikam? Kleine Jungs, die fischen gingen, die Wasseraufsicht oder jemand aus Elmbourne, der genau wie wir einen Spaziergang machte? Aber Connie stand in einer nilgrünen Unterhose da, die am Saum leicht zerschlissen war, und schien in keiner Weise verschämt.

»O Liebes, sei nicht prüde. Es macht mir nichts, wenn du mich so siehst.«

Aber *mir* machte es etwas. Ich wollte sie nicht nackt sehen, es war falsch, es war zu viel. Ich hatte das Gefühl, es könnte mich überwältigen, als könnte sich Connie, wenn sie sich ganz auszog, als ein Ungeheuer erweisen oder doch zumindest als jemand anders. Es war mein Fehler, natürlich, denn ich *war* prüde, ein dummes kleines Mädchen, das nichts von der Welt wusste. Aber ich konnte nichts dagegen tun, und ich hatte Angst und glaubte plötzlich, ich könnte in Panik geraten. Und mehr noch, ich hasste mich.

Sie ließ ihre Unterhose fallen, rollte die Strümpfe auf und legte sie zu ihren Sachen ins Gras. Ihr Körper war lang und sehr weiß wie eine Lilie in der Kirche, mit kleinen, hohen Brüsten und ausladenden Hüften. Ihre Knie hingen etwas faltig da und schienen mir seltsam beunruhigend. Sie wirkten schutzlos.

»Kommst du nicht auch?«, fragte sie, drehte sich grinsend zu mir hin und stützte die Hände in die Hüften.

»Ich … ich kann nicht.«

»Hast du deine Tage? Warst du deswegen heute Morgen nicht in der Messe? Ich muss sagen, du bist fürchterlich blass.«

»Nein … ich …«

»O *Liebes*. Bitte, es besteht kein Grund zur Verlegenheit. Wirklich nicht, ich verspreche es. Hast du noch nicht vom Sun Ray Club gehört? Nun … macht nichts.«

Der Schatten eines Vogels strich über das Wasser, und ich wurde von Angst und einem Gefühl der Hilflosigkeit ergriffen: Connie durfte nicht in den Fluss gehen, das *durfte* sie nicht. Sie würde ertrinken, da war ich sicher. Wie ein Stein würde sie versinken und ich nichts dagegen tun können. Es würde wie mein Traum vom Pferdeteich sein, nur dass *sie* in ihm untergehen, da unten festsitzen, um sich schlagen und sterben würde.

»Geh da nicht hinein, Connie, bitte nicht. Du kannst nicht. Es ist hier nicht sicher. Die Strömung …«

»Sei nicht albern. Es ist ganz flach.«

Ich packte ihren Arm, und sie drehte sich verblüfft vom Wasser weg.

»Edie! Was ist denn los?«

Und ich brach in wildes, hilfloses Schluchzen aus. Sie hielt mich, legte ihre Arme fest um mich, meine Hände auf der warmen nackten Haut ihres Rückens, ihr Kinn oben auf meinem Kopf.

Wir gingen den Rest des Wegs ins Dorf Arm in Arm und ohne ein Wort. Als ich aufgehört hatte zu weinen, hatte mir Connie ihr Taschentuch gegeben und sich angezogen. Dann saßen wir einen Moment lang am Ufer, und ich fasste mich wieder. Ein Schwan trieb vorbei, schneeweiß, ruhig, und ich fragte mich, ob es Schwanenfedern waren, zwischen denen wir saßen, ob das hier das Nachtlager von Schwänen war.

»Komm, meine Kleine. Was du jetzt brauchst, ist ein Brandy«, sagte Connie schließlich, stieß mich sanft an, und ich lächelte schwach und stand auf.

Es war nicht mein erstes Mal im Bell & Hare. Ich war verschiedentlich geschickt worden, um meinen Vater nach Hause zu holen, und ein, zwei Mal hatte ich zusammen mit Frank für ein Trinkgeld von einem Ha'penny Krüge Ale zu vorbeikommenden Automobilen gebracht. Aber es war das erste Mal, dass ich als Gast kam, um mich zu setzen und etwas zu trinken, und es fühlte sich anders an. Ich fragte mich, ob Connie das wusste und ob sie, wenn ich es ihr erklärte, mein Zögern verstehen könnte.

Der Pub war kühl, hatte eine niedrige Decke, einen Steinboden, und es gab etliche hölzerne Bänke und Tische. Rechts ging es in einen L-förmigen Gastraum mit einer erhöhten, behaglichen Nische im hinteren Teil. Links war der Schankraum, aus dem ein paar Stufen in weitere Räume führten. Dort war auch das Dartboard, wo Vater für gewöhnlich saß. An den Wänden hingen verblichene Lithografien von Jagdszenen, gerahmte Fotografien von Gruppentreffen am Tor von Ixham Hall und hier und da alte Fuchsmasken mit Glasaugen, denen man die Lippen zu einem Fauchen hochgebogen hatte.

Aus dem Schankraum war Stimmengemurmel zu hören, und im Gastraum vor der Nische saßen der Vorarbeiter und der Fuhrmann der Holstead Farm mit einem Mann zusammen, den ich nicht kannte. Seine Jacke hatte einen leeren Ärmel, der oben an der Schulter festgeheftet war. Der Wirt war nicht zu sehen. Sonntagnachmittags sollte das Gasthaus eigentlich drei Stunden schließen, aber darauf wurde im Sommer selten geachtet.

Connie führte mich hoch in die Nische, setzte mich auf eine Bank, ging zur Theke und räusperte sich laut. Früher einmal hatte die Nische einen abgeschlossenen Bereich gebildet, aber irgendwann in der langen Geschichte des Bell & Hare hatten sie die dünne Wand aus Flechtwerk und Lehm zum Gastraum hin herausgerissen und durch sechs horizontale Balken ersetzt. Dennoch fühlte es sich hier oben etwas besser an, als unten den neugierigen Blicken der Holstead-Leute ausgeliefert zu sein, und ich lehnte mich zurück gegen die raue weiß gestrichene Wand und schloss kurz die Augen.

Was konnte ich ihr sagen? Was gab es zu sagen? In ein paar Tagen fing die Ernte an, das war die Hauptsache. Nichts anderes war wichtig, *konnte* jetzt wichtig sein. Es wäre ganz und gar falsch – und würde es vielleicht nur noch schlimmer machen –, ihr zu sagen, was ich argwöhnte, was mit Vater und

Lord Cecil war. Und das, was *nach* dem Fest geschehen war, würde ich *nie* jemandem erzählen wollen. Wenn wir die Ernte einbringen konnten, und das ohne die Hilfe der Roses, würde sicher alles gut werden.

»*Nein, nein*«, murmelte ich. Es war das Beste, nicht an Alf zu denken, und ich versuchte das Bild von ihm, wie er über mir gestanden hatte, aus dem Kopf zu bekommen. »*Wie dumm*«, flüsterte ich, ballte die Fäuste unter dem Tisch und grub die Fingernägel in die Handballen, als wollte ich meine Hände dafür bestrafen, meine Knöpfe so schamlos geöffnet zu haben. Dann öffnete ich die Fäuste wieder und zeichnete das runde Hexenzeichen in die linke Handfläche, wieder und wieder und wieder.

Endlich kam Connie mit zwei Brandys zurück, und ich trank meinen wie eine Pferdemedizin und hustete, bis ich würgen musste.

»Ich habe mich gestern Abend nach dem Fest von Alf Rose küssen lassen«, keuchte ich, als es wieder ging. Ich musste ihr etwas sagen, und eine reine Erfindung wäre sicher vorzuziehen gewesen. Die Wahrheit füllte meinen Mund wie Galle.

»Deshalb all die Tränen?«

Ich nickte. »Ich weiß, ich hätte es nicht tun sollen. Ich weiß, es war falsch.«

»*Liebes* Kind«, sagte Connie, lachte und lehnte sich zurück, »es gibt absolut keinen Grund, sich deswegen so aus der Fassung bringen zu lassen. Da muss man ja denken, du hättest eine Todsünde begangen. Magst du ihn? Das ist die Hauptsache. Er scheint ein netter Kerl zu sein.«

»Ich will ihn nicht heiraten, wenn du das meinst. Ich will nicht mal mit ihm ausgehen oder … mit irgendwem.«

»Möchtest du ihn noch mal küssen?«

Ich stellte fest, dass meine Beine unter dem Tisch wie mit aufgestauter Energie zitterten, und konzentrierte mich darauf, sie still zu halten.

»Nein.«

»Hat es dir nicht gefallen, Liebes?«

»Ich … «

»Was das angeht, habe ich meinen ersten Kuss auch nicht sehr genossen. Ich frage mich, ob das überhaupt eine Frau tut. Vielleicht ist es etwas, was man ertragen muss, bevor man sich daran gewöhnt – wie Zigaretten. Gib ihm Zeit.«

»Ich will nicht wieder geküsst werden. Oder … sonst was. Ich will nicht, dass er mich küsst. Ich will nicht, dass mich *irgendjemand* küsst.« Trotz aller Mühen breitete sich das Zittern weiter aus, und ich starrte in mein leeres Brandyglas und begriff, dass ich den Atem anhielt. Es war wie ein Davonschweben oder als wäre ich kurz davor. Ich versuchte mich mit den Händen an der Bank festzuhalten, auf der ich saß. Ich fühlte mich sehr schwach.

»O Edie, in ein, zwei Jahren wirst du das ganz anders empfinden, das garantiere ich dir.«

»Werde ich nicht. Werde ich nicht!«

»Liebes, du *zitterst* ja«, sagte sie und legte eine kühle Hand auf meinen Schenkel. »Ich hole dir noch einen Brandy. Warte hier und atme ganz ruhig durch.«

»Könnte ich auch einfach eine Limonade bekommen, Connie? Bitte.«

»Du brauchst einen Brandy, Miss Mather, glaub mir. Aber diesmal trinkst du ihn langsam. Ich will nicht, dass du ihn wieder ausspuckst.«

Ich kann nicht sagen, wie viel Uhr es war, als ich den Bell & Hare verließ. Der Brandy hatte mich benebelt, und ich war erschöpft – erschöpft von allem, was geschehen war, von zu wenig Schlaf und der Anstrengung, zu reden, dabei aber für mich zu behalten, was ich, wie ich wusste, nicht sagen durfte. Wir gingen zum Stoffladen, wo Connie mich fest umarmte, bevor sie mit ihrem Schlüssel die Tür aufschloss. Ich ging weiter am Brunnen auf dem Grün vorbei, wandte mich nach links, um den Fluss zu überqueren, und nahm die Abkürzung zur Back Lane. Dort schlüpfte ich zwischen zwei Cottages hindurch, stieg auf unser Land hoch und nahm den Feldweg nach Hause.

Ich habe immer schon gedacht, dass die Abenddämmerung etwas Heiliges hat: wenn das Licht zu versiegen beginnt, die Felder leer daliegen, in den Häusern die Lampen entzündet werden und man die Vögel zu ihren Schlafplätzen fliegen sehen kann, bevor die Nacht hereinbricht. Die Abendsonne stand niedrig, war aber noch warm, und mein Schatten wanderte über die weichen Weizenähren, und irgendwo in der Nähe ließ eine Turteltaube ein dunkles, zufriedenes Gurren hören. So allein spürte ich, wie die Verwirrung aus mir wich und sich meine Seele weitete. Ja, genau das war es. Es fühlte sich an, als wäre ich Teil von allem, und alles liebte mich und umschloss mich irgendwie, unsere stillen Kornfelder, der Abendhimmel, die Bäume. Und dann begann eine Nachtschwalbe zu zirpen, das Gefühl verging, und ich schüttelte den Kopf und beschleunigte meinen Schritt.

XII

Szenen aus dem englischen Landleben

Es gibt sicher kein besseres Essen als die Gerichte, die auf dem Land gegessen werden. Unberührt von den Moden der modernen Zeit mögen sie weniger verfeinert sein, aber es sind gute, gesunde Dinge, wie sie sich auf jeder englischen Farm finden, wo Butter und Käse noch selbst gemacht werden und täglich frisches Brot gebacken wird.

Im Dorf hat jeder, vom Schmied bis zum Gastwirt, vom Landarbeiter bis zum betagten Kätner, seinen eigenen Gemüsegarten, aus dem er frische Kartoffeln holt, Stangenbohnen, Radieschen, Möhren, Kürbisse und die Salate der jeweiligen Jahreszeit. Die Samen werden knausrig für das nächste Jahr in einem Papiertütchen aufbewahrt oder mit Freunden und Nachbarn gegen deren Samen eingetauscht. Der eine mag Himbeerzweige oder ein Damaszener-Pflaumenbäumchen pflegen, der andere Bienen halten oder ein Schwein oder eine Ziege, wenn der Raum dafür da ist. Und so ist der Landbewohner selten in Not, ernährt er sich und seine Familie doch selbst, statt von toten Industrieprodukten und billigen ausländischen Gütern zu leben.

Und es spricht noch mehr für dieses System: denn die Arbeit in der Natur reinigt den Geist und bewahrt die Verbindung des

Engländers zu seiner Heimaterde. >Nur aus der Natur kann Wahrheit erstehen<, sagte einst ein weiser Mann, und in solcher Gesundheit gewährender Arbeit mag der oft verborgene Urquell der Nation zu finden sein.

Ein Rezept für Erntekuchen: Vermengen Sie 225 g gutes weißes Mehl mit 60 g Stärkemehl, etwas Backpulver, Backsoda und ein paar Gewürzen. Geben Sie eine Messerspitze Hefe dazu und rühren Sie 225 g Zucker darunter, dann 110 g Fett. Schlagen Sie ein Ei in einen halben Liter Milch, rühren Sie das Ganze in die Mischung, und fügen Sie gut 200 g Früchte und ein paar kandierte Schalen hinzu, wenn Sie welche haben. Wieder alles gut vermengen, in eine Kuchenform geben und aufgehen lassen. Dann zwei Stunden backen und ganz zum Schluss mit etwas Milch glasieren, während der Kuchen noch heiß ist.

Ein Rezept für Kürbismarmelade: Schälen, entkernen und würfeln Sie Ihre Kürbisse, sagen wir knapp drei Kilo, und geben Sie die gleiche Menge Gelierzucker dazu. Stellen Sie das Ganze über Nacht in einen kühlen Vorratsraum oder den Kühlschrank. Dann geben Sie die Mischung in Ihren größten Einmachkessel, fügen den Saft und die geriebene Schale von vier Zitronen hinzu. Nehmen Sie 90 g frischen Ingwer, zerstampfen Sie ihn, geben Sie ihn in einen Musselin-Beutel und hängen Sie ihn in den Kessel. Bringen Sie die Masse zum Kochen und lassen Sie sie köcheln, bis sie sich auf einem kalten Teller setzt. Abgießen und wie gewohnt in Gläser geben.

Das ist die zweite Folge unserer neuen Serie über das Landleben, die bis auf Weiteres wöchentlich erscheint. Ihre Berichterstatterin auf dem Land ist

Miss C. N. J. FitzAllen.

Ich legte den Zeitungsausschnitt zur Seite und nahm meine Teetasse. Mutter, Mary und ich waren wieder einmal bei Grandma und Grandpa. Es war die letzte Möglichkeit zu einem Besuch, bevor es mit der Ernte losging. Ich hatte nicht gewusst, ob ich mitkommen sollte. Mir war ganz und gar nicht danach, dass Grandma mich ansah und mir Fragen stellte, aber die Atmosphäre zu Hause war so angespannt. Vater prüfte fast stündlich das Barometer, und John und Doble taten alles, um ihm aus dem Weg zu gehen. Es machte mich ganz kribbelig, war ich doch immer schon unfähig, mich von den Stimmungen der Menschen um mich herum freizumachen, und jetzt war es schlimmer als je zuvor. Seit dem Fest fühlte ich mich so seltsam und nervös. Es musste der mangelnde Schlaf sein, denn wieder hatte ich fast die ganze Nacht wachgelegen, und meine Gedanken hatten nicht zur Ruhe kommen wollen und waren immer dunkler geworden.

»Das ist mein Rezept, weißt du«, sagte Mutter jetzt, »das für den Erntekuchen. Woher sie das andere hat, weiß ich nicht. Frischer Ingwer!« Sie schüttelte den Kopf.

»Ah, aber es war vorher schon mein Rezept, Ada«, sagte Grandma. »Du hast keinen Grund, dich aufzuregen.«

»Ich weiß nicht. Mir ist einfach nicht wohl dabei«, sagte Mutter.

»Du musst sie mal mit herbringen«, sagte Grandpa, der in der Tür des Wagens lehnte und auf seiner trockenen Pfeife kaute. »Vielleicht bekomme ich, bevor ich sterbe, nie wieder die Möglichkeit, eine berühmte Schriftstellerin zu treffen.«

»Oh, sag so etwas nicht, Grandpa«, sagte Mary, Baby Terence fest an der blau geäderten Brust. »Du wirst noch Jahre bei uns sein.«

»Das nächste Mal bringe ich sie mit, Grandpa. Du wirst sie mögen, alle tun das.«

»Sogar du jetzt, Ada?«, fragte er.

»Ich habe mich an sie gewöhnt, würde ich sagen. Und sie kann sehr hilfreich sein. Habe ich schon erzählt, dass sie uns einen neuen Käufer für unsere Eier verschafft hat?«

»Ach ja?«

»Ja, dem Blum verkaufen wir sie nicht länger. Sie werden jetzt in einem Transporter bis nach London gebracht, und wir verdienen jedes Mal Twopence mehr.«

»Das muss George freuen«, sagte Grandma.

»Er sagt, er ist vor allem froh, dass er mit keinem Itzig mehr Geschäfte machen muss. Connie wird auch mit ein paar anderen Frauen im Dorf reden.«

»Was ist ein Itzig?«, fragte ich.

»Ein Jude, Edie«, sagte Mutter. »Nicht, dass ich was gegen sie hätte, natürlich nicht.«

»Warum will Vater dann nichts mit ihm zu tun haben?«, fragte ich. »Bis jetzt hat es niemanden gestört.«

»Sie sind einfach nicht wie wir.«

»Manche sagen, sie haben sich '14 vor der Einberufung gedrückt«, warf Mary ein, »wobei Clive meint, das ist eine reine Verleumdung.«

»Wollen die Damen mich entschuldigen, während ich nach dem Schwein sehe?«, fragte Grandpa. Er mochte nicht vom Krieg reden hören, fischte etwas Tabak aus der Westentasche, stieg die kleinen Stufen hinunter und war außer Sichtweite.

Mutter und Mary begannen über das Baby zu sprechen, und ich griff nach der Kakaodose auf dem Tisch, um zu sehen, ob noch etwas Karamell darin war.

»Edie«, sagte Grandma.

»Oh … entschuldige, ich hatte genug«, sagte ich und stellte die Dose zurück.

Sie schüttelte den Kopf und musterte mich eine Weile. »Der Vogel lebt, und es ist nicht die Frau, die dir Sorgen bereitet. Obwohl sie es vielleicht sollte. Du und dein Bruder, ihr seid Freunde … «

Das war keine Frage oder eine Feststellung, sondern ein Schluss, zu dem sie gekommen war, indem sie mich angesehen hatte. Ich nickte, nahm meine leere Teetasse und begann sie in meinen Händen zu drehen und mir die vertrauten rosa Rosen darauf anzusehen.

»Ja, Frank geht es gut. Es geht uns allen gut.«

Dazu sagte sie nichts, sondern sah mich nur weiter prüfend an.

»Es ist nichts, Grandma, Himmel noch mal!«, fuhr ich auf.

Die Unterhaltung ging weiter, aber ich beteiligte mich nicht, sondern dachte stattdessen an Connie und ob sie wirklich gemeint hatte, dass ich mit ihr gehen und in London leben könnte, und wie das sein würde. So war es denn ein widerwärtiger Schreck, als mich Mary – das Baby schlief endlich – fragte, ob es stimme, dass ich mit Alfie Rose ausginge.

»Nein! Natürlich nicht, wer sagt das?«, antwortete ich.

»Oh, sie wird rot!«, lachte Mary.

»Ausgehen? Das machst du doch nie!«, sagte Mutter, drehte sich auf ihrem Platz zu mir hin und wirkte verletzt.

»Das ist reiner Unsinn, Mutter. Ich gehe nicht mit ihm aus. Ehrlich«, sagte ich.

»Da habe ich anderes gehört«, feixte Mary. »Ich habe ge-

hört, dass ihr nach dem Fest noch einen Dämmerungsspazier-
gang gemacht habt. O Ed, es ist höchste Zeit, dass du einen
Liebsten findest. Guck nicht so aufgebracht.«

»Du hast nichts von einem Spaziergang erzählt«, sagte
Mutter. »Ich dachte, du wärst noch geblieben, um beim Auf-
räumen zu helfen!«

»Das habe ich nicht gesagt. Ich habe gar nichts gesagt!«
Ich spürte, wie ich rot anlief. Es war Wut, natürlich, obwohl
ich es nicht gleich begriff, denn bei uns war so etwas nur Vater
erlaubt.

»Oh, und warum nicht? Hast du Geheimnisse vor deiner
Mutter?«

»Ada«, sagte Grandma.

Etwas spannte sich in mir an, etwas Straffes wie eine Bogen-
sehne. Ich stand auf, und sie riss.

»Geheimnisse! *Geheimnisse!* Ich habe dir nicht gesagt, warum ich so spät war, weil Vater völlig betrunken war, als ich
nach Hause kam, falls du dich erinnerst. Er hat Johns Garten
zertreten und auf den Stiefelkratzer gespuckt, und die gelbe
Vase lag zerschlagen auf dem Küchenboden. Und es war beschämend, einfach nur *beschämend*, wie er sich auf dem Fest
aufgeführt hat. Wenn wir also über Geheimnisse reden, dann
lass uns *darüber* reden, ja?«

Als ich die schockierten Gesichter der drei Frauen und das
immer noch schlafende Baby vor mir sah, fühlte ich mich mächtig und ermutigt: Mein Blut war aufgebraust und hatte sich
wieder beruhigt. Klar und entschieden wie eine gläserne Glocke fühlte ich mich. Ich hob den rechten Arm und malte das
Hexenzeichen in die stille Luft zwischen uns. Mary schnappte
nach Luft und schlug die Hand vor den Mund.

Als ich mich wegdrehte, um zu gehen, stand Grandpa stumm in der Tür.

»Komm, mein Kind«, sagte er mit ruhiger Stimme und streckte seine knotige Hand in meine Richtung. »Komm, wir beide sehen mal nach Meg, ja? Das ist jetzt das Richtige.«

Was immer Automobile an Schnelligkeit und Bequemlichkeit zu bieten haben, lassen sie an Ruhe vermissen. Ein gutes Pony weiß, was es zu tun hat, und kann die meiste Zeit sich selbst überlassen werden. Sein Kopf bewegt sich vor einem auf und ab, die Ohren aufmerksam aufgestellt, und so kann man den Blick auf die vorbeiziehenden Hecken links und rechts und die Felder dahinter wenden, kann in Gärten und Cottage-Fenster blicken – und das alles bei einer Geschwindigkeit, die es einem erlaubt, ein *Guten Abend!* zu rufen, wenn einem danach ist, oder mit Leuten, an denen man vorbeikommt, ein paar Neuigkeiten auszutauschen. Vögel und Wildtiere erschrecken nicht, denn die einzigen Geräusche sind das Getrappel der Ponyhufe und das Knirschen der Kutschräder auf der Straße. Und wenn die Dunkelheit kommt, kann man die Laternen entzünden und zusehen, wie die Motten sich darum sammeln, oder auch einfach seinem Pony vertrauen, das so viel besser hört und sieht und einen an allen Automobilen und Fußgängern, denen man begegnet, vorbeisteuert. Die stetige Bewegung wiegt einen in einen vertrauensvollen Traum, nicht tief in Schlaf, aber doch in ein Dämmern, in dem man sich in einer endlosen Reihe von Menschen weiß, die durch die Jahrhunderte in Krieg und Frieden in Partnerschaft mit Pferden gelebt und gearbeitet haben und es immer tun werden.

An jenem Nachmittag fuhren wir weitgehend in Schweigen

gehüllt nach Hause, Mutter, Mary und das Baby vorne im Einspänner, ich hinten, Marys Kinderwagen sicher neben mir festgebunden. Wir würden sie bis zum Dorf bringen, wo sie noch ein paar alte Freunde besuchen und dann die letzten paar Meilen nach Hause zu Fuß gehen wollte. Ich sagte nichts, sah nur, wie sich die Straße hinter mir entrollte und der Staub von Megs Hufen in der Luft hängen blieb. Mutter und Mary wechselten vorne nur gelegentlich ein paar Worte. In den Hecken sangen die Amseln tief und melodiös und die Spatzen schimpften und balgten sich.

Ich fühlte mich müde und abgestumpft wie ein altes Messer oder schmutziger Zinn. So merkwürdig intensiv meine Gedanken zuletzt gewesen waren, war da im Moment nur eine große Leere. Etwas in mir hatte sich verschoben, und ich hatte mich dem fast schon dankbar ergeben, so wie man sich manchmal in Schlaf sinken lässt. Es würde Fragen geben, und ich wusste nicht, was ich antworten sollte, aber im Moment war da nur diese Fahrt. Die gemütlichen Eisenbahnwagen mit ihren kleinen Stücken Land blieben hinter mir zurück wie eine verlorene Welt.

Grandpa war mit mir zu der Koppel gegangen, wo die Ziege angebunden stand, hatte Meg herbeigerufen, meine Hand genommen und sie ihr auf die warme Flanke gelegt. Ich lehnte meine Wange gegen ihren Hals und schloss die Augen, während er uns ruhig von den Bienen im Klee erzählte, wo die Drossel nestete und dass er bei Sonnenaufgang eine Häsin gesehen habe, die ihre zwei Kleinen gesäugt habe. Der Himmel allein wusste, was die drei Frauen drinnen über mich redeten, ich lauschte Megs Atem, spürte, wie sie sanft den Kopf schüttelte, und nach einer Weile kamen sie heraus, ich hörte das Murmeln ihrer Stimmen und machte die Augen wieder auf.

Grandpa ging zu ihnen, und schon kam Grandma zu mir auf die Koppel und nahm meine Hände. Tränen traten mir in die Augen für den Fall, dass sie mich jetzt hasste, doch sie sah mich nur aufmerksam mit ihrem guten Auge an, betrachtete meine heißen Hände und nickte. Dann drückte sie mir ein altes silbernes Zweischillingstück und ein Majoranzweiglein in die Hand.

»Danke für die Neuigkeiten über deinen Vater, Edith«, sagte sie. »Obwohl Ada selbst damit zu mir hätte kommen sollen. Und was den Rose-Jungen angeht …«

»Aber Grandma, ich …«

»Still, mein Kind. Still. Denk nicht mehr an ihn.«

Wir hielten am Dorfbrunnen, damit Mary aussteigen konnte. Sie kletterte vorsichtig mit dem Baby von der vorderen Bank, während Mutter den Kinderwagen losband und auf die Straße stellte. Ich sprang hinaus und führte Meg zum Pferdetrog, damit sie trinken konnte. Terence wachte auf, begann zu schreien und wedelte mit den roten Fäustchen. Mary zog das Verdeck hoch, damit er im Schatten lag, und schaukelte den Kinderwagen auf seinen großen Rädern hin und her.

»Er hat Hunger, der arme Kerl«, sagte Mutter.

»Ich weiß«, sagte Mary, einen Arm komisch vor der Brust.

»O Mary, mein Liebes«, sagte Mutter, und die beiden umarmten sich. Ich biss die Zähne zusammen und sah weg.

Mutter kletterte zurück auf den Einspänner und nahm die Zügel. Meg hob den Kopf und schüttelte sich die Bremsen von den Ohren. Funkelnde Wassertropfen sprangen von ihren samtenen Lippen. Ich sah hinüber zu meiner Schwester, die mit ihrem Kinderwagen dastand, und sie erwiderte meinen Blick.

»Du solltest mich besuchen kommen, Edie«, sagte sie. »Wir … wir machen einen schönen Spaziergang. Oder etwas anderes. Komm bald.«

»Das werde ich«, gelang es mir leise zu sagen. »Es tut mir leid. Ich komme, wenn die Ernte eingebracht ist.«

»Gut. Schließlich musst du Baby Terence besser kennenlernen. Du hast noch kaum Zeit mit ihm verbracht.«

Ich erinnere mich an jede Einzelheit jenes Tages, selbst nach all den Jahren, denn als wir mit der Kutsche auf den Weg zu unserem Hof bogen, erblickten wir eine Gestalt, die sich am Tor festklammerte und wie alarmiert winkte. Mutter nahm die Zügel, Meg fiel in Trab, und ich sah, dass es Großvater war, ohne Hut, der Stock lag neben ihm auf der Erde, und sein alter schwarzer Anzug war voller Staub und Spreu.

»Was ist? Ist was mit John?«, rief Mutter, als er am Tor herumtat und es öffnete, um uns hereinzulassen.

»Es ist Doble, Doble«, rief er. »Sie haben ihn zu seinem Haus getragen. Da findet ihr ihn.«

Ich sprang aus der Kutsche, hob Großvaters Stock auf, gab ihn ihm und hielt das Tor auf. »Ich komme nach«, rief ich Mutter zu.

»Du kümmerst dich um deinen Großvater«, antwortete sie, drehte den Einspänner auf dem Hof und trieb Meg zurück den Weg hinauf.

Ich machte das Tor wieder zu, nahm Großvaters Arm, wir überquerten den Hof, und alles andere, einschließlich des Besuchs bei Grandma und Grandpa war mir völlig aus dem Kopf gewichen.

»Was ist passiert, Großvater? Ist mit dir alles in Ordnung?«

»Ich habe ihn fallen hören, Edie. Oh, es war schrecklich! Er ist so heruntergekracht gekommen. Natürlich waren dein Vater und John auf dem Feld, und Frank … Ich konnte ihn nicht finden. Ich habe nach ihm gerufen, aber er scheint nicht in der Nähe zu sein. Oje, Edie …«

Ich setzte ihn in seinen Sessel im Wohnzimmer, hockte mich neben ihn und nahm seine freie Hand.

»War Doble in der Scheune? Ist er da gestürzt?«

»Er hat sie vorbereitet. Dein Vater und John hatten die Maschinen und alles durchgesehen, geölt und was immer, und du kennst doch Doble, er kann keine Unordnung ertragen. Also hat er aufgeräumt, die Rattenlöcher verstopft, Seile und Heugabeln zurechtgelegt … Ich weiß nicht, aber er muss hoch zum Querbalken sein, um die Säcke zu holen, die da hingen, und dann ist er abgestürzt!«

»Oh, der arme Doble. Ich mache dir einen Tee, und dann gehe ich hinüber. Ich bin sicher, er kommt wieder in Ordnung.«

Großvaters Stimme begann zu beben, und zum allerersten Mal kam er mir klein und verletzlich vor.

»Fast eine Stunde ist keiner gekommen … keiner ist gekommen! Ich konnte nichts tun für die arme Seele mit ihren Schmerzen, was konnte ich tun? Seine Augen waren offen, ich habe sein Gesicht berührt, aber ich glaube nicht, dass er mehr durch sie gesehen hat als ich durch meine.«

Dobles Cottage lag jenseits vom Long Piece, wo das Feld auf die Straße traf, und ich eilte hinüber, sobald ich sicher war, dass Großvater versorgt war.

»Bring ihm seine Kappe mit, Kind, sie liegt in der Scheune«, sagte er, als ich mich aufmachte. »Er wird nicht ohne Kopfbedeckung sein wollen, wenn er … wenn … «

Ich ging mit einem bangen Gefühl im Bauch zur Scheune hinüber, und tatsächlich, da lag Dobles uralte, fettige Kappe auf dem Boden neben dem Fordson. Da war auch Blut, dunkel wie Portwein und bereits mit einer dünnen Staubschicht bedeckt.

Es war nach sechs, als ich losging, und ich fragte mich kurz, ob ich einen Korb und etwas zu essen mitnehmen sollte, aber so gut ich mir vorstellen konnte, dass Mutter sagen würde, das sei umsichtig von mir, war es genauso gut möglich, dass sie schimpfte, ich hätte mir nicht so viel Zeit lassen sollen. Die Wahrheit war, ich hatte keine Ahnung, worauf ich mich gefasst zu machen hatte oder wie, und ich hatte Angst. Ich konnte mir Doble einfach nicht tot vorstellen.

Es war den ganzen Tag über schwül gewesen, doch jetzt kam die Luft in Bewegung, und in den Hecken sangen die Buchfinken, aber nicht von kommendem Regen. Eine abendliche Brise fuhr durch die sonnenbleiche Gerste und in die Laubburgen der Ulmen, und fern am Horizont lagen Wolkenbänke, niedrig, wie weggesperrt. Es reicht nicht für nasses Wetter, dachte ich, wusste den Himmel aber nicht so zu lesen wie meine Großeltern oder Vater und John. Aber wenn Doble in Ordnung war – und das musste er sein, dachte ich, das musste er –, wenn Doble in Ordnung war, würde ich daran denken, John vor dem Schlafengehen zu fragen, ob das Wetter umschlagen würde.

An der Hintertür des Cottages wurden meine Beine plötzlich ganz schwach, und fast hätte ich mich umgedreht und wäre, ohne es zu wollen, wieder gegangen. Ich bin ein Feigling, so viel ist richtig, doch wenn ich heute daran zurückdenke, hatten mich auch all die Geschehnisse und die Mühe, diese Welt zu verstehen, die mit einem Mal so merkwürdig schien, all das hatte mich ausgelaugt. In dem Moment hätte ich alles gegeben, um dort draußen in Dobles Garten mit seinen ordentlich gehackten Gemüsereihen bleiben zu können und nicht hineingehen zu müssen.

Es war jedoch nur ein Moment, ich konnte drinnen Stimmen hören, und so zwang ich mich, den Riegel anzuheben und die Tür aufzudrücken.

Im ersten der beiden Räume gab es einen Feuerrost und einen alten Holzstuhl, ein paar Kochtöpfe und Anmachholz beim Herd. Ich duckte mich unter dem niedrigen Balken durch in den zweiten Raum, wo Vater und John standen, die Köpfe unbedeckt, Mutter saß auf einem Hocker.

Sie hatten Doble auf seine Pritsche gelegt, ihm den Kragen geöffnet, unter seinem Kopf lag ein zu einem Kissen gefalteter alter Futtersack. Seine Augen waren geschlossen, der Mund stand leicht auf und ließ seine braunen Stummelzähne und die Lücke sehen, wo normalerweise die Pfeife steckte. Ohne seine Kappe waren seine Stirn oben und die Haut unter dem dünnen Haar weiß wie das Fleisch eines Pilzes, das Gesicht dagegen sonnengebräunt. Aber seine ganze Haut hatte einen leicht grünlich grauen Unterton.

»Ist er tot?«, fragte ich.

Mutter seufzte. »Nein, Edie, aber es geht ihm nicht gut.«

»Ich komme ohne ihn nicht aus, nicht zu dieser Jahreszeit«,

sagte Vater. »Verflucht sei der Kerl! Was hat er sich gedacht, da oben herumzuturnen?«

»George, wir werden es *schaffen*«, sagte Mutter ruhig. »Edie, komm und setz dich einen Moment lang zu ihm. Ruf mich, wenn er sich rührt, verstanden?«

Und so legte ich Dobles Kappe auf die fadenscheinige Tagesdecke und setzte mich auf Mutters Platz, und sie nahm Vater mit hinaus in den kleinen Garten mit seinen Platterbsen zwischen Kartoffeln und Kohl. Ich konnte hören, wie sie heftig miteinander redeten, allerdings nicht laut genug, um etwas zu verstehen.

John räusperte sich nach ein paar Augenblicken. »Edie«, sagte er. »Edie, wir brauchen einen Arzt.«

»Kannst du nicht einen holen?«

»Nein, das kann ich nicht.«

»Warum nicht?«

»George, dein Vater, er wird es nicht erlauben.«

»Aber …«

»Er sagt, es kostet zu viel, Edie, verstehst du? Einen Doktor herzuholen.«

Ich hielt die alte Münze, die Grandma mir gegeben hatte, in meiner Tasche gepackt. »Was sagt Mutter? Die will doch sicher …«

»Es ist … es ist schwer für sie, das weißt du. Er sagt, sie soll ihn mit Kräutern oder sonst was wieder auf die Beine bringen. Dass sie den Dreh schon raus hat.«

»Und kann sie es?«

»Natürlich nicht, Edie. Sie kann keine Wunder wirken, und dein Vater sollte das wissen. Es könnte sein, dass sich der Mann den Rücken gebrochen hat.«

»Was glaubst du, John, wird Doble es überstehen?«

»Das kann ich nicht sicher sagen, nur … nur, dass er eine Chance bekommen sollte. Sein ganzes Leben hat er für deine Familie gearbeitet und gut gearbeitet. Und ich habe mit seinem Jungen in Frankreich gedient und habe ihn … habe ihn sterben sehen. Ich kann hier nicht stehen und zusehen, wie Tippers Vater wie ein Hund zugrunde geht. Das ist nicht richtig.«

»Aber was …«

»Edie, ich kann mich nicht gegen deinen Vater wenden. Das weißt du. Ich bitte dich, zur Rose Farm hinüberzulaufen und einen von den Jungen dazu zu bringen, mit diesem Motorrad zu fahren und einen Doktor zu holen.«

XIII

AUF EINER GETREIDEFARM wie der unseren gleicht die
Zeit zwischen Heumachen und Ernte ein wenig einem ange-
haltenen Atem. Die Wege werden von Heiderosen und wil-
der Klematis gesäumt, und die Hecken sind voller junger Vögel. Endlich verschwinden die Kuckucke, und man ist froh
darüber, weil man sie wochenlang hat rufen hören. Aber die
Wachtelkönige, unsichtbar in den Feldern, hören nicht auf zu
krächzen. Die Nächte sind kurz und warm, der Hundsstern
schillert am Himmel, und der Mond lässt jede einzelne Ähre
einen Schatten werfen. Den ganzen Tag steigt Staub von den
unbefestigten Straßen auf und hängt noch in der Luft, wenn
die Karren oder Automobile längst verschwunden sind. Alles
ist in Wartestellung.

Im Winter ist die Farm eine einheitliche Sache. Dann ist sie
eine eigene Welt. Dazu gehören die Heuschober, die Kartoffel-
und Rübenmieten, die großen Haufen Holz und Kohle, die
Speckseiten, die Schmalzgläser und das Eingemachte. Die Tiere sind alle ganz in der Nähe, alles, was den Sommer über müh-
sam produziert wurde, ist bei der Hand. Sollte Schnee fallen
oder der Weg ins Dorf so schwer werden, dass er unpassierbar
wird, muss die Farm auf sich gestellt überleben können.

Im Sommer ist das anders. Da stehen die Fenster auf, damit

eine Brise hereinweht, und die Farmbewohner sind fern auf den Feldern. Die Tiere arbeiten oder grasen, und der Hof ist still. Die Schober sind lange schon leer, und es ist höchstens noch etwas Hafer und Presskuchen und ein wenig Spreu als Futter da. Das Land ist offen und schutzlos der dem Korn Reife bringenden Sonne ausgeliefert.

Gott vergebe mir, aber als ich zur Farm der Roses hinüberlief, dachte ich weniger an den armen Doble als an Alf Rose, und der Gedanke an ihn weckte den Wunsch in mir, umzudrehen und davonzulaufen, so dumm das scheinen mag. Ich fragte mich, ob Dobles Unfall bedeutete, dass wir bei der Ernte Hilfe brauchten, und da waren Alf und Sid die, die uns am nächsten waren. »Bitte nein, bitte nein«, murmelte ich vor mich hin und malte das Hexenzeichen mit der Fingerspitze auf das silberne Zweischillingstück in meiner Tasche, während ich mich ihrem Hof näherte.

Ich fand Sid vorm Haus, wo ein ganz neuer Massey-Harris stand, feuerrot, und sein moderner Umriss leuchtete im Licht der untergehenden Sonne. Von Alf war nichts zu sehen, und fast hatte ich das Gefühl, vor Leichtigkeit zu schweben. Sid war ein guter Mensch. Ihm konnte ich vertrauen. Da war ich sicher.

»Hallo, Edie!«, rief er und verzog das Gesicht nur ganz leicht. »Ko-kommst zu Besuch? Wir hatten heute viele Besu-sucher. Was denkst du, wird John ihn leihen wollen, um das Korn einzubringen, oder ist er no-noch mit der Pfer-pferdekraft verheiratet?«

»Sid, ist mein Bruder hier?«

»Nein, ich habe ihn den ganzen Tag nicht gesehen. Warum, ist er nicht bei euch? Vie-vie-vielleicht ist er drüben bei Sally«, sagte er, zog eine kurze Pfeife aus der Westentasche und begann sie zu stopfen. »Wa-was ist?«

»Doble hatte einen Unfall, und wir brauchen einen Doktor. Könntest du ihn mit deinem Motorrad holen?«

»Oje. Mu-muss was Ernstes sein, wenn dein Vater den alten Knochenbrecher holen lässt. Was ist passiert?«

»Er ist gestürzt, in der Scheune. Es ist … es ist John, der den Doktor will. Ich hab das hier …«, und ich hielt ihm die Zweischillingmünze hin. Feuchte Stückchen Majoran fielen auf die Erde.

Sid lachte. »Steck das wieder weg. Gu-gut, ich f-f-fahre hin. Ich bring ihn mit her, wenn er zu Hause ist, und wenn nicht, hinterlasse ich ihm eine Nachricht. Wo ist Do-doble? Bei euch im Haus?«

»Nein, er ist im Cottage. Er bewegt sich nicht, Sid. Es ist schlimm.«

Als ich zurück zum Cottage kam, waren John und Vater weg, aber Frank war da. Es wurde langsam dunkel.

»Hast du nach dem Doktor geschickt, Ed?«, fragte er gleich. Mutter saß bei Doble. Frank und ich waren im anderen Raum, wo mein Bruder ein Feuer anfachte, um Tee zu kochen, und Dobles Lampe anzündete. Ich sah, dass er einen Korb mit Essen für Mutter mitgebracht hatte. Das musste Großvater ihm gesagt haben, ohne Zweifel, daran hätte er selbst niemals gedacht.

»John hat mir gesagt, das sollte ich. Das ist doch in Ordnung?«, fragte ich. »Sid ist mit dem Motorrad los.«

»Ja. Zum Teufel mit ihm! Natürlich ist es nicht in Ordnung.«

»Zum Teufel mit wem? Vater?«

»Ja. Er hat gesagt … er hat gesagt, selbst, wenn Doble die Nacht überlebt, ist er keine Hilfe mehr, und deshalb wäre es besser, wenn er stirbt, weil wir dann schnell einen neuen Mann ins Cottage bekommen können.«

»Frank! Das hat er nicht gesagt!«

»Das hat er, Ed. Und Mutter, sie hat es nicht gut aufgenommen.«

»Hat John es gehört?«

»Nein, dem Himmel sei Dank. Es ist schon schlimm genug. Und sag du ihm auch nichts.«

Ich spürte eine kalte Leere in mir. »Frank, mit Vater stimmt etwas nicht.«

Ausnahmsweise zog er mich jetzt mal nicht auf oder behauptete, ich sei albern.

»Ich weiß«, sagte er.

»Er ist nicht mehr er selbst«, sagte ich und senkte die Stimme zu einem Flüstern. »Seit der Feier ist er so. Ich glaube, er ist … er ist ein anderer.«

Es mag komisch scheinen, aber es fühlte sich wahr an für mich, als ich es sagte. Es war nicht nur eine Redewendung. Vater war nicht mehr Vater, irgendwie hatte ein Hochstapler seinen Platz eingenommen, und ich war die Einzige in der Familie, die sich nicht täuschen ließ.

In dem Moment erschien Mutter in der Tür und sah uns ganz ruhig an. Das Herz schlug mir bis zum Hals, weil ich dachte, sie würde uns sagen, dass Doble gestorben sei.

»Edith, Frank, ich möchte euch nie wieder schlecht über euren Vater sprechen hören. Keinen von euch.«

»Aber Mutter, er … «

»Das ist genug, Junge. Noch bist du nicht der Herr im Haus.

Edie, geh heim. Du klappst gleich zusammen, ich kann es sehen.«

»Ich möchte hier sein.«

»Und ich sage dir, du sollst gehen. Ich bleibe bei Doble, und Frank wird mit mir auf den Doktor warten. Er hatte einen weit leichteren Tag als du, er ist den ganzen Nachmittag mit Sally herumscharwenzelt.«

»Aber … «

»*Genug!* Geh und ruhe dich aus. Komm am Morgen zurück, wenn ich Frank nicht mit einer Nachricht geschickt habe, und bring Frühstück her. Genug auch für Doble, falls er aufwacht. Und bring von deinem Vater in Erfahrung, ob er immer noch morgen anfangen will. Der Weizen ist so weit, und das Wetter wird nicht warten.«

Ihr Ausdruck wurde weicher, und sie streckte die Arme in meine Richtung.

»Komm her, Mädchen. Es gibt Einiges, worüber wir sprechen müssen, du und ich. Aber nicht jetzt. Morgen, wenn du geschlafen hast. Ja?«

In den Armen meiner Mutter, an ihren breiten, vertrauten Körper gedrückt, der so anders war als der von Connie, nickte ich und begriff unter Dobles niedriger, mit Schimmel gesprenkelter Cottage-Decke, dass ich größer als sie wurde. Ich wollte weinen und ihr alles sagen, doch ich wusste, ich musste meine Gefühle in mir halten und mich nur darum kümmern, dass wir die Ernte hereinbekamen.

»Alles wird gut, Edith June, ich verspreche es«, sagte Mutter und entließ mich mit einem Klaps.

Auch in dieser Nacht schlief ich nicht. Ich lag da und quälte mich, nicht wegen Doble oder Vater oder Sir Cecils Rede, sondern aus irgendeinem Grund wegen Edmund. Ich stellte mir ständig vor, wie er von einer der Katzen erwischt wurde oder von einem Fuchs, falls er, was wahrscheinlich war, in einem der Felder schlief. Es war so dumm, sich deswegen zu sorgen, angesichts von allem anderen, aber wie ich so in der Dunkelheit dalag, vermochte ich meine Gedanken nicht zu kontrollieren.

Vielleicht sollte ich ihn immer bei mir behalten, dachte ich und drehte mich ein weiteres Mal um. Vielleicht wäre er nachts in einem Stall sicherer, denn auch wenn er mich beschützen sollte, hatte ich ihn doch vor Moses' Hufen gerettet und war somit für den Rest seines Lebens für ihn verantwortlich. Ja, er gehörte mir, und ich beschloss, dass er im Herbst nicht nach Süden fliegen sollte, wie es alle anderen Wachtelkönige taten. Er musste für immer auf der Wych Farm bleiben, bei mir, wo er sicher war. Aber kaum hatte ich das zu meiner Befriedigung beschlossen, ging das Ganze wieder von vorne los, und ich musste es alles noch einmal durchmachen, und so schien es stundenlang zu gehen. Vielleicht, dachte ich, während der Dreiviertelmond die Umrisse der hölzernen Fensterläden beleuchtete, war Schlaf nicht mehr so wichtig.

Ich nehme an, dass ich am Ende doch eingedöst war, denn Frank kam um sechs zu mir herein, um mich zu wecken. Er brachte mir eine Tasse Tee, was bedeutete, dass Mutter ihm etwas gesagt hatte – höchstwahrscheinlich, dass ich Frauenprobleme hätte, denn das würde ihn verlegen machen und davon abhalten, weitere Fragen zu stellen.

»Frank, geh nicht gleich wieder«, sagte ich und setzte mich im Bett auf. »Ist Doble … Was ist mit Doble?«

»Wach und redet, so einigermaßen. Sieht aus, als würde er es überleben.«

»Oh, das ist wundervoll! Was hat der Doktor gesagt?«

»Er kam, aber da war Doble schon wach. Es war ein Wunder, Ed. Ich habe im Stuhl beim Feuer gesessen. Ich habe geschlafen, nehme ich an, und dann schüttelte Mutter mich und sagte, ich solle etwas Milch warm machen. Ich dachte, sie müsse für sie sein, doch dann sagte sie, er bewegt sich, und als ich hineinging, hatte er die Augen offen und sah mich direkt an. Ich gebe zu, es war ein ganz schöner Schreck.«

Es war also nicht der Doktor, der Doble gerettet hatte. Das war interessant.

»Wie wirkte er?«

»Erst leicht benebelt. Du weißt schon, er sprach ganz komisch. Ich glaube, sein Kopf tat ihm weh, er fasste ihn immer wieder an und hatte die Augen geschlossen. Obwohl er sich nicht beklagt hat. Mutter setzte sich zu ihm, nahm seine Hände und redete mit ihm, und nach ein paar Minuten fing er an zu weinen.«

»Doble? Er hat geweint?«

»Ja. O Ed, ich wollte das nicht sehen. Ich bin gegangen und habe mich wieder ans Feuer gesetzt.«

»Sein Rücken … er ist also nicht gebrochen?«

»Es sieht nicht so aus. Aber ich glaube nicht, dass er gleich wieder auf die Beine kommt. Wusstest du, dass er im September siebzig wird?«

»Was hat der Doktor gesagt?«

»Nun, der konnte es nicht wirklich glauben, nicht, als Mutter ihm sagte, wie tief er gefallen ist und wie lange er bewusstlos war. Er hat ihn untersucht und seine Wunde hinten am

Kopf verbunden, und er meinte, was ihn wahrscheinlich gerettet hat, ist, dass er auf den Dreschboden gefallen ist. Weil das zerschlagene Erde und kein Steinboden ist.«

Ich nippte an meinem Tee. Es war nicht der Boden der Scheune, der Doble gerettet hatte, so viel war mir klar, wenn auch Frank nicht.

»Weiß Vater Bescheid? Dass der Doktor da war, meine ich.«

»Nein. Aber er will bis Ende des Monats bezahlt werden.«

»Wir kriegen das schon irgendwie hin. Vielleicht hat Doble etwas gespart.«

»Hoffen wir es. Gott weiß, dass wir nichts haben.«

»Ist Mutter noch bei ihm?«

»Sie hat gesagt, ich soll dich rüberschicken, wenn du wach bist. Wobei ich mir dachte: Was ist eigentlich mit deiner Constance? Könnte die nicht helfen, Doble ein paar Tage zu pflegen? Vater will heute früh mit der Ernte anfangen, und wir brauchen dich und Mutter auf dem Feld.«

»Ich könnte sie fragen, aber dann sind wir immer noch nicht genug. Und Mutter muss etwas schlafen, wenn sie die ganze Nacht wach war.«

»Wir schaffen das schon«, sagte er. »Ich hole Alfie, damit er uns hilft.«

Vater und John waren unterwegs und prüften ein letztes Mal, wie reif der Weizen war. Frank war in der Scheune, um zu sehen, was noch vorzubereiten war, und um seine und Vaters Sense zu dengeln. Die zusätzliche Nacht ohne rechten Schlaf gab mir das Gefühl, dass sich meine Augen nur langsam und unwillig bewegen wollten, trotzdem war ich an jenem ersten Erntetag merkwürdigerweise nicht müde. Tatsächlich kamen

mir auch unser Haus, der Hof und selbst die schwarzen Krähen in den Bäumen unnatürlich lebendig vor wie ein Gemälde,
und ich suchte alles nach Hinweisen ab, die mir sagen konnten, was ich tun sollte, wenn die Zeit kam.

Ich aß ein paar Löffel Porridge aus dem Topf auf dem Herd
und brachte Großvater seinen Tee. Er war bereits auf, angezogen und nervös, wobei er froh war, das von Doble zu hören.

»Ich sage jetzt nicht, dass alles gut wird, aber wir haben
eine Chance. Ein Tod zur Erntezeit, nein, das wäre ein sehr
schlechtes Zeichen, und das ist eine Tatsache. Wenn es so weit
ist, dass wir die Schober bauen, wird er uns fehlen. Niemand
ist so gut darin, sie abzudecken.«

»Ich bringe Mutter jetzt ihr Frühstück, aber … sie werden
doch nicht ohne mich anfangen?«

»Mit dem ersten Licht gab es etwas Tau, Mädchen, kannst
du es nicht riechen? Sie werden warten, bis die Sonne ihn
weggebrannt hat. Geh jetzt. Ich habe alles.«

Ich war zu Anfang der Ernte immer dabei gewesen, jedes
Jahr. Vater schnitt vor Beginn der Arbeit zwei Weizenpflanzen
für jeden von uns ab und drehte sie zusammen, »wie Mann
und Maid«, lautete das Sprichwort. Die Männer trugen die
Halme in ihrem Westenknopfloch, bis auch die letzte Fuhre
eingebracht war, Mutter, Mary und ich hefteten sie uns an
die Hüte oder steckten sie in die Kopftücher. Es brachte Unglück, sie zu verlieren, solange noch Ähren auf den Halmen
standen, wobei ich annehme, dass schon mal einer abhan-
denkam, aber still ersetzt wurde. Ich war äußerst gewissen-
haft mit meinen Halmen und behielt sie auch hinterher noch.
Jedes Jahr steckte ich sie zu den älteren im Glas auf meiner
Fensterbank, wo sie blieben, ausgetrocknet, staubig, und nie-

225

mals weggeworfen wurden. Was die anderen mit ihren machten, wusste ich nicht.

Ich eilte den Weg entlang zu Dobles Cottage und sah, dass Mutter mir entgegenkam mit einem Korb am Arm. Sie hob ihn ein wenig an, um zu zeigen, dass sie mich gesehen hatte, und an der Art, wie sie ging, erkannte ich gleich, wie müde sie war. Doble von der Tür des Todes zurückzuholen, hatte ihr alles abverlangt. Einen Moment lang sah ich sie mit völlig neuen Augen, sah, was für eine kraftvolle Frau sie trotz aller Mühsal doch war und wie wenig es zählte, dass sie keine Gedichte las oder, so wie Connie, etwas von Politik verstand. Ich war stolz, ihre Tochter zu sein.

»Frank hat mir alles erzählt«, sagte ich, küsste sie auf die Wange und nahm ihr den Korb ab. »Was ist das? Und wer ist jetzt bei ihm?«

»Der Mann braucht frische Sachen und Bettzeug, das heißt, dass ich heute waschen muss, und wenn es nur das hier ist. Mrs Rose ist vor einer Weile gekommen. Sid hat ihr erzählt, was passiert ist. Sie bleibt vorerst bei ihm.«

»Wir fangen heute an, heute Morgen. Vater sagt, er riskiert es nicht, dass die Kleie noch dicker wird.«

»Mit welchem Feld?«

»Ich weiß es nicht. Sie sind draußen und prüfen sie.«

»Sie werden mich nicht gleich brauchen. Im Übrigen ist Tau niedergegangen. Ich wasche die Sachen schnell durch, und dann ruhe ich mich eine Stunde aus. Edie, du musst dafür sorgen, dich in diesem Jahr wirklich nützlich zu machen, verstehst du mich? Und nicht zwischendurch mit einem Buch davonlaufen, dein Vater braucht deine Hilfe.«

»Das verstehe ich vollkommen, Mutter«, sagte ich. »Frank sagt, er will … er will Alf Rose zu Hilfe holen, aber ich habe mir gedacht, dass ich Connie stattdessen fragen könnte.«

»Alfie liegt im Bett, sagt seine Mutter.«

»Im Bett?«, fragte ich. »Warum, was ist mit ihm?«

»Oh, es ist wahrscheinlich nichts. Aber helfen wird er diese Woche nicht können.«

Zu Hause ging Mutter gleich ein Feuer unter dem Kupferkessel machen. Ich folgte ihr ins Hinterhaus und legte das Bündel Kleider und Wäsche ab. In mir bewegte sich eine Mischung aus Erleichterung und etwas Dunklerem bei dem Gedanken, dass Alf Rose krank war.

»Edie, ich möchte mit dir reden.«

»Wegen gestern?«

»Ja. Ich weiß, du warst müde und verärgert wegen deiner Schwester, und sie sollte dich nicht so aufziehen. Aber was meintest du damit, dieses Zeichen in die Luft zu malen?«

»Du weißt doch, was das ist, Mutter.«

»Edie, sag es mir. Ich will es verstehen.«

»Du *weißt* es. Ihr beide, du und Grandma. Ich weiß, dass ihr es wisst!«, sagte ich mit leicht unsicherer Stimme, trotz der Überzeugung, die in mir wuchs, seit Frank mir mit dem ersten Licht meinen Tee gebracht hatte.

»Was sollen wir wissen, Mädchen? Hör zu, ich bin gerade etwas müde. Vielleicht schalte ich im Moment einfach nicht richtig.«

Ich sah an ihr vorbei aus dem kleinen Hinterhausfenster. Es war an der Zeit, Geheimnisse laut auszusprechen. War ich jetzt nicht eine Frau?

»Ich weiß, warum Mrs Godbold dich gebeten hat, ihr mit

der Hexenflasche zu helfen«, sagte ich. »Und ich weiß auch, dass Grandma Dinge wahrnimmt, die wir ihr nicht sagen. Und … und ich weiß, wer Edmund wirklich ist.«

»Edmund? Dein Vogel, meinst du? Edie, das ist …«

Vom Hof klangen Stimmen herein: Vater und John kamen von den Feldern zurück, und Frank war hinausgegangen, um mit ihnen zu reden. Ich konnte auch Großvater hören.

»Mutter«, flüsterte ich und nahm ihre Hände in meine, um sie zu trösten, »es ist gut: *Ich weiß alles.* Ich weiß, dass du es warst, die Doble letzte Nacht vorm Tod bewahrt hat, mit deinen Kräften. Und ich weiß, wer Alf Rose verflucht und krank gemacht hat.«

Es war fast neun Uhr, als wir mit dem Home Field anfingen. Vater und Frank begannen damit, die Ränder mit den Sensen zu schneiden und für den Mähbinder vorzubereiten. Ich nahm einen leichten Rechen, ging aufs Feld und richtete das Korn überall dort auf, wo der Wind oder vielleicht auch ein Tier die Halme umgeknickt hatte, damit die langen Klingen des Mähbinders sie nicht liegen ließen, wenn er darüberfuhr.

Mutter ließ die Wäsche einweichen und kam mit Großvater, um den ersten Schnitt zu sehen und ihre zwei Halme von Vater entgegenzunehmen. Sie steckte sie mit einem kurzen Lächeln in die Schürzentasche und ging dann mit Großvater und John zurück, der die Pferde anspannen und mit dem Mähbinder kommen würde. Ich vermisste Mutter auf dem Feld bei mir, aber es verschaffte mir auch Zeit zum Nachdenken.

Mir war noch nicht völlig klar, wie genau es sich verhielt, und ich ging davon aus, dass sie mir nicht gleich alles erklären würde. Auf jeden Fall war es schwer zu ertragen gewesen, wie

sie mich im Hinterhaus angestarrt hatte. Ich hatte mich hilflos und verloren gefühlt, und ich wollte, dass sie mir das wun-
dervolle Geheimnis gestand, das wir gemeinsam hatten. Nun,
die Männer waren in der Nähe gewesen, überlegte ich, und
ich war mir nicht sicher, wie viel *sie* wissen mochten, also war
es vielleicht ebenso gut, wenn wir ein andermal richtig darüber sprachen. Alles, was ich sicher wusste, war, dass Mutter
Doble mit ihren Kräften geheilt und Grandma Alf mit ihrem
irrenden Auge erkannt und ihn krank gemacht hatte. Sie hatte
es mir so gut wie versprochen, wie ich jetzt begriff. Und was
mich betraf, die Tochter und Enkelin dieser Frauen: Als Mutter mir gesagt hatte, dass ich Vater bei der Ernte helfen müsse,
war damit eindeutig eine geheime Bedeutung verbunden, denn
mit vierzehn musste einem das nicht mehr gesagt werden.

Einen Moment lang stand ich mit meinem Rechen in der
Mitte des goldenen Feldes und betrachtete das bis hin zu den
massigen Hecken mit ihrem dunklen Augustlaub rund um
mich raschelnde, hüfthohe Korn. Über mir loderte die Sonne
aus einer blauen Schüssel, aber bald schon würde der Himmel
grau werden, von den schlingernden Nähten dahinziehender
Gänse durchzogen. Dann würden die Stoppeln in satte braune
Furchen gepflügt, sich die großen Getreideschober eng ums
Farmhaus drängen, und mit dem ersten Frost würden die Jäger wieder über das herbstliche Land reiten.

Aber noch war es nicht so weit. Es gab für alles eine Jahreszeit, und jetzt galt es, sich darum zu kümmern, unseren hart
erarbeiteten Lohn von den Feldern zu holen. Wenn ich heute
daran zurückdenke, frage ich mich, warum es mich nicht über-
wältigte, so viel auf meinen Schultern zu spüren – die Zukunft
der Farm, ja, und tatsächlich der ganzen Familie –, aber irgend-

wie tat es das nicht. Es war, als wäre das gesamte Tal wie aufge-
laden und leuchtete, und ich mit ihm, gebenedeit unter den
Frauen. Und ich spürte die wachsende Gewissheit, dass, wenn
ich meine Rolle nur richtig spielte, alles am Ende gut ausgehen würde.

Vater und Frank waren mit dem Schneiden der Ränder
fertig, und ich half das Korn zu lockeren Garben zu bündeln
und mit ein paar Stängeln zusammenzubinden. Dann endlich erschien der Mähbinder an der Ecke des Feldes. Ich ging
hinüber und sah, wie ungeduldig Moses und Malachi waren.
Moses warf den Kopf hin und her, Malachis Ohren waren angespannt nach vorne gerichtet, und die Muskeln in seinem
mächtigen kastanienbraunen Hals zuckten und schüttelten die
Fliegen ab. Die beiden wussten, dass das jetzt ihre große Pflicht
und Schuldigkeit war, und sie konnten es kaum erwarten, sich
an die Arbeit zu machen. John, der ihnen immer alles zuflüs-
terte, hatte dafür gesorgt.

»Frank, Edie, ihr stellt die Garben auf«, rief Vater. »Ich fan-
ge mit euch an, aber dann gehe ich Greenleaze vorbereiten.
John, schick Frank, wenn es Probleme mit der Schnur gibt
oder sie reißt.«

»Ich komme mit der Schnur schon klar, Vater.«

»Das tut er«, sagte John und stieg auf den hohen Sitz des
Albion. »Ich habe es ihm im letzten Jahr selbst beigebracht.«

»Nun, vielleicht. Sehen wir, wie es geht. Es ist nicht die ver-
lässlichste aller Maschinen, wie Gott weiß.«

Die Ernte begann. John schnalzte mit der Zunge, und die
Pferde lehnten sich vor gegen das Gewicht des Mähbinders
und brachten ihn in eine zunächst zögerliche Bewegung. Das
Antriebsrad rollte los, Räder und Getriebe griffen ineinander,

und die großen hölzernen Paddel begannen sich zu drehen. Die Pferde sahen, wo sie ins Getreide hineinzulaufen hatten, und alles, was John tun musste, war, sie zu ermutigen und an die Breite der Maschine zu erinnern. Dann, als sich der erste raschelnde Weizen zur mit Sägezähnen versehenen Klinge hinunterbeugte, drehte er sich auf seinem Sitz, um ihn den Stoffaufzug hinauffahren zu sehen, wo er gebunden und als ordentliche Garbe zur Seite geworfen wurde.

Ich lachte und sah, wie auch Frank grinste, denn es war immer ein Wunder: nicht einfach das Klackern und Klappern der großen Maschine – wobei es schon eine merkwürdige Bestie war und viel zu modern für die zeitlosen Felder –, sondern die Art, wie das Korn von einem Moment zum anderen von einer Pflanze zum Erntegut wurde. Gerade noch war es das eine und dann etwas ganz anderes. Jedes Jahr war es das Gleiche, und jedes Jahr war es wieder neu so.

Frank und ich begannen die Garben aufzustellen. Wer je auf einem Feld gearbeitet hat, weiß, dass es einem für immer bleibt. Der Körper schreibt es in sich ein, in Muskeln und Knochen, wie das Fahrradfahren, nehme ich an, oder vielleicht auch das Aussäen von Hand, wie Großvater es noch gemacht hat. Ich hatte beim Garbenaufstellen geholfen, seit ich laufen konnte. Mutter und Vater wussten, so wenig ich da auch noch eine Hilfe war, würde sich ihre Geduld, mich das Aufstellen so früh lernen zu lassen, in den kommenden Jahren auszahlen. Und ich mochte es, besonders mit dem Weizen. Denn wenn die Weizenähren auch schwerer als die der Gerste sind, arbeiteten sich die Gerstengrannen doch in die Kleider und kratzten auf der Haut. Weizen war sauberer aufzustellen, solange das Feld nicht voller Disteln war wie Teile von Greenleaze und The

Lottens. Dann band ich mir das Tuch vom Kopf und wickelte es um die Arme. Und wenn wir die Gerste aufstellten, zog ich lange Ärmel an.

Das Aufstellen war eine ruhige, stetige Arbeit. Wir sangen nicht, denn wir mussten bereit sein, *Offen!* zu rufen, falls der Binder versagte und die Maschine anfing, loses Korn auszuwerfen. Und wir mussten lauschen, falls sie einen Bolzen oder eine Schraube verlor, was den Ton veränderte. Dann schrie einer von uns sofort *Stopp!*, aus Angst, das Ding könnte auseinanderfallen, und wir durchsuchten das geschnittene und ungeschnittene Korn nach dem, was sich da gelöst hatte.

Auf der Wych Farm bestanden die Docken, also das aufgestellte Korn, beim Weizen immer aus acht Garben. Die Knoten nach außen gewandt, stellten wir sie so gegeneinander, dass sie mit den Ähren aneinander lehnten. Vater und John mochten es nicht, wenn einige in den folgenden Tagen umfielen und neu aufgestellt werden mussten, während wir darauf warteten, dass der Weizen trocknete und eingebracht werden konnte.

Um zwölf gab es Essen. Mutter brachte einen Korb aus dem Haus, und Vater folgte ihr mit zwei Eimern Wasser für die Pferde. John sprang vom Albion, nahm die Eimer von Vater und stellte sie vor die Tiere. Sie bekamen beides, Wasser und Futter, immer von John, damit sie wussten, für wen sie arbeiteten, wobei er Mutter natürlich erlaubte, ihm beim Striegeln zu helfen. Und sie gab ihnen ab und zu einen Apfel oder eine Möhre.

Es war nur eine kurze Pause, also blieben wir auf dem Feld. Es gab Bier in einem Steinkrug für John und Vater und in diesem Jahr auch für Frank. Mutter und ich tranken kalten Tee.

John hockte sich neben die Maschine, nahm ein Stück Brot, Bratenfett und eine geschälte Zwiebel aus dem Korb und begann die Zwiebel mit seinem alten Messer mit dem Knochengriff behutsam zu schneiden. Schließlich legte er das Brot drumherum und biss hinein.

Frank stopfte sich im gewohnten Tempo mit Brot und Käse voll. »Isst du gar nichts, Vater?«, fragte er.

Vater schüttelte den Kopf. »Nein, ich bin im Moment nicht auf Essen eingestellt.«

»Nicht mal einen Apfel?«, sagte ich und biss in meinen.

»Nein, Mädchen. Wo ist übrigens dieser Vogel von dir?«

»Edmund? Ich weiß es nicht. Soll ich … «

»Hol das lästige Viech nicht her. Setz dich wieder.«

»Warum fragst du?«

»Weil ich einen Wachtelkönig auf Greenleaze aufgescheucht habe, in der Nähe vom Pferdeteich, wahnsinnig frech war er. Vielleicht war es deiner. Normalerweise kriegt man die lauten Scheißviecher nicht zu Gesicht.«

»George«, sagte Mutter.

Ich gab Frank meinen Apfelbutzen, der ihn aufaß. Mutters Hand lag sanft auf meinem Haar und strich es glatt. Es fühlte sich schön an.

»Edmund geht es gut, wo immer er gerade ist. Sonst würde ich es wissen.«

John trank sein Bier in einem Zug aus, wischte sich über den Mund und wandte sich an Vater. »Wie ist Greenleaze?«

»Mittel«, antwortete Vater. »Lichter, als es sein sollte, aber nicht so schlecht wie im letzten Jahr. Um den Teich herum haben wir eine Menge Nesseln und Disteln. Ich rücke ihnen vielleicht noch mit Dobles Sichel zu Leibe.«

»Der alte Teich macht die Arbeit fast noch mal so lang, oder?«

»Nun, ich schaffe das am Nachmittag.«

Ich sah den schwarzen Teich auf Greenleaze vor mir. Großvater sagte, dass da früher mal eine alte Lehmhütte gestanden habe, aber die sei lange schon »weggesunken« und wieder »zu Erde« geworden. Als er ein kleiner Junge gewesen sei, hatte er Frank erklärt, habe man, wenn das Korn noch niedrig stand, sehen können, wo sie mal gewesen sei. Heute war nichts mehr von ihr zu erkennen.

»Brauchen wir zusätzliche Hilfe?«, fragte John.

»Im Moment geht es so. Beim Einbringen werden wir den Mann weniger spüren.«

John nickte. »Im Schoberbauen war er der Beste im County, sagen manche.«

»Doble ist nicht tot«, sagte Frank.

»Mag ja sein, Junge, aber was seinen Nutzen angeht, ist er es.«

»Ich laufe am Nachmittag hinüber«, sagte Mutter, »und sehe nach, wie es dem armen Mann geht.«

»Nein, das tust du nicht, Ada. Du wirst hier gebraucht. Tatsache ist, dass er besser im Armenhaus wäre, wie du nur zu gut weißt.«

Mutters Hand auf meinem Kopf erstarrte, aber sie sagte nichts.

»Besser für dich, meinst du«, murmelte Frank.

Genau in dem Augenblick ertönte ein vertrautes »Hallo!«, und wir drehten uns um und sahen Connie kommen, gefolgt von einem kleinen Mann in einem dunklen Anzug, der eine Art Lederkoffer trug.

»Wie geht es euch? Was für ein wundervolles Erntewetter, oder? Schade, dass ich das Schneiden der ersten Ähren heute Morgen verpasst habe. Aber ich habe Charles vom Bahnhof abgeholt. Oh, das hier ist Charles Chalcott, liebe Leute. Er ist Fotograf und will ein paar ländliche Szenen aufnehmen. Ist das hier nicht das perfekte englische Arkadien, Charles? Was habe ich Ihnen gesagt! Herrlich. Nun, ›klebt‹ der Weizen gut, wie man so sagt, George? Was habe ich verpasst?«

Mr Chalcott schüttelte Vater die Hand, dann auch John und Frank. Mutter und mich grüßte er, indem er einen Finger an den Hut hob.

»Einen guten Tag allerseits. Es freut mich sehr, Sie kennenzulernen«, sagte er.

Connie steckte die Hände in die Taschen und grinste. »Oh, Doble hat sich aufgesetzt und isst etwas Brühe, Ada. Ich habe auf dem Weg hierher kurz bei ihm hineingeschaut. Ist das nicht ein Wunder? Mrs Rose sagt, Sie brauchen heute Nachmittag nicht kommen, sie bleibt bis zum Abendessen bei ihm.«

Mutter lächelte. »Danke, Connie. Das ist nett, dass Sie sich kümmern.«

»Du siehst blass um die Nase aus, Edie. Warst du auch die ganze Nacht bei Doble?«

»Nein, ich habe … ich habe nicht gut geschlafen«, sagte ich.

»Also heute schläfst du sicher gut, nach einem ganzen Tag bei der Ernte«, sagte sie. »Und, Charles, sind Sie so weit? Kann ich mit etwas helfen?«

Mutter packte die Reste des Essens zurück in den Korb. John rieb den Pferden die Nüstern und sprach leise mit ihnen. Vater steckte sich seine Pfeife an. Mr Chalcott hatte unterdessen seine Kamera herausgeholt und sah von oben in sie hinein. Ich eilte schnell aus dem Weg.

»Oh, keine Sorge, Miss«, sagte er mit einem Lächeln. »Ich stelle nur ein paar Dinge wegen des Lichts ein. Ich mache keine Aufnahme von Ihnen.«

Ich war erleichtert: Der Gedanke, dass mich ein Mann durch diesen Apparat anstarrte und ein Bild von mir mitnahm, hatte etwas Schreckliches. Mary hätte die Möglichkeit, fotografiert zu werden, zweifellos gleich wahrgenommen, aber mir kam es unerträglich vor. Und vielleicht würde eine Fotografie enthüllen, was sich in mir verändert hatte und was im Moment niemand sehen sollte.

»Mr Mather, würden Sie mir erlauben, auf Ihrem Land Fotografien zu machen?«, fragte Mr Chalcott förmlich.

Vater sah auf den reifen Weizen hinaus, auf den roten Mähbinder, auf Moses und Malachi, glänzend und gut gestriegelt, und einen Moment lang sah ich, was er sah und wie er sich die Farm wünschte.

»Nur zu, Mr Chalcott. Fotografieren Sie, was immer Sie mögen.«

»Nicht ganz«, rief John herüber, während der zurück auf den metallenen Sitz des Albion kletterte. »Ich wäre Ihnen dankbar, wenn Sie keine Bilder von mir machten.«

Ich war sicher gewesen, dass ich in dieser Nacht schlafen würde, wie Connie es gesagt hatte, doch wieder lag ich wach und schwitzte unter meinem Laken trotz des offenen Fensters. Ich war müde, aber es war, als hätte ich die Fähigkeit loszulassen verloren. Stattdessen sah ich Garben und Docken und meine Connie wieder und wieder »ein englisches Arkadien« sagen.

Am Ende legte ich mich auf den Bauch, zog ein Knie hoch und fasste mich an. Dieses Mal dachte ich an Connie, ihren langen weißen Körper, ihre Offenheit und das Dreieck feuchter Haare, das ich zwischen ihren Beinen gesehen hatte. Ich bewegte meine Hand langsam und stellte mir vor, mit ihr am Wasser zu liegen und ihre Lippen und ihre Brüste zu küssen. Ich stellte mir vor, ihr zwischen die Beine zu fassen, wie ich mich selbst anfasste, und dass sie es zuließ, es mochte, dass sie lächelte und sagte, sie liebe mich. Ich schob die wohlige Zuckung hinaus, indem ich die Hand still hielt und flüsterte: »Ich liebe dich, Edie, oh, ich liebe dich«, in mein Kissen, damit ich es hören konnte und es sich wirklich anfühlte. Schließlich überließ ich mich dem Gefühl und fiel danach endlich aus der Welt in Schlaf.

Etwa kurz vor Mitternacht wachte ich wieder auf und hatte das Gefühl, etwas Großes, Unbestimmtes habe sich gefügt. Ich hatte genug geschlafen, das wusste ich gleich – und ich wusste auch, dass ich zum Pferdeteich auf Greenleaze gehen musste. Connie war nicht ins Wasser gegangen, ich hatte sie davon abgehalten, aber jetzt musste ich es tun, für die Farm. Es schien in dem Moment sehr einfach, und ich fühlte mich erleichtert, denn bis jetzt hatte ich nicht sagen können, was ich tun sollte. Aber nun begriff ich, dass sich alles klären würde, wenn ich dort hinging, und ich nur Vertrauen haben musste. Ich stand auf und zog eine Strickjacke, die früher mal Frank gehört hatte, über mein Nachthemd, schlich mich die knarzende Treppe hinunter und schlüpfte in meine Stiefel.

Der Hof war ruhig, das Pflaster, die Scheune und der Misthaufen wurden von einem hellen Vollmond erleuchtet. Die Gemeindelaterne, nannte mein Großvater ihn manchmal, während Grandma und Grandpa sagten, er sei eine Sie und heiße Phoebe. Ich war froh, dass sie da war.

An jeder Stalltür hing ein Stein mit einem Loch an einem Draht und einem rostigen Eisennagel, und ich nahm einen davon und zog den Nagel vorsichtig aus dem Holz, wobei ich hoffte, die Pferde würden nicht aufschrecken und John wecken. Dann hob ich mein Nachthemd an und zeichnete mit der Spitze des Nagels ganz sanft das Hexenzeichen auf die blasse, weiche Haut meines Bauchs. Ich kratzte nicht so tief, dass es blutete, weil es nur ein oder zwei Stunden halten musste.

Als ich den alten Nagel zurück ins Holz drückte, schnaubte und stampfte eines der Pferde und ließ mein Herz schneller schlagen und Schweiß unter meinen Armen kribbeln. Aber John über dem Stall rührte sich nicht. Nur ein paar Katzen sahen mich den vom Mond erleuchteten Hof überqueren und in die Dunkelheit unter den Ulmen treten.

Vater hatte die Ränder von Greenleaze bereits gemäht, und später am Nachmittag, bevor sie zu Doble hinübergegangen war, hatte Mutter das geschnittene Korn zu Garben gebunden und aufgestellt. Im Mondlicht sah das ein wenig so aus wie das Gemälde, das Miss Carter uns in der Schule gezeigt hatte, und ich fragte mich, ob sie es vielleicht als ein Zeichen für mich gemeint hatte, das ich jetzt erst zu verstehen begann. Alles, was ich um mich herum sah, hatte eine tiefe Bedeutung – die schwarzen Bäume, der Mond, die Felder –, und fast hätte es mich überwältigt. Ich wusste, ich musste lernen, diese Botschaften zu entschlüsseln, oder alles konnte verloren sein.

Ich wusste, dass Vater durch das Korn hatte gehen müssen, um den Weizen um den Teich herum zu mähen, und so suchte ich nach seiner Spur und folgte ihr. Das Korn um mich herum war voller kleiner Bewegungen, und ich stellte mir all die Zwergmäuse und Hasen vor, die mich ohne Zweifel durch die hohen Stängel gehen sahen und sich fragten, warum ich gekommen war. Vor mir lag der dunkle Schatten der Erlen, die sich um das Wasser drängten, über und hinter sich den tintenschwarzen, mit hellen Sternen übersäten Nachthimmel.

Als ich die Bäume erreichte, rief ich leise nach Edmund, und er kam sofort und erschien ruhig vor meinen Füßen. Ich nahm ihn hoch und drückte ihn mir eine Weile an die Brust. Tränen traten mir in die Augen, ich konnte nichts dagegen tun, weil mir sein direktes Kommen sagte, dass alles, was ich angenommen hatte, tatsächlich wahr war. Alles. Plötzlich fühlte ich mich wie ein Kind, so klein und verlassen – was seltsam war, hätte ich mich doch eigentlich mächtig fühlen müssen. Ich drückte mein nasses Gesicht ins weiche Gefieder des Vogels, spürte sein Herz in meiner Hand schlagen und richtete meine Gedanken auf die Farm, auf Mutter und Grandma. Auf alles, was ich liebte und was verloren sein mochte.

»Ich bin bereit, Edmund«, flüsterte ich schließlich und setzte ihn in die Stoppeln, wo er seine Federn aufplusterte und sich zu putzen begann. Dann zog ich Franks Jacke aus, legte sie ordentlich zusammen und duckte mich unter den Erlen hindurch zum Grün und den Schwertlilien am Rand des Teiches.

Das Wasser war erst kalt, aber als es mir bis an die Schenkel reichte, fühlte es sich blutwarm an. Der Teich mochte im Schatten liegen, doch die letzten Wochen waren heiß gewesen. Mit jedem Schritt versanken meine nicht zugeschnürten Stiefel im weichen Matsch unter mir, und endlich, das Gleichgewicht haltend, hob ich die Arme, und das Wasser fiel in Lichtbögen von ihnen. Ich hatte damit gerechnet, dass Enten und

Sumpfhühner vom Ufer hochschrecken würden, wie sie es getan hätten, wäre ich zu Hause in den Teich gestiegen, aber offenbar hatten keine Wildvögel dieses Gewässer zu ihrem Zuhause erkoren.

Als mir das Wasser bis zu den Schultern reichte, blieb ich stehen, drückte mein blass aufsteigendes Nachthemd nach unten und wartete, dass sich der Teich beruhigte. Ich fühlte mich mit einem Mal so sauber, sauberer, als ich es seit dem Fest getan hatte. Schon allein das war es wert.

Ich spürte, wie sich mein Atem mit dem Wasser beruhigte, und ließ mein Bewusstsein um das Kornfeld um mich herum und den Nachthimmel über mir in mich zurückkehren. Zuletzt atmete ich alle Luft aus, die ich in mir hatte, trat zwei Schritte auf Zehenspitzen vor – und ließ los.

Ich weiß nicht, wie tief ich sank oder ob ich tatsächlich den Grund erreichte, obwohl ich Wurzeln und andere schwarze, unsichtbare Dinge meine Hände berühren und über Po und Knie reiben spürte. Es fühlte sich an, als sänke ich tief, tief hinunter, und das Wasser wurde kälter und stiller, bis es war, als schaltete sich die Welt über mir aus und wäre verloren. Es kam mir vor, als wäre ich für Stunden dort unter Wasser, aber ich weiß, das kann nicht der Fall gewesen sein.

Endlich trieb ich zurück an die Oberfläche, wie ich es vorher gewusst hatte, schnappte nach Luft und schmeckte Eisen in meinem Mund. Ich trat mit den Füßen, um oben zu bleiben, schwamm zu der Stelle, wo ich in den Teich gestiegen war, und griff in die Lilien. Das Wasser strömte an mir herunter, und mein Körper warf einen Mondschatten auf den saugenden schwarzen Uferschlamm.

»Edie … Edie … oh, meine Edie«, hörte ich Mutter rufen.

XIV

ES MUSSTE VORMITTAGS SEIN, als ich aufwachte, denn die Sonne stand hoch am Himmel und ich konnte keine Frühstücksgeräusche von unten hören. Ich lag nackt im Bett, das oft gestopfte Laken weggetreten und um die Füße gewickelt, und hörte das ferne Surren des Albion sowie das zufriedene Gurren einer Ringeltaube oben auf dem Dach. Die Haut meines Bauches war blass und ohne ein Zeichen, und meine Glieder füllte eine wohlige Starre. Alles fühlte sich richtig an.

Trotz des brackigen Wassers, das mir vom Körper rann, hatten Mutter und ich uns dort am schwarzen Teich fest umarmt, und ich hatte sie getröstet und ihr den Nacken gerieben, bis sie zu schluchzen aufhörte. Ich war euphorisch, wie verwandelt, aber ganz für mich, in mir drin, es war nichts, das jemand anders sehen konnte.

»Setz dich einen Moment mit mir hin, Edie«, sagte Mutter schließlich.

Ich zitterte ein wenig, obwohl die Nacht warm war, fand Franks Jacke zwischen Disteln und Weidenröschen und zog sie an. Seite an Seite saßen wir da, und ich benutzte Mutters Tuch, um mir das Wasser aus den Haaren und von den Beinen zu wischen. Meine Füße in den nassen Stiefeln waren kalt, und ich konnte nicht anders, ich lächelte. Der Sternenhimmel über mir schien noch genau so, wie er gewesen war, als ich allein am Ufer gestanden hatte, ganz so, als wäre ihm egal, was ich getan hatte. Ich sah nach Edmund, doch der war nirgends zu entdecken.

»Edie ... «

»Woher wusstest du, wo du mich finden würdest?«

»Dein Großvater hat dich das Haus verlassen hören. Du weißt, wie gut seine Ohren sind. Er hat die Treppe hinaufgerufen und mich geweckt.«

»Weiß Vater Bescheid?«

»Nein, er hat geschnarcht. Er hat gestern Abend nach dem Essen noch auf die Ernte getrunken. Ich dachte, wir hätten nichts im Haus, aber seinem Atem nach zu urteilen, muss er irgendwo eine Flasche Whisky versteckt haben. Du hast Glück, Kind.«

Ich antwortete nicht, und nach einer Weile spürte ich, dass sie sich gefasst hatte.

»Sprich mit mir, Edie.«

»Worüber soll ich sprechen?«

»Sag mir ... sag mir, was ist. Warum bist du in den Pferdeteich getaucht?«

»Weil ich musste.«

Ihre Stimme bekam etwas Flehendes. »Aber warum? Warum versuchst du ... dich umzubringen?

»Aber Mutter, nein, das versuche ich nicht! Das solltest du doch wissen. Ich war ... schwimmen.«

»Du gehst mitten in der Nacht schwimmen? Edie, ich verstehe das nicht. Es ist alles so ... Ich meine, mit Doble, deinem Vater ... « Ihre Stimme hob sich und klang fast schon panisch.

242

»Doble wird wieder gesund. Du machst ihn wieder gesund.«

»Und die Ernte … Wir haben zu viel Gerste, ich habe es ihm gesagt … Du weißt, was für ein Risiko es ist. O Edie, ich tu nicht so, als wüsste ich, was ist. Ich möchte nur, dass es dir gut geht. Ich *brauche* es, dass es dir gut geht.«

»Aber das *tut* es doch! Und die Ernte wird dieses Jahr auch gut sein, ich schwöre es. Alles wird gut.«

Sie sah mich seltsam an. »Edie … «

»Wirst du nicht manchmal wütend, Mutter?«

»Wütend? Auf wen? Auf dich?«

»Nein, auf … auf alles.«

Sie seufzte. »Es hilft nicht, wenn Frauen wütend werden, Kind. Es ändert nichts – oder alles. Und beides ist nicht gut.«

Ich spürte, wie ihre Hand nach meiner suchte und sie im Dunkeln ergriff. »Edie, das Zeichen, das du gemacht hast, als wir bei deinen Großeltern waren. Wir müssen … darüber müssen wir ernsthaft reden.«

»Du hast es erkannt, Mutter. Ich weiß es.«

»Natürlich habe ich das. Ich weiß, was für ein Zeichen es ist … «

Sie gab es also zu. Ich lächelte erleichtert und stand auf, aber sie blieb sitzen. Der gelbe Mond stand niedrig über dem Horizont hinter ihr.

»Sag mir, warum du es benutzt hast«, sagte sie wieder. »*Sag es mir!*«

Es gab keinen Grund, sich meinetwegen Sorgen zu machen, aber ich konnte sehen, wie sehr sie sich wünschte, dass ich ihr versicherte zu wissen, was ich tat, und dass ich alles richtig machen würde. Und ich wollte nicht, dass sie dachte, dass ich ihr oder Mary, Grandma oder Grandpa etwas Schlechtes wünschte. Nichts hätte weiter von der Wahrheit entfernt sein können.

»Es war ein dummer Fehler, das weiß ich jetzt«, sagte ich, um sie zu trösten. »Es tut mir leid … Ehrlich, Mutter, es wird nicht wieder vorkommen.«

Ich half ihr auf, und wir gingen hintereinander vom verborgenen Teich durchs hohe Korn.

»Und du bist sicher, dass es dir gut geht?«, fragte sie hinter mir. »Du würdest mir sagen, wenn es da etwas … etwas gäbe? Etwas, was dir Sorgen macht?«

»Natürlich würde ich das«, log ich.

Ich war viel zu lange im Bett geblieben, das wusste ich. Ich stand auf, zog ein Kleid an, bürstete mein wirres, immer noch feuchtes Haar und sah aus meinem kleinen Fenster mit dem vertrauten Blick. Meine Gedanken waren so klar und ruhig, die Verwirrung und Ängste der letzten Tage außer Kraft gesetzt. Ich fühlte mich wie auserwählt, als verstünde ich alles, die ganze Schöpfung womöglich, auch wenn ich nichts von alledem hätte in Worte fassen können.

Großvater war in der Küche, als ich nach unten kam. Die Frühstückssachen waren weggeräumt, doch er saß noch auf seinem gewohnten Platz.

»Nun, Kind?«

»Guten Morgen, Großvater.«

»Edith.« Er klopfte mit seinem Stock fest auf den Boden.

Ich setzte mich. Er wandte sich mir zu, die Augen tief und leer in ihren Höhlen.

»Mir war so heiß. Ich bin in den Teich gegangen, um mich abzukühlen.«

»Das ist eine Lüge, Mädchen.«

»Ist es nicht.«

»Es ist eine verdammte Lüge, und das wissen wir beide, du und ich! Sagst du mir jetzt, was war?«

Ich starrte aus dem Fenster. Ich konnte Meg auf der Horse Leasow grasen sehen. Sie hatte eine ruhige Zeit während der Ernte, wenn die Zugpferde draußen auf den Feldern waren.

»Haben wir Schulden, Großvater?«

Er schien fast zurückzufahren. »Also, weswegen um alles in der Welt willst du so etwas wissen, Mädchen?«

»Ist es viel? Weißt du überhaupt, wie viel? Sagt Vater dir so etwas?«

»Das ist nicht deine Sache.«

»Nun, das gilt auch für deine Frage!«

Und damit stand ich auf und lief hinaus.

Draußen im Hof rief ich nach Edmund, doch er kam nicht. Das Wetter hatte sich geändert, wie ich feststellte: Der Himmel war weiß, und die Luft fühlte sich stickig und schwül an, als drohte Regen. Ich sah, dass John nach Vaters Wutanfall von seinem Blumengarten gerettet hatte, was er konnte: Die weggetretenen Stämme der Rosenbüsche waren vorsichtig hochgebunden und das kleine Beet wieder ordentlich mit Steinen umrandet, aber die orangefarbenen Schöteriche waren weg, und zwischen den Bartnelken klafften Lücken, die vorher nicht da gewesen waren.

Ich ging zur Great Ley und den Hühnern, doch jemand hatte sie schon gefüttert und aus ihren Ställen gelassen. Wo waren alle? John würde natürlich auf dem Mähbinder sitzen, aber wer stellt die Garben auf? Frank und Mutter? Vielleicht war sie drüben in Dobles Cottage, was bedeutete, dass Vater es machte, eine Arbeit, die er, wie ich wusste, nicht mochte.

Es war selbstverständlich, dass ich während der Ernte gleich morgens nach dem Aufstehen zum Helfen aufs Feld ging, doch jetzt, wo ich meinen Teil erfüllt hatte, war ich sicher, dass das Korn auch so gut eingebracht wurde. Tatsächlich wusste ich, dass es nicht regnen würde. Also beschloss ich, Mary zu besuchen, um herauszufinden, ob sie wirklich auf meiner Seite oder gegen mich war. Ich würde es sofort erkennen, wenn ich richtig, allein, mit ihr sprechen konnte. Zu Fuß waren es ein paar Stunden bis Monks Tye, doch das machte mir nichts.

Ich ging unter den Bäumen beim Heuschober entlang wie in der Nacht zuvor, an der kleinen Wiese hinten vorbei, nahm dann den Feldweg, der in nördlicher Richtung zwischen der Great Ley und dem Home Field her führte, und summte leise vor mich hin. Der Weg brachte mich zum steilen Ufer zwischen den Häusern an der Back Lane, und ich überquerte den Stound zur Street hinüber und wandte mich rechts zur Kirche. Spatzen zwitscherten auf Dächern und Regenrinnen, und um die Kamine des Bell & Hare sprangen Dohlen und schnalzten und krächzten.

Seit dem Sonntag vor dem Fest war ich nicht mehr in der Kirche gewesen, und als ich an St Anne's vorbeikam, blieb ich kurz stehen und betrachtete den gedrungenen Turm aus Feuerstein mit seiner Ziegelbrüstung und das mit Pfannen gedeckte Dach des Kirchenschiffes. Es hatte etwas so Vertrautes, Tröstliches, dennoch war ich in diesem Moment sicher, dass ich nie wieder dort hineingehen würde. Das war in Ordnung, dachte ich. Es machte mir nichts. Und doch stellte ich etwas weiter den Weg hinunter fest, dass meine Wangen schon zum dritten Mal in den letzten Tagen tränennass waren.

Connie und ich waren vor ein paar Wochen auf unseren Fahrrädern hier vorbeigekommen, und ich musste an das denken, worüber wir gesprochen hatten. Ich hatte sie gefragt, warum sie in die Kirche ging, wo sie uns doch erklärt hatte, dass sie nicht an Gott glaubte. War das nicht heuchlerisch oder schlimmer, eine Sünde?

»Liebes, es hat damit zu tun, sich einzufügen«, hatte sie geantwortet.

»Aber ich dachte, so etwas ist dir nicht wichtig!«

»Stimmt auf eine Weise. Es stört mich nicht, wenn die Leute mich für exzentrisch oder anders halten, weil ich das im Vergleich zu den Menschen hier im Dorf ja auch wirklich bin, Edie. Aber es geht nicht, Verachtung für das zu zeigen, was die Leute tun. Und überhaupt habe ich großen Respekt vor der Arbeit der Kirche an abgelegenen Orten wie diesem.«

Was sie darüber gesagt hatte, dass es ihr nichts ausmachte, anders zu sein, hatte mich ins Grübeln gebracht, und mir war bewusst geworden, dass ich, so sehr ich mich als Bücherwurm sah, doch immer schon wie alle anderen hatte sein wollen. Tatsächlich hätte ich in der Schule all meine Klugheit, ohne zu zögern, für die Möglichkeit eingetauscht, zumindest eine richtige Freundin zu finden.

»Wie machst du das, Connie? Wie schaffst du es, dass dich die Leute so mögen?«

Ich war rot geworden, als ich das sagte, denn es hätte unverschämt klingen können, aber nicht für sie. Connie sah nicht gleich in allem eine Beleidigung.

»Ich nehme an … Ich nehme an, es liegt daran, dass ich nichts von den Leuten brauche und sie mir gegenüber ganz entspannt sein können.«

»Aber du willst von den Leuten doch ständig etwas wissen!«, protestierte ich.

»Nun, das ist absolut richtig, Liebes«, lachte sie, und dann sprachen wir wieder über andere Dinge. Aber ich wusste, ich hatte sie nicht verstanden, und fragte mich, ob ich es je tun würde.

Nachdem ich etwa eine Stunde gegangen war, begann ich müde zu werden, und mir wurde bewusst, dass ich seit dem Abendessen nichts mehr gegessen oder getrunken hatte. Wo waren die Krähen, die gestern geschickt worden waren, um ein Auge auf mich zu haben? Ich hatte noch keine einzige gesehen, obwohl eigentlich etliche von ihnen da sein sollten.

Die Straße nach Monks Tye war ruhig, waren die meisten Leute doch bei der Ernte. Ich begegnete nur dem Wagen eines Bäckers und ein paar Heuwagen. Dafür waren überall auf den goldenen Feldern Traktoren und Pferde zu sehen, und hier und da waren die Äcker bereits bis auf die Stoppeln heruntergemäht und standen voller Getreidedocken.

Am Ende hielt ein elegantes blaues Automobil neben mir, dessen Seitenfenster geöffnet war.

»Hallo, Miss, soll ich Sie mitnehmen?«

Ich sah hinein. Es war ein junger Mann, etwa so alt wie Sid Rose, vielleicht auch etwas älter. Sein Haar war ordentlich gekämmt, und er trug Drillich-Shorts und ein Hemd mit aufgekrempelten Ärmeln. Er nahm einen Leinenbeutel vom Sitz neben sich und warf ihn auf die Rückbank, beugte sich herüber und öffnete die Tür. Er war fraglos geschickt worden, um mir zu helfen.

»Springen Sie rein. Wohin wollen Sie?«, fragte er.

Ich stieg ein, zog mir den Rock über die Knie und lächelte ihn an. »Monks Tye. Kennen Sie das? Ich bin übrigens Edith.«

Er grinste zurück. »Und ich Neil. Nein, kenne ich nicht, aber Sie können mir sagen, wo ich halten soll. Ist es weit?«

»Nur noch ein paar Meilen. Wohin wollen Sie?«

»Also, ich versuche nach Blaxford zu kommen. Ich treffe dort ein paar Freunde zum Lunch. Wobei, hier sollte ich wahrscheinlich Dinner sagen, oder?«

Ich lachte. Das Automobil begann mit ziemlicher Geschwindigkeit dahinzuschaukeln, und der Motor klang irgendwie, als wollte er Beifall spenden. »Sie sind also nicht von hier.«

»Gut bemerkt! Wobei ich so, wie Sie sprechen, sagen kann, dass Sie's sind. Habe ich recht?«

Ich nickte. Hatte ich einen Akzent? Das hatte ich nicht gedacht. Sicher nicht wie die Drescher oder meine Großeltern. Connie hatte nie etwas gesagt.

»Nun, Sie haben Glück. Es ist ein schöner Teil der Welt.«

»Das sagen alle.«

»Finden Sie nicht?«

»Oh, ich bin es einfach gewohnt, nehme ich an. Machen Sie hier Urlaub?«

»Sie sind ein wahrer Spürhund, Edith. Ja, wir gehen wandern. Wir wollen dem Stound bis zum Meer hinunter folgen. Tom, Gladys und ich. Wir sind Studenten, wissen Sie, und es sind die langen Ferien. Tom liest uns immer aus *In Search of England* vor, von diesem Morton vom *Express*. Er macht uns wahnsinnig damit. Kennen Sie das Buch?«

Ich schüttelte den Kopf. »Sind Sie in Cambridge?«

»Sind wir. Tom und ich studieren die Greats, Altertum und Philosophie, Gladys Mathematik. Sie ist die schlaueste Frau, die ich je kennengelernt habe.«

»*Und gibt es Honig noch zum Tee?*«

»Entschuldigung?«

Ich spürte, wie ich rot wurde. Warum versuchte ich ihn mit einer Gedichtzeile zu beeindrucken? Jetzt würde er merken, wie unsympathisch ich war.

»Ich glaube, ich würde gern ans Meer, wenn ich Ferien hätte«, sagte ich eilig. »Oder vielleicht nach London. Ich bin nicht sicher, ob ich den Sinn daran verstehe, durch die Landschaft zu pilgern und gute Stiefel zu verschleißen. Sind Sie nur zu dritt?«

»Genau.«

»Werden Sie campen? In Zelten?«

»So ist es. Aber … da gibt es nichts, wissen Sie, Ungebührliches. Mit Gladys hat man großen Spaß, aber sie ist nicht diese Art Frau, verstehen Sie? Und was das betrifft, haben wir sowieso viel zu große Angst vor ihr.«

»Vor mir sollten Sie Angst haben«, sagte ich.

Er lachte. »Warum, sind Sie fürchterlich intelligent?«

»Ja, das bin ich. Ich kann alle möglichen Dinge.«

»Wie alt sind Sie, wenn ich fragen darf? Nein … lassen Sie mich raten. Sechzehn?«

»Fast siebzehn«, log ich und spürte, wie ich wieder rot wurde. Er war sehr nett.

»Werden wir Sie also bald in Girton sehen? Oder vielleicht in Newnham?«

»Wahrscheinlich. Ich habe mich noch nicht entschieden. Oh, wir sind fast in Monks Tye. Es ist direkt da vorne.«

»Sehr gut. Nun, es war mir ein Vergnügen, Sie kennenzulernen, Edith. Und alles Gute mit Ihrem Studium. Soll ich Sie
da vorn absetzen?«

Er brachte das Automobil vor dem Waggon & Horses zum
Stehen, und ein Fasan brach aus den Büschen, als wir an den
Straßenrand fuhren. Zwei ältere Landarbeiter in Kitteln saßen
mit ihren Krügen draußen, einer von ihnen hob einen Finger
an den Hut.

»Neil, ich …«

Er lächelte mich an und streckte die Hand aus. Ich schüttelte sie nicht.

»Kann ich mitkommen? Mit euch, meine ich. Auf eure Wan-
derung. Mit Gladys und … Tom?«

Sein Blick verdunkelte sich, und er legte seine Hand zurück
aufs Lenkrad.

»Oh, ich … ich glaube … Tut mir leid, Edith. Es war schön,
Sie kennenzulernen, aber … müssen Sie, musst du nicht ir-
gendwohin?«

»Zu meiner Schwester … Aber der ist das egal, ehrlich. Sie
weiß nicht mal, dass ich komme. Wären zwei Frauen nicht
besser als eine? Ich kann euch führen, ich kenne alle Wege
und Straßen …«

»Bis zum Meer? Hör zu, es ist sehr nett, das vorzuschlagen,
aber ich kann nicht einfach ein sechzehnjähriges Mädchen
mitnehmen. Das wäre wie eine Entführung, verstehst du das
nicht?«

»Nein, wäre es nicht. Nicht, wenn ich mitgehen will.«

»Edith, das ist … Ich …«

Plötzlich begriff ich, dass er mich einfach nicht mochte, das
war der Grund. Und warum sollte er auch, wo ich so dumm

und so jung war? Ich sah an seinem Gesicht, dass er mich aus seinem Automobil haben wollte, damit er weiterfahren und mit seinen cleveren Freunden Urlaub machen konnte. Einen Moment lang fragte ich mich, was passieren würde, wenn ich mich weigerte auszusteigen. Aber das war keine gute Idee.

Der Motor lief noch, und ich öffnete die Tür und drückte sie auf. Ich war wütend und fühlte mich gedemütigt, und zum allerersten Mal ließ ich zu, dass es mir bewusst wurde, während es so war, und nicht erst hinterher. Ich dachte, dass ich wütend auf Neil war.

»Du kannst dich *verpissen*«, sagte ich, knallte die Tür so fest zu, wie ich konnte, und genoss den Lärm, den es machte. »Verpiss dich, verpisst euch einfach alle!«

Die letzten Worte schrie ich heraus. Meine Fäuste waren geballt, mein Gesicht rot. Neil starrte mich sprachlos an. Einer der Männer auf der Bank stand auf.

»Also los doch! *Fahr!*«

Und das tat er mit aufheulendem Motor.

Der alte Mann folgte mir fast bis zu Marys Tür, und während ich wartete, dass sie mir aufmachte, drehte ich mich zu ihm um und blitzte ihn an. Er tat so, als sei er besorgt um mich, aber ich wusste, dass er mir übel wollte. Er hasste mich und wollte mich klein und schwach sehen, wie sie es alle taten. Er stellte mir Fragen, aber ich hörte sie kaum und weigerte mich, etwas zu sagen. Da war dieses Gefühl in meiner Brust, streng und seltsam vertraut. Mein Kiefer schmerzte, und mir wurde bewusst, dass ich die Zähne heftig zusammenbiss. Ich wollte gerade das Hexenzeichen in die Luft zwischen uns zeichnen, doch da kam Mary an die Tür.

Ich drängte an ihr vorbei, drückte die Tür hinter mir zu und umarmte sie stürmisch. Ich wollte das Gefühl von einst zurück, als ich mir mit ihr das Bett geteilt hatte und sie dafür gesorgt hatte, dass ich mich glücklich, sicher und geliebt fühlte.

»Ed! Bist du zu Fuß hergekommen? Was ist los?«, fragte sie, als ich sie endlich wieder losließ. Aber ich schüttelte nur den Kopf. Vielleicht sollte ich ihr nichts erklären, schließlich war sie nicht Teil meines Geheimnisses. Das waren nur ich, Mutter und Großmutter, niemand sonst. All die Jahre war ich neidisch auf sie gewesen, weil sie so hübsch war und sich so gut mit Mutter verstand, dabei war ich schon die ganze Zeit die Besondere gewesen! Aber ich liebte sie, natürlich tat ich das, und als ich sah, wie müde und erschöpft sie wirkte, wusste ich, dass ich freundlich zu ihr sein sollte.

Im Wohnzimmer sagte ich, dass ich das Baby nicht halten wolle, danke, und sie sah mich mit offenem Mund an, als hätte sie mir gerade keine Frage gestellt, sondern eine Art Befehl gegeben. Ich lächelte einfach und setzte mich.

»Warum bist du hier, Ed?«, fragte sie und setzte sich das Baby zurück auf die Hüfte. Eine Spur von Unmut lag in ihrer Stimme.

»Um dich zu sehen! Du hast mich eingeladen, erinnerst du dich?«

»Seid ihr nicht bei der Ernte?«

»Es läuft alles.«

»Ohne Doble? Helfen die Rose-Jungs?«

»Nein, aber es geht alles bestens.«

»Wissen Mutter und Vater, dass du hier bist?«

»Mary, hast du was zu essen? Ich habe das Frühstück verpasst.«

»Du hast das Frühstück verpasst? Wie meinst du das?«

Ich seufzte ungeduldig. »Ich habe verschlafen, und dann bin ich direkt hergekommen. Ehrlich, du scheinst dich nicht sehr zu freuen, dass ich hier bin.«

Sie wurde rot. »Und du scheinst dich nicht sehr zu freuen, Baby Terence zu sehen!«

Ich biss mir auf die Zunge.

»Hör zu. Könnte ich wenigstens eine Tasse Tee bekommen? Ich bin völlig ausgetrocknet.«

Sie starrte mich einen Moment lang an und ging dann, geschlagen, in die Küche hinten, den Kleinen sabbernd und jammernd auf der Hüfte. Ich ließ mich zurück auf das Sofa sinken und atmete tief aus.

Während der Tee zog, legte sie das Baby in seinen Korb und redete mit ihm auf ihre alberne Weise. Ich fragte mich, ob Mutter früher bei uns auch so gegurrt hatte. Jedenfalls taten weder sie noch Grandma es heute, wenn sie Terence hielten. Vielleicht war es nur Mary.

Sie hatte sechs Bourbon-Kekse auf einen Teller gelegt, und ich aß drei, während sie sich über den Korb beugte. Die Süße hinterließ einen Film auf meinen Zähnen.

»Soll ich einschenken?«, fragte ich. Ich hatte so einen Durst, dass ich spürte, wie ich Kopfschmerzen bekam.

»Wenn du magst.«

Sie nahm ihre Tasse und setzte sich in einen der Sessel. Da war etwas Steifes, Sittsames an der Art, wie sie sich bewegte, ganz so, als säße sie auf dem Präsentierteller oder würde beurteilt. Warum konnte sie nicht rülpsen oder ein Bein über die Armlehne legen, fragte ich mich. War sie nervös, oder bedeutete, eine verheiratete Frau zu sein, dass sie sich so verhalten musste?

»Warum ist dir Butler Blythe gefolgt, Ed?«

»Der alte Mann draußen? Ich weiß es nicht.«

»Doch, das weißt du.«

»Oh, es war nichts. Er wollte mir übel, und ich lasse mir das nicht mehr gefallen?«

Sie zog die Stirn kraus.

»Wie geht es Vater?«

»Ich *hasse* ihn, Mary!« Ich hatte es nicht sagen wollen, es brach einfach aus mir heraus.

»Ed, du kannst ihn nicht hassen!«

»Aber ich tu es. Du hast ihn beim Fest nicht gesehen, es war schrecklich.«

»Ich habe ihn oft genug betrunken erlebt. Ich weiß, er kann schwierig sein. Warum, denkst du, komme ich nicht mehr zu Besuch?«

»Aber es ist schlimmer geworden. Sogar Frank sagt das.«

»Frank? Wirklich?«

Ich nickte. »Etwas … irgendetwas stimmt mit ihm nicht.«

Sie seufzte. »Grandma gibt Mutter die Schuld, weißt du. Sie sagt, Mutter erlaubt es.«

»*Erlaubt* es?«

»Indem sie ihn deckt, es geheim hält. Sie meint, wir haben uns da unsere eigene Geißel geschaffen.«

»Ich denke manchmal … « Ich senkte meine Stimme zu einem Flüstern. »Ich denke manchmal, er ist gar nicht wirklich unser Vater, sondern jemand anders.«

»Wie um alles in der Welt meinst du das?«

»Ich kann es nicht erklären. Aber du solltest ihn dir das nächste Mal genau ansehen. Stört es dich, wenn ich die Kekse aufesse?«

Sie schüttelte den Kopf. »Ed, ich … ich mache mir Sorgen um dich.«

»Um mich? Warum?«

»Du scheinst sehr … du scheinst nicht du selbst zu sein.«

Ich lehnte mich zurück und lachte. »Nicht ich selbst! Wie Vater, meinst du? Oh, ich kann dir versprechen, ich bin wirklich ganz ich selbst. Mehr denn je, ehrlich gesagt.«

»Aber … du kommst mir so anders vor.«

»Ich *bin* anders. Alles hat sich verändert.«

»Was hat sich verändert, Ed? Du kannst es mir sagen, das weißt du. Ich bin deine Schwester. Du kannst es wirklich. Es ist Alfie Rose, oder?«

Ich fühlte mich wie ein Luftballon in dem Moment, wenn alle Luft daraus entweicht, oder wie ein Radio, wenn die Batterie versagt. Es muss auf meinem Gesicht erkennbar gewesen sein, denn sie stellte ihre Tasse ab, kam zu mir aufs Sofa und nahm mich in den Arm.

»O Ed, du bist meine Schwester, und ich liebe dich, weißt du das? Sag mir … Sag mir einfach, was passiert ist.«

Die Schluchzer, die aus mir hervorbrachen, waren furchterregend, und ich klammerte mich an Mary und weinte und weinte. Rotz troff mir aus der Nase, und mein Mund verzog das Gesicht zu einer Grimasse. Ich hörte mich Geräusche machen, die fast schon Schreie waren, aber ich ließ es geschehen, ließ ihn durch mich wüten, diesen Moloch aus Angst und Schmerz und Schrecken. Ich drückte mich fest an Mary, klammerte mich voller Verzweiflung an sie, während sie mich wiegte, leise auf mich einredete und mir sanft den Kopf streichelte.

Als die letzten Schluchzer schließlich versiegten, lehnte ich mich etwas zurück und suchte nach einem Taschentuch. Sie drückte mir ein sauberes von sich in die Hand.

»Ed. Ed. Ich muss dich fragen. Hat er dich gezwungen … dich gezwungen, *es zu tun*?«

»Er hat mich nicht gezwungen«, brachte ich heraus. »Ich habe ihn gelassen. Es war mein Fehler.«

Mein Weinen hatte das Baby geweckt, es fing an zu jammern, und ich wusste, dass sie jeden Moment nach ihm sehen würde. Ich bereitete mich innerlich auf den Schlag vor, dass sie aufstehen und gehen würde.

»Oh, lass ihn schreien«, sagte sie, legte einen Arm um mich und drückte mich an sich. »Manchmal macht er mich verrückt. Manchmal wünschte ich, ich hätte ihn nicht bekommen.«

Himmel, diese Erleichterung, wieder zu fühlen, dass sie da war: meine Schwester. Ich musste lachen, und auch sie lachte durch die eigenen Tränen.

»Und jetzt erzähl mir genau, was passiert ist. Alles, lass nichts aus.«

Und so, zögernd erst und dann in einem einzigen Schwall, erzählte ich.

Mary machte Sandwiches, als es draußen ziemlich energisch klopfte. Sie erschien in der Tür zur Küche und sah mich an. Nach allem, worüber wir geredet hatten, fühlten wir uns beide nicht in der Verfassung, jemanden zu sehen, besonders nicht von der Farm.

Aber es klopfte ein weiteres Mal. »Ich nehme an, du machst besser auf«, sagte ich kläglich und zog meine Knie unters Kinn.

»Mary, ich freue mich so, Sie endlich kennenzulernen«, klang Connies vertraute Stimme aus dem Flur herein. »Ich bin Constance. Es tut mir so leid, Ihnen Umstände zu machen, aber Ihre Schwester Edith ist nicht zufällig hier?«

»Ed? Oh … sie ist …«

»Ist schon gut«, rief ich. »Hallo, Connie. Komm herein.«

Mit Connie darin wirkte Marys Wohnzimmer mit einem Mal kleiner und billiger. »Nein, steh nicht auf, Liebes«, sagte sie. »Dir geht es sicher nicht gut.«

Mary hob die Brauen bei Connies »Liebes« und sagte: »Sie ist nur etwas … erschöpft.«

»Erschöpft, das ist es, genau. Darf ich mich setzen?«

»Aber natürlich. Mögen Sie eine Tasse Tee, Constance? Ich koche gerade eine Kanne.«

»Ja, bitte, das wäre nett. Wissen Sie, dass es draußen zu nieseln anfängt?«

Sie setzte sich zu mir aufs Sofa. »Ich bin mit dem Fahrrad hergekommen, deine Mutter schickt mich. Ich bin froh, dass ich dich hier finde, ich dachte schon, du wärst womöglich weggelaufen.«

»Kriege ich großen Ärger?«

»Nein, dein Vater denkt, du liegst mit dem Gleichen im Bett, was Alfie hat. Er hegt keinen Verdacht.«

»Aber Großvater …«

»Ich weiß, du warst offenbar nicht nett zum armen Albert«, sagte sie und grinste. »Aber er wird dir vergeben.«

Mary kam mit einem Teller Sandwiches und einer Kanne Tee. »Sie war schon immer sein Liebling«, sagte sie, aber mit liebevoller Stimme.

»Ich hole noch eine Tasse, ja?«, sagte Connie. »Nein, setzen Sie sich, Mary, ich finde schon eine. Ich weiß immer, wo was in anderer Leute Küchen zu finden ist. Das ist eine besondere Gabe, die ich habe. Seht ihr, was habe ich gesagt?«, und schon war sie mit einer Tasse, Untertasse und einem Löffel wieder da.

»Und jetzt lasst uns drei Ladys mal einen richtigen Plausch halten. Es wird langsam Zeit, oder?«

Bevor Connie gekommen war, hatte ich Mary alles über Alf erzählt bis zurück zum ersten Mal, als er mich hinterm Klo der Farm der Roses geküsst hatte, und auch alles, was ich ihn hatte tun lassen. Sie sagte, dass wir ganz und gar kein Liebespaar waren, und vor allem, dass er sich am Abend des Festes wie ein Schuft benommen hatte.

»Aber es ist mein Fehler, ich hätte dir erklären müssen, wie die Männer wirklich sind«, fuhr sie fort. »Ich dachte, dazu wäre noch Zeit, und wahrscheinlich auch, dass du nicht wirklich interessiert bist, immer den Kopf in einem Buch. Und … dann war ich wohl so mit Clive beschäftigt und dann mit der Hochzeit und Terence. Es tut mir so leid, Ed.«

»Oh, ist schon gut. Aber du wirst es doch keinem erzählen, oder? Nicht Mutter oder sonst jemandem?«

»Natürlich nicht, und du darfst es auch nicht, oder sie reden über dich.«

»Was, wenn *er* was sagt? Wenn er damit angibt?«

»Ich glaube nicht, dass er das wird. Ich wette, er weiß, dass er das nicht hätte tun dürfen. Es würde mich nicht wundern, wenn er gar nicht krank ist, sondern nur so tut.«

Ich holte tief Luft und hielt sie einen Moment in mir, und als ich sie wieder ausstieß, versuchte ich die Schultern sinken zu lassen. »Mary, ich will ihn nie wieder küssen. Oder … irgendwas. Es war so schrecklich. *Schrecklich!*« Ich erschauderte kurz und hatte das Gefühl, ich könnte wieder zu weinen anfangen.

»Du musst ihm aus dem Weg gehen oder eine Hutnadel dabeihaben. Sie können nicht anders, nicht, wenn sie, weißt du, *entflammt* sind, oder es schädigt sie da unten. Die Männer sind in der Hinsicht alle gleich. Das hat Mutter mir erklärt. Also ist es das Beste, sie nicht zu nahe an sich herankommen zu lassen, es sei denn, du bist wirklich verliebt.«

»Alle? Sogar … «, ich suchte in meiner Vorstellung, »sogar Frank? Und John?«

»Wahrscheinlich.«

»War Clive auch so, als er dir den Hof gemacht hat?«

»Natürlich, aber … ich mochte ihn auch, verstehst du?«

»Aber ich … ich mag Alf ja. Alle mögen ihn. Ich glaube, Vater will, dass ich ihn heirate. Und du weißt, wie viel Frank auf ihn hält.«

»Nicht mit deinem Herzen oder deinem Körper, damit kannst du ihn nicht mögen. Oh, es ist so schwer zu erklären.«

»Also sag mir, was um alles in der Welt los ist, Edie«, sagte Connie jetzt. »Du weißt, dass du Ada einen ganz schönen Schreck eingejagt hast, der Ärmsten?«

»Connie weiß, dass ich … dass ich Alf Rose geküsst habe«, sagte ich mit einem Blick zu Mary, den sie verstand.

»Aber es geht doch sicher nicht nur um einen Jungen«, sagte Connie vertrauensvoll und nahm meine Hand. »Ich meine, in den Pferdeteich zu steigen und Zauberzeichen in die Luft zu malen, Liebes, das wollen wir alle gerne verstehen.«

»Ja, was du neulich in die Luft gemalt hast«, sagte Mary, »danach wollte ich dich auch fragen.«

Ich blickte aus dem Fenster. Auf der anderen Seite der Straße konnte ich einen Teil der Dorfhalle sehen, in der die Tanzveranstaltungen stattfanden. Davor stand ein Metzgerwagen mit der Aufschrift »G & E Evans«, und eine Frau mit einem Kopftuch und einem Korb Eier eilte vorbei. Alles war in einen leichten Nieselschleier gehüllt. Der Glanz und die übergroße Klarheit, von denen die letzten paar Tage erfüllt gewesen waren und die der Alltagswelt solch eine überwältigende Strahlkraft und Bedeutung verliehen hatten, schienen aus der Luft gewaschen zu werden.

»Das sollte nur Glück bringen, Mary, du weißt schon, wie wenn man auf Holz klopft. Tust du das nie?«

»Ed, es war das Margeriten-Zeichen wie im Haus. Und das weißt du.«

»Was ist ein *Margeriten*-Zeichen?«, wollte Connie wissen.

»Manche nennen sie auch Hexenzeichen. Es gibt sie überall hier auf dem Land.«

»Gott. Von Hexen?«

»Oh, nein«, sagte Mary. »Zum Schutz vor ihnen. Normale Leute haben sie vor langer Zeit in ihren Häuser angebracht.«

Wie konnte ich das nicht verstanden haben? Warum war ich so dumm gewesen anzunehmen, dass die Zeichen eine Art Zauber waren? Es gab so viel, was ich nicht wusste oder durcheinandergebracht hatte – was eigentlich gar nicht zu mir passte. Was für eine dumme kleine Närrin ich doch war.

»Mary, ich muss dich etwas fragen. Wegen Grandma Clarity.«

»Grandma? Was ist mit ihr?«

»Wie macht sie das? Woher weiß sie Dinge?«

»Was für *Dinge*?«

»Du *weißt* schon. Wir haben oft darüber gesprochen, als wir noch Kinder waren: wie sie immer wusste, was nicht stimmte, noch bevor wir was gesagt hatten. Sie wusste auch, dass du Terence erwartetest …«

»Ed, das ist einfach etwas, was Frauen sehen.«

»… und sie wusste von meinem Wachtelkönig …«

»Mutter hatte ihr von ihm erzählt!«

»… und wie sie Leute wieder gesund machen kann oder sie ansehen und krank machen …«

»Ed, du weißt genau, dass sie das nicht kann.«

»Aber sie kann sie gesund machen. Menschen und Tiere, das weißt du!«

»Sie kennt sich mit Kräutern aus, das ist alles! Viele alte Frauen tun das. Was denkst du, was die Leute für Medizin genommen haben, bevor es Ärzte gab?«

»Ist das alles?«

»Wie meinst du das?«

»Es ist nur, dass Frank gesagt hat … Frank hat gesagt, sie ist eine Hexe.«

Mary brach in Lachen aus, und Connie sah mich ernst und ruhig an. Es war ungewöhnlich für sie, so lange nichts zu sagen. Ich hatte fast vergessen, dass sie da war.

»Aber, Ed«, sagte Mary schließlich, »du wirst ihm doch nicht geglaubt haben? Du weißt, was für ein Idiot er sein kann.«

Ich zuckte mit den Schultern. »Ich … ich weiß gar nichts.«

»Sag bloß Mutter nichts von alledem. Das würde sie fürchterlich verletzen.«

»Verletzen? Warum?«

»Denk doch mal nach, du Esel: Sie ist damit aufgewachsen,

dass die Leute schlimme Dinge über Grandma gesagt haben, und jetzt machst du es auch.«

»Mache ich nicht! Warum sollte das schlimm sein?«

»Hör zu, Ed, du musst mit diesen Sachen aufhören, sofort. Ich weiß, du warst … erschöpft, und ich verstehe das, ehrlich. Und ich weiß, dass Vater zuletzt ziemlich unter Druck stand, was allen das Leben schwer macht. Aber niemand ist eine Hexe, und das weißt du sehr gut.«

Ich nickte und sah auf meine Hände. »Entschuldigt mich«, sagte ich. »Ich muss mal aufs Klo.«

»O Edie«, sagte Connie, als ich aufstand, um aus dem Zimmer zu gehen. »Ich glaube … Gott, entschuldige, aber ich glaube, du hast deine Tage.«

Connie und ich fuhren auf Connies Rad zurück zur Farm mit mir behutsam vorne auf der Lenkstange. Die Sonne war wieder herausgekommen, und alles dampfte. Der Regen hatte den Staub von der Straße gewaschen und auch seinen leichten Flor von den wilden Hecken links und rechts.

Mary hatte mir eines ihrer Kleider gegeben, meines mit dem roten Fleck hinten, der wahrscheinlich schon zu sehen gewesen war, als ich aus dem Automobil stieg, steckte zusammengerollt in Connies Tasche. Oben in ihrem Schlafzimmer hatte Mary noch einen Bindengürtel für mich gefunden und mir flüsternd erklärt, wie erleichtert ich sein sollte. Das Sofa würde sie mit etwas Karbolseife schon wieder sauber bekommen. »Ehrlich, Terence hat da schon viel Schlimmeres veranstaltet«, lachte sie.

»Ich wasche dein Kleid und bringe es dir nächste Woche mit Mutter zurück«, versprach ich ihr vorne an der Tür und drückte sie fest an mich.

»Nein, das behältst du«, sagte sie mit einem Lächeln. »Ich passe da bald sowieso nicht mehr hinein.« Sie legte sich eine Hand auf den Bauch. »Aber sag bloß Mutter nicht, dass ich in anderen Umständen bin – und Sie auch nicht, Constance! Sie wird sich schrecklich aufregen, wenn sie denkt, ich habe jemandem vor ihr davon erzählt.«

Zurück im Dorf stiegen Connie und ich bei der alten Mühle vom Rad, und sie trug es über die Steine im Fluss und schob es den schmalen Pfad hinauf auf die Back Lane. Meine Krämpfe kamen, und ich war froh, dass ich nicht mehr vorn auf der Lenkstange balancieren musste.

»Ich gehe und sage Ada, dass ich dich gefunden habe, und du läufst gleich ins Haus und legst dich ins Bett«, sagte Connie. »Ich habe dir ein Exemplar meines letzten Artikels zum Lesen hingelegt, über den Schmied und den Stellmacher und die wundervollen alten Heuwagen, die es in diesem Teil der Welt zu sehen gibt. Du musst mir sagen, wie du ihn findest.«

»Danke, Connie, ich bin sicher, er ist wunderbar. Aber was ich noch fragen wollte: Was ist mit der Familie bei den Hullets? Es gab zu Hause so viel, dass ich … «

»Oh, um die kümmern sie sich bestens in Market Stoundham, da sind sie ganz sicher. Und jetzt muss ich sehen, wie Mr Chalcott zurechtkommt!«

»Macht er immer noch Aufnahmen?«

»Als ich gefahren bin, war er noch dabei. Aber dann hat ihn der Regen wahrscheinlich nach drinnen getrieben. Ich meine, wird er die Ernte verdorben haben?«

»Oh, nein, kein so kurzer Nieselregen. Ich bin sicher, da ist alles in Ordnung.«

»Und wie lange dauert es, denkst du, bis ihr fertig seid?«

»Der Weizen wird in ein paar Tagen aufgestellt sein«, antwortete ich. »Und während er trocknet, mähen wir die Gerste und bauen die Schober. Und dann, wenn der Weizen trocken ist, bringen wir auch ihn ein.«

»Aber es gibt kein Erntefest?«

»Nein, tut mir leid, Connie. Mutter wird etwas Schönes kochen, aber das ist alles.«

»Wie schade. Ich habe von den alten Traditionen gelesen, und es war mal etwas, bei dem das ganze Dorf zusammenkam.«

»Wir ernten die Felder heute nicht mehr gleichzeitig für den örtlichen Gutsherren ab, Connie. Die Bauern werden zu unterschiedlichen Zeiten mit ihrer Ernte fertig. Es würde nicht funktionieren.«

»Nun, ich habe jedenfalls vor, etwas zu organisieren im Bell & Hare.«

»Wie? Was hast du vor?«

»Sagen wir, wenn euer Weizen eingebracht ist und die Gerste, dann vielleicht? Ich möchte nicht zu lange damit warten. Ich habe vor, die örtlichen Bauern und Landarbeiter zusammenzubringen. Vielleicht kann ich sie mit einem Bier bestechen.«

Ich lachte. »Das sollte funktionieren. Erwarte nur nicht all die alten Balladen und Erntetraditionen. Die gute alte Zeit ist lange vorbei.«

»So stelle ich es mir auch nicht vor, Liebes«, sagte sie, aber obwohl ich sie drängte, mehr zu verraten, wollte sie weiter nichts sagen.

XV

DAS ERSTE GEMÄHTE KORNFELD mit seinen Stoppeln brachte eine Vorahnung vom Winter. Plötzlich standen die Hecken wieder höher da, das Land ließ die halb vergessenen, vom Korn lange verborgenen Konturen aufs Neue erscheinen, und es war gar nicht so schwer, sich die Felder mit satten braunen Ackerfurchen vorzustellen, deren dicke Erdbrocken vom Frost zerbrochen werden würden. Schließlich unterschied sich der blaue Augusthimmel nicht allzu sehr vom Himmel eines hellen, kalten Novembertages, wenn unsere Äcker leer und still dalagen.

Der Winter würde seine eigenen schönen Dinge mitbringen: die Feuer, die unten im Haus entzündet wurden und es mit dem Geruch von Holz erfüllten; das Schlittschuhlaufen auf dem Pferdeteich mit Frank, wenn das Eis dick genug war, um uns zu tragen; die Fahrten nach Market Stoundham zum Viehmarkt und zur Getreidebörse. Ich nehme an, Letzteres war für Vater, der sich sorgen musste, einen guten Preis für sein Korn zu erzielen, kein so großes Vergnügen. Manchmal unternahmen wir die Fahrt mehrere Male, bevor er es verkaufte, besonders wegen der Gerste. Seine kleine lederne Probentasche leerte er vorher jedes Mal sorgfältig und füllte sie neu für den Fall, dass der Inhalt über die Woche verdorben war.

Doch all das würde erst noch kommen. Wir mähten Green-leaze und Newlands, stellten die Garben unter einem trüben, bedeckten Himmel auf, und es folgte ein neuer Tag mit Nie-selregen, an dem wir ausruhten. Aber die Sonne kam wieder heraus und schien mit aller Kraft, und nach einem weiteren Tag mit einem ängstlichen Blick zum Barometer begannen wir mit der Gerste auf Crossways. John ließ Frank den Mäh-binder steuern, und Connie verbrachte den Tag mit uns und lernte die Garben mit Tippers alter zweizackiger Gerstengabel auf den Wagen zu werfen. Währenddessen sah Mutter täglich nach Doble und wechselte sich mit Mrs Rose dabei ab, ihm zu essen zu bringen. Und ob er nun noch im Bett lag oder mit der eigenen Ernte beschäftigt war: Von Alf sahen wir bei uns nichts, und ich fragte nicht, wie es ihm ging.

Ich schlief besser und fühlte mich aus dem Grund, wie ich annehme, jeden Tag ein bisschen weniger seltsam. Das sagte ich auch Mutter, und dass ich so dumm gewesen sei, noch bis spät wachzubleiben und Schauergeschichten zu lesen. Sie glaubte mir ohne Weiteres, entsprach es doch genau dem, was sie von mir dachte. Schließlich war es erst ein Jahr her, dass ich *Das Mitternachtsvolk* gelesen und wochenlang so getan hatte, als sei ich ein Junge, der mit Zauberkatzen sprechen konnte. Ich scheute vor Vater noch etwas zurück, aber längst nicht mehr so wie in den Tagen, als er für mich zu einem an-deren, einem Fremden geworden war, woran ich mich kaum noch richtig zu erinnern vermochte. Was die Hexerei anging, so betete ich in der Kirche zu Gott, mir meine Verwirrung und meine kindischen Spielchen zu vergeben. Trotzdem kehrten meine Gedanken hin und wieder zu der Möglichkeit zurück, dass mein Leben insgeheim ein besonderes war, und ich zeichnete mir auch manchmal noch das Hexenzeichen in die Hand. Schließlich konnte ich damit keinen Schaden anrichten.

Und erst jetzt, während jene merkwürdigen Gedanken und Vorstellungen nach und nach schwanden, begann ich mich zu fragen, was in den Tagen nach dem Dorffest eigentlich mit mir passiert war. War ich vielleicht nicht ganz bei Trost gewesen? War ich womöglich verrückt wie meine Großmutter, die ich nie gesehen hatte? Die Vorstellung hatte etwas Erschreckendes, und doch vermisste ich auf eine seltsame Weise auch das Hochgefühl jener Tage und die große Macht, von der ich, wenn auch nur kurz, so überzeugt gewesen war. Ich sagte allerdings niemandem etwas von diesen Gedanken, wusste ich doch, dass sie keiner verstehen würde.

Wir bauten die Gerstenschober neben dem Heuschober und sorgten dafür, dass genug Platz für den Weizen blieb, wenn er trocken war und eingebracht wurde. Vater hatte seit Jahren davon gesprochen, zwischen Crossways und Greenleaze eine offene Scheune mit einem Wellblechdach zu errichten, es aber irgendwie nie gemacht, und so karrten wir unser Getreide immer noch zum Hof.

Es ist eine heikle Sache, einen Schober so zu bauen, dass er wetterfest ist, sich nicht aufheizt und, soweit eben möglich, keine Ratten anzieht. Er muss gut auf Stroh gebettet werden, dann werden die Garben vom Wagen geholt, in der Mitte des Schobers aufrecht gestellt und zum Rand hin flach hingelegt, mit den Schnittstellen nach außen. So bleibt die Mitte voller, das Dach oben fällt am Ende zu den Seiten ab, und der Regen läuft herunter. Stützen halten den Schober während des Aufbaus aufrecht, und der geschickteste Mann steht oben, um die

Garben anzunehmen, die zu ihm hochgeworfen werden. Er ordnet sie an und tritt sie fest bis zur obersten Schicht. Zu guter Letzt wird der Schober mit trockenem Weizenstroh abgedeckt, das mit Latten und Schnüren festgezurrt und an den Seiten ordentlich abgeschnitten wird. Natürlich gibt es so viele Arten, das zu tun, wie es Farmen gibt, und selbst die Formen der Schober variieren in den unterschiedlichen Gegenden und auch danach, wer sie jeweils baut.

Wie Großvater vorausgesagt hatte, vermissten wir Doble beim Schoberbau. Vater und John konnten es zwar auch, aber beiden fehlte sein genaues Auge, und so ging die Arbeit langsamer vonstatten. Erst hielt die Mitte nicht, sondern fiel in sich zusammen, was bedeutete, dass, wenn sich der Schober gesetzt hätte, innen ein Loch entstanden und die Gerste verfault wäre, und so mussten wir nach der Hälfte noch mal neu anfangen. Dann war der Schober nicht richtig rund, was es schwierig machte, ihn abzudecken. Aber da die Zeit drängte, machten wir weiter, und John warf die Garben zu Vater hinauf, der immer zorniger wurde. Währenddessen fuhr Frank mit Moses und Malachi auf die Felder, und Mutter und ich füllten den riesigen Wagen, so gut wir konnten. Nach einer Pause um vier und später dem Abendessen arbeiteten wir bis Sonnenuntergang auf den dunkler werdenden Feldern, sangen im Stil von Jessie Matthews *John Barleycorn* und *Waiting for the Leaves to Fall* und einen in dem Jahr beliebten Jazz-Song mit dem Titel *Honeysuckle Rose*.

Connie kam eines Tages spätvormittags auf die Farm, als wir gerade begannen, den zweiten Gerstenschober abzudecken. Mutter war ins Haus gegangen, um das Mittagessen zu machen. Frank und Vater standen beide oben auf dem Schober, und

Vater zeigte, wie er die Garben von John auffing, der auf dem sich schnell leerenden Wagen stand.

»Gott, die lassen es leicht aussehen, was?«, sagte Connie bewundernd, und ja, die Bewegungen der Männer waren auf eine Weise behände, dass man, nehme ich an, fast schon von Anmut sprechen konnte. John warf eine Garbe in die Höhe, Vater spießte sie mit seiner Gabel auf und legte sie ordentlich an ihren Platz. Frank tat es ihm nach, nur schien er zu viel Kraft in seine Bewegungen zu legen, und ich konnte an seinem Gesicht sehen, dass es ihn bald schon erschöpfen würde, während die erfahreneren Männer immer noch frisch aussahen.

»Denk nicht zu viel, Junge«, sagte Vater. »Mach es mit einem einzigen Schwung und lass den Rhythmus die Arbeit tun.«

»Darf ich es auch mal versuchen, George?«, rief Connie.

»Nein, Constance, wir sind fast fertig, und dann müssen wir ihn abdecken. Schade, dass Sie gestern nicht da waren, da hätten Sie helfen können.«

Sie grinste und steckte die Hände in die Taschen. »Ich hatte in der Stadt zu tun. Aber jetzt bin ich hier und könnte zumindest beim Abdecken helfen.«

John schnaubte.

»Ich glaube eher nicht«, sagte Vater.

»Oh! Ehe ich es vergesse, Edie«, sagte sie und wandte sich mir zu. »Auf dem Weg hierher bin ich dem Postboten begegnet.« Sie zog einen zerknitterten Brief aus der Hosentasche und hielt ihn mir hin. Er war in Corwelby abgestempelt. »Sag bloß, ein geheimer Verehrer?«

Aber ich hatte die Handschrift auf dem Umschlag bereits erkannt und nahm ihn mit gerunzelter Stirn entgegen.

Liebe Edith,

wie geht es dir? Ich hoffe, gut.

Ich denke, du wirst mir vergeben, wenn ich dir zu einer weiteren Gelegenheit schreibe, aber ich könnte es nicht mit meinem Gewissen vereinbaren, es nicht zu tun – trotz allem, was du mir über deine fehlende Neigung zu Kindern in Antwort auf meinen letzten Vorschlag auseinandergesetzt hast.

Eine mir bekannte Frau, eine Witwe, aber erst neunundzwanzig Jahre alt, sucht ein Mädchen, das ihr Gesellschaft leistet und bei den Pflichten in Bezug auf ihre Tochter, ein Mädchen von drei Jahren, hilft, damit sie ihr Hobby des Malens mit Wasserfarben weiterverfolgen kann. Im Haushalt muss nicht geholfen werden.

Meine Bekannte wohnt in Market Stoundham in komfortablen Verhältnissen. Das Mädchen bekommt ein Zimmer im Haus. Als ich von den Anforderungen hörte, musste ich gleich an dich denken, aber wahrscheinlich wird es viele Bewerberinnen geben, lass mich also umgehend wissen, ob du möchtest, dass ich einen Termin für ein Vorsprechen vereinbare.

Edith, ich will offen mit dir sein und vertraue darauf, dass die Achtung, die wir füreinander hatten, als ich noch deine Lehrerin war, mir das Privileg gibt, die Wahrheit zu sagen. Du bist erst vierzehn, und mit vierzehn wissen Mädchen noch nicht, was sie wirklich wollen, obwohl es sich natürlich so anfühlt! Aber ich kenne dich sehr gut, denn in deinem Alter war ich wie du, habe jetzt aber den Vorteil einer jahrzehntelangen Lebenserfahrung.

Mein Rat für dich ist, diese Stellung anzunehmen und von den Vorteilen des Lebens in der Stadt Gebrauch zu machen. Es stimmt, Market Stoundham ist nicht London, aber es gibt eine Bücherei, ein Theater und die Gesellschaft von weit mehr jungen Leuten, als du in Elmbourne je kennenlernen wirst. Du wirst die Möglichkeit haben, die Trägheit ab- zuschütteln, die dir, wie ich beobachtet habe, in den letzten Jahren zugesetzt hat, und wahrhaft dein Leben zu beginnen. Und ich habe keinen Zweifel, dass du im Laufe der Zeit in dir entdecken wirst, was höchst natürlich für eine Frau ist: den Instinkt, sich um Kinder zu kümmern, ob um die eigenen oder die von anderen.

Ich freue mich auf deine Antwort ...

Mit vielen lieben Grüßen

Geraldine Carter

»Ist alles in Ordnung?«, fragte Connie, als ich den Brief wie- der zusammenfaltete und zurück in den Umschlag steckte. Ich fühlte mich verunsichert, so als schnappte da eine Falle zu, doch ich schob das Gefühl beiseite. Ich wurde zu Hause viel zu nötig gebraucht.

»Nur ein Brief von meiner alten Lehrerin, Miss Carter. Wir schreiben uns manchmal. Aber wenn du mich jetzt bitte ent- schuldigst, ich muss gehen und meiner Mutter helfen.«

Ich lief in mein Zimmer, schob den Brief in ein Buch und ging zurück nach unten. Irgendwo hinter meinen Augen bil- dete sich ein Kopfschmerz.

»Ah, da bist du ja, Kind. Hol die Schweinepastete aus dem Vorratsraum. Sie ist unter dem Tuch. Und dann teile sie in acht Stücke, ja? Und schneide auch etwas Brot auf.«

»Mutter, bist du glücklich?«

»Wie meinst du das, ob ich glücklich bin, Mädchen?«

»Bist du glücklich? Du weißt schon, damit, was aus deinem Leben geworden ist.«

»Was ist denn in dich gefahren, Edie? Natürlich bin ich glücklich. Warum sollte ich es nicht sein?«

»Wünschst du dir nie, dass du … etwas aus deinem Leben gemacht hättest?«

Sie sah mich finster an. »Du denkst, ich habe nichts daraus gemacht? Ist es das?«

»Ich meine nur … nun, vermisst du es zum Beispiel, nicht mehr die zu sein, die sich um die Pferde kümmert? Du musst traurig gewesen sein, als John aus dem Krieg zurückgekommen ist.«

»Traurig? Sei nicht albern, Edith. Ich war froh, dass er überlebt hatte. Das sind wir alle.«

Ich hatte das Gefühl, dass sie meine Frage nicht wirklich beantwortete, obwohl das, was sie sagte, eindeutig war. Aber vielleicht lag es einfach daran, dass ich ihr nicht glaubte. Was nicht ganz fair war.

»Setzt dir Connie wieder Flausen in den Kopf? In gewisser Weise bin ich froh, wenn sie nicht mehr da ist, weißt du.«

»Warum? Sagt sie, dass sie geht?«

»Nein, nicht dass ich etwas in der Art gehört hätte«, sagte Mutter und entfernte die Schalen aus einer Schüssel mit hartgekochten Eiern. »Aber wenn es kälter wird, wird sie zurück nach London wollen, darauf wette ich. Und dann haben wir etwas Frieden.«

»Mutter … «

»Ja, Kind?«

»Miss Carter hat mir wegen einer Stellung geschrieben. In Market Stoundham.«

»Als Dienstbotin?«

»Nein. Nun, auf eine Weise. Als Gesellschafterin für eine Witwe. Sie hat eine drei Jahre alte Tochter. Und sie malt.«

Mutter war mit den Eiern fertig und wischte sich die Hände an der Schürze ab.

»Also, das sind ja gute Nachrichten, Edie! Hast du ihr geantwortet?«

»Noch nicht, der Brief ist gerade erst gekommen.«

»Aber du nimmst die Stellung an, oder? Du sagst ja?«

Es versetzte mir einen Stich, dass sie darüber so glücklich schien. Damit hatte ich nicht gerechnet. »Aber ... wer hilft dir dann am Waschtag? Und würdest du mich nicht vermissen?«

»Edie, hör zu: Es ist eine gute Gelegenheit, und du musst sie wahrnehmen. Du *musst*.«

Ich sammelte die Eierschalen ein und warf sie in den Kübel für die Schweine. Statt mich zu Hause zu halten, schien sie mich plötzlich loswerden zu wollen. Vielleicht hatte ich mit all dem, was ich zuletzt getan hatte, ihre Liebe erschöpft. Ich überlegte. Ich spürte, wie mir der Schmerz den Kopf einschnürte.

»Mutter«, sagte ich.

»Ja, Edie?«

»Was war mit Großmutter?«

»Was meinst du, was mit ihr war? Sie wurde krank und ist gestorben.«

»War sie ... verrückt?«

Mutter seufzte. »Also, ich weiß es nicht genau. Es war, bevor ich deinen Vater geheiratet habe, und Albert will nicht über sie sprechen. Manche Leute sagen, sie hatte Wahnvorstellungen, aber wenn du Lizzie Allingham fragst, sagt sie dir, dass die arme Frau einfach nur müde war.«

Connie aß an dem Tag nicht mit uns, sondern blieb draußen und machte Skizzen von den Schobern.

»Wie lange noch, bis Sie den Weizen einbringen, George?«, hörte ich sie fragen, als ich ging, um die anderen zum Essen zu rufen.

»Eine Woche«, sagte Vater, aber John schüttelte den Kopf.

»Neun oder zehn Tage von heute an gerechnet, wenn das Wetter hält.«

»Wir bringen ihn in einer Woche ein, Mann, und noch früher, wenn ich es sage.«

Mutter schaltete das Radio in der Küche aus, als die drei Männer hinter mir hereinkamen und sich setzten.

»Ich hole Albert«, sagte sie. »Fangt schon an, ich weiß, ihr wollt schnell wieder hinaus.«

Das Gespräch drehte sich hauptsächlich ums Schoberbauen. John fragte Mutter, ob es Doble vielleicht gut genug ging, dass er hergebracht werden und sich unsere Arbeit ansehen könne, aber sie meinte, der Weg sei ihm noch zu weit, auch wenn er schon wieder sitze und unbedingt wissen wolle, wie es vorangehe. Großvater erzählte, wie einmal, als er noch ein Junge gewesen war, einer der Schober zu rauchen begonnen habe. Wochenlang habe es in ihm geschwelt, ohne dass er wirklich in Brand geraten sei, und sein Vater habe Angst gehabt, ihn zu öffnen, weil ihn die Luft dann womöglich in Flammen hätte aufgehen lassen.

»Und natürlich gab es in den Jahren Leute, die die Schober gezielt angesteckt haben«, fügte er mit finsterer Miene hinzu.

»Warum?«, fragte Frank.

»Die verflixten Gewerkschaften versuchten Keile zwischen Bauern und Gutsherren zu treiben, Junge.«

John räusperte sich. Er war Mitglied unserer örtlichen Landarbeitergewerkschaft und fuhr zu Versammlungen nach Market Stoundham.

»Die Tage sind lange vorbei«, sagte er, »und ist Ihr eigener Sohn nicht in der Farmers' Union?«

»Das ist nicht dasselbe, John«, sagte Großvater, »wie Sie nur zu gut wissen.«

»Gehst du zu Connies Treffen, John?«, sagte Frank.

»Was für ein Treffen ist das?«, fragte Mutter.

»Connie hat für Samstag etwas im Bell & Hare organisiert, alle sind eingeladen. Sie sagt, es gibt Freibier.«

»Freibier? Wofür bitte schön?«

»Sie sagte, sie hat zehn Shilling bekommen, die sie ausgeben kann, wie sie will, und sie möchte, dass so viele Leute wie möglich kommen. Ed, weißt du, worum es dabei geht?«

Ich schüttelte leicht den Kopf und zuckte zusammen, so sehr drückte mir der Schmerz auf die Schläfen. »Nur, dass sie es vorhatte. Ich dachte allerdings, es sollte so was wie ein Erntefest sein.«

»Das geht nicht, noch müssen wir den Weizen einbringen«, sagte Mutter.

»Ich glaube nicht, dass ich hingehe, Frank, um deine Frage zu beantworten«, sagte John und nahm sich ein zweites Stück Schweinepastete.

»Warum nicht?«

»Ich denke, du solltest mit uns kommen, John«, sagte Vater. »Um zu hören, was sie zu sagen hat. Es ist ungewöhnlich für eine Frau, einem Mann ein Bier zu zahlen.«

»Es ist nicht ihr Geld, nach allem, was man hört. Und ich habe sie sprechen hören.«

»Hier am Tisch, meinst du?«

John nickte und aß weiter.

»Du magst sie immer noch nicht, oder?«, sagte Mutter. Ihre Stimme war sanft, und sie schien es wirklich wissen zu wollen.

»Es geht nicht um mögen oder nicht mögen, Ada.«

»Aber du behandelst sie immer so verächtlich«, sagte ich. Eigentlich hatte ich nichts sagen wollen, aber jetzt, wo es heraus war, begriff ich, dass es stimmte und dass es mich störte.

»Das will ich ganz sicher nicht, Edith.«

»Es ist aber so. Und es ist peinlich. Sie ist immer nur nett zu dir gewesen, und alles, was sie will, ist, dass du ihr von den Pferden erzählst und wie du sie versorgst. Was ist so schlimm daran?«

»John vergisst seine Manieren manchmal, weil er nicht an weibliche Gesellschaft gewöhnt ist«, sagte Vater. »Ich bin sicher, es macht Connie nichts.«

Mutter stand abrupt auf und ging in den Vorratsraum.

»Ich bin auch weibliche Gesellschaft«, sagte ich.

»Du bist Familie, Mädchen, genau wie deine Mutter. Du zählst nicht.«

In dem Moment steckte Connie den Kopf durch die Küchentür. »George, da ist jemand für Sie, ein Mr Turner.«

»Turner?«, antwortete Vater und zog die Brauen zusammen. »Ich glaube nicht, dass ich einen Turner kenne. Was will er von mir?«

»Er hat es nicht gesagt ... Ich kann ihn fragen, wenn Sie mögen, aber er sieht nicht so aus, als würde er dem schöneren Geschlecht etwas anvertrauen. Ich habe ihm erklärt, dass Sie beim Essen sind, und er meinte, es habe keine Eile. Er ist in der Scheune.«

Aber Vater hatte seinen Stuhl bereits zurückgeschoben.

»Ich bin schon da«, sagte er. »Warum kommen Sie nicht herein? Ada wird gleich Tee machen.«

Mutter kam mit einem Backblech aus der Vorratskammer, das sie in den Ofen schob. »Ja, kommen Sie und setzen Sie sich, Connie. Ich mache Kokoskringel. Die brauchen nicht lange.«

Als Vater wieder hereinkam, waren John und Frank bereits den Schober fertig machen gegangen. Connie erzählte Mutter etwas von nicht pasteurisierter Milch, die, wie sie sagte, weit gesünder sei als das abgetötete Zeug aus der »zentralisierten Milchfabrik«, wo immer die zu finden sein mochte. Großvater saß am Ende des Tisches ganz in einem Tagtraum versunken, die knorrigen Hände oben auf seinem Stock. Ich wusch ab. Ich hatte mir das Hexenzeichen auf die Stirn gezeichnet, als keiner hinsah, und meine Kopfschmerzen waren weg.

»Nun, nun, nun«, sagte Vater, nahm seine Kappe ab und setzte sich. Er legte eine Visitenkarte auf den Tisch vor sich, und nachdem er sie eine Weile betrachtet hatte, nahm er sie und drehte sie nachdenklich in seinen Händen.

»Was ist, George?«, sagte Mutter. »Was wollte der Mann?«

»Er will unsere Gerste kaufen.«

»Unsere Gerste kaufen? Aber sie ist ja noch nicht mal gedroschen!«

»Das weiß ich, Frau. Aber das hat er gesagt.«

»Ein Spekulant«, sagte Connie. »Ich hoffe, Sie haben ihn abblitzen lassen.«

»Es bringt einem Bauern nichts, überhastet zu handeln, Connie.«

Großvater drehte den Kopf und sah Vater mit blinden Augen an.

»Wie viel, mein Sohn?«, fragte er. »Wie viel will er zahlen?«

»Dreizehn Shilling für vier Scheffel.«

»Aber das ist nichts, George!«, rief Mutter. »Das wirst du doch nicht annehmen?«

»Habt ihr Frauen nichts zu tun? Ständig nur tratschen und die Männer stören.«

»Aber George …«

»Sei *still*, Ada.«

Mutter stand auf und verließ die Küche, Connie jedoch blieb schweigend sitzen. Es war seltsam, wie Vater sie jetzt duldete, dachte ich und war etwas eifersüchtig. Ich füllte den Kessel für den Fall, dass er frischen Tee wollte, und holte Kanne und Tassen vom Tisch. Es waren noch zwei Kokoskringel da, und ich stellte den Teller still neben ihn, er aber schob ihn mit dem Handrücken zur Seite.

»Dieser Turner … er denkt also, es ist Futtergerste«, sagte Großvater.

»Nein.«

»Malzgerste? Aber das sind weniger als sechs Shilling für den Zentner. Dann muss er dich für einen Narren halten.«

»Wenigstens wäre sie verkauft. Er sagt, er zahlt bar und im Voraus, und wir können im November dreschen wie immer. Er würde sogar den Transport übernehmen.«

»Im Winter auf der Getreidebörse bekommst du einen faireren Preis.«

»Vielleicht, vielleicht auch nicht. Wer weiß, wie sich die Preise entwickeln.«

»Dreizehn Shilling für vier Scheffel Malzgerste sind eine Beleidigung, daran gibt's nichts zu deuteln«, sagte Großvater und knallte seinen Stock auf den Boden.

»Das mag ja sein«, sagte Vater mit der kleinen, dünnen Karte, MR A. TURNER, KORNHÄNDLER, in der Hand. »Aber der November ist noch weit.«

XVI

Die Gerste war eingebracht, aber der Weizen noch nicht trocken genug, und wir hatten einiges damit zu tun, die Vögel von den gelben Docken auf den Feldern fernzuhalten. Ein Vogel fehlte jedoch, denn auch wenn ich ihn täglich rief, tauchte Edmund nicht mehr auf. Es war noch zu früh im Jahr für die Wachtelkönige, um in ihre Winterquartiere aufzubrechen, und so sagte ich mir, dass er irgendwo eine Liebste gefunden haben müsse.

Ich weiß nicht, warum ich dachte, ich würde zu Connies Treffen gehen dürfen. Weil sie mir als Erster davon erzählt hatte, nehme ich an, und weil wir so viel Zeit miteinander verbracht hatten, dass es mir nur natürlich schien, mit dabei zu sein. Aber sie hatte eben kein Verständnis für Konventionen. Es war mein Fehler, nicht daran zu denken, was ich doch wusste: Abends, und das umso mehr, wenn es um Politik ging, hatte ein vierzehnjähriges Mädchen keinen Zutritt zum Bell & Hare.

Was für Frank natürlich nicht galt. Zu sehen, wie er und Vater an jenem Samstag nach dem Abendessen Großvater in den Einspänner halfen, ließ mich die Kluft zwischen uns intensiv spüren, und ich begriff wirklich, dass wir uns auf unterschiedlichen Wegen befanden.

Ich ging zurück ins Haus, um mich an den Abwasch zu machen. Mutter packte einen Korb für Doble. John saß am Küchentisch und ließ müßig sein Messer mit dem Knochengriff auf dem weichen, alten Holz kreisen.

»Du möchtest auch gehen, oder, Edith?«, sagte er, ohne aufzublicken.

Ich begann die schmutzigen Teller und Schüsseln vom Tisch einzusammeln. »Natürlich. Ich hasse es, ausgeschlossen zu werden.«

»Vielleicht ist es ganz gut.«

»Ich wüsste nicht, warum.«

»Und was ist mit dir, Ada? Warum bleibst du hier?«

»Ich bin heute Abend bei Doble an der Reihe. Eigentlich sollte ich schon da sein.«

»Das ist nicht der Grund.«

»Natürlich ist er das, John.«

»Edith hätte das übernehmen können«, sagte er. »Und jetzt sag mir, warum du nicht gehen wolltest.«

Mutter seufzte. Sie nahm die blaue Schürze ab, faltete sie zusammen, legte sie behutsam auf die Lehne des Stuhls gegenüber von John und fuhr mit den Händen darüber.

»Ich habe in letzter Zeit zu viel über Politik gehört, das ist alles. Ich … möchte einfach nur ein normales Leben führen und mich um meine Familie kümmern. Aber vielleicht sagst du jetzt, dass das falsch ist.«

»Ganz und gar nicht«, erwiderte er mit sanfter Stimme. »Ich beurteile dich nicht, das weißt du. Das habe ich nie.«

»Und gehst du nicht hin, wenn ich fragen darf?«

»Ich dachte, ich hätte nicht den Mumm, wenn ich ehrlich bin«, sagte er zögerlich. »Aber vielleicht sollte ich doch. Manche Vorstellungen … nun, es ist, wie wenn ein Pferd Mürde oder Druse kriegt oder Winden ins Korn kommen. Wenn sich so was erst mal festsetzt, ist es fürchterlich schwer zu ändern.«

Ich ging Wasser im Kupferkessel warm machen, und als ich zurück in die Küche kam, waren beide, John und Mutter, nicht mehr da.

Ich brauchte nur etwa eine halbe Stunde, um zu beschließen, zum Bell & Hare zu gehen und auf die Folgen zu pfeifen. Höchstwahrscheinlich würde ich nicht hineingelassen werden, aber es war ein warmer Abend, und wenn die Fenster des Pubs offen standen, konnte ich womöglich von draußen verfolgen, was sie drinnen sagten. Vielleicht würde ich von Vater was hinter die Ohren kriegen, aber wenn es Freibier gab, würde er später wohl nicht mehr viel mitbekommen, und Großvater und Frank würden mich nicht verraten. Als ich also mit dem Spülen fertig war, sah ich nach den Hühnern, rannte nach oben, um mir eine Jacke zu holen, und lief los.

Mittlerweile wurde es früher dunkel als noch am Abend des Dorffestes, aber während ich den Feldweg zur Back Lane hinuntereilte, war der Himmel noch voller Licht. Eine satte grüne, frische Mahd war auf der Great Ley gewachsen, und darüber schwebte eine weiße Eule, die Flügel bewegungslos, die runde Scheibe des Gesichts nach unten gewandt, wo zweifellos kleine Kreaturen kauerten und sich voranbewegten. Das Home Field war hinter der Ahornhecke und den Heideröschen zu meiner Rechten nicht zu sehen, aber als ich auf Greenleaze kam, öffnete sich der Blick auf die fahlen Stoppeln und die Erlengruppe, die sich pechschwarz vor dem opalblauen Himmel abzeichnete und den Pferdeteich in sich barg.

Ich blieb einen Moment stehen, die Arme gegen den Abendwind vor der Brust verschränkt, und lauschte dem klagenden Lied eines Rotkehlchens in der Hecke. Ich hätte nicht sagen können, warum, aber ich wollte den Teich wiedersehen. Ich wollte genau dort am Ufer stehen, wo ich vor zwei Wochen im Mondlicht gestanden hatte, völlig besessen von der Überzeugung, dass ich in ihn hinein musste. Es wird mich nur ein paar Minuten kosten, dachte ich, und die Erde unter den Weizenstoppeln war trocken und lag voller Steine, sodass sie mir nicht die Sandalen verdrecken würde.

Ich kann nicht wirklich sagen, wonach ich am Rand des dunklen Wassers suchte – was ich fand, war Edmunds Körper, voller Fliegen und stinkend, die Brust aufgebrochen, das Herz aus seiner blutigen Höhle gerissen, die einstmals leuchtenden Augen von Krähen herausgepickt.

Sobald ich von meiner Abkürzung auf die Street kam, konnte ich Connies Treffen hören. Aus dem Bell & Hare klang lautes Stimmengewirr, es herrschte ein ziemlicher Trubel. Elmbourne versank um mich herum in Dunkelheit, und dort beim Grün ließ mich der Lärm plötzlich zögern. Aber ich konnte nicht einfach umkehren und zurück nach Hause gehen, nicht jetzt. Edmund so zu finden, hatte das Blut seltsam in meinen Ohren singen lassen. Wie zwanghaft malte ich das Hexenzeichen auf die Gänsehaut meines Schenkels.

Ich holte tief Luft und ließ sie langsam wieder entweichen. Ich wusste, es musste eine Hintertür zum Bell & Hare geben, doch ich traute mich nicht, es durch sie zu probieren. Es schien mir schlimmer, dabei erwischt zu werden, wie ich unerlaubt in den Privatbereich des Pubs eindrang, als das Risiko einzugehen, dabei aufzufallen, wie ich vorne hineinging, wo mich alle sehen konnten. Und so überquerte ich die Straße, öffnete den eisernen Riegel und drückte die Tür auf.

Die Luft war heiß und feucht und roch schwer nach Bier und Tabakrauch. Niemand drehte sich um und sah mich hineinschlüpfen oder spürte die Nachtluft, die ich mit mir hereinbrachte. Leise schloss ich die Tür hinter mir, verharrte einen Moment lang und versuchte zu verstehen, was vor sich ging.

Alle Tische im Schankraum links waren besetzt, und auch dazwischen standen Männer und hielten Bierkrüge in der Hand. Ich hatte den Pub noch nie so voll erlebt und war froh, ein paar Frauen an den Tischen zu sehen: Elisabeth Allingham aus Copdock, Mrs Godbold und noch ein, zwei andere. Und da stand mein Vater mit rotem Gesicht an der Ecke eines Tisches, Großvater neben sich, und mein Magen drehte sich kurz, als ich Alf Rose auf Vaters anderer Seite sah. Frank und Sid saßen auf Hockern und hielten mir den Rücken zugewandt. Keiner von ihnen hatte mich bemerkt, da war ich sicher, und ich wich schnell ein Stück zur Eingangstür zurück.

Aus dem Gastraum rechts waren alle Tische entfernt worden, und ich konnte zunächst nur Rücken sehen, sodass es mir einen Moment lang vorkam, als wäre ich zu spät zur Messe gekommen. Ich sah Jacken, Westen, Hemdsärmel, zusammengedrängte Männer. Aber im Gegensatz zur feierlichen Atmosphäre in St Anne's schallten laute Stimmen zu mir heraus, und es war klar, dass dort das eigentliche Treffen stattfand – oder vielleicht bereits stattgefunden hatte, denn niemand schien eine Rede zu halten. Ich begriff, dass ich durch mein Zuspätkommen wahrscheinlich das Wichtigste verpasst hatte und mich wieder hinausschleichen und zurück nach Hause gehen konnte.

Doch dann hörte ich, wie sich Connies Stimme mühelos über den allgemeinen Lärm erhob, und sah, dass sie im Zugang zu unserer Nische hinten stand, auf der Stufe hinauf aus dem Gastraum. Ich reckte den Hals, um sie zwischen all den Männerköpfen sehen zu können. Die Stufe und Connies Größe ließen sie die Leute leicht überragen. Sie hatte etwas an, das wie ein Hirtenkittel aussah, aber aus Seide zu sein schien und in einem engen grauen Rock steckte. Sie trug ihr leicht gewelltes Haar offen und hatte es seitlich mit einer Spange festgesteckt, die mit einer Schlüsselblume geschmückt war. Sie sah wundervoll aus.

»Liebe Freunde und Nachbarn, ich möchte Ihnen allen noch einmal danken und Sie kurz um Gehör bitten«, rief sie. Sie schien glücklich, fast schon triumphierend, und als der Lärm erstarb, lächelte sie so umwerfend, wie nur sie es konnte.

»Sie waren so freundlich, Mr Seton Ritter zuzuhören, der Ihnen erläutert hat, wie nötig unser Land den Orden der englischen Freibauern braucht und darüber hinaus auch zumindest ein wenig, wie unsere Überzeugungen und Ziele aussehen. Der Orden besteht aus ehrbaren Patrioten, Leuten wie Hugo – Mr Seton Ritter hier – und mir, sowie einer wachsenden Anzahl Bauern wie Ihr George Mather: einfachen Engländern, die an Fortschritt und Fairness glauben und die Inthronisation eines internationalen Kreditsystems, die Zentralisierung der Märkte und den modernen urbanen Industrialismus verdammen. Menschen, die keine Angst haben, die selbstherrlichen Erlasse des Völkerbundes und die Vorstellungen des PEP in Frage zu stellen, und die vor allem den unersetzbaren Wert unserer ländlichen Traditionen erkennen und die Gesundheit und Reinheit unserer englischen Erde schützen wollen.«

Es gab zustimmendes Gemurmel. Connie machte das ziemlich gut, fand ich. Es schien alles äußerst vernünftig, obwohl ich mich fragte, was dieser PEP war. Ich wollte sie später darauf ansprechen, wenn ich die Möglichkeit hatte. Es war eine Überraschung zu hören, dass sich Vater ihrem Club, ihrer Partei oder was immer es war, angeschlossen hatte. Ich fragte mich, ob Mutter davon wusste.

»Viele von Ihnen sind in der Landarbeitergewerkschaft. Der Orden der Freibauern verlangt nicht, dass Sie Ihre Mitgliedschaft aufgeben, denn auch wenn uns das Übel des Bolschewismus Sorgen bereitet, glauben wir, dass die Neuschaffung eines starken heimischen Bauerntums mit einem ehrlichen Interesse an der Zukunft dieses Landes das weit dringlichere Ziel ist.

Und deshalb würde ich Sie bitten, wenn Sie mit dem hier heute Abend Gesagten übereinstimmen, zu überlegen, ob Sie Ihrem Nachbarn George Mather in dieser Sache nicht folgen wollen im örtlichen Verband unseres Ordens. Der Beitrag ist ein Shilling, aber heute Abend müssen Sie mir nur Ihre Namen nennen. Ich werde bis zum Schluss hier sein … Oh, und bevor ich es vergesse«, sagte sie und hielt eine Zeitschrift in die Höhe, »ich habe noch mehr Exemplare unserer wöchentlichen Publikation *The English Pioneer* hier, die normalerweise einen Penny kostet, aber heute gibt es für alle ein Gratisexemplar, also greifen Sie zu, so Sie sich nicht bereits bedient haben. Ich schreibe selbst einen regelmäßigen Beitrag für jede Ausgabe, und ich denke, Sie werden mir zustimmen, dass es eine gute Lektüre für die ganze Familie ist.«

Sie grinste in die Runde, sagte noch einmal »Danke« und setzte sich neben einen elegant gekleideten Mann mit Brille, der, wie ich annahm, Mr Seton Ritter sein musste. Ich erkannte Mr Chalcott, ihren Freund, den Fotografen, ebenfalls in der Nische. Aber gerade, als die Leute alle wieder zu reden anfingen, drängte sich ein breitschultriger, blonder, untersetzter Mann zur Stufe hinauf zur Nische vor, drehte sich um und blickte in den Raum. Es war John.

»Ich habe euch allen auch etwas zu sagen, Freunde, wenn ihr mir einen Moment zuhören wollt.«

Der Wirt hinter der Theke verschränkte die Arme, die Rücken der Männer beruhigten sich auf eine Weise, wie sie es bei Connies Rede nicht getan hatten, und ich wurde ein weiteres Mal an die Kirche erinnert.

»Wir haben Miss FitzAllen in diesem Sommer oft auf der Wych Farm zu Besuch gehabt und viel über ihre Ideen gehört«, sagte er. »Tatsächlich ist sie zu einem regelmäßigen Gast geworden, auch draußen auf den Feldern, wo sie, wie ich sagen muss, durchaus eine Hilfe war. Nun, ihr alle kennt mich als fairen Mann und nicht als jemanden, der unpassende Bemerkungen von sich gibt. Aber ich muss euch heute Abend sagen, dass diese Frau nicht das ist, was sie zu sein vorgibt.«

Im Gasthaus war es jetzt völlig still, selbst ein letztes leises Gemurmel aus dem Schankraum war verstummt. Ich sah, dass Vater und Sid Rose aufgestanden waren und die Hälse reckten, um hinüber in den Gastraum zu sehen. Auf Zehenspitzen konnte ich gerade so Connies Gesicht im Schatten hinter John erkennen. Sie blickte starr zu ihm hin, und mir war schlecht vor Verlegenheit und Wut über das, was da geschah.

»Mr Seton Ritter hier hat heute Abend über Patriotismus gesprochen, die Verpflichtung unseren Landsleuten gegenüber und die Verbundenheit mit Blut und Boden. Nun, ich stimme nicht mit allem überein, was er gesagt hat, ganz und gar nicht, aber ich halte ihn für einen ehrenhaften Mann. Im Krieg war er Lieutenant-Colonel, und ihm sind die Distinguished Service Medal und das Military Cross verliehen worden. Meiner Meinung nach hat er nach dem Krieg den falschen Weg eingeschlagen, aber ich respektiere ihn dennoch.

Was Miss FitzAllen jedoch betrifft ...«

Connie schien aufstehen zu wollen, doch John drehte sich zu ihr um und sah sie an, und sie setzte sich wieder.

»Unsere Miss FitzAllen hier erzählt große Geschichten von ihren Tagen in Frankreich als Krankenschwester im Freiwilligendienst, aber ich habe mich umgehört, und nach allem, was ich in Erfahrung bringen konnte, hat sie sich niemals freiwillig gemeldet. Wussten Sie das, Lieutenant-Colonel?«, fragte er über seine Schulter. »Oder hat sie Ihnen auch etwas vorgemacht?«

»Und es geht noch weiter!«, fuhr er fort, drehte sich wieder vor und erhob die Stimme gegen den plötzlich aufkommenden Lärm. »Es gibt noch etwas, das Sie wissen sollten, bevor Sie sich entscheiden, diesem Orden, dieser Gesellschaft oder was immer es ist, beizutreten. Vor ein paar Wochen hat Constance FitzAllen dafür gesorgt, dass eine notleidende Familie vertrieben wurde, die im verlassenen Haus der Hullets untergeschlüpft war, und das – ich kann keinen anderen Grund dafür sehen – nur, weil sie Juden waren, die nach ihrer Meinung für alles Schlechte in der Welt dieser Tage verantwortlich sind. Nun, ich habe etwas zu berichten, was diese Familie betrifft:

Ich war vor drei Tagen bei einem Gewerkschaftstreffen in Corwelby, wo alle von einer Familie Adler redeten, die vor nicht langer Zeit aus unserer Richtung gekommen war, und der Vater trug ein vierjähriges Mädchen namens Esther im Arm, das nur mehr aus Haut und Knochen bestand. Die Kleine war tot.«

Ich schloss die Augen, als Stimmen aufbrandeten und sich Körper um mich drängten. Ich hatte das Gefühl zu schweben und wusste, ich sollte zur Tür irgendwo hinter mir und nach draußen ins Freie, aber ich konnte nicht. Ich holte tief Luft, doch die war voller abgestandenem Pfeifenrauch und Männerschweiß. John hatte unrecht, das war offensichtlich. Er hatte mit allem, was er sagte, absolut unrecht.

»Nun, ich nehme nicht für mich in Anspruch, Ihnen zu sagen, was Sie denken sollen. Die Art Reden gab es heute schon genug«, fuhr er fort. »Ich sage nur: Wir können uns nicht dem Wandel entgegenstemmen. Es funktioniert nicht, das hat es nie. Albert Mather ist heute Abend hier, der erste und beste Mann, von dem ich je einen Lohn bekommen habe, und er hat mich viel gelehrt. Er hat immer gesagt, dass wir Veränderungen brauchen. Sie sind notwendig! Denn die Vergangenheit liegt hinter uns, so ist es nun mal. Es gibt immer Neues, und alles, was wir beschließen können, ist, ob wir daran teilhaben wollen oder nicht.«

»Aber wir *wollen* doch die Veränderung, Mann! Hast du nicht zugehört, hast du kein Wort verstanden …?«

Es war Vater, der sich mit Macht durch die Menge drängte. Ich sah, wie sich einige Männer grinsend umdrehten, sah, wie sie Platz machten, um ihn durchzulassen. Die Art ihrer Aufmerksamkeit hatte sich geändert, ich konnte es spüren: Das war jetzt Sport, das war Herr gegen Knecht. Ich sah, wie ein, zwei ihn absichtlich anrempelten, wie sie sich gegenseitig anstießen und die Hälse reckten, um das Aufeinandertreffen der beiden nicht zu verpassen. Ich wollte Frank rufen, doch der war mit den Rose-Jungs und Großvater im Schankraum. Ich fragte mich, ob ich nach Hause rennen und Mutter holen sollte, wusste aber, das würde zu lange dauern. Und dann war es zu spät.

John wich nicht zurück, als Vater näher kam, sondern verschränkte nur die Arme vor der Brust. Connie stand jetzt hinter ihm in der Nische. Mr Chalcott und den anderen Mann konnte ich von meinem Platz aus nicht sehen, aber sie schienen sitzen geblieben zu sein.

Vater blieb ein paar Schritte vor John stehen, das rote Gesicht voller Zorn. Mit dem Vorteil durch die Stufe, auf der er stand, waren John und er etwa gleich groß, und ich begriff plötzlich zu meinem großen Schrecken, dass sie sich jeden Moment schlagen würden.

»Gott, bitte nicht«, sagte ich laut, ohne es zu wollen. Ein hochgewachsener Mann in der Nähe drehte sich zu mir um. Es war der Lehrling des Stellmachers, ein Bursche, den ich bisher nur mit seiner Lederschürze bei der Arbeit gesehen hatte, zwischen halb fertigen Wagen, beim Schmieden der breiten Eisenräder.

»Oh, da ist ja auch das berühmte Mather-Mädchen selbst«, sagte er und stieß seinem Nebenmann den Ellbogen in die Seite. »Seht nur, wer da ist.«

»*Das* ist Veränderung!«, rief Vater und zeigte auf Connie. »Das, John, *das*! Wir müssen das Land neu aufbauen, wir müssen uns an erste Stelle setzen!«

Trotz des Aufeinandertreffens der beiden drehten sich mehr Männer in der Nähe zu mir um. Ich spürte ihre Blicke auf mir, bohrend und eindringlich. Was hatte der Stellmacherlehrling mit »das berühmte Mather-Mädchen« gemeint?

»Das ist keine Veränderung, Mann, das ist Aberwitz, gefährlicher Aberwitz.«

»Widersprichst du mir, John Hurlock?«

»In dieser Sache ja.«

»Du denkst, du weißt es besser. Das denkst du immer schon. Und jetzt kommst du hier herein und wirfst mit Dreck um dich. Es ist mir egal, ob diese Frau im Krieg war oder nicht.«

»Nein, darauf wette ich. Weil du nie gedient hast.«

Aufruhr, Männer drängten vor, so etwas wie Freude im Blick, ich wie schwerelos, entsetzt, allein. Ich stolperte ein paar Schritte zurück, eine Hand auf der Suche nach der Tür. Ich sah Frank, gefolgt von Sid Rose, die sich zu Vater und John durchkämpften. Und dann lag da diese weggeworfene Zeitschrift auf dem Boden, von Stiefeln zertreten, und ein Bild meines eigenen, idiotisch grinsenden Gesichts blickte von einer zerknitterten Seite zu mir auf.

Frank kam heraus und fand mich bei Sally Godbolds Mutter und ein paar anderen Frauen. Als Elisabeth Allingham den Pub verließ, Richtung Church Lane lief und düster etwas über die Dummheit der Männer vor sich hin murmelte, wollte ich hinter ihr her, um sie zu fragen, was sie wirklich von Connie dachte, denn sie war eine gescheite Frau, die schon viel gesehen hatte. Aber Sallys Mutter hielt mich am Arm fest, sie war entschlossen, mich davon abzuhalten, dass ich wieder hineinging, um nach Vater zu sehen, und so wartete ich, ernüchtert und hilflos, dass sich der Krawall beruhigte. Ich fühlte mich beobachtet, nicht nur von den Leuten um mich herum, von denen mich einige merkwürdig anstarrten, sondern auch von weiter weg. Wahrscheinlich war es eine Krähe, irgendwo schwarz in der Finsternis. Vielleicht genau die, die Edmund die Augen herausgepickt hatte, damit er nichts mehr sehen konnte. Ich musste meine fünf Sinne beisammenhalten, das war so klar wie der helle Tag.

Während die Frauen die Köpfe schüttelten und die Geschehnisse des Abends besprachen, zerfieselten und neu zusammensetzten – was zweifellos noch Wochen so weitergehen würde –, dachte ich über die Fotografie von mir in Connies Zeitschrift nach und fragte mich, was sie als Erklärung dazugeschrieben hatte. Das Bild musste an dem Nachmittag auf dem Home Field von Mr Chalcott aufgenommen worden sein, als er in Elmbourne angekommen war. Ich hielt eine Weizengarbe in Händen und beschattete meine Augen mit einer Hand, sah nicht direkt in die Kamera, sondern vielleicht hinüber zu Frank, der gerade eine Docke baute. Es war gleichzeitig ich und nicht ich, und ich dachte an die Möglichkeit, dass Hunderte Leute das Bild bereits gesehen hatten. Es war mir gestohlen worden, mein Bild war in den Dienst von etwas gestellt worden, ohne dass ich dem zugestimmt hätte oder es auch nur verstand.

Mir wurde bewusst, dass die Tatsache, dass dies hatte geschehen können, abermals bewies, dass ich keine reale Person war. Nicht so, wie andere Leute real waren: Frank, John und Connie zum Beispiel. Nichts von alledem wäre ihnen je passiert. Vielleicht hatte ich mich selbst erfunden und tat es jeden Tag neu, und falls es so war, was war dann, wenn ich damit aufhörte, Edith Mather zu sein – wenn ich meinen Körper zum

Beispiel damit aufhören ließ, zu sprechen und zu essen? Wenn so etwas Zeit verging, genug, um meinen Griff zu lockern, würde ich dann noch existieren?

Es war noch nicht zu lange her, dass ich mich ungeheuer mächtig gefühlt hatte. Wann war das gewesen? Ich konnte mich nicht wirklich erinnern. Und jetzt war Edmund tot, und es war mein Fehler. Er konnte mir nicht länger helfen. Niemand konnte das.

Frank kam. Er nahm meinen Arm und führte mich weg von den Frauen. Sein Blick war ernst.

»Ed, du solltest nicht hier sein. Du musst nach Hause, schnell jetzt.«

»Warum?«

»Du weißt, warum. Es hat schlimmen Ärger gegeben. Vater und John haben sich geschlagen.«

»Soll ich Mutter holen? Sie kann das alles stoppen, sie kann …«

»Nein, aber sag es ihr. Sag ihr, was passiert ist, damit sie vorbereitet ist. Du musst sie warnen.«

»Bringst du ihn mit dem Einspänner? Mit Großvater?«

»Wenn er mich lässt. Ich muss ihn erst finden.«

»Wie meinst du das?«

»Hast du es nicht gesehen? John hat ihn besiegt, nun, er hätte es können. Vater hat ihm einen Schlag verpasst, und dann haben sie gerungen, und John hat Vater zu Boden gestoßen und stand über ihm. Er hat gesagt, er wäre der bessere Mann und auch der bessere Bauer. Dann hat er auf den Boden gespuckt und sich zurück auf seinen Platz gesetzt, um sein Ale auszutrinken. Vater hat sich hochgerappelt und ist aus der Hintertür. Gott weiß, wo er ist.«

Heiße Scham stieg in mir auf. Alle hatten es gesehen, alle wussten von unserer Schmach. Das würde nie vergessen werden.

»Wo ist Großvater?«

»Oh, mit ihm ist alles in Ordnung, er ist sitzen geblieben, wo er war. Bob Rose ist bei ihm und ein paar Alte von der Holstead Farm.«

»Und … und Connie?«

»Die ist immer noch da und redet auf alle ein, die ihr zuhören wollen. Bitte, Ed, gehst du jetzt nach Hause? Alfie geht mit dir und passt auf dich auf.«

Und da war er, neben Frank, und fing meinen Blick auf.

»Ich … ich kann alleine gehen, Frank.«

»Ed, es ist in Ordnung … alle wissen, dass ihr miteinander geht. Alfie hat Vater vorhin sogar um Erlaubnis gebeten, und Vater hat ihm ein Bier ausgegeben. Und jetzt warne Mutter, ja? Ich muss ihn finden und nach Hause bringen.«

XVII

ICH GING MIT VERSCHRÄNKTEN ARMEN und ohne Alf anzusehen. Ich wusste, ich musste wegen Mutter den schnellsten Weg nach Hause nehmen, die Abkürzung statt über die Straße, aber ich hatte Angst, auf den abgeschiedenen Pfad zu biegen. Ich hielt den Blick nach vorn gerichtet und hatte das Gefühl, dass ich daran denken musste zu blinzeln, weil meine weit aufgerissenen Augen sonst bestimmt austrocknen würden. Ich schien nichts zu wiegen und schwebte womöglich Zentimeter über der Erde. Ich erinnere mich an keine Geräusche, nur an Alfs Stimme, die aus großer Ferne kam und doch so nahe war.

»Nimm meine Hand, Edie, ja?«

Ich hielt meine Arme vor der Brust verschränkt und zwang mich zu denken, dass ich es tat, damit er meine hässlich heruntergebissenen Nägel nicht sah.

»Bist du böse?«

Ich öffnete die Lippen, damit ich so leise Luft holen konnte, wie es ein Tier tat, atmete sehr flach, einmal alle zwei Schritte.

Ich sagte nichts. Das Blut pochte in meinen Ohren.

»Du bist beunruhigt wegen deines Vaters«, sagte er mit gutherziger Stimme. »Das ist nur natürlich. Aber mach dir keine Sorgen, Frank wird ihn finden und nach Hause bringen.«

Wir überquerten den Stound, und ich konzentrierte mich darauf, meine Schritte im düsteren Abendlicht dem Abstand der Steine anzupassen. Alf folgte mir und pfiff leise durch die Zähne.

»Es ist so schön, dich zu sehen, Edie. Weißt du, dass ich krank im Bett lag? Ich hatte eine Sommergrippe, sonst wäre ich schon zu dir gekommen.«

Wir nahmen die Abkürzung zur Back Lane, und eine Gänsehaut kroch mir die Beine unter meinem leichten Sommerkleid herauf. Es war ein schöner Abend, aus den Gärten um uns herum wehte der intensive Duft von Rosen und Levkojen herüber. Der riesige Mond stand tief über dem Horizont. »Phoebe«, flüsterte ich ihm leise zu.

»Geh doch langsamer, Edie, was rennst du denn so?«, sagte Alf lachend, und ich spürte seine Hand auf meinem Arm, wo er fest auf meine Brust drückte. Ich schüttelte ihn ab, wollte losrennen, traute mich aber nicht und widerstand dem Drang.

»Ich muss Mutter warnen«, sagte ich.

»Du machst dir einfach zu viel Gedanken«, sagte er, und ein gekränkter Unterton schlich sich in seine Stimme. »Deine Mutter kann für sich selbst sorgen. Im Übrigen hat sie ihn geheiratet.«

Jetzt waren wir zwischen Greenleaze und Crossways. Er ging neben mir und sah mich prüfend an. Ich spürte die Wut, die er unterdrückte. Aber wie lange noch?

»Warum sprichst du nicht mit mir, Edie. Hast du deine Zunge verschluckt?«

Es war noch zu weit, ich konnte es sehen. Ich würde nicht nach Hause kommen, bevor er etwas unternahm. Vielleicht gab es Worte, die ich sagen konnte, um ihn zu beschwichtigen, abzuwehren oder zu kontrollieren. Aber ich kannte sie nicht. Ich weiß ohnehin nicht, ob ich sie hätte sagen können. Mary hätte sie gekannt, Mutter, aber ich war nicht der Mensch dafür: Ich wusste nicht, wie man sich in einer Welt wie dieser verhielt. Ich hatte geglaubt, Connie könnte mich zu jemandem machen, der Dinge annehmen und ablehnen, ja und nein sagen durfte, doch es hatte nicht funktioniert, und jetzt war sie beschmutzt, beschmutzt und womöglich eine Lügnerin oder sogar Schlimmeres, und obwohl ich sie liebte, wusste ich, dass ich sie und alles, was mit ihr zu tun hatte, aus meinem Kopf entfernen sollte.

Die Wahrheit war, ich taugte zu nichts, war schutz- und wehrlos, und Alf wusste es. Er konnte es riechen, so wie ein Hund Angst witterte. Es war dieses Anderssein, das mich auch in der Schule gequält hatte, dessentwegen ich ohne Freundinnen geblieben war und immer am Rand gestanden hatte, wo ich, so viel war mir klar, auch immer stehen würde.

Plötzlich begriff ich: Er wusste das alles, und doch wollte er mit mir gehen. Alle sagten, dass er so ein netter Junge sei, so witzig, lebenstauglich und herzensgut. Ja, ich trug die Schuld. Er hatte mich früher schon mal kalt und zickig genannt, und daran, wie ich mich jetzt verhielt, konnte ich sehen, dass es stimmte.

Ich versuchte die Schultern zu lockern und meinen Atem zu beruhigen, stellte jedoch fest, dass ich mich nicht dazu bringen konnte, meine Arme herunterzunehmen. Und während ich versuchte, mich zu entspannen, wurde mir nach und nach bewusst, wie groß meine Angst war.

»Es tut mir leid, Alf«, flüsterte ich. »Ich weiß nicht, was in mich gefahren ist.«

»Nun, es war ein … interessanter Abend«, antwortete er etwas besänftigt, die Stimme weniger hart, aber immer noch gereizt. »Ich wette, dass du nicht die Einzige bist, die sich aufgeregt hat. Deine Freundin Connie hat da in ein echtes Wespennest gestochen.«

»Ich glaube, sie hat es gut gemeint. Ich bin sicher.«

»Oh, kein Zweifel. Ich spiele mit dem Gedanken, mich ihrer kleinen Truppe anzuschließen, weißt du. Sehen wir mal, wie es morgen aussieht.«

»Wirklich?«

»Ja. Es war eine gute Rede, die dieser Seton Ritter gehalten hat. Er hat viel Vernünftiges über eine Landwirtschaftsreform gesagt und auch über die Juden. Den Krebs Europas hat er sie genannt.«

In mir begann etwas aufzusteigen, das dem Gefühl glich, bevor man sich übergeben musste. Ich glaubte, kämpfen zu müssen, um nicht zu explodieren.

»Du hältst das kleine Mädchen, Esther, und Mr Blum im Dorf für Krebs?«

»Oh, nein, Blum ist in Ordnung. Es sind all die anderen, die ich nicht ertrage. Sie haben keine Heimat, keine Verbundenheit, weißt du. Wo immer sie sind, kümmern sie sich nur um sich, und so werden sie zu Parasiten. Wie die Familie bei den Hullets. Es kommen Horden von denen, die ganze Zeit, dieses Land wird ihnen auf dem Silbertablett serviert, Edie, und die da oben scheint es nicht zu stören. Und wenn sie jetzt anfangen, aus den Städten auszuschwärmen …«

»Aber Alf …«

»Wegen denen muss was unternommen werden, was anderes meine ich nicht. Das sagt uns der gesunde Menschenverstand.«

Wir waren jetzt zwischen der Great Ley und dem Home

Field mit seinen vom Mondlicht beschienenen Weizendocken. In ein paar Minuten würde die Farm in Sicht kommen. Ich begann Erleichterung zu spüren und hatte einen Moment lang das Gefühl, ich könnte die Besinnung verlieren.

»Bleib stehen, Edie«, sagte Alf da.

Ich schloss kurz die Augen und ging weiter, die Beine schwach. Jetzt wurde mir wirklich schlecht und plötzlich auch kalt. All die Geräusche der Sommernacht waren mit einem Mal wieder da. Eine Brise flüsterte wie Wasser in den Blättern der Ulmen und Eschen in den Hecken, Grillen zirpten, und ein Wachtelkönig krächzte irgendwo weit weg sein *Krerp-krerp*. Die Welt fühlte sich innig und nahe an und so intensiv.

Er packte meinen Arm und riss mich herum.

»Ich sagte, *bleib stehen*, Edie. Hörst du nicht?«

Und so standen wir uns auf dem Feldweg gegenüber, und mein Herz raste. Es war also so weit, und ich musste es erdulden. Die Angst fiel von mir ab, ich öffnete die Arme und sah ihn an. Einen Moment lang, nur einen kurzen Moment, war alles still.

Er tat einen Schritt vor, die Hüften wacklig, mit schweren Lidern.

»So hübsch«, sagte er. »Du liebst mich doch, Edie? Sollen wir uns küssen?«

Er begann seine rechte Hand zu heben, um meine Wange zu berühren, und als er das tat, spürte ich eine Flamme purer, reiner Wut in mir auflodern, so heftig, dass er es sah. Diese Wut, sie zu spüren, war, als füllte ich zum ersten Mal meinen Körper aus, vollkommen, ohne jede Gegenrede, ohne jeden Zweifel, und ich wusste, als ich seine Hand zögern sah, dass er mich nicht berühren konnte, denn ich wollte es nicht und würde es mir nie wieder erlauben, angerührt zu werden.

Es war in diesem Moment, dass es geschah: Ein helles, orangefarbenes Glühen schlug hinter dem Home Field in die Höhe, kraftvoll, hungrig und voller Leben.

»Sieh nur … Was ist das … *Was ist das?*«, sagte ich, streckte den Arm aus, und meine Worte wurden zu einem Schrei, während Alf Rose sich umdrehte.

»Scheiße, Edie … Feuer! *Feuer!*«

Vielleicht kennen Sie den Rest, aber ich erzähle es trotzdem. Sie werden mir vergeben, wenn ich dabei äußerst sachlich klinge. Mehr als ein halbes Jahrhundert ist seitdem vergangen, und ich sehe es heute eher wie einen Wochenschaubeitrag und nicht wie etwas, was mir selbst passiert ist. Und natürlich haben sie es mich wieder und wieder durchgehen lassen.

Ich rannte, meine Lunge schmerzte, und ich war selbst noch schneller als Alf mit seinen langen Beinen, dessen Füße ich hinter mir herstampfen hörte. Seltsamerweise hatte ich das Gefühl, dass jemand bei mir war – Grandma Clarity vielleicht oder sogar Vaters Mutter –, und dafür war ich so dankbar, obwohl es natürlich viel zu spät war.

Als wir uns dem Hof näherten, sah ich, dass die beiden Heuschober lichterloh brannten, die Hitze war wie eine Wand, die mich stoppte. Auch die Gerstenschober schwelten, und die Dunkelheit über allem war voller wirbelnder Feuerfetzen aus Heu und Gerstenstroh.

»Das Dach, Edie! Das Dach!«, schrie Alf und rannte zum Pferdeteich. Im orangenen Feuerschein sah ich ein, zwei winzige, glühende Aschestückchen, die sich auf das alte, gebeugte Dach des Hauses senkten. Da wusste ich, dass es zu spät war, die Farm zu retten.

Aber dann tauchte Doble aus Rauch und Flammen auf, eine kleine, langsame Gestalt, fast verloren in der Dunkelheit, die eingefallene Brust, der Oberkörper nackt, die zu große Hose mit einer Schnur um den Leib gezurrt. Zitternd trug er einen Eimer vor sich her. Ich rannte zu ihm, und die schreckliche Hitze war wie am Schlachttag, wenn Mutter die Borsten von der Haut eines Schweines flämmte.

»Edith! Gott sei gelobt«, sagte er, und sein Gesicht drohte in den Schlund seines Rachens zu rutschen, während er stumm zu weinen begann. Ich nahm ihm den Eimer ab, er war nur halb voll, aber ich schleuderte das Wasser trotzdem in Richtung der lodernden Heuschober. Dann hängte ich mir den Eimer über den Arm und half dem alten Mann stockend vom Hof.

»Die Pferde, Doble«, sagte ich eindringlich, als wir den Obstgarten erreichten, wo die Luft etwas kühler war und das Brüllen der Flammen weniger laut.

»Auf der Wiese. Dein Vater ...«, keuchte er.

Ich erstarrte. »Vater?«

»Er war hier. Ich habe ihn gesehen.«

»Wo?«

»Bei den Schobern, Edith ...«

»Wo ist er jetzt? *Wo ist er?*«

»Ich kann es nicht sagen, Edith. Es tut mir leid. Vielleicht ... vielleicht ist er weg.«

Ich ließ ihn unter den Bäumen, er rief mir etwas hinterher, das ich nicht verstehen konnte, und ich rannte zurück auf den Hof, wo Alf mit Eimern Wasser auf die Gerstenschober schleuderte, von denen einer Rauch ausstieß.

»Edie!«, schrie er über die Schulter. »Du musst rennen, Hilfe holen! *Lauf!*«

»Lauf du! Lauf *du*, verdammt!«, schrie ich zurück und stieß ihm, so fest ich konnte, den Eimer gegen die Brust. »Ich bleibe, Doble sagt, Vater ist hier irgendwo.«

Flammen leckten an der Seite der Scheune, die dem Heu am nächsten war, als ich in die rauchgefüllte Dunkelheit rannte, schrie und hustete. Ich tastete mich um den Mähbinder, den Traktor, rief nach Vater, meine Augen tränten und mein Kopf wurde ganz leicht. Aber keine Antwort. Dann hörte ich draußen Rufe, stolperte hinaus und sah John vom Einspänner springen, während Frank mit Meg zu kämpfen hatte, die vor dem Inferno hochscheute und bockte. Großvater klammerte sich am Sitz der Kutsche fest.

»Ada!«, schrie John, die Stimme voller Angst und Schmerz, während er zum Haus hinübersprintete. »Ada, bitte, lieber Gott, bist du in Sicherheit?«

Und da dachte auch ich an Mutter, zu spät, und die Beine knickten mir unter dem Körper weg.

* * *

Ich erinnere mich an sonst nichts aus dieser schrecklichen Nacht, bis auf eine Sache. Es mussten Stunden vergangen sein, und ich lag auf einem Bett. Ich weiß nicht, wo. Großvater war bei mir, hielt meine linke Hand und sang. Irgendwie wusste ich, dass er seit Stunden für mich sang und noch lange weitersingen würde.

Ich wollte ihm sagen, dass meine Wut die Schober in Brand gesetzt hatte, dass ich meine Kräfte genutzt hatte, um mich zu retten, und es meine Schuld war, dass alles, alles verloren war. Aber ich konnte den Gedanken nicht ertragen, dass er dann zu singen aufhören würde, und so unterdrückte ich die Worte und lauschte seiner klaren, wohlklingenden Stimme, und endlich gab mein Großvater die Lieder an mich weiter, die durch all die vergessenen Generationen an ihn übergegangen waren. Tränen sickerten aus meinen geschlossenen Augen in mein Haar.

Der Frühling ist eine Maid, die nicht weiß, was sie will,
Der Sommer ein Tyrann, schroff, unfreundlich und still,
Aber der Herbst ein alter Freund, der sein Bestes tut,
Die goldene Gerste zu ernten, dem Menschen ein hohes Gut.

Mitten in der Gerste, oh, wer wäre da nicht beschwingt
Wenn die freie glückliche Gerste mit der Sense ringt!
Der Weizen ist ein reicher Mann, elegant und erlesen,
Der Hafer eine Traube Mädchen, fröhlich tanzende Wesen,
Der Roggen ein Geizhals, verdrossen, mager und klein,
Die freie goldene Gerste muss die Monarchin sein.

Mitten in der Gerste, oh, wer wäre da nicht beschwingt,
Wenn die freie glückliche Gerste mit der Sense ringt!

Epilog

ICH HATTE SO EIN GLÜCKLICHES LEBEN. Dieser Ort ist wahrhaft wundervoll, auch wenn einige der Frauen hier – man kann es kaum freundlich ausdrücken – nicht ganz richtig im Kopf sind. Das Essen ist erträglich, ich habe viele Bücher zu lesen bekommen, und alles ist sehr sauber. Während der letzten paar Jahre hatte ich sogar ein eigenes Zimmer.

Mutter kam in der ersten Zeit einmal in der Woche, aber ich glaube, das verstörte sie auf gewisse Weise. Ich erinnere mich allerdings deutlich an das letzte Mal, dass sie kam. Wir waren draußen auf dem Gelände, und es war Frühling. Ich weiß noch, wie grün es roch, und die wilden Kirschblüten trieben wie Konfetti durch die Luft. Wir standen auf dem blütenübersäten Gras, und sie hielt mich bei den Händen und wollte, dass ich sie ansehe. Sie sagte, ich könne zurück mit ihr nach Hause, wenn ich wolle, doch ich schüttelte den Kopf. Sie sagte, sie liebe mich, und ich musste ihr versprechen, nach ihr zu schicken, sollte ich eines Tages meine Meinung ändern. Das habe ich nie.

Frank und Mary kamen natürlich auch, und Miss Carter. Selbst die alte Elisabeth Allingham von der Copdock Farm, es sei denn, da täusche ich mich. Und ich erinnere mich auch dunkel, mit Sally Godbolds Schwester Anne gesprochen zu haben. Ich glaube, sie war womöglich schon hier, als ich kam. Es ging ihr gar nicht gut.

Es ist gut, dass ich hergebracht wurde, das sehe ich heute. Obwohl es erst nur ein kurzer Aufenthalt sein sollte, bin ich froh, dass ich geblieben bin. Ich habe manchmal große Kräfte, sie kommen und gehen, und es ist besser, an einem Ort zu sein, wo ich damit keinen weiteren Schaden anrichten kann. Ich habe sie schon ein paar Jahre nicht mehr verspürt, doch ich neige zu der Annahme, dass sie jederzeit zurückkommen können.

Als Kind glaubte ich, dass das, was ich mir wünschte, so unwichtig war, dass es sich für mich nicht mal lohnte herauszufinden, was es sein mochte. Und ich glaubte auch, hilflos zu sein – was gefährlich ist, denn es macht einen empfänglich für die Einflüsse von anderen, im Guten wie im Schlechten.

Ich wünsche mir oft, ich könnte noch einmal zurück und dem Kind helfen, das ich war, die Wahrheit ist jedoch, dass ich ihm nichts mitteilen könnte, was es verstehen würde.

Wenn ich sie frage, sagen sie mir, dass ich jetzt siebzig bin, allerdings fühle ich mich nicht so. Sie sagen, dass eine Frau Premierministerin ist und sich das Land bis zur Unkenntlichkeit verändert hat. Aber es gibt Zeiten, da fühlt es sich an, als wäre jener Sommer gerade erst vorüber. Als wäre 1934 erst ein, zwei Wochen vorbei.

Frank schrieb mir in einem Brief, die meisten Leute im Dorf glaubten, Vater hätte die Schober angesteckt, so viel Schulden habe er gehabt. Frank glaubte jedoch, dass sie sich selbst erhitzt und Feuer gefangen hatten, durch die Feuchtigkeit und weil sie schlecht aufgeschichtet worden waren. Natürlich hatte ich gestanden, sie mit meinen Kräften in Brand gesetzt und dadurch die Katastrophe ausgelöst zu haben. Ich sagte es jedem, der mir zuhörte, sagte es wieder und wieder, aber sie beschwichtigten mich nur und sahen mich komisch an, und nach einer Weile dann kam ich hierher. Ich bestehe heute nicht mehr auf dem, was ich getan habe. Ich habe festgestellt, dass es den Leuten Angst macht, und das möchte ich nicht. Die Wahrheit ist jedoch, dass ich das Feuer in jenem Moment mit dem Rose-Jungen auf dem Feldweg ausgelöst habe und dass alles, was dann kam, meine Schuld ist.

Vaters Körper ist nie in den Trümmern gefunden worden, und ich weiß nicht, ob er in dem Inferno verbrannt oder geflohen ist. Mary hat mir erzählt, dass er im Haus der Hullets gesehen wurde und sie eine Weile dort einen Posten aufgestellt haben. Aber in jenen Jahren nagten zahlreiche Bauern am Hungertuch, und so kann keiner wissen, ob er es tatsächlich war. Ich denke nicht mehr sehr oft an ihn. Obwohl ich es lange getan habe.

Doble hat das Feuer nur um ein paar Wochen überlebt. Ich wusste schon, als ich ihn im Obstgarten zurückließ, dass er bald sterben würde. Es war mir völlig klar. Ich würde eines Tages gern sein Grab besuchen, falls ihm ein Grabstein gewährt wurde, und sei es nur, um seinen echten Namen herauszufinden. Mit einer Sache hatte Constance womöglich recht: Mit ihm starb ein Teil Englands, der nie wiederkehren wird.

Unser Haus überlebte das Feuer, nur die Scheune brannte bis auf die Grundmauern nieder. Als sie von Doble zurückkam, war Mutter, wie sich herausstellte, durch Marys Fenster aufs Dach geklettert und hatte mit einem nassen Tuch alle Funken ausgeschlagen, die darauf landeten. Die Dunkelheit, der Rauch und die Neigung des Daches haben sie uns nicht sehen lassen, nehme ich an.

Es gab etwas Geld von der Versicherung, und Mutter übernahm die Farm und führte sie zusammen mit John. Als Großvater Jahre später starb, zog John, wie ich hörte, mit ins Haus. Ich bin ziemlich sicher – wobei ich nicht sagen kann, warum –, dass Frank und Sally die Farm heute betreiben, nachdem Mutter und John lange tot sind. Ich habe einen Brief hingeschickt, um es herauszufinden, und hoffe, es antwortet bald jemand.

Frank und Sally haben natürlich geheiratet und zunächst eine der neuen Council-Farmen übernommen, die allerdings ein ganzes Stück entfernt lag bei einem kleinen Dorf namens Milton Keynes. Frank kam mich dann nicht mehr besuchen, hat aber noch eine Weile geschrieben. Nun, es war Sallys Handschrift, aber das, was Frank fühlte und dachte, da bin ich sicher. Nach ein paar Jahren dann wurden es weniger Briefe, bis schließlich keiner mehr kam.

Natürlich konnte ich nicht zu Franks Hochzeit oder den Taufen der Kinder, die Frank und Mary bekamen. Mir wurde nicht mal gesagt, wann Grandpa und Grandma gestorben sind oder wo sie begraben wurden. Ich kann nur annehmen, dass sie nicht mehr sind. Vielleicht haben sie gedacht, dass ich es spüren würde, wenn Clarity stirbt, aber da war nichts. Vielleicht waren es die Pillen, die sie mir früher gegeben haben. Die haben sich sehr merkwürdig in meine Gedanken gemischt.

Ich habe keine Ahnung, was aus Constance FitzAllen wurde. Ich weiß, sie hat die Gegend verlassen und wurde nicht mehr gesehen. Ich glaube nicht, dass sie mich je besuchen gekommen ist, obwohl es viel in der allerersten Zeit meines Aufenthalts hier gibt, woran ich mich nicht erinnern kann. Vielleicht war sie da, oder vielleicht ist sie auch einfach zurück nach London verschwunden und wurde jemand ganz anderes. Das konnte sie gut.

Es hat mich gefreut, vor einigen Jahren herauszufinden, dass ihre Ideen für das Land nicht bei den Leuten verfangen haben. Ich hatte hier die Möglichkeit, endlich erwachsen zu werden, zu lesen und ein paar eigene Gedanken zu formulieren, und wenn ich es auch nie geschafft habe, etwas Bleibendes in dieser Welt zu hinterlassen, habe ich doch vielleicht etwas von ihr verstanden.

Nichts steht still, und das sollte es auch nicht. Ich denke an John und an Großvater: »Veränderung, wir brauchen Veränderung!«, sagten beide.

Der Ort hier wird aus Gründen, die mir unklar sind, geschlossen, und ich werde in die Welt zurückgeschickt. Sie bereiten uns jetzt seit einiger Zeit darauf vor mit Fernsehprogrammen und Kursen dazu, wie man Wasserkessel und Toaster benutzt und nachmittags mit dem Autobus einen Ausflug macht. Und sie meinen, ich kann alle Bücher, die ich mag, von hier mitnehmen und auch die gerahmten Bilder mit den ländlichen Szenen, die bei mir an der Wand hängen. Was sehr nett ist.

Sie sagen, die Gemeinde wird sich um mich kümmern. Ich habe gefragt, welche, und sie sagten, meine: Ich werde also den Rest meiner Tage in Elmbourne verbringen, zusammen mit ein paar anderen Leuten von hier. Ich kann mir nicht ganz vorstellen, wo sie uns unterbringen wollen, und hoffe nur, dass es nicht die alten, feuchten Lehm-Cottages sind, an denen Constance und ich an einem sonnigen Nachmittag vor mehr als einem halben Jahrhundert vorbeigeradelt sind.

Früher habe ich die ganze Zeit von dem Tal geträumt, in dem ich aufgewachsen bin. Im Schlaf fand ich mich beim Pferdeteich auf Greenleaze wieder, im Kreis der Eichen und am sonnigen grünen Flussufer, wo Frank und ich gebadet haben. Bei Tag stellte ich mir die Felder und Farmen des Tals in liebevollem Detail vor, die sich windenden Wege, die Dörfer, und beschwor die Vision eines verlorenen Garten Edens vor mir herauf, in den ich mich zurückzukehren sehnte. Aber schließlich begriff ich die Gefahr, die solchen Gedanken innewohnt, denn man kann nie zurück, und die Vergangenheit zu idealisieren, entstellt nur die Gegenwart und macht es schwerer, in die Zukunft zu gehen.

Alfred Rose wurde Soldat und schrieb mir einmal aus Ägypten. Ich habe seinen Luftpostbrief immer noch, auf ganz dünnem Armee-Papier.

15. Oktober 1942
An Edie.
Ich dachte, es würde dich freuen, einen Brief von deinem alten Freund Alfie zu bekommen. Ich sitze hier mit Sid in der afrikanischen Wüste, an einem Ort, von dem ich nie gedacht hätte, dass ich ihn einmal sehen würde. Wir sind zur Front vorgerückt und warten auf Befehle. Wir kriegen genug zu essen, und der Daily Sketch *schickt uns Seife,*

*aber kein Bad, um uns darin zu waschen, denn Wasser
ist knapp. Wir sind alle von der Sonne verbrannt, aber bei
durchaus guter Laune.*

*Nun, ich muss dir sagen, wenn das alles hier vorbei ist,
habe ich vor, zu heiraten. Sie heißt Iris Baker, ist ein tolles
Mädchen, und ich hoffe, es verstimmt dich nicht zu sehr.
Edie, ich hoffe, du findest deine alte Stärke wieder und
hängst nicht der Vergangenheit nach. Du bist ein wunderbares Mädchen, aber es wäre mit dir und mir nichts
geworden. In letzter Zeit denke ich öfter, ich hätte nicht
tun sollen, was ich getan habe, doch dann denke ich an
deine Inbrunst und weiß, du würdest mir sagen, dass wir
beide »ja noch Kinder« waren.*

*Bitte antworte mir mit Nachrichten von zu Hause, wenn
du welche hast.*

Dein Freund
Alfie Rose

Ich habe den Brief nie beantwortet, Gott, vergib. Ich weiß
nicht, ob Alfred zurück nach Hause gekommen ist.

Wir haben Dezember, und es ist kalt. Jeden Tag wird es früher dunkel, und die Bäume draußen haben all ihre Blätter verloren. Wenn ich nachts das Fenster öffne, kann ich die Rotdros-
seln hören, die Grandpa »Windles« nannte, wie sie einander
rufen hoch oben in der Dunkelheit.

Heute Morgen hat mich meine Freundin Aisha in einem
silbernen Automobil mit nach Market Stoundham genommen, wo wir in einem Café Tee getrunken haben. Ich hatte
meinen roten Wintermantel an. Die Stadt war gleichzeitig an-

ders und noch wie früher, und ich hatte die ganze Zeit das Gefühl, mich im nächsten Moment schon als Mädchen wiederzusehen, wie ich den Sheepdrove hinuntereilte oder an Vaters Hand in die Kornbörse ging. Aber natürlich ist das lange her, und das Kind bin jetzt ich, eine alte Frau – und ich weiß, dass es so ist, kann es aber dennoch nicht ganz glauben.

Ich habe mir meinen roten Mantel nicht ausgesucht, mag ihn aber. Alle sind so nett.

Aisha ist aus Ipswich. Sie ist eine Art freiwillige Helferin und kommt mich seit einigen Wochen besuchen. Wir reden über meine Großmutter Clarity, was für ein Zauberer John mit den Pferden war und das wenige, was ich über Hexenflaschen, Poppets und die Balladen und Lieder weiß, die wir damals gesungen haben. Sie hat mir sogar ein Exemplar von Constances Buch mitgebracht. Es heißt *Diese glückliche Art*, und sie hat es in einer Bücherei gefunden. Aber ich habe gesagt, dass ich keinerlei Wunsch verspüre, wirklich nicht, es zu lesen. Ich habe ihr eine Kornpuppe zum Dank für ihre Freundschaft geschenkt, und sie hat mich gefragt, ob sie noch aus den alten Tagen sei. Ich musste ihr gestehen, dass ich sie in einer der Bastelstunden gemacht hatte, die es hier gibt.

Aisha hat versprochen, mir zu helfen, damit ich mich in meiner neuen Unterkunft zurechtfinde, und mich oft zu besuchen. Sie sagen, zu Weihnachten werde ich dort sein und dass für alles, was ich brauche, gesorgt sein wird. Ich hoffe nur, jemand hat daran gedacht, etwas Eschenreisig für das Feuer zu trocknen. Vielleich hat es die Person dort getan, denn es heißt, es gibt dort jemanden, der da ist für den Fall, dass mir oder einer der anderen etwas passiert. Für den Fall, dass ich Hilfe brauche.

Mir war etwas bange, hier weg zu müssen. Allen ging es so. Aber jetzt freue ich mich darauf, zurück an den Ort zu kommen, an dem ich aufgewachsen bin. Es wird mir nur eine kurze Weile lang komisch vorkommen, da bin ich sicher. Und dann wird es ganz normal sein, und ich bin wieder ein Teil davon.

Eine historische
Anmerkung

Der Orden der englischen Freibauern ist meine Erfindung, aber im fiebrigen, depressionsgebeutelten England der 1930er-Jahre entstanden Dutzende solcher Gruppierungen, kleine und große, in der Stadt und auf dem Land, viele mit offen faschistischen Vorstellungen und Zielen. Einige waren kaum mehr als kleine Spinnertrupps, aber andere hatten wirklichen Einfluss vor Ort, in der Presse und im Parlament. Diese vielgestaltigen Splittergruppen unterschieden sich mitunter nur marginal, dann wieder sehr voneinander. Aber alle nährten sich aus der trüben Brühe des Nationalismus, Antisemitismus, Nativismus, Protektionismus, der Einwandererfeindlichkeit, wirtschaftlicher Autarkiebestrebungen, der Abschottung, des Militarismus, anti-europäischer Stimmungsmache, ländlicher Revitalisierungsideologien, Naturverehrung, Organizismus, Mystizismus und Misstrauen gegenüber den Großkonzernen, vor allem der internationalen Finanzwirtschaft. Der Faschismus war in England nicht nur ein Phänomen der extremen Rechten, er erwies sich auch für unzufriedene Sozialisten, Veteranen aus den Gräben des Ersten Weltkriegs (besonders berühmt war Henry Williamson, der Autor von *Tarka, der Otter*) und einige Suffragetten als attraktiv. Die British Union of

Fascists behauptete, dass zehn Prozent ihrer Kandidaten Frauen seien, mehr als in allen anderen Parteien.

Im Jahr 1945, als Auschwitz befreit und der ganze Schrecken der »Endlösung« der Nazis bekannt wurde, veröffentlichte George Orwell einen Essay mit dem Titel *Antisemitismus in England*. Er begann damit, Beispiele antisemitischer Äußerungen aufzuführen, denen er in den vorangegangenen Jahren begegnet war, darunter:

Ein mittelalter Büroangestellter: »Ich fahre normalerweise mit dem Bus zur Arbeit. Es dauert länger, aber ich benutze heutzutage nicht mehr gern die Underground aus Golders Green. Da fahren zu viele des auserwählten Volkes mit.«

Ein junger intellektueller Kommunist oder doch Beinahe-Kommunist: »Nein, ich mag keine Juden. Ich habe nie ein Geheimnis daraus gemacht. Ich kann sie nicht ausstehen. Wobei ich natürlich kein Antisemit bin.«

Eine Frau aus der Mittelklasse: »Nun, niemand kann mich antisemitisch nennen, aber ich denke tatsächlich, dass die Art, wie sich diese Juden verhalten, absolut übel ist. Wie sie sich vorne in Schlangen hineindrängen und so weiter. Sie sind fürchterlich egoistisch. Ich glaube, sie sind an vielem, was ihnen passiert, selbst schuld.«

»Irgendetwas, irgendein psychologisches Vitamin, fehlt der modernen Zivilisation, und das Ergebnis ist, dass wir alle mehr oder weniger dem Irrsinn unterliegen, dass ganze Rassen oder Nationen rätselhafterweise gut oder rätselhafterweise schlecht sind«, schrieb Orwell.

Eine letzte Anmerkung. Anfang der 1990er-Jahre, als ich für meine Hochschulreife lernte, fing ich an, einen Nachmittag in der Woche eines der letzten großen psychiatrischen Kranken-häuser (eine »Irrenanstalt«, wie sie auch genannt wurden) zu besuchen, die bald darauf geschlossen werden sollten. Zu-sammen mit anderen Freiwilligen half ich bei Beschäftigungs-therapien, deren Ziel darin bestand, die Patienten auf ihre Entlassung vorzubereiten, was Teil des in den 1980ern begon-nenen »Betreuung-durch-die-Gemeinde«-Programms war.

Viele der älteren Patienten hatten ihr ganzes Leben in einer Anstalt verbracht oder waren in jungen Jahren aus Heimen in den Countys dorthin verlegt worden. Die meisten litten unter Psychosen, Schizophrenie oder auch Chorea Huntington. Ei-nige der älteren Frauen jedoch, so wurde mir gesagt, waren eingewiesen worden, weil sie als Teenager geschwängert wor-den waren, unter Depressionen und dem einen oder anderen Trauma litten oder sich auch einfach nur auf eine Weise verhiel-ten, die denen um sie herum lästig gewesen war. Sie hatten die Anstalt nie wieder verlassen dürfen.

Dank

Ich habe beim Schreiben dieses Buches sehr viel gelernt: über die Jahre zwischen den Kriegen, East Anglia, die Landwirtschaft, das Geschichtenerzählen, mich selbst. Bei weitem das meiste kam dabei von meiner Agentin, Jenny Hewson, und meiner Lektorin, Alexa von Hirschberg, zwei brillanten Frauen, ohne die ich ... nun, mir graut vor der Vorstellung.

Dieses Buch hatte das Glück, einige frühe Leser*innen zu haben, und ihre Reaktion war sehr wertvoll. Dank an Matthew Adams, Saskia Daniel, Sarah Ditum, Peter Francis, Lewis Heriz, Helen MacDonald, Paraic O'Donnell und Peter Rogers.

Dankbar bin ich auch der Schriftstellerin und Psychotherapeutin Martha Crawford (www.subtextconsultation.com), die mir zu verstehen geholfen hat, wie eine psychotische Episode aussehen (und sich anfühlen) kann und wie sie sich zu Papier bringen lässt.

Meine Korrektorin Silvia Crompton war schlichtweg ein Traum: Ich werde ihr ewig dankbar sein für ihre Adleraugen, was die Kohärenz der Geschichte angeht, und ganz allgemein für die Feinfühligkeit ihrer Arbeit.

Mein Dank gilt auch David Mann, dem außergewöhnlichen Umschlagdesigner von Bloomsbury, und Neil Gower, dessen herzerwärmend schöne Landkarten die Welt dieses

Buches so real haben wirken lassen und zum Leben erweckt haben.

Ein weiterer Dank an das Museum of English Rural Life (MERL) und an die Universität Reading, die mir das bäuerliche Leben und die landwirtschaftlichen Praktiken in den 1930ern nahegebracht haben. Besonderer Dank gebührt dabei Dr. Paddy Bullard, Dr. Jeremy Burchardt und Dr. Oliver Douglas.

Darüber hinaus danke ich allen Leuten, die mich bei sich aufgenommen, sich um mich gekümmert und mir Zeit und Raum zum Schreiben geschenkt haben: Anthony Young, Jo, Tom, Matilda und Anstice Ridge, Ted Ridge, Lauli Moschini und Sukey und Xander Ridge, Joanna Walsh, allen von der Gladstone Library sowie Elizabeth und Michael Evans.

Dank auch an Sam Lee, der mir zur rechten Zeit den Titel des Buches geschenkt hat.

Und zu guter Letzt danke ich Marigold Akey, Jasmine Horsey, Rachel Wilkie und Ros Ellis von Bloosmbury, Jessica Boak und Ray Bailey, die Autoren von *20th Century Pub: From Beer House to Booze Bunker*, Ian Brice, Susan Golomb, Jonathon Green von www.greensdictofslang.com, Sjoerd Levelt, John Lewis-Stempel, Jamie Muir und Andrew Roberts, dem Autor von www.studymore.org.uk/mhhtim.htm, Matt Shardlow von Buglife, Adelle Strip, der Suffolk Horse Society, Pip Wright (www.pipwright.com) und Louise Yates.

Lesen Sie außerdem von
Melissa Harrison:

Leseprobe

Prolog

Hier endet es, auf einer langen, geraden Straße zwischen Feldern. Um halb fünf an einem Maimorgen, Schwarz wird zu Blau, und irgendwo hinter den Bäumen im Osten sammelt sich die Dämmerung.

Stell dir eine römische Straße vor. Nein, geh noch weiter zurück: Stell dir einen breiten Pfad vor, der jahrhundertelang von den Stämmen benutzt wurde, die auf diesen Inseln lebten, kämpften und starben und deren Blut in unseren Adern weiterfließt. Als die Römer kamen, haben sie den Pfad gepflastert, und für eine Weile zogen ihre Armeen und Händler darüber. Als sie fortgingen, verfiel ihre Straße, geriet aber nicht in Vergessenheit, sondern markierte die Grenze, hinter der die Wikinger mit ihrem eigensinnigen dänischen Glauben lebten. Später nutzten sie Tierhändler und Viehtreiber, Schafe und Kühe trotteten darüber. Dann wurde sie zur Mautstraße für Reisende und für Post bis nach Wales und darüber hinaus. Heute ist sie eine Landstraße, in diesen Breiten als Boundway bekannt, auf Karten aber nur mit einem Buchstaben und einer Zahl verzeichnet.

Stell dir vor, du fährst über diese alte Straße. Das Morgenlicht steigt hinter dir auf, die verschatteten Felder links und rechts liegen noch im Schlaf. Bald erreichst du die Abzweigung mit dem Schild nach Lodeshill – jedes Mal wenn du hier vorbeikommst, siehst du dieses Schild, folgst ihm aber nie. Dann scheint etwa einen Kilometer voraus etwas die Straße zu versperren, etwas, das du noch nicht genau erkennen kannst, obwohl ein Teil von dir bereits weiß, was es ist, denn was sollte es sonst sein? Wie ein Pfeil läuft die Straße darauf zu, und als du näher kommst, als du langsamer wirst und anhältst, wird aus dem Traumgleichen das Unglaubliche und schließlich Realität.

Du machst den Motor aus, und während sein Geräusch verklingt, begreifst du, wohin dich all die Tage deines Lebens getragen haben – zu diesen zwei Autos vor dir, zerstört, zerschmettert, Gewalt wabert in der Stille um sie herum. Ein Rad ragt in die Luft und dreht sich noch.

Deine Hände zittern, du machst einen Anruf. Du kämpfst gegen deine Angst an, öffnest die Tür und trittst in Millionen winzige Glasscherben. Zögerlich tragen dich deine Beine zum Unfallort. Wer sonst soll es tun, wenn nicht du?

Ich sehe alles von dort, wo ich bin, die Bremsspuren, das zerdrückte Blech, Münzen und CDs auf dem Asphalt. Der kleinere Wagen mit dem riesigen Spoiler und der knalligen Lackierung liegt auf dem Dach und präsentiert dem Himmel sein martialisches Fahrwerk. Der andere, ein großer Audi, steht mit halb offener Tür da, und ich kann den banalen persönlichen Inhalt der Seitentasche sehen: Tempos, eine Thermoskanne, eine CD von Simon & Garfunkel.

Der scharfe Grasgeruch des aufgerissenen Randstreifens steigt mir in die Nase, und ich sehe, was dich erwartet: ein junger Bursche in einem getunten Wagen, kopfüber hängend, blutüberströmt, im Audi eine in sich zusammengesunkene, völlig reglose Gestalt und neben der offenen Tür ein dritter Körper, bäuchlings auf der Straße.

Sieben endlose Minuten sind seit dem Zusammenstoß vergangen. Der Himmel hellt weiter auf. Das Rad wird langsamer und kommt schließlich zum Stehen. Vögel, einer nach dem anderen, kehren in die Weißdornhecken zurück und schütteln schwere Blüten zu Boden. Ohne zu singen. Leben ringt und zaudert, Zukunft steht neben Zukunft, entfaltet sich. Der Unfall beherrscht die Szenerie.

Ich sehe zu, wie du von einem zum andern gehst, ob verletzt oder tot. Du hältst eine Hand, sanft, und fast holt es mich zurück. Ich verweile noch, als die Sirenen erklingen, als wir alle versorgt werden, auch du. Am Ende werde ich Teil des Sirenengeheuls, Teil des Flimmerns der Luft über der Haube des Krankenwagens, weder erdgebunden noch ganz frei.

Später wirst du dich nur in Bruchstücken an die Dinge erinnern, die du gesehen hast. Und ich mich an gar nichts.

1

*Die Kirschblüte ist vorbei, Narzissen welken.
Weißdornknospen bersten.*

Es war ein milder, klammer Aprilabend, als er aus der Stadt floh, aber die Wettervorhersage war gut. Es hatte früher am Tag ein wenig geregnet, und die feuchte Abendluft lockte Tausende unselige Schnecken auf die schmutzigen Londoner Gehsteige.

Er zog seinen uralten Armeemantel an, holte seinen Rucksack hinter der Tür hervor und füllte eine Plastikflasche mit Wasser aus dem Hahn in der Gemeinschaftsküche. Der Rucksack war voller Buttons und Anstecknadeln, drinnen steckten siebzehn zerfledderte Notizbücher, ein paar Kochutensilien und ein kleines Zelt. Sein alter brauner Schlafsack war auf den Rucksack gebunden, und an Gurten hingen verschiedene Kleidungsstücke herab wie Gebetsfahnen.

Er verließ das Hostel und warf den Schlüssel in den Briefkasten. Ging nach Norden. Wenigstens trug er diesmal keine Fußfessel, und er wusste, für die Mobilfunkmasten, an denen er vorbeikam, war er unsichtbar genauso wie für die Satelliten hoch über sich. Nach drei Monaten des Eingesperrtseins loszuziehen gab ihm ein Gefühl, wie ein Flugzeug vom Boden abzuheben, hinauf in die Höhe, weg von aller Erdenschwere.

Wer wollte, konnte in der Zeitung über Jack lesen. Er war bei den Protesten am Greenham Common dabei gewesen, bevor er von den Frauen dort vertrieben wurde. Er gab einem örtlichen Radioreporter in Newbury eine kurze Erklärung, und sein Gesicht ist auch auf Bildern von den Poll-Tax-Krawallen zu erkennen – allerdings ziemlich körnig, da muss man schon wissen, wonach man sucht. Zudem kursierte sein Name unter den zwangsgeräumten Travellern in Dale Farm, wobei es sich da auch um jemand anderen gehandelt haben mag.

Jack war ein Autodidakt und überzeugter Bibliotheksgänger, er wanderte von Stadt zu Stadt, über vergessene Wege und alte Pfade, die niemand mehr benutzte, blieb meist allein und lebte, wenn er konnte, vom Land. Er wurde immer wieder festgenommen, wegen Landstreicherei oder weil er Hasch verkaufte, dann wieder, weil er gegen Bewährungsauflagen verstieß, und so hatte er schon fast überall zwischen Brixton und Northumberland eingesessen, Knasttätowierungen gesammelt und die Vorzüge eines rasierten Schädels und selbstsicheren Auftretens kennengelernt. War er draußen, arbeitete er meist auf Farmen, pflückte Obst und half bei der Ernte. Er mied Städte, schlief unter freiem Himmel und vergaß nach und nach, dass er einmal ein Protestler gewesen war – vielleicht verkörperte er seinen Protest heute auch ganzheitlicher. Geboren war er, wie er sagte, in Canterbury, aber über sein Leben vor der Straße war kaum etwas bekannt.

Jack entfernte sich immer weiter von allem, was dem Rest von uns Halt zu geben scheint, wurde mit jeder Verhaftung sturer, sonderbarer und elliptischer in seinem Denken. Über die Jahrzehnte entwickelte er sich von einem Menschen unserer Zeit zunehmend zu so etwas wie einem flüchtigen Geist des englischen Bauernaufstandes. Oder, zumindest für manche, zu einem Verrückten.

Nicht lange nach der Jahrtausendwende spürte ihn ein wohlwollender Journalist in einem Wald bei Otmoor auf. Aber Jack hatte mittlerweile kaum noch etwas zu erzählen – ganz sicher nicht die große Geschichte von Protest und Ausgrenzung, auf die der Journalist gehofft hatte. Der Mann verbrachte zwei Tage mit Jack, unterbrochen von einer Nacht im Premier Inn, wo eine sehr betrunkene Hochzeitsgesellschaft ihn kaum schlafen ließ, und in seinem Artikel kam Jack am Ende kaum vor.

Fern von den Hauptstraßen war es nachts ruhig. Hier und da sah Jack jemanden mit einem Hund, ein paar Feiernde, Füchse, Taxis. Mitunter nickten ihm aus den Vorgärten Blumen zu, vom Licht der Laternen mit einer einheitlichen Blässe überzogen: Schwertlilien, Tulpen und Pfingstrosen, die ihre Blüten über die Mauern hängen ließen.

Er kam auf die Vauxhall Bridge und blieb einen Moment lang stehen, um hinunterzusehen ins schwarze Wasser voller Schiffsnägel, Tonrohre, zerbrochener Flaschen und Knochen. Kurz wünschte er sich, dass er die Schlüssel mitgenommen hätte, um sie hineinwerfen zu können, als eine Art Opfergabe oder Abschiedsgeschenk – wobei sie, noch bevor der Fluss sie hätte aufnehmen können, von der Dunkelheit verschluckt worden wären. Und von so weit oben hätte er sie auch nicht ins Wasser platschen hören können. Woher diese seltsamen Impulse kamen, war unmöglich zu sagen.

Durch die Stadtmitte zu finden war ein Leichtes. Pimlico war ruhig. Er machte einen Bogen um die geschäftige Victoria Station, und weiter ging es, Green Park hinter einer hohen Mauer zu seiner Rechten. Wie kam es, dass die Namen so viel mehr hermachten als die Straßen oder Straßenkreuzungen, die sie bezeichneten? Belgravia, Park Lane, Marble Arch, Marylebone: Man sollte nicht glauben, dass solche Orte so leicht hinter sich zu lassen waren, aber einer nach dem anderen blieb im Straßengewirr zurück.

In den frühen Morgenstunden machte er an einer Tankstelle in Hendon halt, ging über den erleuchteten Platz an das kleine Fenster vorn und gab einem Mann aus Bangladesch, der durch die schusssichere Scheibe zwischen ihnen umso verletzlicher wirkte, ein paar Münzen. Zwei Jungen und ein Mädchen mit riesigen Pupillen hockten auf dem Bordstein am Rand des Vorplatzes und redeten hastig und abgehackt aufeinander ein. Das Mädchen hatte Glitter an den Schläfen, und einer der Jungen knetete geradezu manisch seine Wange.

Jack aß die Chips und die Schokolade, die er gekauft hatte, und ging weiter. Lange Zeit waren kaum Passanten zu sehen, nur Schichtarbeiter, Taxifahrer und Müllmänner. Er blieb auf derselben nach Norden führenden Route, überquerte Straße um Straße, bog kein einziges Mal ab.

Als es hell wurde, sah er, dass er die Stadt langsam hinter sich brachte. Später, fast schon taub für den Lärm des Berufsverkehrs, kam er an Superstores, Produktionshallen, Fußballfeldern, Golfplätzen und Ödland vorbei. Schließlich, er vernahm vor ihm schon das Dröhnen der M1, machte die Straße zwischen Feldern eine Kurve nach Nordwesten.

Es reichte. Er verließ den Asphalt und durchquerte das Unterholz eines Waldstreifens, in dem sich der sonnengebleichte Müll vieler Jahre gesammelt hatte: Bierdosen, Beutel mit Hundedreck, Chipstüten und Radkappen. Etwa zwanzig Schritte weiter kam er auf ein Stück Grasland, von dem Karnickel flohen. Ihre weißen Stummelschwänze verschwanden hoppelnd zwischen ein paar Bäumen auf der anderen Seite. Er ließ sein Gepäck von der Schulter rutschen, sank zu Boden und lehnte sich mit dem Rücken gegen eine Eiche.

Er lauschte dem Verkehr hinter sich, spürte, wie eine Brise mit den Haaren auf seinen Armen spielte, und sah langsam die Sonne aus einem fernen Wolkenriff aufsteigen. Da er den Blick nicht gleich abwandte, tanzte und zuckte ein blauer Fleck vor seinen Augen, und er schüttelte den Kopf wie ein Pferd, das eine lästige Fliege loszuwerden versucht, kniff die Augen zusammen und wartete, dass die Störung auf seiner Netzhaut verging. Als er die Augen wieder öffnete, war der Horizont einen Moment lang verschwommen, und das Licht schien sehr hell.

Einfach nur dahin gehen zu dürfen, wo ich sein mag, dachte er. Einfach zu leben, wie es mir beliebt. Ich tu doch weiß Gott keinem was, anders als viele da draußen. Lasst mich also bitte gehen, lasst mich in Ruhe.

Nach einer Weile begann eine Grasmücke, am struppigen Rand des Feldes zu singen, und die Morgensonne trocknete den Tau auf dem Gras. Jack nahm sein Bündel und sah sich nach einem Schlafplatz um.

Das Feld war öde und nichtssagend, ein trapezförmiges Stück

Land mit verwilderten Hecken an den Seiten. Hier hatte schon lange kein Tier mehr gegrast und keine Mähmaschine mehr ihre Runden gedreht. Schösslinge – Eichengebüsch, Ahorn und Eschen – stahlen sich langsam vor. Es gab keinen Pfad, nur Spuren von Karnickeln und Füchsen, und auch keinen besonderen Blickfang, keine Orchideen oder seltenen Schmetterlinge. Aber im Sommer schäumte Mädesüß in den Ecken, und im Herbst sprossen Pilze wie blasse goldene Eier aus dem Boden.

Jack entschied sich für eine Stelle bei einer Hecke weit weg von der Straße, rollte seine Matte aus und holte ein Sandwich und eine Cola aus dem Rucksack, seinen letzten gekauften Proviant. Zum Essen setzte er sich mit dem Rücken zur Stadt.

Es war immer noch möglich, Arbeit auf dem Land zu finden, fast das ganze Jahr über. Das Narzissenpflücken begann im Februar, und die Bauern suchten oft Hilfe in der Ablammzeit. Im Sommer galt es, Heu zu machen und Obst zu pflücken, sosehr er die Folientunnel mit ihrer stickigen, abgestandenen Luft hasste. Im September gab es Arbeit bei der Apfelernte, und später beim Weihnachtsbaumschlagen. Einmal hatte er fast den ganzen Dezember mit dem Flechten von Stechpalmenkränzen zugebracht. Aber die Feldarbeit mochte er am liebsten, und jetzt war Frühling, fast schon Spargelsaison. Er dachte an die Farmen, die er kannte und auf denen man ihn kannte. Er wollte den Kopf unten halten und keine Papiere unterzeichnen, was die Möglichkeiten etwas einschränkte.

Im Januar war er in Devon aufgebrochen und grob nach Nordosten gewandert. Nach London hatte er gar nicht gewollt, aber die Festnahme und Verurteilung – weil er auf Privatbesitz gewandert war, dabei wollte er doch nur einen alten Feldweg zwischen zwei Dörfern nehmen – hatten ihn vom Kurs abgebracht.

Jetzt beschloss er, die alte Römerstraße hinaus aufs Land zu nehmen. Sie würde ihn nach Norden zu einem kleinen Dorf namens Lodeshill bringen, in dem es vier Farmen mit Spargelbeeten gab. Eine von ihnen hatte er gelobt, nie wieder zu betreten, doch er war sich sicher, dass ihn eine der anderen für ein paar Wochen nahm, ohne irgendwelche Fragen zu stellen. Es gab ein paar schöne Ecken in der Richtung, ruhig und ungestört und nicht zu voll mit Tagesausflüglern, nicht so wie in Cumbria oder Cornwall. Es war eine eher abgelegene, unscheinbare Gegend.

Neben den Geräuschen von der Straße war das leise Pritzeln in der aufgerissenen Coladose das Lauteste, was Jack hören konnte. Schließlich legte er sich hin, dankbar für das Essen und das Wetter, und fragte sich, wann er wohl einschlafen würde. Und schon schlief er.

Während die Sonne langsam über Jacks Kopf aufstieg, spürte ein Weißdorn in der Hecke hinter ihm das Licht auf seinen frischen grünen Blättern und dachte mit seinem grünen Geist ans Blühen.

2

*Rosskastanien, Schwalben,
Schwarzdorn (Schlehen).*

Kaum dass seine Frau das Haus verlassen hatte, ging Howard von Zimmer zu Zimmer und schloss die Fenster. Es war ein warmer Tag, aber nicht so warm, dass sie alle offen sein mussten, und er ertrug den Lärm der Straße nicht. Fliegen mussten auch nicht unbedingt hereinkommen, er hatte schon eine in der Küche erschlagen. Kitty würde sich zur Schlafenszeit nur beschweren, wenn Insekten in ihrem Zimmer waren.

Es war nicht die Straße durch Lodeshill, gegen die er etwas hatte. Auf der fuhr kaum jemand. Warum auch, es gab keinen Laden mehr im Ort, und der Green Man war nicht unbedingt der Pub, der die Leute von außerhalb anzog. Selbst die Kirche hatte kaum noch Anhänger, und die wenigen verbliebenen Gläubigen kamen zu Fuß. Kitty gehörte natürlich dazu.

Es war die Landstraße, die ihn nervte. Schnurgerade wie ein Lineal führte sie keine achthundert Meter am Dorf vorbei, und die örtlichen Rowdys knüppelten mit ihren aufgemotzten Karren darüber, besonders am Wochenende. Selbst wenn sie noch kilometerweit entfernt waren, konntest du hören, wie sie ihre Motoren hochtrieben, dieses irrsinnige Aufheulen. Man sollte glauben, sie hätten bessere Dinge zu tun, aber nein. Trotzdem, dachte er und schob eine alte Kinks-CD in die Anlage im Wohnzimmer, es könnte schlimmer sein. Er hatte gehört, dass es in der Nähe früher mal Quad-Bike-Rennen gegeben hatte, aber die Strecke war, lange bevor sie hergezogen waren, wieder geschlossen worden. Arkadische Arschlöcher, dachte er und ging zur Vorratskammer, um sich etwas zu trinken zu holen.

Er wusste, es war noch ein Sixpack Bier da, vom letzten Besuch ihres Sohnes Chris, aber er wollte ein dunkles Ale. Im nächsten Monat mussten sie reichlich Alkohol kaufen, denn da kam ihre Tochter Jenny aus Hongkong zurück, und zum ersten Mal seit Ewigkeiten würden beide Kinder wieder zu Hause sein. Wodka für Jenny, dachte er. Wahrscheinlich.

Kein dunkles Ale. Seufzend drehte er um und stieg hoch in den Radioraum. Da stand ein Marconi 264, das eine neue Röhre brauchte. Unten stieß eine Hummel zweimal gegen das Küchenfenster und flog davon in die warme Frühlingsluft.

Die meiste Zeit hatte Kitty das große Schlafzimmer für sich. Howard nächtigte auf der Schlafcouch unten im ehemaligen Arbeitszimmer. Bevor sie vor einem Jahr aus Nordlondon nach Lodeshill gezogen waren, hatten sie nur gelegentlich getrennt geschlafen. Aber jetzt blieb er unten – außer wenn die Kinder zu Besuch waren. Das war etwas, was sie nicht diskutierten.

Oben gab es drei Zimmer. Eines war Kittys, und eines war, bis sie mit der Uni fertig war, kurz Jennys gewesen – und das war es auch heute noch, wenn sie zu Besuch kam. Das Licht im dritten war gut, und so hatte Howard beim Einzug den alten rosa Teppich herausgerissen, an zwei Seiten Arbeitsflächen eingerichtet und seine Werkzeugkästen darunter verstaut. Er hatte eine Arbeitslampe und einen Hocker gekauft, seine Radios aus der Garage geholt – er hatte nur vier, eines davon in Einzelteilen – und sich an die Arbeit gemacht. Mittlerweile besaß er dreizehn alte Radios, alle von vor dem Krieg. Voll funktionsfähige Apparate, keinen Flohmarktschrott. Fünf weitere hatte er verkauft oder eingetauscht. Wo hört es auf? Es gab Leute, die hatten zweihundert.

Natürlich fand man so was im Internet, aber er fühlte – ohne dass er den Finger genau darauf hätte legen können, warum –, dass das nicht die richtige Art und Weise war. Er ging zu Tauschbörsen, mitunter auch zu kleinen Messen, kaufte aber lieber auf örtlichen Auktionen und von privat als von anderen Sammlern, auch wenn es mehr Aufwand bedeutete. Zugegebenermaßen gab es da meist nur Plunder, billig, vermurkst und nicht mehr zu reparieren, höchstens wegen der Einzelteile etwas wert. Aber es gab Ausnahmen.

Sich umzuhören hatte ihm schon mehr als einmal was Hübsches eingebracht. »Oh, ich kenne da jemanden, der so ein Ding hat.« So war er an ein Ferguson 366 Superhet gekommen, das eine Familie aus der Gegend oben auf dem Speicher des neu gekauften Hauses gefunden hatte. Es war völlig zugestaubt gewesen, fünf Pfund hatte er dafür bezahlt. Das Marconi, an dem er gerade arbeitete, stammte aus einer Scheune bei Deal und war ewig kaum angerührt worden, das Gehäuse voller Mäusekot, die Knöpfe voller Spinnweben und Häckselgut.

Soviel Spaß die Suche machte, die Arbeit selbst war das, was er wirklich liebte: die Knöpfe erneuern, gesprungenes Bakelit instand setzen, hier und da eine neue Röhre einbauen. Er war kein Experte, aber er kam zurecht, und seine Erfahrung mit Gitarren und Verstärkern half ihm dabei. Es hatte fast schon etwas Magisches, ein altes Radio zu nehmen und zu neuem Leben zu erwecken – es ganz gleich, in welchem Zustand es war, dazu zu bringen, lebendige Töne aus der Luft zu holen. Die alten Kästen enthielten so gut verstehbare Innereien. Und allein schon das Gewicht in den Händen zu spüren …

Es war nach vier, als der Briefkasten klapperte. Er versuchte gerade, an die Kondensatoren heranzukommen, die tief unter einem Block Widerstände saßen, arbeitete vorsichtig und konzentriert. Er überlegte, ob die Post warten konnte, doch da klapperte es wieder, und etwas landete auf der Fußmatte. Howard legte sein Werkzeug beiseite und ging nach unten. Himmel noch mal, ein Telefonbuch. Als würde irgendwer die Dinger noch benutzen.

Wieder oben, untersuchte er den Schaltkreis mit der Lupe, stellte aber fest, dass er ihn nicht wirklich scharf bekam, und so konnte er den Verlauf des einfach nicht fließen wollenden Stroms nicht richtig ausmachen und keine Fehler oder Hindernisse entdecken. Er setzte den Kondensator wieder ein und musste daran denken, wie er als Kind nach der Schule an Türen geklopft hatte und weggelaufen war, und auch daran, wie er einmal auf dem Kirchplatz Hagedorn mit seinem starken berauschenden Duft gepflückt und mit nach Hause gebracht hatte, worauf ihn seine Mutter schimpfend aus der Tür jagte. Ein halbes Jahrhundert war das her, und doch kam es ihm vor wie gestern. Dass sich solche Momente irgendwo in der Hirnrinde derart festsetzen konnten, dass er mit seinen fast sechzig Jahren immer noch ihren Nachhall zu spüren vermochte. Es war ein Mysterium.

Er drehte die Arbeitslampe zur Seite und dehnte den Rücken. Ein Bier, bevor Kitty nach Hause kam? Warum nicht? Aber nicht im Green Man mit seinen unfreundlichen Bauern und den örtlichen Nichtstuern. Lieber im Bricklayer's Arms in Crowmere. Das waren nur zehn Minuten, und es war ein schöner Tag für einen Spaziergang. Er holte die Zeitung aus dem Wohnzimmer, stellte die Kinks aus und ging los.

Lodeshill war kaum ein Dorf, eher ein Dörfchen. Neben der Manor Lodge gab es ein herrschaftliches elisabethanisches Haus mit Koppelfenstern und einem Buchsbaumirrgarten am Ende einer langen privaten Zufahrt, eine hübsche Kirche, die in den einschlägigen Verzeichnissen kaum genannt wurde, ein georgianisches Pfarrhaus (der Pfarrer selbst war für etliche Gemeinden zuständig und wohnte woanders), den Green Man, ein Dutzend moderne Häuser unterschiedlicher Qualität und eine Sackgasse mit hässlichen Bungalows, in denen hauptsächlich Alte wohnten. Was einmal Laden und Postamt gewesen war, war heute ein Privathaus, auch wenn es den roten Briefkasten in einer der Mauern immer noch gab.

Hinter der Kirche folgten den Häusern Felder, die Straße stieg sanft an und führte an den Außengebäuden einer der vier Farmen von Lodeshill vorbei. Hier und da spross Moos in der Mitte der Fahrbahn, hier und da lag Dung, weitgehend getrocknet und von Autoreifen in den Asphalt gerieben. Glockenblumen und Schöllkraut schmückten die Straßenränder, und die Blätter des Schwarzdorns waren sattgrün.

Nach ein paar Hundert Metern nahm Howard links den Fußweg durch den Ocket Wood. Der Pfad folgte einem Graben, der früher einmal den Rand des Waldes gebildet hatte, aber die Bäume hatten ihn irgendwann übersprungen. Es waren hauptsächlich Eichen, Eschen, Erlen und Stechpalmen, die seit dem Mittelalter regelmäßig gestutzt und gefällt worden waren. Der Wald hatte das Gutshaus mit Holz und die Dorfbewohner mit Reisig für ihre Öfen versorgt. Zudem waren die Schweine jedes Jahr einmal hineingelassen worden, um Eicheln und Eichelmast zu fressen. Später dann wurde der Wald ein Jagdrevier, aus dem die Öffentlichkeit strikt ausgeschlossen war. Aber das alles war lange her. Heute gingen hier hauptsächlich Leute mit ihren Hunden spazieren, und das Unterholz war seit Jahren nicht mehr heruntergeschnitten worden.

Jenny sagte ihnen immer, sie sollten sich auch einen Hund zulegen. Sie meinte, die Bewegung würde ihnen guttun. Was seine Tochter noch nicht begriffen hatte, war, dass du dich von einem gewissen Alter an nicht mehr wirklich darum sorgtest, was gut für dich war, besonders wenn du dich, wie in Howards Fall, in jüngeren Jahren ziemlich gründlich zugrunde gerichtet hattest und mittlerweile darauf wartetest, dass der Schaden zutage trat. Jedes Jahr, das ohne Krebs – oder Schlimmeres – verstrich, war ein Bonus, sagte er sich. Wie auch immer, hier war er und machte einen Spaziergang. Und das tat er ein paarmal die Woche. Das ließ sich nicht wegreden.

Der Bricklayer's Arms war aufwendig renoviert worden und innen voll mit hellem Holz und Schiefertafeln. Howard lehnte sich auf die Theke und nickte dem Wirt zu, der ihm ein Newcastle Brown Ale und ein Glas brachte.